# 좌충우돌 가족의 새 발견 중국편

길을 찾아 나선 가족 • 1

# 좌충우돌 가족의 새 발견 중국편

이해준 지음

**초판 1쇄 발행** 2016년 11월 10일

**펴낸이** 오일주
**펴낸곳** 도서출판 혜안

**등록번호** 제22-471호
**등록일자** 1993년 7월 30일

**주소** ㊙ 04052 서울시 마포구 와우산로 35길 3(서교동) 102호
**전화** 3141-3711~2
**팩스** 3141-3710
**이메일** hyeanpub@hanmail.net

**ISBN** 978-89-8494-561-6 04810
978-89-8494-560-9 [전 4권]

값 15,000 원

길을 찾아 나선 가족 • 1

# 좌충우돌 가족의 새 발견

## 중국편

이해준 지음

혜안

## 들·어·가·며

여행지 정보를 충실하게 담은 여행기도 아니고, 심오한 주제를 깊이 있게 파고들어가는 저술도 아닌 이 책을 출판하기로 마음먹기까지는 많은 망설임이 있었다. 자질구레한 여행 이야기, 우리 가족의 시시콜콜한 이야기를 세상에 내놓는다는 것이 부끄러웠다. 힘들어 짜증을 내고 신경전을 벌이기도 했던 가족여행을 너무 미화하는 것 아닌가 하는 자괴감도 들었다.

특히 책 출판을 망설이게 한 것은 여행을 다녀온 후 우리 가족이 후유증에 시달려야 했던 점이다. 여행은 결코 낭만적인 것이 아니었고, 우리가 다시 만난 현실은 여행을 떠나기 전보다 더욱 엄혹하게 다가왔다. 여행을 통해 힐링을 하고 꿈과 희망을 찾았다고 생각했지만, 다시 마주한 현실의 벽은 훨씬 더 견고해 보였다. 현실은 하나도 변하지 않았고, 특히 대학 입시를 준비해야 했던 둘째 아들은 여행 이야기를 하는 것조차 꺼렸다. 이런 상황에서 모험과 낭만이 자유자재로 교차하는 여행기를 선뜻 세상에 내놓기가 망설여졌다.

하지만 주변의 강력한 권유가 필자를 심한 갈등에 몰아넣었다. 우리 가족의 여행 이야기를 들은 사람들은 하나같이 그걸 왜 책으로 내지 않느냐고 재촉했다. 그들이 보기에 괜찮은 대학을 나와 안정적인 직장을 다니던 부부가 일을 그만두고, 아이들은 학교를 중단하고, 집을 내놓고 받은 전세 자금으로 훌쩍 세계일주 여행에 나선 것, 그 자체가 흥미 있는 이야기였던 것이다. 사람들은 어떻게 1년 가까이 가족이 여행을 할 수 있었는지, 그 이야기를 듣고 싶어 했다. 그들은 단지 여행에 대한 낭만이나 환상이 아니라, 꽉 막힌 현실의 탈출구, 또는 가족과 새로운 관계를 맺는 방식을 찾고자 하는 열망으로 우리의 경험을 듣고 싶어 했다. 그건 그들의 솔직한 심정이었다. 필자도 우리 가족의 여행 이야기가 예사롭지 않은 것이고, 많은 사람들에게 희망을 줄 수 있을 거라고 생각했지만, 이러저런 이유로 뜸을 들이고 있었다.

그러다 책을 내기로 마음먹은 결정적인 계기는 여행을 마치고 6개월 정도가 지난 후 여행이 가져온 효과가 가족 관계에 확연히 나타나기 시작한 것이었다. 장기 여행을 마친 다음 일정 시간이 흐르고 직장과 학업 등 각자 새롭게 마주한 세상에 적응하면서 우리 가족은 이전과 달라진 모습을 보였다. 대입을 어떻게 준비해야 할지 한동안 갈피를 잡지 못했던 둘째도 어느 날 “여행 잘 다녀온 것 같아요. 그 때 경험을 생각하면 많은 힘이 돼요”라면서 자신이 쳐놓았던 장벽을 스스로 걷어버렸다. 그런 다음 무서운 집중력을 보이며 대입 준비를 해 나갔다. 혼자서 대입을 준비하는 것이 쉽지 않은 일이지만, 꿋꿋하고 밝은 모습을 잃지 않는 것을 보면서 확신이 들었다. 우리 가족은 바뀌어 있었던 것이다. 여행 과정에서 쌓은 애정과 신뢰를 바탕으로 가족이 세상을 헤쳐 나가는 힘의 원천이 되어 있었다.

세계여행을 잘 다녀왔다는 확신이 들자 느리게 진행되던 원고 작업이 속도를 내기 시작했다. 여행을 하면서 이미 많은 원고를 써놓은 상태였고, 거기에 넣지 못한 메모가 수첩 몇 권에 깨알같이 적혀 있었다. 그걸 정리하는 일이 만만치 않았지만, 기록을 정리하고 여행기를 써내려가는 일은 여행지에 한 걸음 한 걸음 내디디며 겪었던 즐거움과 힘겨움, 사랑과 갈등, 희열과 짜증을 다시 느끼는 감동의 시간이었다.

우리 가족의 세계일주 여행은 아내와 아이들이 필리핀으로 떠나면서 시작해 우리 부부가 일본에서 한국으로 귀국하기까지 '따로 또 같이' 진행되었다. 가족의 전체 여행기간은 2011년 7월 15일부터 이듬해 7월 18일까지 1년 3일(368일)이지만, 각자 여행한 기간은 다르다. 먼저 아내와 두 아들, 조카가 필리핀에서 2개월 어학 연수를 마치고 홍콩에서 여행을 시작해 광저우, 난징을 거쳐 상하이로 올라왔다. 필자는 이들이 떠난 후 서울에 남아 직장과 집, 여행비용 등 남은 일들을 처리한 후 상하이로 건너가 합류했다. 5명으로 늘어난 여행단은 베이징과 뤄양, 시안, 옌안, 시닝 등 중국의 중원과 서부 지역을 종횡무진 누빈 다음, 티베트 고원과 히말라야를 넘어 네팔과 인도를 여행했다. 인도에서 터키로 넘어갔을 때엔 한국에 있던 형과 동생 가족까지 합류해 11명으로 늘었다가, 터키 여행을 마치고 조카까지 귀국하면서 여행단은 우리 가족 4명으로 줄었다. 우리는 그리스에서부터 중부와 서부, 북부 유럽을 구석구석 돌아다녔다. 스페인 여행을 마치고 아내와 첫째 아들이, 북유럽 여행을 마친 후에는 둘째 아들까지 귀국했다. 혼자 남은 필자는 남미로 넘어가 브라질에서부터 아르헨티나, 칠레, 볼리비아, 페루 등 남미 대륙을 시계방향으로 돌았고, 다시 미국으로 건너가 암트랙을 이용해 대륙을 동에서 서로 횡단했다. 마지막으로 일본에서 아내를 만나 서울로 돌아옴으로써 대장정이 마무리되었다.

우리는 4개 대륙, 23개국, 99개 도시를 방문했다. 대륙간 이동을 제외하고 각 대륙에서는 버스와 기차 등 대중교통 수단을 이용했다. 기차와 버스로 이동한 거리는 6만 km를 넘는다. 지구를 1바퀴 반 돌 수 있고, 서울과 부산을 80번 왕복하는 거리다. 필리핀 어학연수 기간을 빼고 10개월의 여행기간 가운데 버스나 기차에서 보낸 시간이 총 2개월에 이른다. 야간에 버스나 기차, 페리를 이용한 것은 53차례에 달한다. 돌이켜보면 무모하고 위험해 보이지만, 여행 당시엔 어떤 용기가 생겼는지 아무 거리낌 없이 신나게 돌아다녔다. 때로는 여행의 피로가 누적되어 지쳐 떨어지고 현지의 병원 신세를 지는

가 하면 매너리즘에 빠지기도 했지만, 새로운 세계와의 만남에서 오는 흥분과 희열이 끊이지 않았다. 여행자들이 찾지 않는 오지일수록 호기심과 여행의 욕구가 살아났고 신비감에 사로잡혔다.

하루하루의 여정은 그저 그렇게 보이고 어떤 극적인 변화를 발견하기 어려웠지만, 여행을 지속하는 과정에서 우리는 큰 변화를 경험했다. 최소한 필자에게는 그러했고, 그러자 가족 관계에도 변화가 찾아왔다. 이 여행기에서도 어제와 오늘의 모습에선 큰 차이가 보이지 않을 수 있지만, 어느 정도의 시간이 지나고 보면 확 달라진 모습을 발견하게 될 것이다. 세상에 대한 불만과 절망, 좌절, 가족에 대한 실망과 변화에 대한 두려움으로 가득 차 있던 삶이, 가족에 대한 사랑과 신뢰, 희망과 꿈, 모험과 도전에 대한 용기로 채워졌다. 그 경험은 일상에 지치고 힘겨울 때 다시 일어나게 하는 힘이 되고 있다. 앞으로 여정을 통해 이러한 과정이 하나하나 드러날 것이다.

이 책은 정확히 말하면 40대 말 화이트칼라 가장의 시각으로 기록한 가족여행기이다. 여행기 초고를 정리하고 나니 지금의 분량보다 훨씬 많았다. 그것을 압축하고 극적인 효과를 최대한 살린 한 권의 단행본으로 출판할까 생각하기도 했지만, 그것보다는 여행 과정에서 겪었던 희로애락과 가족 관계의 변화, 인식의 변화를 꾸밈없이, 그리고 생생하게 전달하는 게 낫겠다는 생각으로 네 권에 담았다. 특히 여행지에 대한 정보보다는 여행을 통해 가족을 새롭게 발견하고 새로운 관계로 발전해 나가는 성장 과정에 초점을 맞추었다. 또 여행지에서 다양한 사람과 역사, 문화, 생활방식을 만나면서 갖게 된 우리 시대의 삶과 사회에 대한 생각, 그리고 그것을 바탕으로 우리가 지향해야 할 사회와 바람직한 삶의 방식을 모색하는 과정을 담기 위해 노력했다. 때문에 이 책은 단순한 여행기라기보다는 가족의 성장사이며, 현대 자본주의 사회와 문화에 대한 탐방이자 대안 모색의 성격을 갖고 있다.

중국 여행편인 1권 '좌충우돌 가족의 새 발견'에서는 초보 배낭여행 가족이 좌충우돌 여행을 시작하면서 한국에서는 몰랐던 서로의 마음을 알아나가는 과정을 그렸고, 네팔과 인도 여행편인 2권 '다시 일어서는 가족'에서는 가족이 점차 여행에 몰입하면서 자원봉사 활동 등으로 자아를 찾아가는 과정을 다루었다. 유럽 여행편인 3권 '이제는 변화가 두렵지 않아요'에서는 각자 꿈과 희망, 삶의 좌표를 찾은 아이들이 차례로 귀국해 최종적으로 필자 혼자 남게 되는 과정을 그렸다. 남미와 북미 여행편인 4권 '믿음과 용기, 여행의 선물'에서는 남미와 미국 대륙을 혼자 여행하면서 가진 삶과 사회에 대한 성찰을 담고 있다. 특히 여행에서 얻은 새로운 가치와, 우리의 삶 및 현대사회에 대한 나름의 대안을 담았다.

이 이야기는 이 시대를 살아가는 보통 가족의 이야기이며, 가족의 갈등을 극복하고 사랑과 행복을 찾아보려는 다양한 몸부림의 하나라고 믿는다. 이 책이 새로운 삶, 새로운 가족, 새로운 사회를 꿈꾸는 사람들에게 희망을 전달하는 언어가 되길 기원한다. 이 책이 나오기까지 난삽한 원고를 읽기 쉽게 다듬고 편집하는 데 애써주신 도서출판 혜안 가족들께 가슴에서 우러나오는 감사의 말씀을 전한다.

2016년 9월

서울 마포구 성미산 자락에서

이 해 준

## 차 례

노르웨이
스웨덴
베르겐
오슬로
스톡홀름
덴마크
코펜하겐
영국
네덜란드
함부르크
암스테르담
마친레스
베를린
런던
쾰른
독일
프랑크푸르트
파리
빈
프랑스
오스트리아
베네치아
빌바오
산티아고
포르부
이탈리아
로마
바리
테살로니키
이스탄불
포르투
바르셀로나
바티칸
나폴리
차나칼레
카파도키아
터키
리스본
마드리드
그리스
파묵칼레
아테네
셀축
안탈리아
그라나다
크레타 섬
중국
칭짱 열차
시닝
옌안
뤄양
정저우
시안
시가체
라싸
데라둔
델리
포카라
룸비니
카트만두
박타푸르
자이푸르
아그라
조드푸르
바라나시
아마다바드
인도
장자지에
광저우
콜카타
아잔타
뭄바이
함피
벵갈로르
코치

하루 한 걸음 가족의 세계 여행 (2011.7.15.~2012.7.18.)

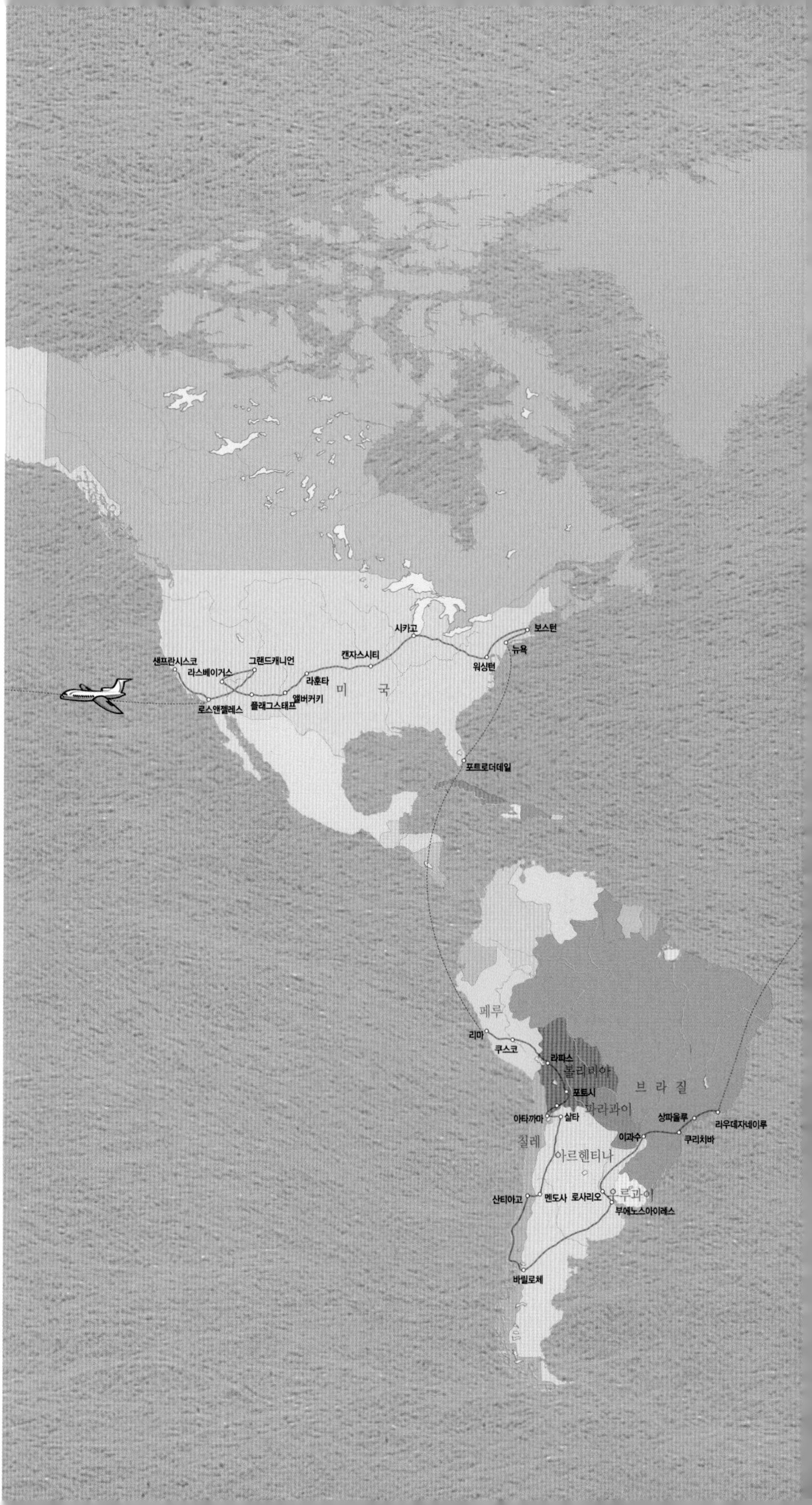

도쿄
샌프란시스코
라스베이거스
그랜드캐니언
로스앤젤레스
플래그스태프
앨버커키
라훈타
캔자스시티
시카고
미 국
워싱턴
뉴욕
보스턴
포트로더데일
페루
리마
쿠스코
라파스
볼리비아
포토시
파라과이
브 라 질
아타까마
실타
상파울루
리우데자네이루
이과수
쿠리치바
칠레
아르헨티나
산티아고
멘도사
로사리오
우루과이
부에노스아이레스
바릴로체

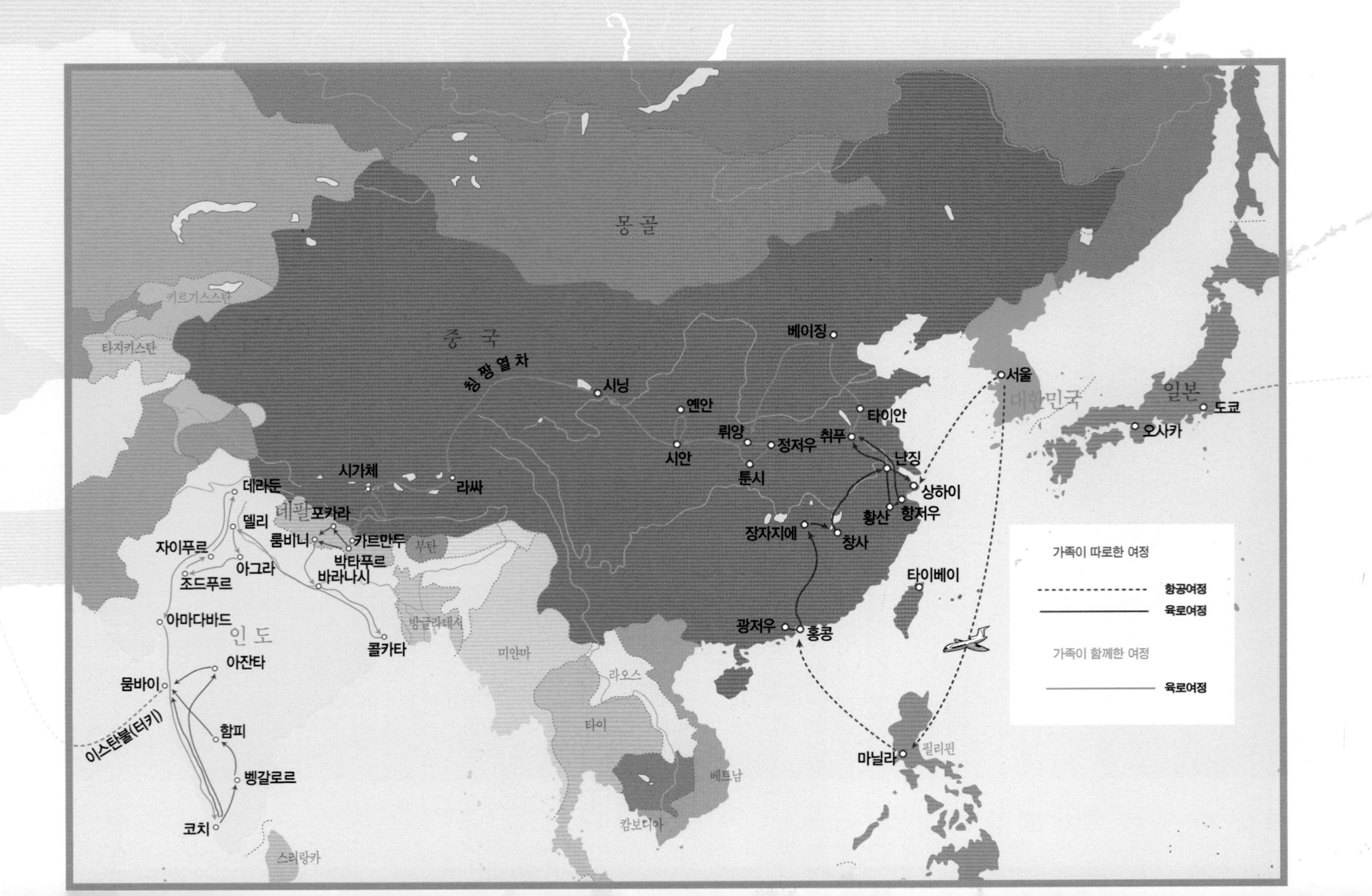
가족이 따로한 여정
항공여정
육로여정
가족이 함께한 여정
육로여정
몽골
중국
칭짱열차
일본
대한민국
서울
도쿄
오사카
베이징
타이안
취푸
난징
상하이
항저우
황산
창사
장자지에
홍콩
광저우
타이베이
마닐라
필리핀
정저우
뤄양
룬시
옌안
시안
시닝
라싸
시가체
네팔
포카라
카트만두
룸비니
박타푸르
바라나시
부탄
방글라데시
콜카타
데라둔
델리
자이푸르
아그라
조드푸르
아마다바드
인도
아잔타
뭄바이
이스탄불(터키)
함피
벵갈로르
코치
스리랑카
미얀마
라오스
타이
베트남
캄보디아
키르기스스탄
타지키스탄

# 1부

# 혼돈의 여정에 선 가족

Shanghai
Hangzhou
Tunxi
Wuhu
Nanjing
Qufu
Tai'an
Taishan

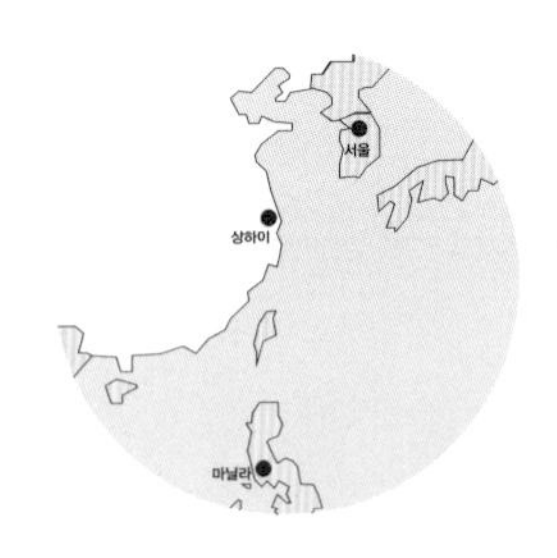


필리핀 마닐라 · 한국 서울~중국 상하이

# 3개월 만에 만난 어색함

## 진정한 나를 찾아가는 여정

중국남방항공 항공기 CZ314편이 인천국제공항 활주로를 가볍게 미끄러져 가을볕이 완연한 창공으로 솟아올랐다. 고도를 높인 항공기가 상하이(上海)를 향해 정상 항로에 진입하자 승무원들이 바삐 움직이기 시작했다. 얼굴에는 잘 훈련받은 미소를 머금고 승객들에게 똑같은 말을 녹음기처럼 반복하면서 식사를 제공했다. 기내식은 밥과 쇠고기볶음, 빵, 야채로 이루어진 전형적인 것이었다. 승무원에겐 매뉴얼에 따라 매일 반복적으로 나누어주는 평범한 기내식이었겠지만, 나에겐 의미가 남달랐다. 이 기내식을 먹기 위해 지난 1년여 동안 얼마나 많은 번민의 밤을 지새우고, 희열에 들뜨기도 하고, 가족과 지난한 대화를 나누었던가. 배가 고프진 않았지만, 꼭꼭 씹어 식도로 천천히 밀어넣었다. 뭔가 감격스러웠다.

드디어 세계일주 대장정에 오른 날, 벌써 세 번째 식사를 하고 있다. 시간을 따져보니 6시간 동안, 2시간마다 식사를 한 '이상한' 날이다. 첫 번째 식사는 한국에서의 마지막 밤을 보낸 서울 목동의 동생 집에서 부모님과 함께한 아침이었다. 식사를 하고 부모님, 누님과 함께 인천국제공항에 도착하니 오전 9시 30분이었다. 항공기 티켓을 끊고 큰 배낭을 수화물로 부친 다음, 공항 식당에서 된장찌개와 매콤한 순두부로 다시 식사를 했다. 기내식은 생각도 못하고, 상하이에 도착하면 점심시간이 지날 것이기 때문에 먹고 가라는 부모님과 누님의 성화 때문이었다.

“인제 한국 음식은 못 먹을 거 아녀. 많이 먹어.”

어머니는 된장찌개를 떠서 입에 가져가는 다 자란 아들을 보면서 또 똑같은 레퍼토리를 반복했다.

“외국에 나가도 맛있는 음식 많아요.”

“잘 먹고 다녀. 먹는 게 우선이여. 나가면 입에도 맞지 않을 텐데….”

“저는 외국 음식 잘 먹어요. 다 사람 사는 곳인데요.”

“하여튼 잘 먹고, 건강하고, 안전하게, 잘 갔다 와.”

“예, 제 걱정 마시고, 건강하게 계셔요. 조금이라도 아프시면 바로 병원에 가시고, 농사일 그만 하시고요. 자주 전화 드리고, 카페에도 소식 올릴게요.”

벌써 몇 번째 똑같은 대화다. 1년 동안의 장기 여행이라는 점을 감안하면 이 한 끼가 얼마나 힘이 될지 모르지만, 어쨌든 무어라도 눈에 보일 때 든든히 먹여서 보내고, 든든하게 먹고 떠나는 아들을 봐야 한다는 애정과 애틋함의 표현이었다. 그게 두 번째 식사였다. 그런 다음, 항공기 기내식으로 이제 세 번째 식사를 하고 있는 것이다.

어딜 가든, 무엇을 하든, 잘 먹고 다니라는 것, 건강하게 다녀오라는 것은 부모님의 첫 번째이자 마지막 주문이었다. 이번 장기 여행도 마찬가지였다. 젊은 시절에 한국전쟁의 혼란과 가난, 배고픔을 경험한 세대의 특징이기도 하지만, 맨주먹으로 가정을 만들고 가꾸어 오신 부모님에게는 더욱 간절했을 것이다.

나와 아내 올리브는 우리의 여행 계획이 완벽하다는 생각이 들기 이전까지 가족 세계일주 계획을 부모님과 다른 가족에게 꺼내지 않았다. 직장 문제에서부터 아이들 교육 문제, 여행하면서 먹고 입고 자는 문제, 여행 비용과 집 문제, 여행 이후의 계획 등 자칫 계획이 치밀하지 못하면 그만큼 걱정과 반대가 심할 수 있고, 반대에 부딪쳐 여행 계획을 포기해야 할지도 모른다는 우려 때문이었다. 나름대로 치밀한 계획을 세운 다음, 아내와 아이들이 필리핀으로 어학연수를 떠나기 1개월 전에 말을 꺼냈다. 여행 후 계획도 상세하게 설명했다.

예상대로 부모님은 우리 부부의 엉뚱한 계획에 크게 놀라셨다. 1주일도 아니고 1개월도 아니고 잘 다니던 직장까지 그만두고 해외여행을 하겠다는 자식을 이해하기 힘드셨을 것이다. 혹시 우리 부부에게 무슨 문제가 있는지, 회사에 문제가 있는지 물어보기까지 하셨다. 그게 아니라면 '다시 생각해 보라'고 여러 차례 말씀하셨다.

하지만 어떤 부모가 자식을 이길 수 있으랴. 우리의 확고한 입장과 1년 가까운 준비 상황을 거듭 들은 후 결국 반대를 접으셨다. 광양에 계시는 장인, 장모님도 마찬가지였다. 장인어른은 우리의 계획을 상세하게 설명들은 다음, 신뢰를 보내고 조언까지 해주셨다. 그럼에도 마음 한편의 걱정을 완전히 떨쳐버리지 못하셨고, 한결같이 '잘 먹고 다니라'고 하셨다.

부모님은 이미 40대 후반의 아들일지언정, 세계일주 여행에 나서는 아들을 환송하기 위해 어제 서울로 올라오셨다. 나도 그동안 살던 집을 전세로 내준 상태였기 때문에 동생 집에서 마지막 밤을 보냈다. 부모님은 무와 호박, 생채, 고사리, 도라지, 더덕 등 각종 나물류를 잔뜩 들고 오셨다. 내가 가장 좋아하는 음식들을 많이 먹고 가라고 준비한 것이다. 나물을 다듬고 버무리느라 어제는 점심도 제대로 드시지 못하셨다고 한다. 가슴이 먹먹했다. 그래서 부모님이 준비해 오신 나물들을 슥슥 비벼 배가 터지도록 잔뜩 먹었다. 부모님의 사랑에 목이 메고, 다른 한편으로는 연로하신 부모님을 남겨 두고 장기 여행을 떠나는 못난 자식으로서의 회한에 또 목이 메었다.

고도를 높인 비행기가 한국에서 점점 멀어졌다. 멀어지는 거리만큼 마치 내가 바빴던 일상에서 벗어나는 느낌이다. 1년 후에는 다시 돌아오겠지만, 그리고 그때 세상은 더 바쁘게 돌아가겠지만, 이제 당분간 '안녕'이다. 21년 9

개월의 기자 생활 동안 각종 이슈의 최전선에 있었다. 끊임없이 새롭게 발생하는 이슈를 따라 이리 저리 정신없이 뛰어다녔다. 지금도 한국은 시끄럽다. 경제도 난리다. 그리스와 스페인에서 시작된 유럽 금융위기의 파장에다 튀니지, 이집트, 리비아에 이어 시리아에서 전개되고 있는 중동 민주혁명의 진통도 매일 신문 지면을 장식하고 있다.

그런 이슈들을 따라 정신없이 뛰어다녔던 나에게 남은 것은 무엇이었던가. 본질적으로 기자란 끊임없이 새로운 이슈를 찾아다니는 직업이다. 지나간 이슈는, 관심이 있다 하더라도 아주 특별한 것이 아니면 다시 다루지 않는다. 항상 새로운 이슈의 최첨단에 있는 사람을 만나고, 최신의 기술, 최신 상품, 새로운 사건을 찾아야 한다. 새로운 것이 아니면 취급하지 않는 것이 신문이며, 거기에 목숨을 거는 것이 기자의 삶이다. 큰 이슈에 매달릴 때에는 그것이 세상의 전부처럼 보이기도 하고, 작은 것이라도 '뉴 팩트(new fact)'를 발견하면 심장이 뛰는 짜릿한 희열도 맛보았지만, 그것으로 끝이었다. 또다시 새로운 것을 찾아야 했다. 공허했다. 그래서, 나에게 남은 것은 무엇이며, 나는 어디로 가고 있는가, 번민에 휩싸이길 거듭했다.

내가 스포트라이트를 받으며 세상을 변화시키는 주역은 아니라 하더라도, 세상을 보다 살 만한 곳으로 만들고 사람들에게 필요한 정보를 제공하는 기자로서 나름대로 역할을 했을 것이다. 음식의 메인 요리는 아니더라도, 거기에 꼭 필요한 소금과 같은 역할을 했을 것이다. 그 노력과 땀의 대가로 월급을 받고, 그것으로 집과 자동차와 먹을거리와 의복을 구입하고, 결혼을 하고, 아이를 낳고 학교를 보내는 등 가정도 꾸릴 수 있었다. 그것이 현대인의 보편적인 삶이요, 현대사회의 일반적인 생활방식이다. 그럼에도 허전했다. 기자로서 순간순간 희열을 느끼고, 신문사의 꽃이라는 경제부장과 정치부장을 맡았을 때에는 세상이 내 것인 것처럼 으스대기도 했지만, 그것은 잠시였다. 내가 진정 '가슴 뛰는 삶'을 살고 있는지 의문이 불현듯 몰아치곤 했다.

이게 표면적인 이유라면, 내면적으로는 젊은 시절에 가졌던 이상에 대한 순수한 열정이 마모되어 가는 데 대한 회한이 있었다. 일종의 정체성에 대한 혼란이었다. 대학에 다니던 1980년대 중반 민주화를 위해 길거리에 나설 때 가졌던 열정과, 1990년대 초반 신문사 기자로 사회생활을 시작하면서 품었던 사회 정의의 파수꾼이 되리라던 포부가 희석되면서 점차 현실에 안주하는 기득권층이 되어 가는 나 자신이 혼란스러웠다. 우리 사회가 그렇듯이 나 역시 삶의 좌표를 상실하고 흔들리고 있었다. 민주주의와 정의, 평화를 위한 삶을 보류하는 대신 내가 선택한 가족 관계에 균열이 생겼다고 느낄 때마다 나의 '오늘'에 대한 회의가 감당하기 어렵게 몰아쳤다. 진정한 '나'는 누구인지, 내가 쓰는 기사가 과연 사회에 얼마나 도움이 되는지, 우리 가족은 행복하게 살고 있는지, 총체적인 혼란과 의문에 휩싸이던 시간이 지나갔다.

지금 내가 이 비행기에 오른 것은 바로 그 해법을 찾기 위한 것이다. 이번 가족 세계일주 여행이 나와 우리 가족에게 무엇을 줄 것인지 단언하긴 어렵다. 여행을 하면서 많은 우여곡절이 있을 것이고, 실망도 있을 것이다. 그럼에도 나는 희망을 노래하고 싶다. 이제는 진정한 나와 가족을 찾아 새로운 도전, 새로운 모험에 나서는 것이다. 어쩌면 지금 이 여정이 현재의 삶으로부터 도피하고 싶은 심리의 반영일 수도 있다. 이번 여행이 그런 도피가 되지 않으려면 여행의 목표를 분명하게 해야 한다고 스스로 다짐하곤 했다.

1년 6개월 전 처음으로 가족 세계일주 여행을 구상했을 때부터 왜 여행을 떠나려 하는지 많은 생각을 했고, 그것을 대략 네 가지로 정리했다. 물론 '나' 중심적으로 정리한 것이다. 첫째는 충분한 재충전의 시간을 갖는다는 것으로, 20년 이상 신문기자로서 앞만 보고 달려온 삶을 되돌아보면서 재충전을 하는 것이 첫째 목표다. 둘째는 단절된 가족과의 관계를 회복하는 것이다. 가족과의 애정을 확인하고, 긴밀하게 소통하는 관계를 만들고 싶은 것이다. 셋째는 나와 가족 구성원이 삶의 목표를 재점검하는 것이다. 정해진 사회적 역할과 시간의 흐름 속에서 희미해지고 모호해진 삶의 목표, 진정 자신이 원하는 것이 무엇인지 다시 찾아보자는 것이다. 넷째로, 나에게는 가장 중요할 수도 있는데, 위기에 빠진 현대인의 삶을 구원할 희망이 어디에 있는지 확인하고 싶다는 것이다. 거창하게 말한다면 오늘날 인류를 위기에 빠뜨리고 있는 신자유주의의 광포한 파도를 넘어설 대안(alternative)을 찾고 싶었다. 이것은 기자생활을 하면서도 내내 나를 따라다녔던 근본적인 질문이기도 했다.

이런 목적을 달성하기 위해 나름대로 몇 가지 여행 원칙을 정했다. 첫째 이번 여행은 관광지 중심이 아니라 다양한 사회와 삶을 체험할 수 있는 참여형 여행이어야 한다는 것이다. 이를 위해 해외에서 펼쳐지는 봉사활동에도 참여하고, 바람직한 사회를 위해 노력하는 사회단체도 방문할 것이다. 둘째는 세계의 여행자들, 현지의 주민들과 소통하는 데 중점을 둔다는 것이다. 이를 위해 숙소는 게스트하우스나 호스텔을 이용하고, 대륙간 이동을 제외하고는 대중교통을 이용할 것이다. 식당도 현지 주민들이 이용하는 로컬 식당을 이용할 계획이다. 셋째는 가족 구성원 각자가 주체가 되어 여행한다는 것이다. 각각의 관심사에 따라 여정을 달리할 수도 있고, 따로 여행할 수도 있다. 누가 끌고 가는 여행은 지양할 계획이다. 넷째는 여행지를 둘러보고 지나가는 것이 아니라 기록한다는 것이다. 그래야 여행이 진정한 성찰의 시간이 되고 발전의 계기가 될 수 있다. 이 목표를 달성할 수 있을지 불확실하지만, 지금 그 첫 걸음을 내디뎠다는 것이 중요하다. 그 걸음을 멈추고 싶지 않다.

### 혼돈으로 점철된 가족과의 재회

2시간 정도 날아가면 상하이에 도착한다. 상하이에는 석 달 전 한국을 떠나 필리핀에서 두 달 반 동안 영어 연수를 한 다음, 10일 전 홍콩에서 시작해 광저우(廣州)~창사(長沙)~장자지에(長家界)~난징(南京)을 여행한 가족들이 기다리고 있다. 대학강사 겸 시민활동가로 바쁘게 활동하던 아내 올리브(이경란), 대학 1학년을 마치고 휴학한 첫째 아들 창군(이창희), 고2인 둘째 아들 동군(이동희), 중3인 조카 멜론(이승희)이 먼저 상하이에 도착해 나를 기다리고 있다. 처음 한국에서 필리핀으로 출발할 때엔 군 복무를 마치고 복학을 준비하던 장조카까지 다섯 명이었지만, 장조카가 중간에 귀국해 지금은 네 명이다. 2개월 보름 동안 영어를 사용하는 환경에 익숙해지도록 하는 것이 목표였다. 1년간 세계를 종횡무진 누비려면 무엇보다 언어의 장벽을 넘어야 한다. 영어를 자유자재로 구사하지는 못해도 최소한의 의사 소통은 할 수 있어야 한다. 그래야 원하는 정보도 얻을 수 있고, 세계와 소통하는 법도 배울 수 있고, 자신의 꿈과 희망을 찾을 수 있다. 아이들은 얼마나 달라져 있을까.

상하이 푸동(浦東) 공항은 모든 시스템이 현대화되어 입국 수속을 하고 짐을 찾는 데 시간이 별로 걸리지 않았다. 중국을 '만만디(慢慢的, 느릿느릿)'의 나라라고 하는 말은 이제 수정되어야 할 것 같다. 세계 어느 나라보다 빨리 성장하고, 빨리 변화하고, 일을 신속하게 처리하는, 그래서 세계 최고의 경쟁력을 가진 '콰이콰이디(快快的, 빨리빨리)'의 나라라고 불러야 한다. 가족과의 만남을 잔뜩 기대하며 입국장을 빠져나왔다.

그런데 웬걸? 아무리 입국장 주변을 둘러보아도 가족이 보이지 않는다. 게이트 근처로 다시 다가가 둘러보아도 그토록 보고 싶은 가족은 코빼기도 보이지 않는다. 입국 게이트를 잘못 알아 가족들이 다른 곳에서 기다리고 있는 것은 아닐까, 공항 입국장까지 들어올 수 없어서 건물 밖에서 기다리는 것은 아닐까, 무슨 일이 생긴 것은 아닐까…. 왠지 불길한 생각까지 스친다. 우리의 세계일주 여행이 시작부터 우왕좌왕하는 것은 아닐까 하는. 나와 올리브의 스마트폰이 로밍되어 있기 때문에 전화를 걸 수도 있지만, 처음부터 그렇게 하고 싶지는 않다.

조금 더 기다려보자 하면서 대합실에서 엉거주춤 기다리길 30여 분. 입국장 반대편 출구에서 "아빠~" 하는 반가운 소리가 들렸다. 창군과 동군, 멜론이 앞서거니 뒤서거니 달려오고, 올리브가 뒤따라왔다.

모두 건강하고 활달한 모습이었다. 생각과 달리 이발도 단정하게 했고, 옷도 깔끔하다. 홍콩에서 시작해 기차와 고속버스, 일반 버스를 번갈아 타면서 상하이까지 12일 동안 약 2000km를 여행한 사람들이라기보다는 방금 전 집에서 나온 사람 같다. 초조함과 불안은 순식간에 사라지고, 한데 포옹하며 재회의 기쁨을 나누었다.

"오래 기다렸지? 시내에서 공항까지 걸리는 시간을 잘못 계산해서 늦었어." 올리브가 웃으며 말했다.

"괜찮아. 덕분에 푸동 공항 구경 잘 했어. 그래, 잘 지냈어?" 내가 올리브 어깨를 끌어안으며 말했다.

"작은 아빠, 한참 기다렸어요?" 멜론도 밝은 얼굴이다.

"아빠, 늦어서 미안해. 잘 지냈어? 집 이사는 잘 끝냈어? 짐도 잘 정리해 놓았지?" 창군은 집이 궁금한 모양이다.

"아빠, 내 핸드폰도 해지했지?" 동군도 궁금한 게 있다.

모두가 중구난방 질문공세를 퍼부으며 정신을 쏙 빼놓는다.

"이사도 잘 했고, 짐도 2층 너희들이 쓰던 방에 잘 정리해 놓았지. 동군 핸드폰도 해지하고. 여행은 재미있었어? 숙소는 괜찮아? 어디 어디 다녔어? 홍콩은? 마카오는? 장가계도 가봤어? 어땠어?" 나도 질문공세를 퍼부었다.

우리 가족의 '역사적인' 만남은 그렇게 약간의 혼란 속에서 이루어졌고, 지난 3개월의 공백과 첫 여행지가 주는 낯섦과 혼돈이 한꺼번에 몰아쳤다.

하지만 아이들은 한껏 신이 나 있었다. 올리브와 아이들이 이끄는 대로 공항버스를 타고 1시간 정도 달려 루쉰(魯迅) 공원 근처의 게스트하우스인 코알라 가든 하우스(Koala Garden House)에 도착할 때까지도 아이들의 흥분은 가시지 않았다. 숙소에 도착하자 아이들은 자신들이 3일째 묵고 있는 곳이어서 그런지 마치 자기 집처럼 나를 이리저리 끌고 다니며 숙소를 소개해준다고 법석을 떨었다. 그러는 사이에 나는 돈 계산을 하고 있었다. 올리브는 5인 2박에 720위안(약 12만 9600원)이라고 했다. 한화로 따지면 하루에 1인당 1만 3000원 정도다. 아직 중국의 물가에 익숙하지 않아 이 가격이 어느 수준인지 가늠이 되지 않았지만, 나중에 알고 보니 만만치 않은 가격이었다.

아이들의 흥분은 숙소 건너편의 한식당 홍동(虹東)에서 삼겹살과 김치찌개, 순두부로 이른 저녁식사를 하면서 더욱 고조되었다. 나는 네 번째 식사인데, 점심이 부실했던 올리브와 아이들을 위해 일찍 식사를 했다. 아이들은 지금까지 중국 남부 변방지역을 여행하면서 저렴한 현지 음식으로 전전하며 돈을 아껴왔던 터라 한 달 만에 먹는 한식에 흥분을 감추지 못했다.

떠들썩한 식사를 마치고 다시 올리브와 아이들이 이끄는 대로 뚜어룬루(多倫路) 문화명인의 거리(文化名人街)로 나갔다. 상하이의 대표적인 문인과 예술가들의 거리다. 중국 현대문학의 아버지로 추앙받고 있는 루쉰도 이 지역에 살면서 작품 활동을 했다고 한다. 문인·예술가들의 조각과 거리의 상점, 오래된 건물들은 정감이 넘쳤다. 아이들은 자기 집 앞 골목 다니듯이 이리저리 뛰며 돌아다니고, 올리브는 이미 한 번 돌아본 곳이어서 이것저것 설명해 주었다.

그러는 사이 어스름 저녁이 내려앉기 시작했고, 우리는 중국 근대화의 상징인 황푸강(黃浦江)변의 옛 조계지 와이탄(外灘)으로 향했다. 멋진 야경이 펼쳐졌다. 내가 처음 상하이를 방문했던 1994년에는 서구 열강이 중국을 공략하기 위해 만든 옛 조계지역의 프랑스와 영국 등 유럽풍 건물들이 멋진 풍광을 자랑하고 있었는데, 지금은 건너편 푸동 신시가지에 즐비하게 들어선 고층 빌딩들이 수많은 관광객과 여행자들을 사로잡고 있다. 어둠이 내린 하늘에 고층빌딩에서 쏟아내는 불빛이 현란한 야경을 선사했다. 중국의 비약적인 성장을 보여주는 현장이다.

여행 첫날이라 그런지 푸동 지구까지 돌아보고 숙소로 돌아오는데 피로감이 몰려왔다. 황푸강 유람선을 탔을 때에는 배 한쪽의 의자에 앉아 꾸벅꾸벅 졸기도 했다. 신이 나서 천방지축으로 날뛰는 아이들을 보면서 '앞으로 일정을 어떻게 하는 것이 좋은가' 하는 생각이 머리를 떠나지 않았다. 아이들과 만난 지 반나절밖에 되지 않았고, 그들이 지금까지 여행해온 관성이 있기 때문에 섣불리 어떤 결론을 내리기는 힘들지만, 단순한 유람이 아니라 의미로 가득 찬 여행이 되려면 짜임새 있게 진행되어야 한다는 것은 분명했다. 아이들 공부는 어떻게 하고, 자신을 돌아보는 시간은 어떻게 갖고, 여행을 하면서 어떤 것을 배울 수 있도록 해야 하는가. 각자 여행의 주체가 되어야 한다 해도 궁극적으로 여행을 책임져야 할 가장으로서는 고민이 많을 수밖에 없었다. 여행의 모든 것을 내가 관리하고, 계획한 큰 틀 안에서 체계적으로 여행을 진행시켜야 한다는 일종의 강박관념과 책임의식이 작용한 때문이다.

## 가족여행은 낭만이 아니다

상하이에 도착한 다음 날, 아침 일찍 일어나 숙소 휴게실에서 무선 인터넷을 연결하기 위해 노트북과 한참 씨름을 하는데, 올리브가 나타났다. 한국에서는 아침에 일어나면 약간 멍한 상태였는데 상하이에선 일어나는 게 상큼했다. 올리브도 한국이었다면 가스레인지의 불부터 켜면서 아침을 준비해야 했겠지만, 여기서는 그럴 필요가 없다. 가볍게 인사를 나누고, 차를 한잔 하면서 아침의 상쾌한 기분을 느끼면 그만이다. 가벼운 산책을 해도 되고, 오늘은 어떤 곳을 여행할지 즐거운 상상을 하면 된다.

아이들은 일어나기 전이어서 올리브와 함께 루쉰 공원으로 향했다. 홍커우(虹口) 공원이라고 불렸던 이 공원은 서민들의 휴식처이자 운동 공간이었다.

**상하이 루쉰 공원** 이른 아침 곳곳에서 수백 명의 주민들이 체조와 운동을 하고, 춤을 추고 있다.

이른 아침인데도 셀 수 없이 많은 시민들이 공원에 나와 이곳저곳에서 무더기를 이루어 태극권도 하고, 쿵푸도 하고, 춤도 추고 있다. 자유로우면서 여유 있는 모습이다. 상하이는 급성장하는 중국 경제의 심장부 아닌가. '이런 공원의 아름다운 모습이 산업화와 경제개발에 밀려나지 않고 계속 남았으면 좋겠다'는 생각이 저절로 솟아올랐다.

루쉰 공원에는 루쉰 기념관과 루쉰의 묘가 있다. 중국 신문학의 아버지로도 불리는 루쉰(1881~1936)은 20세기 초 봉건제의 굴레와 서구열강의 침략, 중국 내부의 정치적 혼란과 국민당 정부의 민중운동에 대한 탄압 등으로 중국 민중의 삶이 최악으로 치달을 당시, 그들의 삶을 탁월하게 묘사한 작가였다. 대표적인 소설《아Q정전》의 아큐는 불운하고 애처로운 민중의 전형으로, 지금까지도 애독되고 있다. 중국공산당 정부도 이러한 루쉰의 문학적 성취와 위상을 높이 평가하고 기념관과 묘소를 잘 조성해 놓았다. 중국혁명의 아버지인 마오쩌둥(毛澤東)과 저우언라이(朱恩來)가 기념관과 묘소의 제자(題字)를 해서 붙여놓을 정도였다. 이른 아침인데도 어린 학생들이 기념관을 단체로 관람하면서 그의 생애에 대해 공부하고 있었다.

루쉰 공원을 거닐면서 올리브는 필리핀을 떠나 홍콩에서부터 상하이까지

**루쉰 기념관** 중국의 대문호 루쉰이 젊은이들과 대화하는 모습을 형상화해 놓았다.

의 여정에 대해 설명했다. 그야말로 배낭여행 왕초보들의 우왕좌왕, 좌충우돌 '고난의 여정'이었지만 그것을 통해 여행의 기초적인 사항들을 터득하였다.

그들은 필리핀 마닐라에서 비행기로 홍콩으로 이동해 마카오까지 돌아본 다음, 기차로 국경을 넘어 광저우에 도착했다. 홍콩과 마카오, 광저우에선 가이드북과 지도를 들고 걸어 다니며 구석구석 돌아보았다. 광저우에서 장자지에로 이동할 때에는 고속열차와 고속버스, 일반 버스를 갈아타며 고생도 많았다고 한다. 다행히 현지 주민의 도움을 받았지만, 말이 통하지 않아 필담(筆談)으로 겨우겨우 국제미아가 되는 건 면할 수 있었단다. 어렵

**장자지에의 절경** 창균이 찍은 사진으로 한 폭의 동양화를 보는 듯하다.

**광저우 쑨원 기념관 앞에서** 왼쪽부터 동군, 올리브, 창군, 멜론.

게 도착한 장자지에의 장관에 대해선 침이 마르도록 감탄했다.

올리브와 아이들은 장자지에에 이어 창사와, 중국혁명의 최대 성지인 마오쩌둥 생가까지 돌아보았다. 이곳에선 어마어마한 인파에 완전히 압도되었다고 했다. 창사 버스터미널은 혼잡의 극치였고, 창사에서 난징으로 이동하면서 독특한 침대버스도 경험했다. 한밤중에 난징에 도착한 버스가 터미널 주변 도로에 승객들을 내려놓는 바람에 당황하다가 택시를 잡아타고 겨우 숙소에 도착할 수 있었다. 난징에서는 일제의 만행을 보여주는 난징 대학살 기념관과 쑨원(孫文) 묘지 등을 돌아보고 버스로 쑤저우(蘇州)를 거쳐 상하이로 왔다. 쑤저우에서는 미로 같은 운하를 돌아보다 동군을 잃어버리는 사건도 겪었다.

하루 하루, 한 걸음 한 걸음, 내디딜 때마다 순탄한 여정은 하나도 없었다. 하지만 이런 우여곡절을 거치며 중국이라는 나라를 여행하는 법을 하나씩

**난징 대학살 기념관** 1937년 12월 일본군에 의해 30만 명의 양민이 학살된 비극의 역사를 고발하는 기념관이다.

익힐 수 있었다. 지도를 독해하는 법이라든가, 버스나 기차를 어떻게 예약하고 타야 하는지, 숙소는 어떻게 잡아야 하는지 하는 것들을 익혔다. 자기 짐은 자기가 챙겨야 하고, 각자 필요한 것은 스스로 찾아야 한다는 점도 깨닫고 실행에 옮겼다. 잠자기 전에는 일기를 쓴다든가, 특별한 경우가 아닌 한 대중교통을 이용한다는 원칙도 실천하고 있었다.

평소에도 내공이 강하다고 생각하고 있었지만, 철부지들을 이끌고 종횡무진 여행을 펼쳐온 올리브가 대단했다. 올리브는 고등학생인 동균과 중학생인 멜론은 여행을 주도적으로 해나가기가 아직 어렵지만, 창균은 빠른 학습능력을 보이면서 많은 도움을 주고 있다고 했다. "창균이 없었으면 제대로 여행하기 어려웠을 거야." 올리브는 창균에게 고마움을 표시했다.

그동안의 여정을 설명하며 올리브는 들뜬 모습을 보이다가도 한숨을 토하고 '힘들다'는 말을 여러 차례 반복했다. 그런 올리브의 어깨를 가볍게 끌어안았다. 올리브는 왕초보 가족 배낭여행단의 단장으로서 지금까지 여행을 무사히 이끌어온 데 대한 안도감과, 다른 한편에서는 '믿음직한' 남편을 만난 데 따른 기쁨과 기대를 갖고 있었지만, 확실히 지쳐 보였다. 본격적인 여행은 아직 시작도 되지 않았는데 벌써 지친다면 어떻게 한단 말인가. 올리브가 남편에게 기대고 싶은 것은 당연했다. 엄청난 원군을 얻은 것 같겠지만 사실 나도 배낭여행에 왕초보다.

우리 부부는 1980년대 같은 대학을 다닌 캠퍼스 커플이다. 함께 민주화 투쟁을 위해 거리로 나서기도 했던 이른바 '386세대' 커플이다. 그동안 다툼과 위기가 여러 차례 있었지만, 그럴 때마다 '시간'이 둘 사이의 갈등을 해결해 주었다. 미운 정 고운 정이 들었지만, 그렇다고 모든 것을 다 싸안기 힘들 때도 있었다. 올리브는 대학 강사에다 대학의 연구원, 생활협동조합의 이사장 등으로 바쁜 생활에 쫓기면서 육아와 집안일을 챙겨야 했고, 나는 신문기자로 새벽부터 저녁 늦게까지 일에 매달리다 보니 집안일이나 가족들을 제대로 돌보지 못했다. 나름대로 가족과 집안일에 신경을 쓴다고 했지만, 한계가 있었다. 가족이 깊은 애정과 신뢰, 사랑으로 이루어지기보다는 각자 맡은 일에 충실한 '역할 분담' 방식으로 운영되어온 측면이 강했다고나 할까. 그러다 보니 올리브가 여행의 힘겨움을 토로할 때도 진심으로 이해해 주기보다는 오히려 우선 성가시게도 느껴졌음을 고백한다. 올리브 말에 공감하기보다 '그래서 어쩌란 말이냐'는 생각이 불쑥불쑥 들기도 했다. 우리 부부는 겉으로는 아주 평화롭고 사랑스러워 보일지 모르지만, 속으로는 아직도 팽팽한 긴장과 갈등의 연속선상에 놓여 있었던 것이다.

숙소로 돌아와 아이들을 챙겨 어제 들렀던 한식점 홍동을 다시 찾았다. 올리브는 내가 여행에 합류하면서 식단이 갑자기 화려해지고 한국식으로 바뀌었다며 살짝 불편한 기색을 내비쳤다. 지금까지 여행을 하면서 절약하고, 현지 음식을 먹고, 저녁에는 일기를 쓰고 잠자리에 드는 등의 원칙을 꼼꼼히 실천해왔는데, 내가 오면서 갑자기 그 질서가 흐트러지고 있다는 것이었다. 아이들은 내가 합류하자 신이 나서 그동안 억눌러왔던 욕구를 마구 발산하였고, 나는 그런 아이들의 욕구를 아무 저항 없이 그대로 받아들이고 있었다. 그때는 잘 몰랐지만, 그것이 올리브와의 관계에 미묘한 신경전의 요소로 작용하면서 서로를 불편하게 만들고 있었다.

## 중국공산당과의 첫 만남

하지만 언제까지 신경전에 빠져 있을 수는 없는 일. 이제 시작 아닌가. 여행을 하면서 서로를 이해하고 긴밀한 관계를 맺는 것도 이번 여행의 목표 가운데 하나였다. 식사를 하면서 오늘 어디를 여행할지 이야기를 나누었다. 나는 무엇보다 중국공산당이 최초로 출범한 기념지, 즉 중국공산당 1차 전국대표회의가 열린 곳(中共一大會址)에 가고 싶었다. 그런데 그곳은 올리브와 아이들이 상하이에 도착한 다음 날 이미 돌아본 곳이었다. 올리브는 상하이에서 내가 합류할 것을 고려해 '아이들과 먼저 가볼 곳'과 '남편이 오면 함께 가볼 곳'으로 나누어 일정을 잡았다. 그 가운데 와이탄은 나와 함께 갈 곳으로 분류해 일부러 가지 않고 남겨두었다. 그런데 내가 중공 1차 대회 터를 가보겠다고 나서면서 일정에 혼선이 생겼다. 결국 올리브와 동군, 멜론은 숙소에서 쉬기로 하고, 창군이 나를 안내하겠다며 따라나섰다. 사실 과거에 취재차 상하이를 몇 차례 방문해 명소들을 돌아본 적이 있던 나는 특별히 더 구경할 필요를 느끼지 못하고 있었다. 어쨌거나 나는 여행 일정을 일방적으로 좌우한 셈이 되었고, 올리브는 이래저래 마음이 불편했다.

창군이 전철을 타고 가는 방법을 잘 안다며 앞장섰다. 중국 현대사는 1980년대 중반, 20대의 피 끓는 청년이었던 나에게 세계를 보는 시각을 근본적으로 뒤집어 놓은 일대 사건과 같은 주제였다. 당시 '죽의 장막'에 가려 있던 중국은 한국전쟁 때 북한의 동맹군으로 참전한 '침략의 원흉'이며, 문화대혁명의 미명 아래 광기에 가까운 비인간적 행위를 자행한 '위험한 집단'으로 인식되어 있었다. 한국은 중국과 수교가 이루어지지 않았고, 대만과 긴밀한 외교관계를 유지하던 때였다. 중국이란 말 대신 '중공'이란 말이 쓰이던 때였다. 하지만 대학에서 중국 현대사를 접하면서 엄청난 전율을 느꼈다.

이전에 알고 있던 것과 달리 마오쩌둥과 중국공산당은 괴물 같은 존재가 아니었다. 그들은 농민과 노동자, 지식인과 함께 반(反)봉건·반(反)식민지 혁명을 동시에 성취한 엄청난 역사의 주인공들이었다. 민중이 중심이 되는 사회변혁을 이루어 낸 혁명가들이었다. 마오의 역사 및 사회모순에 대한 인식과 혁명이론은 당시 민주화와 사회변혁을 꿈꾸던 한국의 청년들에게 한 줄기 강한 햇살이 되었다. 마오와 중국 현대사에 대한 인식이 왜곡되어 있었던 만큼, 반대로 중국혁명과 혁명가에 대한 '왜곡된 동경'을 갖게 만든 시절이었다.

젊은 가슴을 뛰게 만들었던 바로 그 중국공산당이 고고성을 울린 곳을 찾아간다고 생각하니 흥분과 긴장이 동시에 몰려왔다. 중공 1차 대회 기념관은 시내 중심가 황피난루(黄陂南路)의 타이핑치아오(太平橋) 공원 건너편에 자리잡은 작은 건물이었다. 기념관에는 중국 현대사를 압축해서 설명해 놓아 한동안 잃어버리고 지냈던 그 격동의 과정을 되돌아보게 했다.

19세기 초반부터 시작된 서구 열강과 일본의 침략은 1840년 아편전쟁이 일어나면서 노골화한다. 이어 중국은 영국과의 전쟁, 태평천국의 난, 일본과의 전쟁에 이어 1898년의 무술변법 개혁운동(戊戌維新), 의화단 운동과 1911년의 신해혁명에 이르기까지 격변의 시대를 보냈다. 중국은 외세에 대응하면서 다양한 개혁을 펼쳤으나 국민의 대다수를 차지하는 농민과 노동자들의 삶은 갈수록 피폐해졌고 도탄에 빠졌다. 이런 과정에서 "중국은 서구적인 시민민주주의 혁명, 즉 부르주아는 혁명을 이끌어나갈 힘이 없음을 보여주었으며, 농민과 프롤레타리아가 혁명을 주도해야 한다는 인식이 확산되었다"고 기념관에선 설명하고 있었다.

중국공산당은 농민과 노동자, 즉 프롤레타리아가 중심이 된 반봉건·반식민주의 인민혁명의 주도 세력으로 등장했다. 창당을 위한 첫 대표회의가 1921년 7월 23일 공산당 대표 13명과 코민테른 대표 2명 등 15명이 모인 가운데 열렸다. 당시 공산당원은 모두 53명에 불과할 때였다. 그 첫 회의 장소가 바로 이곳이었다. 이 건물은 대표회의가 열리기 1년 전인 1920년 가을 완공된 중국 전통 가옥구조의 2층짜리 목조건물로, 13명의 대표 중 한 사람인 리한준(李漢俊)의 집이었다고 한다. 회의가 열린 방은 가로 4m, 세로 6m의 작은 방으로, 15명이 들어가 앉기에도 아주 협소해 보였다.

1차 회의에 참석한 인물은 중국혁명의 아버지인 마오쩌둥을 비롯해 허슈헝(何叔衡), 동비우(童必武), 첸탕치(陳潭秋), 왕진메이(王盡美), 덩은밍(鄧恩明), 리다(李達), 리한준, 장궈타오(張國燾), 리우런징(劉仁靜), 첸공보(陳公博), 저우포하이(周佛海), 바오후이승(包惠僧)이었다. 기념관에 걸려 있는 설명문을 보면서 참석자들의 이름을 하나하나 메모했다. 나중에 사람들의 머리에 기억되는 이는 이 중 일부일지 모르지만, 한 사람 한 사람이 귀중하고 의미 있어 보였다.

중국공산당원들은 이곳에서 대표회의를 끝낼 수 없었다. 회의 참가자들은 프랑스 조계지역에 대한 경찰의 조사망이 좁혀오자 일주일째인 7월 30일 회의를 중단하고 80여 km 떨어진 저장성(浙江省) 지아싱(嘉興) 시로 피신해야 했다. 이들은 지아싱 시에 있는 남호(南湖)의 한 유람선에서 회의를 속개해 8월 1일 역사적인 중국공산당 창립을 선언할 수 있었다. 시작은 초라하고 미약했지만, 지금은 수억 명의 당원을 거느린 세계 최대의 정당으로 13억의 중국을 이끌고 있다. 작은 2층 건물이지만, 세계사에 엄청난 영향을 미친 자리였다.

이곳은 지금 중국의 가장 대표적인 혁명유적지로 공산당원은 물론 학생, 군인, 공무원 등의 필수 견학 코스가 되었다. 창사에 있는 마오의 생가, 대장정 당시 지도부가 있었던 옌안(延安), 베이징(北京) 천안문 광장의 인민대회당에 안치된 마오의 시신과 함께 대표적인 홍색(紅色) 관광지, 국민들에 대한 혁명 교육 코스다. 우리가 방문했을 때에도 중국 군인들이 잔뜩 긴장한 상태에서 이곳을 집단으로 참관하면서 중국혁명과 공산당의 역사를 되새기고 있었다.

1920~40년대 이들은 자신의 몸을 돌보지 않고 주어진 역사적 과제를 실천해 혁명을 이끌었다. 그러나 지금 중국은 어떠한가. 당시 혁명 원조들이 갖고 있던 민중에 대한 애정과 헌신성을 갖고 사회변화를 위해 치열하게 노력하고 있는가. 이것은 이번 여행을 통해 하나하나 확인하고 싶었던 점인데, 나로선 중국공산당 창당기념관이 여행의 출발점으로 아주 괜찮았다.

공산당 창당 기념관을 나서 카페와 레스토랑, 쇼핑몰들이 밀집해 있는 신천지(新天地)를 돌아본 다음, 올리브, 동군, 멜론과 만나기로 한 예원(豫園)으로 향했다. 예원은 명나라 때의 한 관리가 고향을 그리워하는 아버지를 위해 만든 고전적인 남방양식의 아름다운 정원이다. 연못과 누각과 정자, 담장, 나무와 꽃, 각종 조형물들이 조화를 이루고 있는데, 건축물들이 미로와 같은 회랑으로 이어져 이곳저곳을 한참 돌아보아도 정원의 전체 모습을 파악하기 어렵다. 예원에는 상하이 최고의 관광명소답게 엄청난 인파가 몰려 있었다.

그 인파 속에서 가족이 함께 움직이는 건 보통 일이 아니었다. 매표소 입구에서 만나기로 했는데, 정확한 장소를 찾지 못해 한참을 헤맸다. 가까스로 가족을 만나 정원과 상가를 구경할 때에도 누군가 한 사람이 어떤 누각이나 조형물에 관심을 보이면 다른 사람들은 그를 기다려야 했다. 잠깐 한눈을 팔다 일행을 잃어버려 여기저기 두리번거리면서 가족을 찾아야 했다.

예원과 상하이 시내를 한참 돌아다니다가 가이드북에도 나오는 유명한 만두집 완쇼차이(万壽齋)에서 얇은 만두피에 고기와 야채 등을 넣어 찐 샤오롱바오(小籠包)를 먹고 숙소로 돌아왔다. 숙소는, 처음엔 잘 몰랐지만, 아늑하면서도 리셉션과 휴게실, 침실과 샤워실 등이 짜임새 있게 배치되어 있는 곳이다. 교통도 편리하다. 올리브는 내가 도착하기 전부터 괜찮은 숙소를 찾기 위해 무진 애를 썼다고 말했다. 무엇보다 시설이 괜찮을 것, 시내와 멀리 떨어져 있지 않을 것, 하지만 복잡한 시내를 피해 좀 여유가 있을 것 등을 정하고, 인터넷을 검색하고 또 검색했다고 했다. 전체 가족이 세계여행을 시작하는 곳이나 마찬가지이기 때문에 아무 곳이나 잡을 수는 없었다고 했다. 그래서 고르고 고른 것이 이 코알라 가든 하우스였다.

올리브는 홍콩에서부터 여행을 강행군한 후유증 때문에 자주 피곤한 모습을 보였다. 다음 여행 일정이 확정되지 않은 것도 피로감을 높였을 것이다. 앞으로 상하이 남부인 저장성 항저우(杭州)를 거쳐 황산(黃山)에 오른 다음, 북쪽으로 방향을 틀어 공자(孔子)의 고향인 산둥성(山東省) 취푸(曲阜)와 중국의 명산 태산(泰山)을 거쳐 베이징으로 가기로 했는데, 숙소나 교통편 예약 등 처리해야 할 일이 많았다. 빡빡한 일정도 부담이 되고 아이들은 여전히 천방지축이었다. 남편이 도착하면 상황이 좋아질 것으로 생각했던 올리브는 오히려 일이 꼬이는 것 같고, 남편도 헷갈리기는 마찬가지니 이래저래 힘들어하는 눈치였다.

나는 나대로 가장으로서 여행을 이끌고 아이들을 관리해야 한다는 강박관념에 시달리면서 여행 일정을 일방적으로 좌우했다. .그러면서 소통이 잘 안 된다는 불안감에 휩싸이는가 하면 다른 한편으로는 여행의 체계와 일정, 비용 등에 대한 복잡한 생각으로 뒤숭숭한 상태였다.

세상과의 연결코드를 뽑고 호기롭게 가족 세계일주 여행에 나섰지만, 우리는 한국에서 갖고 있었던 여러 문제를 하나도 빠뜨리지 않고 고스란히 챙겨서 이곳 상하이까지 가지고 온 가족이었던 것이다.

상하이~항저우~황산

# 나흘 만에 따로 나선 여행길

## 부부 사이에 드리운 냉랭한 공기

계속 피로감을 보이던 올리브가 결국 다음 날 '폭탄선언'을 했다. 아침에 인터넷을 연결해 중국 도착 이후의 근황을 카페에 올리고 있던 나는 한국을 떠난 지 얼마 되지 않았지만, 소식을 올리게 되어 마음이 좀 가벼워졌다. 회원이라고 해봐야 부모님을 포함해 청주와 서울, 광양에 있는 가족과 주변의 친지 몇 명이 전부지만, 이 카페는 여행 소식을 전달하는 중요한 창구였다.

한참 소식을 업로딩하는데 올리브가 나타나더니 머뭇머뭇거리다 1주일 정도 먼저 베이징으로 가고 싶다고 말했다. 지금까지 여행으로 지친 몸과 마음을 재충전하고, 특히 논문을 하나 정리해서 한국에 보내야 하는데 그 시간이 필요하다는 것이었다. 올리브의 처지가 이해 안 되는 것은 아니지만, 그렇다고 "그래, 먼저 베이징으로 가" 하는 말이 금방 떨어지지 않았다.

올리브의 말을 들으면서 우리 부부의 현격한 인식 차이를 느낄 수 있었다. 나는 내 입장에서만 생각했다. 올리브와 아이들을 필리핀으로 보낸 후 서울에서 두 달여 동안 집과 여행 비용 등 복잡한 문제를 처리하고 상하이에 막 도착한 나로서는 또 이별이라니 기가 막혔다. 더구나 천방지축으로 날뛰는 아이들을 혼자 데리고 여행해야 한다는 부담이 몰려왔다.

"지금까지 힘들었던 건 이해하겠는데, 바로 헤어지고 싶지는 않아. 이제 겨우 상하이에 도착해서 여행을 시작한 참이잖아. 내가 있으니까 좀 여유가 생길 거야. 일단 항저우로 같이 가서 시간을 가져보자."

나는 올리브를 달래면서도 마음이 불편했고, 올리브는 올리브대로 자신을 충분히 배려해주지 못하는 남편을 서운하게 생각하는 것 같았다. 어찌 보면 둘 다 자기 자신만 생각하고 있었다. 서울에서도 엇갈린 경우가 많았는데, 여행 시작부터 마음이 무거워졌다. 자꾸만 안 좋은 쪽으로 상상력을 발동시켜 이러다 피곤한 여행이 되어 버리는 게 아닌가 하는 불안이 엄습했다.

일단 체크아웃을 했다. 여행에 익숙해진 아이들은 각자 자기 짐을 스스로 챙겨 숙소를 나왔다. 올리브만 손으로 캐리어를 끌고, 나와 아이들 모두 집채만 한 배낭과 작은 가방을 등에, 앞가슴에, 어깨에 멨다. 겉으로는 아주 멋진 가족 배낭여행단이다. 전철을 타고 홍차오 역으로 향했다. 아이들은 전철에서 셀카를 찍으며 신나는 모습이었지만, 나와 올리브 사이에는 여전히 냉랭한 기운이 가시지 않았다.

홍차오 역은 최신식 시설과 엄청난 크기가 사람을 압도했다. 서울역보다 훨씬 커 보인다. 철 골조와 반들반들한 유리 구조가 인간미는 없이 효율성만 중시하는 것 같아 정감이 가지는 않았다. 우리가 탄 고속열차 G7311호는 12시에 홍차오 역을 출발해 항저우를 향해 질주했다. 열차 안의 전광판이 주행속도를 알려주는데, 처음 시속 100km였던 것이 250km를 넘어 300km까지 올라갔다. 도입된 지 얼마 되지 않은 고속철의 내부는 아주 깔끔하게 단장되어 최신 시설의 느낌이 그대로 전해졌다. 잠깐 잠든 것 같았는데 일어나보니 항저우였다. 180km 거리를 1시간 만에 주파한 것이다.

항저우에 도착해 내부가 나무로 장식된 Y2 버스를 타고 서호(西湖) 근처의 항저우 유스호스텔(杭州青年旅舍)로 향했다. 저장성의 성도인 항저우는 중국의 8대 고대도시 가운데 하나다. 8000년 전부터 사람이 살기 시작했다는 이곳 항저우의 전성기는 남송 시대였다. 남송 고종 때인 건염(建炎) 3년(1129년)에 왕실을 항저우로 옮기고 임안부(臨安府)로 개칭했으며, 이어 소흥(紹興) 8년(1138년)에 임안을 정식 수도로 정해 이후 152년 동안 남송의 수도로 번영했다. 13세기 중국을 여행한 후 《동방견문록》을 쓴 마르코 폴로는 항저우를 세계에서 가장 아름다운 곳이라고 말할 정도였다. 온화한 기후에 적절한 강수량으로 중국에서 최고의 품질을 자랑하는 용정차(龍井茶)의 고향으로도 유명하다. 어른 한 아름이 넘는 굵은 가로수들이 이런 역사를 반영하는 듯했고, 버스는 도로를 천천히 달렸다.

## 그래도 여행은 계속된다

항저우 유스호스텔은 멋진 숙소였다. 상하이의 코알라 가든 하우스가 좁은 공간에 휴게실과 침실이 오밀조밀하게 붙어 있었던 것에 비해 넓은 면적에 야외 휴게실까지 갖추고, 침실도 상당히 여유 있었다.

첫 방문지 서호는 말 그대로 항저우 서쪽에 있는 큰 호수로 예로부터 여기에 매료된 시인묵객들이 그 아름다움을 시로 노래하고 화폭에 담았다. 우리는 단교(斷橋)에서 백제(白堤)로 이어지는 산책로를 천천히 걸었다. 백제는 당나라 시대의 관리이자 시인인 백거이가 항저우의 태수로 있을 당시 쌓은 제방으로 서호의 동쪽에 자리 잡고 있다. 서쪽에는 송나라의 소동파(蘇東坡)가 축조한 소제(蘇堤)가 있다.

옅은 안개가 내리깔린 서호를 돌아 여기서 빼놓을 수 없는 식당 로와이로(樓外樓)에 들렀다. 동군이 어디에서 보았는지 서호엔 동파육(東坡肉)이 유명하다는 말을 꺼냈고, 나도 무조건 동파육은 먹어야 한다며 여행단을 끌고 갔다. 두툼한 삼겹살을 쪄서 소스를 뿌린 동파육 1개와 호빵 1개가 18.8위안(약 3400원)이니 중국 음식치고는 비교적 비싼 편이었다. 로와이로 동파육은 소동파가 항저우 태수로 있을 때 서호 준설자들의 노고를 치하하기 위해 만든 음식이라는데 색깔이 붉고 맛도 일품이었다.

늘 메모의 습관화를 주장하는 내가 '樓外樓, 東坡肉' 등의 메모를 하는데, 동군도 메모장을 꺼냈다. 이전에 볼 수 없었던 태도다.

인상서호(印象西湖) 쇼는 구경할지 말지 한참을 고민했다. 인상서호는 〈붉은 수수밭〉과 〈영웅〉 등의 영화를 만든 중국의 유명 영화감독 장이머우(張藝謨)가 연출한 쇼로, 멜론이 무척 보고 싶어 했다. 하지만 쌀쌀한 날씨가 마음에 걸렸다. 가족 모두 얇은 반팔 셔츠 차림이라 호수의 차가운 밤바람을 맞으며 야외에서 1시간 이상 앉아 있기는 무리였다. 1인당 260위안(약 4만 6800원)이나 하는 티켓값도 적잖이 부담이 되었다.

결국 이야기 끝에 쇼를 구경하는 건 아무래도 무리라는 결론을 내렸다. 멜론이 못내 아쉬운 표정을 지우지 못했지만 그대신 베이징에서 중국의 전통 경극(京劇)을 보기로 했다.

숙소로 돌아와 향후 일정에 대해 간단한 회의를 했다. 나와 올리브는 하루 종일 짬이 날 때마다 일정에 대해 계속 이야기를 나누었지만, 아이들과도 공유할 필요가 있었다. 우선 에너지를 충전하고 논문을 완성하기 위해 올리브는 여기서 사흘을 더 묵기로 하였다는 이야기부터 꺼냈다. 아이들은 수긍하는 태도였다.

"우리는 내일 황산에 갔다가 취푸로 갈 거야. 취푸 알지? 공자님, 맹자님 고향. 근처에 태산이 있어. 취푸에선 엄마를 만나 다시 함께 여행하게 될 거야. 여기에 남아 있고 싶으면 취푸로 바로 와도 돼."

아이들은 어떻게 해야 할지 고민하자 올리브가 입을 열었다.

"여기선 특별히 어딜 돌아다니거나 하지는 않을 거야. 숙소에 머물면서 해야 할 일이 많아서. 그래도 좋다면 나랑 같이 있어도 돼." 아이들이 이구동성으로 황산에 따라가겠다고 나섰다.

이렇게 해서 여행을 시작한 후 처음으로 '따로 또 같이' 일정이 만들어졌다.

이야기를 끝낸 후 각자 일기도 쓰고, 필요한 공부를 하고, 잠자리에 들기로 했는데 침실로 갈 생각은 전혀 하지 않고 모두 컴퓨터에 매달렸다. 작은 소리로 타일러 봤지만 꿈쩍도 하지 않는다. "이제 올라가! 시간 다 됐어!" 하고 최후의 통첩성 일성을 날린 후 2층으로 올라갔다가 다시 확인해 보니 여전히 휴게실의 컴퓨터 앞이었다. 야단을 칠까 하다가 일단 아이들이 무엇을 하는지 살폈다. 그런데 이게 웬걸? 동군은 엄마 노트북에 일기를 쓰고 있고, 창군과 멜론은 그동안 써 놓은 일기와 사진을 정리해서 카페에 올리고 있었다. 괜히 아이들을 의심한 내가 부끄러워졌다. 아이들은 이미 스스로 무엇을 해야 하고, 어떤 일을 자제해야 하는지 알고 있는 것이다. 그걸 일일이 간섭하고 지시하려 들면 오히려 역효과가 날 것 같았다.

방에서는 올리브가 짐을 정리하고 있었는데, 필리핀에서부터 갖고 온 책과 글을 쓰기 위해 준비한 자료에 옷가지가 한가득이다. 장기 여행을 하려면 짐을 가볍게 해야 하는데, 엄청난 무게가 나가는 책까지 들고 중국 남부 시골 마을을 어떻게 돌아다녔는지 기가 막힐 지경이었다.

올리브는 지금까지 여행을 한다고 했지만, 일상의 굴레에서 벗어나지 못하고 있었던 것이다. 여행을 여행답게 하고 여행의 목표를 제대로 이루려면 현실과 연결된 코드는 과감하게 뽑고 여행 자체에 몰입해야 한다. 그런데 올리브는 일과 가정이라는 두 가지 속박을 그대로 유지한 채 생초보 배낭여행단을 이끌고 중국의 남부 시골을 헤매고 다녔다. 올리브가 빨리 그 부담에서 해방되는 것이 필요했다. 나와 우리 가족에게도 필요했다. 올리브의 해방이 나의 해방이요, 우리의 해방이다.

올리브를 가볍게 끌어안고 말했다.

"당신에게 필요한 건 저 책에서 해방되는 거야. 여기서 충분히 시간 갖고 끝내도록 해." 올리브가 고개를 끄덕이며 코를 훌쩍였다.

## 머무름과 떠남의 경계지대

아침의 호수는 사람의 마음을 편안하게 만드는 마력이 있다. 낮에는 햇볕을 받아 현란한 몸체를 드러내며 자신을 뽐내기도 하고, 때로는 세상을 집어삼킬 듯이 바람에 일렁이기도 하지만, 새벽에는 그 모든 것들을 끌어안은 채 평온히 가라앉아 있다. 그러한 호수는 우리의 마음을 닮았다.

항저우 도착 다음 날 이른 아침 올리브와 서호 주변을 산책했다. 창군도 따라나섰다. 나와 올리브가 상상력을 동원해 농업지대 저수지로서 서호의 필요성과 용수 및 관개시설의 중요성, 백거이와 소동파의 이야기를 두서없이 주고받는데 창군이 귀를 쫑긋 세우고 열심히 듣는 게 제법 어른스러웠다.

산책을 마치고 다음 행선지인 취푸의 숙소를 인터넷으로 예약했다. 호스텔월드 사이트(www.hostelworld.com)에서 예약을 했는데, 시스템이 잘 정비되어 있어 복잡하거나 어렵지 않았다. 인터넷 연결만 원활하면 앞으로도 숙소 예약은 수월하게 이루어질 것 같았다.

인터넷에 접속한 김에 이메일을 점검하는데, 중국 출발 전날인 10월 11일 회사의 인사 명단이 올라와 있었다. 큰 글씨로 '이해준 의원면직'이라고 적혀 있었다. 이번 가족여행기를 신문에 연재한다는 별도의 계약까지 맺고, 여행을 마친 다음에는 회사 복귀를 약속했지만, 실제 인사 발령문을 보니 '아, 내가 회사를 그만두었구나' 하는 현실이 새삼스럽게 다가왔다.

사실 신문사 입사 후 사직을 생각해본 것은 수도 없지만 실제 '사직서'를 쓴 것은 이번이 처음이고 '의원면직'이라는 인사발령을 받은 것도 처음이다. 사회 발전에 도움이 되어야 한다는 이상과 엄연한 기업체인 신문사가 당면하고 있는 현실 사이의 갈등, 기자로서 가졌던 희열과 새로운 이슈를 쉼 없이 쫓아다니면서도 무언가 본질을 놓치고 있다는 허탈감, 새벽 5시부터 때로는 한밤중~새벽까지 이어지는 업무와 술자리, 그로 인해 점점 희석되는 자신의 정체성, 갈수록 멀어지는 가족과의 거리…. 이런 것들로 번민에 휩싸였던 시간들이 뇌리를 스치고 지나갔다.

세계일주 여행. 그것은 나에게 닿을 수 없는 구름이나 무지개 같은 것이었다. 한 번이라도 세계일주를 꿈꿔 보지 않은 사람이 있을까만, 직장인이자 가정을 거느린 가장으로서 이 꿈은 가당치도 않았다. 과감하게 '일탈'을 결심할 '용기'도 없었다.

그러다 세계일주 여행을 시작하기 1년 6개월 전, 어찌 보면 아주 사소해 보이지만 우리 가족이 그동안 견지해 온 삶의 방식을 전면적으로 돌아보게 만든 계기가 발생했다. 바로 당시 고등학교 1학년이었던 둘째 동군의 중간고사 성적이었다. 그 성적은, 내가 생각할 때 최악이었다. 언어(국어)나 사회탐구 분야는 그래도 형편이 나았지만 영어와 수학은 최악이었다. 객관식 문제의 점수는 '찍어서' 맞힐 수 있는 확률보다도 못했고, 주관식 문제는 아예 풀 엄두를 내지 못했다. 과학탐구 분야도 크게 다르진 않았다. 좋은 성적을 기대한 것은 아니었고, 평소 '행복은 성적순이 아니다'라고 믿고 공부를 강요하지 않았지만, 내가 생각했던 것과 너무나 다른 현실에 아연실색하지 않을 수 없었다.

동군이 중학교에 입학하면서 학교 공부에 큰 흥미를 느끼지 못하고 컴퓨터 게임에 몰입하는 경우가 많았지만, 그의 잠재력에 대해선 한 번도 의심하지 않았다. 어느 부모나 내 아이가 천재는 아닌가 하고 생각해본 적이 있을 텐데, 우리 역시 마찬가지였다. 그의 독서열을 보면 그를 신뢰하지 않을 수 없었다. 어려서부터 책을 무척 좋아했던 동군은 늘 손에서 책을 놓지 않았다. 초등학교 때 만화와 역사 관련 서적을 좋아하던 그의 독서 취향이 중학교에 입학한 후 만화와 무협, 판타지로 급속히 기울었지만, 책은 여전히 그의 가장 친한 친구였다. 대여점에서 책을 잔뜩 빌려 산더미처럼 쌓아놓고 닥치는 대로 읽었는데, 하루 대여섯 권은 예사였다. 심지어 할아버지 할머니 댁에 갈 때 뒤로 빼는 동군을 달래는 방법이 대여점에서 책을 빌려주는 것이었다. 가끔 어려운 역사책이나 두꺼운 문학작품을 갖다 주기도 했는데, 몇 장 넘기다 흥미가 있다 싶으면 순식간에 읽어치웠다. 혹시나 하여 나중에 책의 내용에 대해 물어보면 줄줄이 이야기했다. 건성으로 읽는 것이 아니었다. 가끔 올리브는 동군이 즐겨 읽는 판타지를 함께 읽곤 했다. 그때마다 올리브는 동군이 추천해준 책의 세계관과 이야기의 구성, 주인공의 사고와 성장 과정에 대한 묘사 등에 혀를 내두르곤 했다. 그렇다면 동군의 내면엔 엄청난 세계가 형성되고 있을 게 분명했다.

그런데 동군을 둘러싼 현실은 너무 답답했다. 학교는 아이의 특성과 취향을 고려하는 것이 아니라 정해진 코스에 따라, 말하자면 대학 입학을 위해 설계된 코스에 따라 가르치고 점수에 따라 서열화했다. 동군은 거기에 적응하지 못해 방황하였다. 스스로도 이래선 안 되겠다고 생각한 것 같지만 어떻게 해야 할지 방법을 찾지 못했다. 우리 부부도 대학 입시라는 엄연한 현실을 외면할 수 없었다.

처음으로 성적 이야기를 꺼냈다. "동군, 공부하는 거 힘들지?" 가능하면 위압감이나 상처를 주지 않으면서 최대한의 호의와 심정적 동조감을 담고자 했다. 평소 아빠에게 데면데면하던 동군도 이날만은 진지하게 받아들였다.

"응."

짧은 대답이었지만, 동군도 무언가 동조와 도움을 바라는 듯했다. 무슨 과목이 가장 힘드냐고 다시 물으니 영어라고 했다.

"어떻게 하면 좋을까?" 동군에게 물어본 것이기도 하지만, 나 스스로에게 물어본 말이기도 했다. 동군에게 들려줄 말은 이미 정해져 있었다. 매일 예습 복습을 철저히 하자! 이런 이야기는 6개월 전에도, 1년 전에도, 2년 전에도 했었다. 이날 이후 동군의 태도와 생활방식에 변화가 오는 듯했지만, 며칠 가지 않았다. 동군은 예전의 모습으로 빠르게 되돌아갔다. 일단 컴퓨터 게임을 시작하면 거기에 몰두하기 때문에 대화를 나눌 수가 없다. 몰입하기 시작하면 무섭게 집중하고 그러면서 점점 중독되어 갔다. 게임을 저지하려는 아빠와 게임에서 해방감을 찾는 아들의 갈등이 깊어졌다.

변화가 필요했다. 5월 초 어느 날 저녁 올리브에게 말했다.

"우리 한 1년 정도 해외여행을 하면서 동군에게 영어 공부도 시키고, 우리 생활도 다시 설계해 보면 어떨까? 세계일주, 떠나자!"

말을 꺼내기 무섭게 올리브가 일말의 머뭇거림도 없이 "좋아!" 하며 단호하게 찬성을 표시했다. 이전에도 그런 이야기가 나오면 "당신이 원하면 그렇게 해!"라며 개방적인 입장이었지만, 이번에는 결연했다.

하지만 여행은 달콤한 꿈이고, 현실은 냉혹했다. 아이들 학교 문제부터 나와 아내의 직장 문제, 여행 경비 문제, 집 문제에다 이미 80대 중반으로 접어드신 부모님도 걸리고, 여행 후 어떻게 생활을 할 것인지 등 해결할 문제가 한두 가지가 아니었다. 멀쩡한 학교와 회사를 그만두고 한 가족이 1년 동안 세계여행을 하기 위해선 점검하고 준비해야 할 것들이 너무 많았다.

특히 직장과 생활의 문제는 합리적으로 판단하기 어려웠다. 직장을 그만두어야 하는 이유는 몇 가지 되지 않았지만, 직장을 계속 다녀야 하는 이유는 셀 수 없이 많았다. 현재의 괜찮은 여건을 내팽개치고 세계여행을 한다는 것은 말이 좋아 도전이고 모험이지, 사실은 '미친' 짓이었다. 현재는 안정적이고 확실하지만, 우리가 선택하려는 미래는 불안하고 불확실했다.

근본적인 발상의 전환이 없이는 결론을 낼 수 없었다. 그것은 아주 단순하게 세계여행을 '하느냐', '마느냐'의 양자택일 문제, 그 이상도 이하도 아니었다. 결론을 내리면 무모하고 어처구니 없을지 몰라도 단순해져야 했다. 우리는 우리가 진정 원하는 것이 무엇인지, 사회적 책무에 짓눌린 채 외면하거나 숨겨왔던 마음을 열고 이야기했다. 앞만 보고 달려오면서 자신이나 주변을 돌아볼 여유가 없었고, 부부 사이는 물론 아이들과도 갈등과 충돌이 많아졌고, 아이들은 아이들대로 방황하고 있는 현실, 심하게 흔들리는 가정에 대해 이야기했다. 이런 상태를 지속할 것인가, 끝낼 것인가를 고민했다.

나와 아내는 무모하지만 '마음이 이끄는 대로' 세계일주 여행에 나서기로 결론을 내렸다. 확실하지만 고통스러운 현재보다 불확실하지만 새 희망을 꿈꾸는 미래를 선택했다. 그렇다고 여행이 모든 문제를 해결해주는 '만병통치약'이 될 것이란 환상도 갖지 않기로 했다. 여행을 한 다음 사람이 확 변해 '짠~' 하고 나타날 수 있다면 누군들 여행을 하지 않겠는가. 여행이 변화의 계기가 될 수는 있지만, 그것이 모든 문제에 대한 해결책은 아닐 것이라는 냉정한 시각으로 접근해야 한다는 데 우리의 의견은 같았다. 하지만 지금과 같은 질곡에서 벗어날 변화의 계기를 장기 여행을 통해 마련하자는 것으로 결단을 내리고, 나머지 문제는 이를 전제로 해결책을 찾기로 했다. 결국 여행을 결정한 다음 해결책을 찾기로 한 것이다. 세계여행은 결단의 문제였다.

첫째는 아이들 학교 문제인데, 이 문제는 의외로 큰 이견이 없었다. 첫째 창군은 대학교에 재학 중이라 휴학을 하고 여행을 한 다음, 복학하면 된다. 문제는 고1 동군이었다. 우리는 동군도 휴학하고 여행을 다녀온 다음, 원래 학년으로 복학하면 되리라 생각했다. 남들보다 1년 더디게 학교를 마치는 것이 큰 흠이나 문제가 되지는 않을 것이라고 생각한 것이다. 우리 부부가 원하면서도 실현하지 못했던 '자기 인생의 주인으로서의 주체적인 삶'을 아이들이 살아가길 원했고, 이번 여행이 그것을 가능케 해준다면 남들보다 1년, 아니 2~3년 천천히 가더라도 훨씬 나을 것이라고 생각했다.

여행 비용도 억지로 짜 맞추니 가능성이 보였다. 그동안 세계일주를 꿈꾸면서 각종 여행기와 가이드북을 섭렵했는데, 4인 가족이 1년 동안 세계를 일주하는 데 대략 1억 원 정도의 비용이 들 것으로 예상했다. 그 예측은 실제 들어간 비용과 크게 다르지 않았다. 하지만 당장 우리에겐 1억 원은 고사하고 1천만 원의 여유자금도 없었다. 빚을 지고 산 작은 주택이 여행 비용의 유일한 원천이었다. 집을 팔든지, 전세를 내주고 받은 돈으로 여행 비용을 충당하는 것 외에는 방법이 없었다. 집을 팔거나, 전세로 내주고 받은 돈의 상당 부분을 여행 비용에 충당하고, 남은 금액으로 규모를 대폭 줄여 월세를 끼고 작은 집을 구할 정도는 되었다. 여행을 마친 다음 더 열심히 일을 해서 돈을 벌어야 하겠지만.

그렇게 결정을 내리고 나니 마음이 한결 가벼워졌다. 쫓기듯이 달려가는 삶, 스스로 삶의 주인이 되지 못하는 생활, 수동적인 삶, 사회 이슈의 변화에 이리 쏠리고 저리 쏠리던 삶이 아니라, 우리가 처음으로 우리 삶의 주인으로 스스로 설계하고 결정을 내린 것이다. 나와 올리브의 마음속에 세계일주라는 신기루를 좇는 간절한 염원이 있었고, 방황하는 동군이 그것을 실천하도록 계기를 만들어주었다.

실제 여행을 결행하기까지 다시 몇 차례 오락가락과 수정이 있었지만, 사실상 그때부터 우리 여행은 시작되었다. 여행을 결정한 다음 올리브가 커다란 대학노트를 사서 한 권씩 나누어주었고, 우리는 노트에 가고 싶은 곳, 보거나 하고 싶은 것 등을 적어가며 여행의 꿈을 공유했다. 여행의 꿈을 같이 꾸는 시간이 지속되면서 가족 관계도 한결 가까워졌다. 이후 우리의 이야기를 형님과 누님, 동생 가족과 나누는 사이에 형님이 막내 멜론도 데려가는 게 어떻겠느냐고 제안해 여행단이 확대되었고, 우리는 꿈을 현실로 만들었다.

가족여행의 이름은 '하루 한 걸음'으로 정했다. 하루, 하루, 한 걸음, 한 걸음 앞으로 나가면 지구를 한 바퀴 돌 수 있듯이 우리도 각자의 희망을 향해 하루, 하루, 한 걸음, 한 걸음 앞으로 나가면 못 이룰 것이 없다는 의미를 담은 말이었다. 그 꿈을 향해 한 걸음 내딛는 것은 자기 자신이라는 점, 그 걸음을 내딛지 않으면 아무것도 이루어지지 않고 희망도 없다는 의미를 담았다. 세상의 어떤 원대한 이상도 한 걸음에서 시작되었음을 의미하는 말이기도 했다. 우리의 희망 찾기 여행은 그렇게 시작되었다.

## 툰시 라오지에의 신선한 충격

이렇게 시작된 우리 여행이 초반부터 균열이 생기는 것 같아 마음이 편치 않았지만, 항저우에 3일간 더 머물기로 한 올리브가 아직 정리하지 못한 것은 이러한 현실과의 단절인지도 몰랐다. 올리브는 한국에서 연구교수로 있던 대학에 사직서를 냈지만, 맡고 있던 프로젝트를 마무리하지 못한 상태였다. 세미나에서 발표한 연구 결과를 논문으로 넘겨야 했던 것이다. 또 하나는 생활협동조합의 이사장으로 1년간의 휴가(?)를 받은 상태였을 뿐 그 직책을 그대로 유지하고 있었다. 한국으로 돌아가면 다시 그 역할을 맡아야 하기 때문에, 여행을 하면서도 신경을 쓰지 않을 수 없었다. 현실에서 벗어나 여행을 나섰지만, 사실은 절반 정도만 현실에서 벗어나 있었던 것이다.

이렇게 보면 우리의 여행은 현실로부터의 벗어남과 현실 그 자체의 경계선에 있었다. 나나 올리브나 현실에서 벗어났다고 생각하고 있지만 끊임없이 현실과 접속해야 하는 상황이고, 아이들도 한편으로는 학업이라는 학생 본분으로부터 벗어났다고 생각하지만 여행의 목표는 그것과 떼어낼 수 없다. 현실은 우리가 외면한다고 사라지는 것이 아니다.

올리브와 작별 인사를 나누고 버스에 올랐다. 버스는 시내를 거의 한 바퀴 돌아 버스터미널(杭州汽車西站)로 향했다. 올리브와 헤어지는 것도, 8000년 고도(古都) 항저우에 하룻밤 묵으면서 서호만 슬쩍 보고 떠나는 것도 아쉽기만 했다.

항저우에서 황산으로 가는 버스는 거의 30분에서 1시간 단위로 출발했다. 우리를 태운 버스는 12시 20분 항저우를 출발해 항누이 고속도로(杭瑞高速)를 신나게 달렸다. 상하이와 항저우가 중국의 동남쪽 해안에 있다면 황산은 그 서쪽, 즉 내륙으로 더 들어간다. 3시 조금 넘어 도착한 황산 툰시(屯溪)는 작은 도시지만, 낡은 중국과 새 중국이 혼재해 있는 곳이었다. 택시와 함께 자전거 인력거가 줄지어 승객을 기다리고 상인들의 호객 행위도 극성이었다. 버스가

**황산 툰시의 라오지에** 옛 풍물거리로 각종 먹을거리에서 기념품, 골동품, 예술품 등을 파는 가게들이 오밀조밀 들어차 고풍스런 정취가 넘친다.

터미널 근처 골목에 정차해 사람들을 내려주자 거기 몰려 있던 상인들은 필사적으로 달려들었다. 그들이 '택시!' '호텔!'을 외치며 우리에게도 집요하게 달려드는 바람에 요령껏 피해야 했다. 9번 버스를 타고 숙소인 코알라 유스호스텔(老拉國際青年旅舍)에 도착해 여섯 명이 들어가는 303호 도미토리에 여장을 풀고, 숙소 직원의 도움을 받아 황산 등정에 필요한 숙소 예약까지 마쳤다.

숙소에서 좀 쉬다가 저녁식사를 위해 라오지에(老街)에 나갔다가 깜짝 놀랐다. 황산 시내 중심가에 있는 옛 풍물거리인데, 눈이 휘둥그레지고 입이 딱 벌어졌다. '황산에 이렇게 멋진 곳이 있다니…' 믿어지지가 않았다. 중국의 전통거리가 그대로 보존되어 있었다. 한국의 인사동 거리는 저리 가라 할 정도로 규모도 크고 상품도 다양했다. 마치 타임머신을 타고 청나라 시대의 거리로 온 듯했다.

좁은 골목 양편으로는 2~3층짜리 전통 누각이 도열하듯 서 있고, 식당과 상점들이 다닥다닥 붙어 있었다. 붓이나 벼루, 종이 등 각종 문방구에서부터 엿, 차, 과일, 가공식품을 비롯한 먹을거리, 각종 기념품과 생활용품 등 없는 것이 없었다. 거리엔 발 디딜 틈이 없을 정도로 많은 관광객과 주민들이 몰려들어 있었다. 현장에서 직접 만든 엿을 한 상자 사서 맛을 봤는데 작은 모래알갱이 같은 것이 서걱서걱 씹혀 품질은 믿을 수 없었지만, 멋지고 아름다운, 고풍스럽고 낭만이 넘치는 거리였다.

우리는 라오지에에서 옆 골목으로 꺾어 들어가면 나타나는 먹자골목에서 볶음밥과 야채, 고기, 두부요리로 포식을 했다. 각각의 요리가 20위안 안팎에다 밥을 포함해 4인이 음식 값으로 86위안(약 1만 5500원)을 지불했는데, 맛이나 양에서 모두 만족스러웠다. 아이들도 신이 났다. 황산에 오를 때 필요할 것 같은 물과 컵라면, 빵을 간단하게 구입하고 숙소로 돌아왔다. 아침 5시 이전에 일어나야 원활한 산행이 될 듯해 일찍 잠자리에 들었다. 아이들도 산행에 대한 부담 때문인지 군소리 없이 침대에 들어갔다.

황산

# 뒤죽박죽 황산 등정기

## ‘황산에 오르면 오악에 오르지 않아도 된다’

중국 여행의 맛은, 첫째 유구한 역사가 만들어낸 다양한 문화유적이며, 둘째 광대한 자연이고, 셋째 그 속에서 살아가는 사람들이 만들어낸 다양한 문화이며, 넷째 현대의 중국이 뿜어내는 엄청난 변화의 속도를 확인하는 것이다. 우리는 한 달 반 동안 이러한 중국 속살을 있는 그대로 보고 체험하기 위해 몸으로 부딪쳐 볼 작정이다. 중국 문화의 원류를 보여주고 광대한 자연을 느낄 수 있는 주요 산의 등산 계획도 이 때문에 일정에 넣었다.

중국 문화의 원류인 중원에는 오악(五岳)으로 불리는 다섯 개의 산이 있다. 동서남북과 중앙에 있는 산으로 동쪽에는 산둥성(山東省)의 태산(泰山), 서쪽에는 산시성(陝西省, 섬서성)의 화산(華山), 남쪽에는 후난성(湖南省)의 형산(衡山), 북쪽에는 산시성(山西省, 산서성)의 항산(恒山)이 있고, 중앙에 허난성(河南省)의 숭산(崇山)이 있다. 예로부터 ‘오악을 오르고 나면 중국의 다른 산은 가볼 필요가 없다(五嶽歸來不看山)’고 할 정도로 멋진 풍광을 자랑하며, 고대로부터 내려오는 민간신앙과 도교(道教)의 중심적인 산으로 숭배되기도 했다.

안후이성(安徽省)의 황산(黃山)은 중국의 오악에 들어가지 않는다. 하지만 옛말에 ‘황산을 오르지 않고는 산에 올랐다고 하지 말라’든가 ‘황산에 오르고 나면 오악에 오를 필요가 없다(黃山歸來不看岳)’고 할 정도로 오악 못지않은 절경을 자랑한다. 황산이 오악에 들지 못한 것은 황산의 절경이 알려진 것이 오악이 등장하고 한참 지난 후이기 때문이라고 하지만, 황산의 웅장함과 기묘함이 오악에 못지않은 것은 분명하다. 그러기에 우리는 천하제일명산, 황산을 오르기로 했다. 주체할 수 없을 정도로 혈기가 뻗치는 아이들을 '교육적 효과'가 있는 역사·문화의 현장으로만 데리고 다니는 데에는 한계가 있다. 에너지를 발산할 곳이 필요하다는 것도 등산을 택한 주요 이유였다.

하지만 황산 등산은 그리 간단한 여정이 아니었다. 한국에서 등산을 한다면 이곳저곳에서 주워들은 것이 있어 나름대로 필요한 것들을 준비하고 등산에 나설 수 있지만, 중국에서는 무엇보다 정보를 충분히 확보하기가 쉽지 않았다. 가이드북이나 숙소에서 필요한 정보를 습득할 수 있지만, 그 정보가 주는 진짜 의미를 잘 모르는 경우가 태반이다. 우리는 황산을 우리의 두 발로 직접 올라보겠다는 강한 의욕만 있었지, 진짜 필요한 준비는 별로 하지 못했다. 이것이 뒤죽박죽 황산 등정의 가장 큰 원인이었다. 특히 먹을 것을 제대로 챙기지 못해 힘겨운 산행을 해야만 했다. 이 때문에 황산 등산은 배고픔 속에서의 극기 훈련 아닌 극기 훈련이 되고 말았다.

황산을 오르는 방법과 코스는 툰시에 도착한 날 숙소인 코알라 유스호스텔에서 상세하게 소개받았다. 숙소에서 황산 등산로까지 버스로 1시간 30분이 걸리며, 그 버스가 오전 6시에 유스호스텔 앞에서 출발한다고 했다. 당일치기로 황산을 다녀올 수도 있고 그렇게 하는 중국인들도 많지만, 그렇게 하면 황산의 일출과 일몰 등 최고 멋진 장면을 보기 어렵기 때문에 산에서 1박을 하며 충분히 시간을 갖는 게 좋다고 했다. 우리도 1박 2일 일정을 잡았다. 산 정상 부근엔 숙소가 여러 개 있는데, 처음엔 북해호텔(北海賓館)에 묵을까 생각하다, 전체 설명을 들은 다음 배운루(排雲樓)로 예약했다. 배운루(1인당 140위안, 약 2만 5200원)가 북해호텔(1인당 70위안)보다 두 배나 비싸지만, 최고 절경을 자랑하는 서해대협곡(西海大峽谷)과 맞붙어 있어 더 멋진 풍광을 즐길 수 있고,

**황산 북해호텔과 그 부근의 절경** 황산은 중국의 오악에 들지 않지만 험준한 산세와 기암괴석으로 오악 못지 않은 풍광을 자랑한다.

전체 등산 일정에도 맞을 것 같았다. 그 선택은 탁월했다.

다음 날 아침 5시에 일어나 유스호스텔에 맡겨놓을 짐과 산에 가져갈 짐을 구분해 정리했다. 황산에서 하루 자고 오는 일정이라 최대한 간편하게 짐을 꾸려야 했다. 세면도구와 카메라, 여권, 일기장, 어제 산 빵과 물 등 비상식량을 제외하면 꼭 가져가야 할 짐은 거의 없다. 아이들도 일찍 일어나 각자 짐을 정리했다. 정리를 마치고 밖으로 잠깐 나와 보니 안개가 자욱하다. 날은 약간 선선하지만 아주 춥지는 않다. 어제 저녁에 숙소에 주문한 대로 나와 창군, 멜론은 면(국수)으로, 동군은 죽으로 식사를 했다. 각각 12위안으로, 이곳의 전통적인 아침 식단이라는데 우리 입맛에는 잘 안 맞았다.

예정대로 6시 황산 행 미니버스에 올랐다. 버스터미널에서 대형 버스로 바꾸어 탔는데 조용하던 버스가 갑자기 중국인들로 시끌벅적했다. 세계적으로도 유명한 관광지이기 때문에 이 명산의 '정복'에 나선 중국인들이 흥분되지 않는 것은 오히려 이상한 일일 것이다. 버스가 황산풍경구(黃山風景區)에 가까이 갈수록 산세가 깊어졌다. 굽이굽이 산길을 돌고 돌아 풍경구에 도착하니 관광객들로 만원이었다. 외국인도 일부 섞여 있지만, 대부분 중국 현지인들로 잔뜩 흥분한 표정이 역력하다.

황산풍경구 입구에서 다시 등산로가 시작되는 운곡사(雲谷寺) 행 버스로 갈아탔다. 황산을 오르는 방법은 운곡사로 올라 온천구가 있는 자광각(慈光閣)으로 내려오는 방법과, 거꾸로 자광각으로 올라가 운곡사로 내려오는 코스가 있는데, 우리는 숙소에서 추천한 '운곡사 출발~자광각 하산' 코스를 선택했다. 버스는 구불구불 이어진 산길을 약 20분 달려 운곡사 입구에 도착했다. 당일치기 등정에 나선 많은 중국인들은 케이블카로 이동했다.

"케이블카?" 내가 아이들을 향해 짓궂은 표정을 짓자 창군이 "그냥 가~" 하며 당연하다는 듯 등산로를 바라보며 말했다. 케이블카를 타겠냐는 나의 농담 섞인 질문에 약간 기대감을 품었던 멜론과 동군도 등산로로 발길을 옮겼다. 사실 아이들이 케이블카로 올라가자고 해도 말렸을 것이다. 우리가 여기 온 것은 황산을 직접 몸으로 느끼기 위함 아닌가. 그렇다면 등산로를 선택하는 게 당연하고, 아이들도 그걸 알고 있었다.

운곡매표소(雲谷票房)에서 입장권을 끊었는데 입장료가 일반 250위안(약 4만 5000원), 학생 113위안(약 2만 340원)으로 깜짝 놀랄 정도로 비쌌다. 국민소득이 한국의 4분의 1 정도에 불과한 중국에서 이런 엄청난 입장료라니, 이해가 되지 않았다. 도대체 이렇게 막대한 입장료는 어디에 쓰는 것일까? 그럼에도 어마어마한 중국인들이 황산으로 몰려들고 있으니 중국 정부로선 쾌재를 부를 것이다.

무릎이 좋지 않은 나를 위해 나무 지팡이를 하나 사고 본격적인 등산에 나섰다. 1차 목표 지점인 백아령(白鵝嶺)까지 약 7km다. 조금 산길을 돌아가니 끊임없이 이어진 계단이 나타났다. 한 고개를 넘으면 다시 끝을 가늠하기 어

**황산의 짐꾼** 황산의 정상 부근 호텔과 상점에서 팔 물건을 긴 장대 끝에 매달고 계단을 힘겹게 오르고 있다.

려운 계단이 이어진다. 숨이 목까지 턱턱 차오르고, 온몸에서 땀이 삐질삐질 흐른다. 중국인들도 '짜~요! 짜~요!'를 외치며 오른다.

엄청난 계단으로 된 등산로로 큰 짐을 지고 올라가는 짐꾼들이 눈에 띄었다. 이들은 산속의 호텔이나 매점에서 판매할 각종 식품과 공산품을 맨손으로 운반하고 있었다. 양쪽 끝에 무거운 짐을 매단 긴 장대를 어깨에 걸치고 균형을 잡은 상태에서 계단을 올랐다. 장대 양쪽 끝에 매달린 짐의 무게 때문에 짐꾼이 발을 내디딜 때마다 장대가 '휘청~ 휘청~' 휘어졌다 펴지기를 반복했다. 장대의 반발력으로 양쪽 끝에 매달린 짐이 살짝 튀어 오를 때 짐꾼은 박자를 맞추어 한 계단 한 계단 올랐다. 어깨에 걸친 장대의 휘청임과 그 양쪽 끝에 매달린 짐의 상하 운동, 짐꾼의 계단 오르기 템포가 완벽한 조화를 이루었다. 하지만 그 조화로운 운동을 이끄는 것은 짐꾼의 땀이었다. 짐꾼은 땀을 비 오듯 흘렸고, 한 구비 돌 때마다 짐을 내려놓고 목에 두른 수건으로 뚝뚝 떨어지는 땀을 닦아냈다. 어떤 짐꾼은 커다란 프로판가스통을 짊어지고 올라가는데, 더 무겁고 힘겨워 보였다. 내려오는 짐꾼들은 양쪽에 쓰레기를 매달고 있었다. 관광객들은 이 사람들 덕분에 깊은 산속의 호텔이나 매점에서 지폐 한 장으로 물건을 사고 숙박을 할 수 있다. 무거운 짐을 지고 오르는 짐꾼들과 등산복을 입고 '짜요! 짜요!'를 외치며 계단을 오르는 등산객들이 묘하게 대비되었다.

끊임없이 이어진 계단을 통해 등산의 1차 목적지인 백아령까지 오르는 데 약 3시간이 걸렸다. 황산의 고산준령이 장엄하게 펼쳐졌다. 숨을 막히게 하는 절경이었지만, 편안한 마음으로 자연이 빚은 최고의 절경을 즐기기엔 계단 오르는 일이 너무 힘들었다. 누군가는 힘들게 오르면 절경이 더 멋지게 보인다는데, '머리보다는 위나 몸이 지배하는' 평범한 사람에게는 어휴~ 하는 한숨부터 먼저 나왔다.

슬슬 배가 고픈 것 같아 어제 툰시 라오지에에서 산 빵으로 요기를 하고 기력을 조금 회복했다. 백아령부터는 비교적 완만한 산길과 고개가 반복되었다. 백아령에서 흑호송(黑虎松)과 곡금송(哭琴松)을 돌아보고, 시신봉(始信峰)을 거쳐 북해호텔로 향했다. 굽이굽이 돌아갈 때마다 기암괴석으로 이루어진 황산의 절경이 눈에 한가득 들어왔다. 특히 시신봉에서 바라본 황산의 동해(東海)와 북해(北海) 지구 모습은 절경 그 자체였다. 아찔할 정도로 까마득하게 깎아지른 절벽과 기암괴석에 넋을 빼앗겼다.

황산은 전체 구역을 동-서-남-북으로 구분하고 각각의 지역을 바다에 비유해 동해-서해-남해-북해라고 이름 지었다. 그러나 동해와 북해는 그대로 부르는 반면, 남해는 황산의 앞부분에 해당한다 하여 전해(前海)라 부르고, 가장 화려하고 장엄한 풍광을 자랑하는 서해는 천해(天海)라고도 부른다. 황산에 운무가 깔리면 일대의 고산준령이 구름 속에 파묻히면서 거대한 바다를 연상시키고, 기암괴석으로 이루어진 봉우리들이 그 위로 삐죽삐죽 솟아 섬처럼 보이기 때문에 이렇게 명명했다. 운곡사에서부터 시작해 우리가 올라온 백아령 일대가 동해에 해당하며, 거기서 더 깊숙이 들어가면 북해호텔부터 북해가 시작된다. 거기서 서쪽으로 가면 서해대협곡을 포함한 서해가 나타나며, 남쪽으로 우리가 하산하려는 코스가 남해다.

1시에 북해호텔에 도착하니 어디서 몰려들었는지 많은 관광객과 등산객들로 붐빈다. 북해호텔에서 또 다른 절경을 자랑하는 사자봉(獅子峰)을 오를까

**황산 서해대협곡의 탐방로** 깎아지른 절벽에 매달듯이 만들어진 탐방로는 보기만 해도 아찔하다.

하다가 모두들 힘들어 포기하고, 바로 서해호텔(西海飯店)로 향했다. 사실 백아령부터 보아온 비슷비슷한 풍경이 계속되고 있는데다 아침과 점심이 부실해서였던지 사자봉까지 오를 엄두가 나지 않았다. 서해호텔 매점에서 산 간식으로 시장기를 달랬다. 서해호텔을 출발해 배운루에 도착하니 오후 2시가 조금 넘었다. 체크인을 하고 일단 휴식을 취했다. 우리 네 명이 들어가는 아담한 방이었다.

아직 저녁을 먹긴 이른 시간이어서 좀 쉬다가 오후 3시 서해대협곡을 향해 출발했다. 서해대협곡은 황산의 서쪽 사면에 펼쳐진 웅장한 협곡과 깎아지른 바위가 절정을 이루는 곳으로, 황산의 대표적인 절경지역이다. 배운정(排雲亭)을 지나 깎아지른 두 개의 봉우리를 돌고 도는 가장 험난한 코스다. 서해대협곡 앞에 서자 다시 입이 딱 벌어졌다. 신만이 빚을 수 있는 자연의 경이와 아름다움이 극치를 이루는 곳이다. 깎아지른 거대한 화강암 바위 중간에 좁다란 계단 형태의 길을 만들었다. 위로도 엄청난 바위가 솟아 있고, 아래로는 깊이를 헤아릴 수 없는 낭떠러지다. 조금만 발을 헛디뎠다가는 영원히 돌아올 수 없는 자연으로의 회귀가 될 듯하다. 필설로 표현할 길이 없는 절경도 그렇지만, 바위 허리에 아슬아슬한 난간처럼 매달 듯이 탐방로를 만든 중국인들의 상상력에 기가 찰 지경이다.

그런데 도중에 내 무릎이 '위험' 신호를 보내기 시작했다. 운곡사에서 여기까지 험한 산길과 계단으로 20km 가까이 걸었으니 그럴 만도 했다. 20대까지만 해도 못하는 운동이 없을 정도로 펄펄 날았지만, 대학졸업 후 사회생활을 하면서 운동을 게을리하고 과음에 과식으로 20년 이상을 보내다 보니 뼈와 근육은 약해지고 지방은 늘어나 배가 나오고 무릎에 이상이 오기 시작했던 터였다. 아무래도 아이들과 함께 서해대협곡을 계속 오르고 내리기는 무리일 듯했다. 두 번째 봉우리를 휘감아 도는 등산 코스를 포기하고 숙소로 돌아왔다. 마침 창군의 카메라 배터리가 방전된 상태여서, 내가 숙소로 돌아가 창군의 배터리를 갖고 배운정에서 다시 만나기로 했다. 배운정은 석양을 바라보기에 가장 적합한 곳이다.

약속대로 오후 5시 배운정으로 나오니 아이들도 서해대협곡 탐방을 마치고 돌아오고 있었다. 조잘거리면서 오는 모양새가 협곡 탐험에 신이 났던 모양이다. 협곡의 아찔함을 마음껏 느꼈는지 눈을 반짝이며 '굉장했다'고 연신 탄성을 토해냈다.

아이들과 함께 배운정에 서서 황산의 일몰을 기다렸다. 하지만 일몰은 생각과 달리 평범했다. 구름의 바다로 넘어가는, 팸플릿이나 달력에 나오는 멋진 일몰은 없었다. 일찌감치 해가 구름 속으로 몸을 숨기고, 서녘이 붉게 물드는 정도였다. 날씨가 너무 좋아서인지 운이 없어서인지는 모르지만, 긴 석양을 늘어뜨리며 운해(雲海)로 떨어지는 해는 보이지 않았다.

숙소로 돌아와 따뜻한 물로 샤워하고 저녁을 먹기 위해 나섰다. 산을 오르면서 땀을 많이 흘리고 저녁 찬바람까지 쏘이면서 체온 변화가 많았기 때문에 든든하고 따뜻한 식사가 필요했다. 황산 시내에 비해 최소한 네댓 배는 비싼 것 같지만, 선택의 여지가 없었다. 숙소를 나서 낮에 점찍어 놓았던 배운루 뒤편의 식당으로 향했다. 그러다 배운루와 붙어 있는 작은 부속식당에서 중국인 관광객들이 김이 무럭무럭 나는 푸짐한 식사를 하는 게 눈에 띄었다. 누가 먼저랄 것도 없이 우리의 발길은 그곳으로 향했다.

중국인들이 먹는 닭백숙을 본 동군의 눈이 휘둥그레졌다. 그는 메뉴판에는 별 관심을 보이지 않고, 손가락으로 옆 테이블을 가리키며 "저게 무슨 요리죠?" 하고 물어보고 그걸 주문하였다. 평소에 보이지 않던 동군의 적극성이 드러났다. 배가 고프기는 많이 고팠던 모양이다. 그렇게 적극적이라니.

닭백숙은 동군의 말대로 '닭털만 뽑고 끓인' 조잡한 음식이었지만 배고픈 우리에겐 꿀맛이었다. 아이들 얼굴에도 화색이 돌았다. 3만 원 조금 넘는 금액을 지불했으나 천하제일명산이라는 황산 꼭대기에서 먹는 닭백숙이니, 질은 차치하고 결코 비싸다고 할 수 없었다.

### 한 끼의 식사가 준 행복

황산 등산 둘째 날, 새벽 5시 알람 소리와 함께 일어났다. 배운루에서 3km 정도 떨어진 광명정(光明頂)에서 일출을 보기 위해서였다. 그러나 몸이 약간 묵지근해 침대에서 뭉그적거리는데, 아이들도 일어나지 못하고 있었다. 황산 등산 여정을 이끌고 있는 것이 사실상 창군인데, 어제 일정이 힘들었던지 창군도 깰 기미가 보이지 않았다.

결국 예정보다 1시간이 더 지난 6시 30분 미리 준비해온 컵라면으로 요기를 하고 밖으로 나왔다. 해가 이미 떠올랐는지 사위가 환했다. 일출의 장관을 보려던 계획은 포기하고 광명정을 거쳐 하산하기로 했다. 광명정으로 향하는 산길에 길쭉한 바위가 묘하게 서 있는 비래석(飛來石)이 나타났다. 하늘에서 날아와 떨어졌다는 비래석은 마치 넘어질 것처럼 아슬아슬했다. 동군과 멜론이 뛰어올라 쓰러뜨려 보겠다는 듯이 막 밀며 헛심을 썼으나 꿈쩍도 하지 않았다.

광명정은 황산에서 두 번째로 높은 해발 1840m의 봉우리로, 가장 화려한 일출과 일몰을 보여주는 곳이다. 하지만 어제 저녁처럼 구름이 끼어 있어 화려한 일출은 구경할 수 없었다. 봉우리에 오르자 해가 언제 올라왔는지 저쪽 구름 위에서 광명정을 비추고 있다. 봉우리에 모여 있던 중국인들이 일제히 환호성을 지르며 사진을 찍었고, 우리도 해맞이를 하며 기념 촬영을 했다.

광명정을 출발해 남해와 서해 등산 코스의 갈림길에 있는 백운호텔(白雲賓館)로 내려왔다. 유스호스텔에선 백운호텔에서 2km 떨어진 서해 코스의 관문 보선교(步仙橋)를 다녀오는 일정(약 1시간 일정, 왕복 4km)을 추천했으나, 포기하고 황산의 주봉인 해발 1864m의 연화봉(蓮花峰)을 거쳐 하산하는 길을 택했다.

연화봉으로 향하는 계단은 또 하나의 압권이었다. 깎아지른 절벽에 터널을 뚫고 길을 만들었는데, 그 터널을 통과하면 바로 엄청난 낭떠러지가 펼쳐진다. 험난하고 기가 질리는 절경이다. 아이들도 험한 산에 무수한 계단을 만든 중국인들의 노고에 감탄사를 쏟아냈다. 하지만 무릎에 다시 이상신호가 오기 시작해 나는 연화봉 봉우리 앞의 갈림길에서 옥병루(玉屛樓)로 내려가는 지름길을 택했다. 창군을 선두로 동군과 멜론은 깎아지른 듯이 서 있는 연화봉을 넘어가는 코스를 선택했다.

내가 먼저 옥병루에 도착해 아이들을 기다렸다. 엄청난 인파와 소음으로 산은 시장바닥을 연상시켰다. 이곳이 전해와 서해 등산 코스의 시발점이어서 올라가고 내려오는 사람들이 여기에서 만나기 때문이다. 끝없이 밀려오고 밀려가는 관광객들, 관광단을 부르는 가이드 확성기의 요란한 소리, 그런

황산 옥병루를 가득 메운 등산객과 관광객들

속에서 의사 소통을 위해 더 큰 소리로 악을 써야 하는 관광객들…. 그야말로 북새통이 따로 없었다. 거기서 30여 분을 기다리자 아이들이 나타났다. 무척 힘겨운 모습이었다. 멜론의 얼굴도 많이 일그러져 있다. 옥병루에서 조금 내려오니 멋들어진 영객송(迎客松)이 우리를 맞아주었다. 황산에서 가장 유명한 소나무라는데, 수령이 800년이 넘었다. 기품 넘치는 소나무였다.

10시 50분 옥병루에서 다시 아이들과 헤어졌다. 아이들은 마지막 남은 코스를 걸어서 내려가고, 무릎이 걱정된 나는 케이블카를 이용해 자광각으로 내려가기로 했다. 케이블카 길이는 2176m, 고도 차이는 753m다. 이걸 걸어서 내려오려면 1시간 30분에서 2시간 정도 걸리고 케이블카로는 10여 분이면 된다.

케이블카에서 보는 전해는 또 하나의 장관이었다. 그러나 그런 광경은 이미 실컷 본데다 케이블카에 함께 탄 톈진(天津)에서 온 중국인들과 말도 잘 안 통해 감흥이 현저히 떨어졌다. 역시 등산은 땀을 흘리며 자신의 몸으로 느껴야 제맛이다.

자광각에 도착해 바로 셔틀버스를 타고 황산풍경구 입구로 내려와 하산길이 잘 보이는 계단에 앉아 아이들을 기다렸다. 오고가는 관광객들을 바라보며, 산을 오르는 것 하나만으로도 아이들에게 필요한 호연지기(浩然之氣)를 키울 수 있겠지만, 지금 하고 있는 이 여행이 아이들에게 얼마나 교육적 효과가 있을지 생각해 보았다. 금방 바닥을 드러내는 중국어 실력으로 새로운 세계와의 소통은 또 어떻게 이룰 수 있을지 답답해졌다.

1시간 정도 기다렸다가 아이들과 합류하여 버스로 숙소로 돌아왔다.

유스호스텔에서 한참 휴식을 취한 다음, 내가 먼저 라오지에로 향했다. 이틀 전 옛 풍물거리에 홀딱 반한 상태여서 아이들보다 30분 정도 먼저 나가 라오지에를 돌아보고 싶었다. 잠시지만 아이들 없이 혼자 움직이니 아주 자유롭고 편했다. 마음 내키는 대로 아무 가게나 들어가서 물건들을 살펴보고, 뒷골목이나 먹자골목도 기웃거리고, 라오지에 제일루(老街第一樓)와 일월루(日月樓)에 들어가 음식 가격도 알아보았다. 역시 중국은 지역에 따라, 지역에서도 식당에 따라 물가가 천차만별이었다. 생선맛이 나는 제육볶음인 위샹러우스(魚香肉絲)같이 보편적이고 간단한 음식을 기준으로 시장 통이 10~15위안, 먹자골목이 20위안, 제일루는 32~38위안이었다.

툰시를 가로지르는 강으로 나가보니 평화로운 일몰이 펼쳐졌다. 사진을 찍던 현지 젊은이에게 강 이름을 물어보니 신안(新安)이란다. 강물은 좀 탁해 보였지만 노인이 낚시도 하고, 아낙네는 빨래를 하거나 큰 함지박과 같은 주방용품의 설거지도 하고 있다. 멀리 강태공이 탔음 직한 배도 유유히 흘러갔다. 해가 강을 붉게 물들이며 넘어가는 풍경이 아주 멋졌다.

아이들과 함께 여행을 시작한 지 불과 이틀 만에, 혼자 여행하는 것과의 차이를 절절히 느끼고 있었다. 나를 속박하는 아이들의 '덫'으로부터 해방된 느낌이라니! 올리브는 그 숨막히는 생활을 필리핀에서부터 여기까지 3개월 넘도록 하였다. 그러니 해야 할 일을 하지 못하고, 계속 아이들에게 끌려다니며 일을 미룰 수밖에 없었던 것이다. 그것을 이해하지 못하고 내 입장에서만 올리브를 평가했다.

라오지에 입구에서 아이들을 만나 골목으로 들어서 함께 걸어가면서 대략 파악해둔 유형별 음식 가격을 설명하니 당연히 중간쯤에 해당하는 먹자골목의 괜찮은 식당이 꼽혔다. 어차피 세계를 방랑하며 각지의 풍물을 경험하려는 우리 입장에서는 현지인들이 이용하는 로컬 식당이 우리가 원하던 식당이기도 했다. 황산풍경구 입구의 식당에서 아이들을 기다리며 파악한 중국요리 주문 방법을 바탕으로 요리 네 접시와 볶음밥을 주문했다. 닭고기와 쇠고기 요리, 야채(청경채)요리, 두부요리와 볶음밥, 나중에 흰쌀밥(米飯)까지 주문해 아주 잘 먹었다. 가격은 99위안(약 1만 8000원)으로 매우 저렴하고 우리 입맛에도 잘 맞았다.

중국행 비행기에 오르기 직전 공항에서 아버지, 어머니가 하셨던 말씀대로 여행은 잘 먹고 다녀야 한다. 그래야 몸에 탈도 나지 않고 여행에 대한 의욕도 생기고, 호기심과 모험심, 도전정신도 생기는 것이다. 황산 등산 때 주린 경험 때문에 내일 황산~난징~취푸 이동시 먹을 엿과 강정, 빵 같은 간식꺼리들을 푸짐하게 쇼핑했다.

배낭여행 초보 아빠와 혈기왕성한 청소년 아이들이 함께한 뒤죽박죽 황산 여행이었지만, 이를 통해 가족에 대한 이해의 폭이 확실히 넓어졌다. 서로를 이해하는 가장 좋은 방법은 좋든 싫든 부딪쳐 보는 것이다. 말하자면 스킨십이다. 서로에 대한 이해도는 스킨십의 양에 비례한다. 그 양이 일정 수준에 이르면 관계의 질적 변화가 발생한다. 이와 함께 역지사지(易地思之), 즉 상대의 입장에서도 생각할 수 있게 된다.

황산~우후~난징~취푸

# 고난 끝에 찾은 동양사상의 원류

## 우왕좌왕 난징 시내 세 바퀴 돌기

가족이 세계일주 여행을 하는 데 많은 어려움을 겪지만, 그 가운데 여행 초기에 겪는 어려움은 길 찾기다. 말도 잘 통하지 않고, 현지 정보에도 어둡고, 기동성을 현저히 약화시키는 무거운 배낭까지 짊어지고, 더구나 한 가족이 움직이다 보면 우왕좌왕하기 십상이다. 그러다가 어느 한 사람이라도 짜증을 내면 즐거워야 할 여행길은 고행길로 바뀐다. 나와 아이들이 황산 여행을 무사히 마치고 공자의 고향 취푸로 가던 여정은 중국 여행에서 경험한 길 헤매기의 가장 황당한 사례였다.

우리는 항저우에서 올리브와 헤어지면서 4일 후 취푸에서 만나기로 했다. 그런데 황산에서 취푸로 가는 길이 아주 복잡했다. 황산은 안후이성에 있고, 취푸는 산둥성에 있다. 거리가 먼데다 교통편도 마땅치 않다. 우리는 버스를 타고 중간의 대도시인 난징으로 간 다음, 난징에서 기차를 타고 취푸로 가기로 했다. 그런데 난징은 장쑤성(江蘇省)의 성도다. 안후이성에서 출발해 장쑤성으로 간 다음 다시 산둥성으로, 3개의 성을 거쳐 가야 하는 것이다. 중국의 성은 그 각각이 한국 전체와 맞먹는 규모다. 중국의 교통 시스템은 각 성도를 연결하는 기간 노선과, 각 성 내의 작은 도시들을 연결하는 지선이 발달되어 있다. 하지만 각기 다른 성에 있는 작은 도시들을 연결하는 노선은 발달되어 있지 않다. 비유하자면 우리 가족이 가려는 코스는 한국에서 전북 고창이나 경북 안동에서 경기 의정부나 파주로 가는 것과 같은 셈이다. 이를 위해선 중간의 큰 도시를 경유해 버스를 갈아타는 방법밖에 없는데, 핵심은 그 연결이 얼마나 원활한가 하는 점이다.

황산 등산을 마치고 곧바로 취푸로 가는 교통수단을 알아보았다. 황산에서 취푸로 직행하는 기차나 버스는 없었다. 중간 기착지인 난징으로 가는 기차는 두세 시간에 한 대꼴로 있었으나, 7~9시간이 걸리는데다 딱딱한 의자로 된 징쥐(硬座)밖에 남아있지 않았다. 그 긴 시간을 딱딱한 의자에 앉아서 가야 한다는 것이 끔찍했다. 버스는 오전 7시와 낮 12시 10분에 출발하는 것이 있었다. 오전 7시 버스는 7시간이 걸리고, 낮 12시 10분 버스는 고속도로를 이용하여 5시간이 걸린다고 해서 고민 끝에 12시 10분 버스를 예약했다. 오후 5시에 난징에 도착하면, 6시 40분 난징 남역에서 출발하는 취푸 행 고속열차를 탈 수 있다. 그렇게 되면 밤 10시께에는 취푸 숙소에 도착해 올리브와 재회할 수 있을 것으로 낙관했다. 좀 늦은 시간이긴 하지만, 향후 여행 일정엔 큰 무리가 없을 것 같았다. 하지만 그것은 이만저만한 오산이 아니었다.

어차피 12시 출발 예정이라 황산 등산의 여독도 풀 겸 느긋하게 일정을 잡아 오전 내내 여유와 평화가 넘쳤다. 취푸를 향한 여정은 작은 봉고차가 우리를 픽업하면서 시작되었다. 그런데 시작부터 조짐이 좋지 않았다. 계획대로라면 11시 55분에 도착해야 할 봉고차가 12시가 넘어서야 나타났다. 유스호스텔과 운송회사의 커뮤니케이션에 문제가 있었는지, 봉고차를 몰고 온 40대 초반의 중국 여성이 유스호스텔 직원과 한바탕 말다툼을 벌이더니 빨리 봉고차에 타라고 소리를 질렀다.

그 운전수는 약 5분 정도 봉고차를 거칠게 몰다가 갑자기 방향을 확 틀어 앞서 달리던 대형 버스를 가로막고 섰다. 그리고는 대형 버스 운전사와 큰소리로 대화를 나누더니 우리 보고 빨리 저 차에 타라고 소리치는 게 아닌가.

버스터미널로 가는 줄 알았던 우리는 당황해서 허겁지겁 대형 버스에 올랐다. 대형 버스엔 이미 승객이 절반 이상 차 있었다. 알고 보니 이미 출발한 난징 행 버스를 따라잡아 우리가 탈 수 있도록 차를 세운 것이다. 버스는 이후 툰시를 완전히 벗어날 때까지 두어 차례 더 정차해 승객들을 주섬주섬 태운 후 고속도로를 달렸다.

'이제는 난징까지 편하게 갈 수 있겠구나' 생각하며 모두들 달콤한 잠에 빠져들었다. 그러나 버스는 고속도로를 달리다 휴게소나 톨게이트에 정차해 다른 지역의 손님들을 내려주고 태우는 일을 반복했다. 이 때문에 고속도로를 빠져나갔다가 다시 진입하기를 거듭했다. 우리를 혼란에 빠뜨린 것은 그 버스가 난징 행 버스가 아니었다는 점이다. 버스는 황산~난징의 3분의 2 지점인 우후(蕪湖)까지만 운행하는 버스였다.

결국 우후에서 진짜 난징 행 버스를 탈 수 있는 것이다. 우후에 도착하자 차장이 매표소로 헐레벌떡 뛰어가 난징 행 버스표를 사서 우리에게 건네주며 다른 버스에 빨리 타라고 외쳤다. 순간적으로 상황을 알아차린 우리는 새 버스에 올랐다. 그 차장이 난징 행 버스표를 사다가 우리에게 주는 '트랜지션'을 한 셈이다. 우리가 우후에 도착한 것이 오후 3시 45분에 가까웠는데, 난징 행 버스 발차 시간이 바로 3시 45분이었다. 그래서 차장이 매표소로 헐레벌떡 뛰어간 것이다. 우리는 차장의 투철한 업무 수행에 경의를 표하며 뜨겁게 악수하고 새 버스에 올랐다.

우후에서 갈아탄 버스는 다시 정류장 몇 곳을 거쳐 손님을 더 태운 다음 느릿느릿 난징으로 향했다. 아니나다를까 완행버스였다. 결국 도착 예정 시간인 5시를 훌쩍 넘기고도 난징 시내에는 들어가지도 못했다. 겨우 시내로 접근하니 러시아워가 겹쳐 도로는 복잡하기 짝이 없었다. 지금까지 보았던 중국에서의 교통 혼잡은 오토바이나 자전거가 자동차와 뒤섞이면서 나타났는데, 대도시 난징은 쭉쭉 뻗은 자동차 전용도로가 엄청난 차량 물결로 몸살을 앓고 있었다. 불현듯 '중국에 승용차가 대중화되면 도로를 얼마나 더 건설해야 하고, 거기에 들어가는 연료는 얼마나 더 필요할까, 그로 인한 오염은 또 얼마나 심각할까' 하는 생각이 들었다. 경제개발 초기단계인 지금도 이러한데, 미래를 생각하니 아찔했다.

터미널에 버스가 도착한 것은 6시. 결국 애초 생각했던 6시 40분 난징 남역의 취푸 행 고속열차는 타기 어렵게 되었지만 어디 하소연할 데도 없었다. 어쨌든 취푸 행 기차를 타려면 우선 난징 남역으로 이동해야 했다. 가장 확실한 방법인 지하철역을 향해 걷기 시작했는데 중앙문에 도착하자마자 잡상인들이 벌떼처럼 몰려들었다. 6시간을 버스에서 시달린데다 다시 남역으로 가야 했던 우리가 부지런히 "뿌야오, 뿌야오!(不要, 不要! 필요 없어요!)"를 외쳤다.

지하철 난징 남역까지도 거리가 만만치 않았다. 발걸음을 옮길 때마다 택시 기사인지 호객꾼인지 모를 사람들이 알아듣지도 못할 중국말로 시끄럽게 달려들었다. 처음에야 미소를 지으며 '뿌야요' '메이콴시'를 외쳤지만, 이것도 계속되자 그냥 무시했다. 택시를 탈까 했다가 호객꾼들을 보니 그럴 생각이 확 사라졌다. '왜 이런 불편한 호객 행위로 손님들을 내치는 걸까!' 공연히 화가 났다. 그래도 올리브와 이미 난징을 여행한 바 있는 아이들은 거침없이 씩씩하게 걸어 나갔다.

지하철을 타고 남역에 도착했을 때는 이미 7시 30분이 넘고 있었다. 집채 같은 배낭과 작은 배낭, 컴퓨터 가방까지 들고 지하철 계단을 오르내리고(물론 난징 남역에는 최신식 에스컬레이터가 설치되어 있지만), 지하철역을 찾기 위해 난징 시내를 한참 걸어 다닌 우리는 이미 에너지가 고갈된 상태였다. 그렇게 힘들게 겨우 난징 남역에 도착했는데 취푸로 가는 고속열차는 모두 끊긴 상태였다. 마지막 열차가 7시 5분에 떠났다고 했다. 버스가 제 시간에만 도착했어도, 아니 중앙문 터미널에서 내려 바로 택시를 타고 달려만 왔어도 마지막 열차를 탈 수 있었을 텐데….

당장 앞으로 어떻게 해야 할지 막막했다. 밤 12시나 새벽 1~2시 정도에 출발하는 기차만 있어도 이 초현대식 대합실에서 좀 신세를 질 텐데, 첫 열차 시간이 아침 7시 5분이라니 그러기도 쉽지 않은 상태였다. 그렇다면? 생각이 취푸 행 일반열차에 닿았다. 말이 잘 통하지 않았지만, 창구 직원에게 물어보니 난징 역으로 가보라고 했다. 정확히 그런 말을 했는지는 분명하지 않은데 어쨌든 나는 그렇게 이해했다. 아이들에게 상황을 설명하고 다시 무거운 배낭을 짊어지고 지하철로 향했다. 아까 온 길을 되짚어 중앙문 근처의 난징 역으로 가야 했다. 머리가 좋지 못하면 몸이 고생하는 법이다.

난징 남역을 가로질러 지하철로 향하는데 거대하게 보이는 남역이 갑자기 미워졌다. 중국 사람들은 역을 왜 이렇게 크게 만들어 한참을 걷게 만드는 거야 하며. 투덜거리며 난징 역에 도착한 우리는 더 실망하지 않을 수 없었다. 야간이든 뭐든, 오늘 취푸 행 열차는 없으며, 가장 빠른 열차는 내일 아침 7시 5분에 출발하는 기차라는 동일한 답변이었다. 남역에서 들은 말과 다르지 않았다. 그렇다면 아까 남역에서 난징 역으로 가보라고 한 건 무엇인가. 실망감과 허탈함이 몰려왔지만 그것을 따진들 무슨 소용이 있단 말인가. 일단 내일 아침 7시 5분 열차를 예약했다. 탑승역은 다시 정반대 위치에 있는, 방금 전에 갔다 왔던 남역이다. 시간은 이미 밤 9시를 넘었고 우리는 벌써 3시간째 난징 시내를 헤매고 있었다.

늦은 저녁은 미국의 패스트푸드점인 KFC(肯德基)에서 해결했다. 여행 중에는 이런 패스트푸드는 먹지 않는다는 원칙을 세웠지만, 여기서 '괜찮은 현지 음식점을 찾아보자' 하고 얘기했다가는 모두 기함할 것 같았다. 이제 잠잘 곳을 찾는 일이 남았다. 이런 상황에서는 각자의 성격이 잘 드러난다. 현실주의자 창군, 원칙론자 동군, 안전론자 멜론.

"어차피 지금 숙소로 가봐야 몇 시간 자지도 못하고 나와야 돼. 그러니 남역으로 가서 대합실에서 노숙하고 아침에 취푸로 가자." 창군의 기차역 노숙론이었다.

동군과 멜론의 얼굴에는 불안의 그림자가 아른거리는 듯했다. 중국에서 노숙이라니.

"밤새도록 역에 있는 건 불안하지 않아?" 멜론이 안전론을 폈다.

어차피 오늘 일정은 왕창 어긋났고, 최악의 경우 택시를 잡아타고 호텔이라도 찾아가면 될 것이라 생각하며, 나는 아이들이 어떻게 문제를 해결해 나가는지 지켜봤다. 일은 내가 저지르고 뒤처리는 아이들에게 맡기는 희한한 상황이었다.

"아니야. 거기 안전해. 현대식이라 들어갈 때도 X-레이로 짐 검사 하고, 공안들이 지키잖아. 아무나 못 들어온다고. 잡상인도 없어. 더 안전해." 창군이 노숙론을 부연설명했다.

가만히 듣고 있던 동군이 나섰다. "그냥 제대로 된 숙소로 가서 자고 아침 일찍 나오자." 앞뒤 계산 없이 숙소로 가자는 원칙론이었다.

이야기는 평행선을 달리고, 아이들은 내 얼굴을 쳐다봤다. 나라고 별 뾰족한 수가 있는 건 아니어서, 결국 남역으로 가서 기차를 기다려보자는 것으로 정리되었다. 대안이 없던 내가 창군의 노숙론에 슬그머니 기댄 것이다.

무거운 배낭을 다시 둘러메고 세계에서 두 번째로 크다는 난징 남역에 다시 도착했다. 그런데 대합실로 들어가려는 우리를 경비원들이 막아섰다. 대합실은 10시 30분에 문을 닫고 내일 아침 5시 30분에 다시 문을 연다는 것이었다.

'헉, 이제 노숙도 안 되는구나.' 기가 막혔다. 남역 경비원은 저쪽 건너편에 호텔(賓館)이 있으니 가서 자라고 권했다. 경비원이 말한 '저쪽'은 높고 낮은 건물들이 죽 들어선 시내로, 그곳으로 걸어 내려가 거리를 헤매며 숙소를 찾는 것도 만만치 않을 것 같았다. 난감한 상황에 창군이 나섰다.

"지난번 묵었던 유스호스텔로 가자. 거기 좋아. 숙소도 커서 지금 가면 빈

방이 있을 거야. 근처로 가면 유스호스텔이 어디에 있는지 알 수 있어."

창군의 말에 모두 고개를 끄덕였다. 택시를 잡아타고 창군이 보관하고 있던 유스호스텔 명함을 택시 운전수에게 건넸다. 나중에 알고 보니 올리브와 아이들은 여행하면서 일단 숙소에 도착하면 숙소 명함을 하나씩 챙겨서 만일의 사태에 대비하기로 약속을 정하고 이를 꼬박꼬박 지켜온 것이었다. 아이들은 난징 유스호스텔의 명함을 각자 하나씩 갖고 있었고, 그게 이렇게 유용하게 쓰였다. 올리브와 아이들의 선견지명에 감탄사가 절로 나왔다.

택시가 유스호스텔 근처에서 방향을 제대로 잡지 못해 우물쭈물하자 아이들은 귀신같이 "오른쪽으로!" "왼쪽으로!" 하면서 방향을 얘기했다. 유스호스텔에 도착한 시간은 10시 30분. 나는 육체적으로나 정신적으로 지칠 대로 지친 상태였지만 아이들은 제집에 온 것인 양 들뜬 모습이었다. 이전에 머물면서 친해진 유스호스텔 직원과도 오랜 친구를 만난 것처럼 반가워했다.

아이들의 낙천성과 활력의 원천은 과연 무엇일까? 내가 여행 일정을 치밀하게 준비하지 못하고, 정보의 부족, 소통의 문제 등으로 우왕좌왕 헤맸지만, 결국 아이들이 문제를 해결했다. 나에게 실망스럽고 아이들에게 미안하기 그지없는 날이었지만, 그동안 제대로 살피지 못했던 아이들의 의연함과 용기, 힘을 확인하면서 내가 힘을 얻는 여정이기도 했다.

### 성현의 고향에 부는 개발 바람

중국 상하이에 도착해 여행을 시작한 지 1주일이 지났다. 급박하게 돌아가는 일상에서 벗어나 여유를 찾고 세상을 넓게 보면서 삶을 돌아보자고 떠난 여행인데, 한국에서의 숨 막히는 일상이 이어지는 듯한 느낌이다. 조금이라도 일정이 늘어지거나 시간이 느슨해지면 무의식적으로 나사를 조여야 한다는 강박관념이 여전히 나를 지배하고 있다. 틈날 때마다 앞으로 진행해야 할 일정을 계산하고, 빡빡하게 시간표를 다시 짠다. 지금까지 20여 년 동안 유지해온 치열한 삶의 관성에서 벗어나지 못하고 있는 것이다.

취푸와 태산은 한국에서 중국 여행 일정을 잡을 때 꼭 들르고 싶었던 곳이다. 취푸는 동양사상의 원조인 공자와 맹자가 태어난 곳이고, 거기서 멀지 않은 태산은 동양 문화의 시원인 영험한 산이 아닌가. 대학에서 역사학을 공부하고 가르치는 올리브도 공자의 고향을 직접 밟아보고 싶어 했고, 역사에 관심이 많은 동군과 꼭 함께 여행하고 싶었다. 올리브와 헤어지면서 취푸에서 만나기로 한 것도 이 때문이었다. 취푸와 태산 여정은 동양 정신의 원류를 찾아가는 지적(知的)인 여정이었고, 현대의 중국 정부가 이들 성현들을 어떻게 보고, 해석하고 있는지를 확인하는 여정이었다.

새벽 5시 30분 알람 소리에 벌떡 일어났다. 아이들도 기차 시간을 잘 알기에 군소리 하나 없이 시간에 맞추어 척척 떠날 준비를 한다. 오전 6시 유스호스텔에서 불러준 택시를 타고 쾌속으로 난징 남역으로 향했다. 여유가 생기니 비로소 남역의 위용도 눈에 들어온다.

남역 건물은 중국의 급성장을 만방에 과시하고 싶어 하는 중국의 야심이 흘러넘치는 전시장이나 마찬가지다. 멜론은 이 역이 세계에서 두 번째로 큰 기차역이라고 연신 혀를 내두른다. 웬만한 국제공항 청사를 방불케 할 정도로 웅장하고, 대합실에 들어오는 승객은 일일이 X-레이 보안검사를 받아야 한다. 대합실 한쪽 끝에서 보면 반대편이 잘 안 보일 정도로 길고 넓다. 표를 사서 개찰구로 가려 해도 한참을 걸어야 한다. 역사 실내의 높이도 웬만한 건물 5층 높이도 더 되어 보인다. 위압감을 느낄 정도니, 역에 들어오는 사람은 그 규모와 검색에 주눅이 들 수밖에 없다. 역을 설계하고 지은 중국 정부도 그것을 노렸을지 모른다. 거기에는 중국의 위대함과 함께 중국공산당 정부의 막강한 힘을 무의식중에 느끼게 하려는 정치적 의도가 담겨 있었다. 중국이 베이징과 상하이를 연결하는 고속열차를 공산당 창건 90주년에 맞추어 서둘러 완공하고 요란하게 선전을 한 것도 바로 이 때문이 아닌가.

중국에서 기차표 구하기가 어렵다는 일반적인 얘기와 달리 우리가 탄 베이징 행 고속열차는 빈자리가 절반을 넘을 정도로 한산했다. 난징에서 취푸까지 1등석이 260위안(약 4만 6800원), 2등석이 150위안(약 2만 7000원)으로, 중국의 소득 수준을 염두에 두면 만만치 않은 가격이다. 우리는 2등석에 탔지만 전혀 불편함을 느낄 수 없었다.

미끄러지듯 난징 남역을 출발한 고속열차는 곧 장강(長江)을 넘어 북쪽으로 달렸다. 얼마 되지 않아 시속 250km로 속도를 높이며 중국 동남부의 광활한 평원을 쾌속으로 질주했다. 소음이나 진동이 거의 느껴지지 않을 정도로 편안했다.

난징에서 쉬저우(徐州)를 거쳐 취푸로 가는 열차 안에서 본 중국 동남부 지역은 중국 역사가 어떻게 형성되고 발전해왔는지 상상하기에 충분했다. 끝없이 펼쳐진 평원은 이곳이 천혜의 곡창 지대임을 그대로 보여주었다. 대규모로 경작되고 있는 넓은 밭 사이에 높이 자란 포플러가 경계를 표시하고, 띄엄띄엄 농가가 들어서 있었다. 비옥한 농토가 이토록 넓으니, 수천 년 전부터 문물이 발달할 수 있었고, 또 그것을 차지하기 위한 전쟁이 끊이지 않았다. 중국 고대와 중세 문명이 탄생한 이곳 중국 동남부가 21세기에는 중국 현대화 및 산업화의 전초 기지로 역할하고 있다고 생각하니 느낌이 새로웠다.

난징 남역을 출발한 열차는 2시간 30분 만에 취푸의 고속철도 전용역인 취푸 동역(曲阜東站)에 도착했다. 난징에서 취푸까지의 거리가 510km에 달하는 점을 감안하면 시속 200km로 주행한 셈이다. 취푸 고속철 역사 역시 인구 규모에 비해 과도할 정도로 크게 지은 것은 다른 어느 역과 마찬가지였다. 큰 역사에 비해 타고 내리는 승객은 많지 않아 거대한 콘크리트 역이 썰렁해 보였다.

취푸는 산둥성에 있는 인구 10만의 작은 도시로, 공자가 태어나 유교 사상을 싹틔운 곳이다. 여기서 50~60리(25km) 남쪽으로 가면 공자보다 약 200년 후의 인물인 맹자가 태어난 초청(鄒城)이 있다. 공자에 대한 공씨 가문의 자부심은 아직도 매우 강하다. 고속열차 철로와 취푸 역을 지을 때에도 공씨 가문의 반대로 철로가 공자 사당인 공묘(孔廟)와 공자의 무덤이 있는 공림(孔林)을 피해 동쪽 10여 km 외곽으로 이동했으며, 그래서 역의 명칭도 취푸 동역이 되었다. 취푸 동역에 도착해 바로 시내로 가는 버스에 올랐다. 버스의 행선지를 알리는 문자판에는 '공자 탄신 2562주년'이라는 글자가 연신 돌아가며 이곳이 공자의 고향임을 알리고 있었다.

그렇지만 곳곳에서 재개발 공사가 한창 진행되고 있었다. 외곽에는 취푸 경제개발구를 조성하고 국내외 자본과 기업을 유치하려는 간판도 눈에 띄었다. 시내로 들어서자 낡고 오래된 건물들을 부수고 새 도시계획에 따라 거대한 현대식 건물들을 짓는 공사가 우후죽순처럼 진행되고 있었다. 경제 진흥을 위한 도시 개조운동이 한창 벌어지고 있어, 고색창연하고 문화의 향기가 묻어나오는 공자의 고향을 상상했던 기대가 조금 빗나가기 시작했다. 취푸 시내로 들어오면서 기대는 더욱 빗나갔다. 어쩌면 너무 낭만적인 공상에 빠져 있었는지도 몰랐다.

시내로 들어오니 생활 여건이 급변하는 속에서 고단하게 삶을 이어가고 있는 중소 도시 사람들의 땀 냄새가 물씬 풍겨왔다. 공묘 남문 정류장에서 버스를 내려 어디로 갈지 두리번거리는데 가장 먼저 우리를 반긴 것은 어느 도시에서나 볼 수 있는 택시와 호텔 등의 호객꾼들이었다. 외면하며 걷는 우리에게 간절하게 지르는 그들의 외침에서 무언지 모를 슬픔이 묻어나는 것 같았다. 도로는 공사를 하느라 이곳저곳 파헤쳐져 있고, 그 속으로 연신 경적을 울려대는 자동차와 자전거, 오토바이가 뒤섞인 채 곡예운전을 하는 모습이 바쁘게 살아가는 중국 서민들의 모습과 오버랩되었다. 경제가 성장하면서 오히려 더 강팍해지고 상대방을 배려하기엔 너무나 바빠지고 있는 중국인들의 삶이 동양사상의 원조인 공자의 고향 취푸에서도 어김없이 펼쳐지고 있었다.

남문에서 숙소까지는 1.5km 정도 거리로, 택시로 이동했다. 공묘 바로 옆이자 공자의 사상을 후세에 널리 알리는 데 결정적인 역할을 한 안회(顔回)를 모신 사당인 안묘(顔廟) 건너편에 있는 취푸 국제유스호스텔도 일부 정비공사가 진행되고 있었고, 그 유스호스텔 앞의 도로도 공사 때문에 파헤쳐져 어수선했다. 차량이 지나갈 때마다 뽀얀 먼지가 확 날렸다.

유스호스텔엔 올리브가 이미 도착해 우리를 기다리고 있었다. 겨우 사흘 헤어져 있었는데 너무 반가워 서로 얼싸안으며 재회를 기뻐하였다. 올리브는 헤어질 때의 저조한 컨디션에서 완전히 회복된 것 같았다. 항저우에서는 거의 숙소에만 틀어박혀 논문을 썼다고 한다. 다시 한 번 항저우에 떨어뜨려 놓고 오길 잘했다는 생각이 들었다.

우리가 묵기로 한 6인실 방은, 단층 침대 6개가 넉넉하게 들어가는 널찍한 방이었지만, 방에서 이상하게 퀴퀴한 냄새가 진동했다. 올리브도 원인을 찾아보려 했지만 실패했다며 연신 고개를 저었다. 나중에 확인해 보니 화장실 배수구를 통해 올라온 하수구 냄새가 방안 전체에 퍼진 것이었다. 건물을 지을 때 그런 점까지 충분히 고려해 하수도를 설치해야 하는데 '바쁜' 중국인들은 그런 데까지 신경을 쓰지 못했던 것 같다. 방 안의 천장도 마감이 제대로 되어 있지 않은 등 부실공사의 흔적이 역력했다. 개혁 개방 이후 30여 년 동안 전국적으로 엄청난 속도전 식의 공사가 진행되면서 이런 유형의 부실공사가 중국 전역에서 벌어졌을 것을 생각하니 아찔했다.

**공묘 앞 상가** 각종 고서에서부터 기념품, 골동품을 파는 가게들이 즐비하게 들어서 있다.

## 공자와 맹자의 희비쌍곡선

여장을 푼 다음 바로 공자님을 만나러 나섰다. 학창 시절 '학이시습지면 불역열호아, 유붕이 자원방래면 불역낙호아(學而時習之 不亦說乎, 有朋自遠方來 不亦樂乎)' 하고 외던 공자의 흔적을 직접 찾아 나선다고 생각하니 가슴이 설레었다. 우리는 공자의 사당인 공묘를 시작으로 공자 집안의 거주지인 공부(孔府)를 거쳐 공자의 묘인 공림을 돌아본 다음, 그의 애제자인 안회의 사당 안묘를 둘러보기로 했다.

공묘 입구에는 골동품과 각종 서화 도구, 전통 공예품 등을 파는 가게들이 장사진을 이루고 있었다. 줄지어 늘어선 가게에는 옛날 중국의 동전에서부터 죽간, 도자기류, 도서류, 장식용품, 조각상 등 다종다양한 골동품들이 나와 있었다. 마오쩌둥이나 저우언라이 등 혁명 원조들의 초상화와 어록집도 많이 보였다. 거기에는 상업적인 목적으로 제작된 모조품도 많겠지만, 중국의 일반 가정에서 나온 귀중한 문화유산도 섞여 있을 게 분명했다. 그걸 정밀하게 구분하고 감식할 눈을 갖지 못한 우리는, 거리의 호객꾼들을 요령껏 피하면서 눈요기하는 데 만족했다. 호객 행위가 얼마나 심한지 우리의 입

**공자의 묘** 공자는 문화대혁명 때 수난을 당하기도 했지만 개혁·개방 이후 복권되어 새롭게 조명되고 있다.

에선 "뿌야오, 뿌야오!"라는 말이 떠나지 않았다.

공묘에 들어서면서부터 동군은 중국 여행 가이드북을 잽싸게 꺼내 훌륭한 가이드 역할을 했다. 역사에 관심이 많고 그 분야의 책을 많이 읽은 동군의 진면목이 유감없이 발휘되기 시작했다. 동군은 공묘 입구의 전각에서부터 시작해 각 건물, 비석의 명칭과 유래 등 가이드북에 실려 있는 내용을 흥분한 듯이 눈을 반짝이면서 이야기했다. 그러면 역사학 전공자인 올리브가 그에 대해 자세하게 설명을 덧붙이는 해설사 역할을 했다. 둘은 호흡이 척척 맞았고, 한껏 신이 올랐다. 창군은 그동안 익힌 한자와 영어 실력을 발휘하며 나름대로 안내문을 해석해 그것을 자랑하기도 했다. 중학교 3학년인 멜론은 공자와 유교 등 동양사상과 중국 역사에 대한 사전지식이 부족한데다 아직 스스로 찾아가는 여행에도 익숙하지 않아, 설명을 들으며 따라가는 데 만족해야 했지만 귀를 쫑긋 세우고 집중하는 모습이었다.

공자는 유교와 동양사상의 원류지만, 중국 역사의 격류 속에서 우여곡절을 겪어야 했다. 공자의 사상은 예를 숭상하고, 인격적 수행과 기존 질서에 대한 순응을 강조한 사상이었다. 이런 공자의 사상적 특성으로 인해 지난 2000여 년 동안 중국의 황제들은 공자를 기리고 그의 사상을 전파하는 데 열을 올렸다. 공자의 사상은 난세에 국가 질서를 유지하기 위한 지배사상으로 채택하는 데 적합했다. 때문에 공묘에는 역대 중국 황제들이 공자를 기리며 세운 비각들이 숲을 이루고 있다. 하지만 중국의 공산혁명이 한창 진행되던 1960년대 문화대혁명의 격류에서 공자는 최대 위기를 맞았다. 당시 공산혁명의 전위대였던 홍위병들은 공자 사상을 봉건사상으로 규정하고, 대대적인 혁파에 나서 공묘도 사라질 위기를 맞았다. 홍위병들의 공세에 맞서 공자 가문이 일제히 나서 공묘를 가까스로 지켜냈다고 한다. 하지만 공묘의 도서관 역할을 했던 규문각(奎文閣)에는 이제 공자와 관련한 서적이 없다. 대형 서고를 가득 채웠을 책들은 20세기 초 혼란기에 이어 문화대혁명 당시 대부분 소실되었다.

하지만 1980년대 말 개혁 개방 이후 중국 정부와 학계가 공자를 재조명하면서 공자 사상이 새롭게 주목받고 있다. 중국 정부는 지난 2000여 년간 전승되고 수없이 많은 연구가 이루어진 공자의 사상을 배격하다 왜 30여 년 만에 재조명하면서 정반대의 입장에 서게 되었을까. 그것은 그 사이에 중국공산당이 처한 위치와 입장이 완전히 뒤바뀐 것과 밀접한 관련이 있다. 1950년대 말에는 공산당 정부가 정권을 장악한 다음 기존 질서와 지배층을 뒤집어엎기 위한 '혁명'이 필요했기 때문에, 그동안의 지배 이데올로기였던 공자 사상을 혁파할 필요가 있었다. 특히 혁명 초기 흔들리는 중국 인민들에게 혁명정신을 확실히 불어넣으려면 구체제의 지배 사상이었던 공자 사상의 잔재를 척결해야 했다. 하지만 공산당 일당 지배가 수십 년 진행되어 사회체제가 바뀐 후에는 질서를 '유지'하는 것이 필요해졌고, 때문에 공자 사상을 재해석하게 된 것이었다. 기존의 황제들이 지배질서를 유지하기 위해 공자를 숭상하고 공자 사상을 전파했듯이, 공산당이 그런 입장으로 바뀐 것이다. 이렇듯 하나의 사상에 대한 해석과 그에 대한 입장이 정치적 필요에 의해 180도 바뀌는 것이 공자의 고향에서 벌어진 것이었다. 그렇다면 과연 진실은 어디에 있는 것일까. 공자 유적을 돌아보면서 떠나지 않는 의문이었다.

마지막으로 안묘를 둘러보았을 때 이미 해는 뉘엿뉘엿 넘어가고, 4시간을 넘긴 우리의 공자 공부도 막을 내렸다. 음식점과 상가가 밀집해 있는 남문 근처로 이동하면서 괜찮은 요리점을 발견하고는 주저 없이 들어갔다. 중국 여행을 계속하면서 처음엔 낯설기만 했던 중국 음식에도 이제 상당히 친숙해졌다. 공자의 고향에 왔으니 공자 가문이 즐겨 만들어 먹었다는 이른바 '공부특선(孔俯特選)' 요리를 시켜 먹는 여유도 부렸다. 특히 공자 가문에서 많이 만들어 먹었다는 두부 요리는 약간 훈제 맛이 났는데 우리 입맛에 맞았다. 동군은 공자 집안의 요리와 재료 등을 열심히 메모하는 열의를 보였다. 식사 후 가장 좋아하는 공부가주(孔俯家酒)도 한 병 샀다. 한 병에 50위안(한화 약 9000원) 정도 했는데, 공부가주 중에서도 저렴한 편이었다. 비싼 것은 6년 숙성된 것이 130위안(약 2만 3400원)이나 했는데 중국인들의 소득 수준에서는 상당히 고가에 속했다.

## 외면당하는 민본주의 사상가 맹자

공자가 현대 중국에서 새롭게 조명되면서 성인으로 다시 자리를 잡고 있다면 맹자는 그 반대의 처지에 빠진 비운의 성인이었다. 공묘를 돌아본 다음 날 올리브와 맹자의 사당인 맹묘(孟廟)가 있는 초청으로 향했다. 원래 이날 오전엔 희망자만 맹묘를 다녀오고, 오후에 버스로 1시간 30분 거리에 있는 타이안(泰安)으로 이동하기로 되어 있었다. 아이들 중에 한두 명, 특히 동군은 그래도 우리를 따라나서지 않을까 기대했지만, 빡센 일정에 모두 나가떨어지고 말았다. 아이들은 모두 숙소에서 쉬기로 하고 공자와 맹자, 유교에 대한 뒤늦은 향학열에 불타던 우리 부부만 숙소를 나섰다.

취푸에서 맹묘가 있는 초청까지는 25~26km로 짧은 거리지만, 숙소에서 취푸 버스터미널까지 간 다음 거기서 초청으로 시외버스를 타고 이동하고, 여기에서 다시 시내버스나 택시를 타야 한다. 쉬운 코스지만, 낯선 사람에게는 결코 간단하지 않게 느껴질 것이다. 취푸 터미널에 도착하니 초청으로 가는 버스가 30분에 한 대 정도로 빈번했다. 버스표를 끊고 기다리는데, '유수발차(流水發車)'라는 팻말이 눈에 띄었다. 대략 정해진 시간은 있지만 승객이 어느 정도 차면 시간이 되지 않아도 수시로 출발하는 형태였다.

우리가 탑승한 버스는 곧바로 취푸 시내를 빠져나와 공자대로(孔子大路)를 달리기 시작했다. 초청으로 향하는 60여 리 길은 끝없이 평야가 이어진 곡창지대였다. 관개시설만 갖추어진다면 엄청난 농작물을 생산할 수 있는 천혜의 자연조건을 갖춘 지역이다. 공자가 살았던 노(魯)나라나 맹자가 살았던 추(鄒)나라가 번성해 그들이 새로운 사상을 펼칠 수 있었던 것도 이러한 자연조건이 있었기에 가능했을 것이다. 바로 이곳에서 2300~2500여 년 전 공자와 맹자가 자연과 인간의 삶, 혼탁한 시대를 돌아보면서 궁극의 진리를 찾아 설파하고, 그걸 찾아 제자들이 몰려들었을 것을 생각하니 감개가 무량했다. 인근에 중국 역사의 시조로 알려진 복희씨 묘가 있으니, 산둥성은 중국 고대사의 중심지임이 분명했다.

취푸와 초청 지역엔 가로-세로로 바둑판처럼 구획된 널찍한 도로가 아주 잘 닦여져 있었다. 오늘날의 중국은 도로건설의 '명수'라 할 만큼 거대한 도로망을 뻥뻥 뚫어 놓았다. 최소 왕복 6차선이 넘는 도로, 그 도로 좌우에는 또 그만큼의 녹지를 조성해 언뜻 보면 고속도로가 뚫려 있는 것처럼 보인다. 도로에는 차들이 많지 않아 농민들이 수확한 농작물을 도로 위에서 말리고 있었다. 넓은 도로를 보면서 이것이 몇 십 년을 내다본 중국 정부의 안목에서 비롯된 것인지, 아니면 구체적인 수요 예측에 따르지 않고 무엇이든 과시하고 싶어 하는 중앙 또는 지방 정부의 지시에 의한 것인지, 경제성장률이나 도

**맹묘의 맹자상** 부리부리한 눈이 백성을 존귀하게 여기지 않는 권력자들에게 호통을 치는 듯하다.

로건설의 목표 달성을 위해 수요가 없어도 일단 짓고 보는 형식주의에서 비롯된 것인지 판단하기 어려웠다. 그럼에도 사회 인프라에 대한 투자를 확실히 진행하고 있는 중국 정부의 노력에는 혀를 내두르지 않을 수 없었다.

버스는 40분이 채 되지 않아 초청 버스터미널에 도착했다. 초청 역시 근대와 현대 중국이 무질서하게 뒤섞인 지방의 작은 소도시였다. 터미널에서 맹묘까지 가는 버스를 1위안을 내고 탔는데 10분도 채 안 걸렸다.

그런데 맹묘에 도착한 우리는 실망하지 않을 수 없었다. 입구부터 우리의 실망은 시작되었다. 맹자가 지니고 있는 동양사상의 위치나 중요성에 비해 맹자의 고향은 한마디로 초라했다. 좋게 말하면 소박하다고 할 수 있지만, 찾는 사람도 많지 않았고, 당국의 관심도 공묘에 비해 현저히 떨어져 있었다. 공묘가 골동품 가게와 기념품, 음식들을 파는 사람들과 관광객들로 붐비던 것에 비해 맹묘는 명목만 유지하는 지방 소도시의 잊혀진 유적에 불과한 느낌이었다. 맹묘 입구 양 옆에 늘어선 가게들도 대부분 먼지를 뒤집어 쓴 채 졸고 있을 뿐이었다. 아무리 휴가 시즌이 지났다고 하지만 취푸를 시끄럽게 만들던 중국인 단체 관광객도 보이지 않았다. 맹묘의 크기 역시 2.1평방킬로미터 정도로 공묘의 4분의 1 내지 5분의 1에 불과하다.

그 실망은 맹부에 들어서면서 더 커졌다. 맹자는 공자와 다른 사상, 특히 변화의 사회·정치 사상을 확립한 성현임에도 불구하고 철저히 2인자로 취급받고 있었다. 공자만이 진정한 성현이며 맹자는 그에 '버금가는' 성인, 즉 아성(亞聖)이었다. 물론 맹자가 공자보다 200여 년 후에 태어나 공자로부터 많은 것을 배운 후 자신의 사상체계를 확립한 것은 분명하지만, 맹자의 위치에 비해 현저히 홀대받고 있었다. 맹묘에 들어가는 입구 자체가 성인의 사당에 '버금가는' 사당이라는 의미인 아성묘(亞聖廟)였고, 그에 이은 전각의 이름은 성인 또는 성현의 뜻을 받들고 계승한다는 의미의 승성문(承聖門)이었다. 맹자상을 모신 사당의 위패에는 아성맹자위(亞聖孟子位)라고 적어놓았다. 맹자 집안이 살던 곳인 맹부(孟府)를 알리는 전각의 현판도 아성부(亞聖府)였다. 물론 공자에 버금가는, 즉 '맞먹는' 성현이라는 긍정적인 의미로 받아들일 수 있지만, 모두 공자가 중심이고 맹자는 부차적인 인물이었다. 공자묘에만 해도 엄청나게 보이던 역대 황제들의 방문 기념비도 맹묘에선 찾기 어려웠다. 과거나 지금이나 맹자가 현저히 홀대받고 있었다. 아무래도 맹자의 주장에는 기존 질서를 위협하는 '위험한' 사상이 있기 때문일 것이다.

공자가 예를 강조하면서 지배질서에 대한 순응을 표방했다면, 맹자는 이런 질서를 유지하기 위해선 패권자의 인(仁)과 덕(德)이 필수적이라며 민본주의(民本主義)와 덕치주의(德治主義)를 표방한 것이 특징이다. 특히 패권자가 이러한 덕목을 지니지 못한다면 권력을 유지할 수 없고 백성에 의한 혁명이 불가피하다는, 상당히 진보적인 내용을 담고 있다. 어쩌면 불온한 사상이라고도 할 수 있다. 맹묘에서도 맹자의 사상을 집약적으로 표현한 문구 20개를 선정해 전시해 놓고 있는데, 그 첫 번째가 '백성이 존귀하고, 왕실은 그 다음이며, 군주는 가벼운 존재다(民爲貴, 社稷次之, 君爲經)'라는 문구다. 권력자들이 군웅할거하는 춘추전국시대, 영웅만이 존중받고 백성은 가볍게 취급받던 2000년 전 중국의 현실에서 '백성이 우선이고 왕실과 군주는 그 다음'이라는 맹자의 주장은 지금 생각해도 아주 통렬하다. 아울러 그의 '호연지기'는 보다 높은 꿈을 향해 달려가야 할 청소년들의 사표가 되기에 충분하다고 할 수 있다.

이러한 그의 사상과 세계관, 천하를 주유하면서 진보적인 철학을 발전시킨 태도 때문에 맹자를 가장 좋아한다는 올리브는, 맹자가 그의 고향에서 아성으로 취급받는 것에 아쉬워하면서도 그의 숨결을 느낄 수 있다는 데 상당히 들떠 있었다. 맹자의 고향에 왔다는 흥분에 휩싸인 채 맹자의 체취(體臭)를 조금이라도 더 느끼기 위해 사당 구석구석을 돌아다녔다. 맹자가 3세 때 아버지를 여의고 베틀을 짜는 홀어머니 밑에서 자란 이야기, 요즘 같았으면 위장전입 논란으로 시끄러웠겠지만 어머니가 맹자 교육을 위해 세 번 이사를 했다는 맹모삼천지교(孟母三遷之教), 군웅이 할거하던 시대에 천하를 주유하며 자신의 민본주의와 덕치주의 사상을 발전시킨 맹자의 인생유전 등 그의 삶을 따라가는 데 정신이 온통 팔려 있었다.

올리브는 현장을 돌면서 맹자의 삶과 사상에 대해 열띤 강의를 했고, 유일한 수강생인 나는 귀를 쫑긋 세우고 맞장구를 치며 강의에 열중했다. 공묘에서 올리브와 동군의 호흡이 척척 맞았듯이 맹묘에서 나와 올리브도 호흡이 척척이었다. 맹자를 매개로, 여행을 매개로 우리는 다시 통하고 있었다. 올리브는 향까지 사 피우고 절을 올리며 맹자에 대한 애정을 표시했다. 평소에도 맹자를 존경한다는 말을 몇 차례 듣긴 했지만, 여기서 그녀의 진지한 눈빛을 보니 그 말의 의미를 알 것 같았다.

'백성이 존귀하며 군주는 가볍다'는 그의 핵심을 꿰뚫는 사상에 역대 군주와 제후들이 불편하고 거북하게 생각했을 것은 당연한 이치다. 백성들에게 복종과 질서에의 순응을 강조해도 지나치지 않을 텐데 '너부터 잘 해!'라고 되받아치는 맹자에게 불편함을 느끼지 않을 군주나 제후가 얼마나 될 것인가. 과거 혁명을 주장하며 사회변혁의 기치를 높이 들었던 중국공산당 정부도 마찬가지 입장이었다. 혁명 당시엔 맹자의 민본주의 변혁사상을 높게 평가했지만, 지금은 오히려 불편하게 생각할 것이 뻔하다. 맹묘에 모셔져 있는 맹자상의 부리부리한 눈이 지금도 이런 근본 이치를 되새기지 못하고, 권력을 잡았다고 기고만장하는 위정자들에게 큰 호통을 치고 있는 듯했다. 중국 정부가 공자를 더 높게 평가하고 맹자를 그저 그의 그림자 정도로 평가하는 것과 달리, 오늘날 진짜 필요한 성인은 바로 맹자인 것이다.

1시간여 동안 맹묘와 맹부를 돌아 입구로 돌아왔을 때, 한 상인이 진품인지 모조품인지 모를 각종 도자기류와 조각상 등 골동품들을 바닥에 펼쳐놓고 손님을 기다리고 있었고, 그 옆에는 팔자 좋은 개 한 마리가 손님 기다리기에 지친 듯 바닥에 축 늘어져 잠이 들어 있었다. 그 견공의 모습이 맹묘의 한산한 분위기를 그대로 보여주는 듯했다.

숙소로 돌아와 공자 집안에서 많이 만들어 먹었다는 공부치킨(孔俯鷄)을 주문해 취푸에서의 마지막 만찬을 끝내고 버스터미널로 향했다. '친구가 먼 길을 마다 않고 스스로 찾아오면 또한 기쁘지 않겠습니까. 여러분들의 방문을 환영합니다(有朋自遠方來 不亦樂乎, 曲阜汽車站歡迎你)'라는 공자의 문구를 인용한 간판이 눈길을 끌었다. 이제 막 관광지로 새롭게 단장해가고 있는 취푸가 상업의 냄새가 아니라 문화의 향기가 물씬 풍겨서 먼 길을 마다 않고 다시 찾아오는 그런 곳이 되기를 바라는 마음이 간절했다. 동시에 중국이 성현의 가르침을 정치적으로 이용한다면 그들 역시 나중에 한갓 정치적 이해관계에 의해 평가받고 말 것이란 생각이 들었다. 진리를 통 크고 겸허하게 받아들이는 사람이나 정권, 또는 체제가 오래가는 법이니 말이다.

취푸~타이안

# 믿음직한 리더의 등장

## 아이들이 성장하기 위해 넘어야 할 벽

중국은 참으로 큰 나라다. 국토 면적은 약 960$km^2$로 세계에서 세 번째로 크며, 한국의 약 44배에 달한다. 하지만 이건 숫자일 뿐이다. 실제 중국을 남에서 북으로, 동에서 서로 횡단하다 보면 그 광활함과 다양성은 기가 질릴 정도다. 인구 역시 13억 명으로 세계에서 가장 많은데, 그 숫자를 좀처럼 가늠하기 힘들다. 아무리 오지라고 해도 가보면 사람들이 바글바글하다. 그런 나라의 언어도 제대로 모르고 일주를 하겠다고 전 가족을 이끌고 나선 우리 부부는 아무리 생각해도 무모했다. '너무 용감한' 부모다. 여행에 필요하고 가장 중요한 것 가운데 하나가 언어다. 영어는 그럭저럭 생존에 필요할 정도는 되고, 한자도 어느 정도는 해독이 가능하지만, 일상 대화는 간단한 인사말 외에는 백지 상태나 마찬가지였다. 길거리에서 영어가 가능한 사람을 찾는 건 거의 불가능하고 중국어로 복잡한 상황을 설명하고 도움을 받는 것도 불가능했기 때문에, 길을 걸을 때 우리는 사실상 고립된 섬처럼 다녀야 하는 경우가 많았다. 오로지 지도와 감에 의존해 다니다 보니 길에서 헤매는 것은 다반사고, 그 과정에서 엄청난 시행착오를 겪어야 했다. 고행길이었다.

하지만 그 과정에서 우리는 더 강한 가족으로 새롭게 태어났다. 특히 큰아들 창군의 새로운 발견은 세계여행 초기 우리 가족에겐 은총과 같은 일이었다. 고진감래(苦盡甘來)라고나 할까. 역경에서 부쩍부쩍 성장하는 창군을 보는 것은 길에서 헤매는 고생을 상쇄하고도 남는 희열 그 자체였다.

청소년기의 자녀가 독립적 인격체로 성장하기 위해선 넘어야 할 벽이 있다. 부모도 그 벽 중의 하나다. 부모가 사회적으로 성공했을 경우 자녀에게는 그것이 자신감을 떨어뜨리는 장애물로 작용한다. 그 벽을 넘어서지 못하면 자신의 삶을 주도적으로 끌어가는 데 어려움을 겪는다. 하지만 부모가 자신보다 약한 존재, 또는 자신과 같은 고민을 했고 지금도 삶의 힘겨움을 가진 동등한 존재로 인식되는 순간, 부모를 뛰어넘거나 자신과 부모를 동일시하게 된다. 자신이 부모의 그늘에서 벗어나 독립적인 인간으로 살아가야 한다는 사실을 몸으로 느끼는 순간이 바로 그때다. 그 순간 자녀는 한 단계 부쩍 성장하게 된다. 우리의 가족여행은 '고난의 행군' 속에서 이를 경험하는 뜻깊은 과정이었다. 여행이 준 선물이다.

중국 황제들이 제를 지낸 대묘(岱廟)와 태산으로 유명한 타이안의 숙소를 찾아가는 과정은 초보 가족 배낭여행단이 겪은 또 하나의 웃지 못할 소극(笑劇)이었다. 타이안은 지도에 그저 소도시 정도로 표기되어 있지만, 인구 150만 명이 넘는 대도시다. 우리는 타이안이 취푸에서 버스로 1시간 30분이면 닿는 가까운 곳인데다 대묘 근처의 유스호스텔에 숙소를 예약해 놓은 상태였기 때문에 가벼운 마음으로 타이안 행 버스에 올랐다가 큰 코를 다쳤다.

오후 2시 취푸를 출발한 버스는 3시 30분 타이안 버스터미널에 도착했다. 숙소를 쉽게 찾을 수 있을 것이란 예상은 시작부터 빗나가기 시작했다. 터미널에 도착해 우왕좌왕한 것이, 다섯 명이 각각 20kg 정도의 무거운 배낭을 짊어지고 2시간 이상 시내를 헤매는 대참사의 시작일 줄은 아무도 몰랐다.

타이안 버스터미널에 도착했을 때 우리를 반긴 것은 늘 그렇듯이 호객꾼들이었다. 이들은 '삥관!' '택시!' '호텔!'을 외치며 우리를 괴롭혔다. 버스에서 내려 우리가 가장 먼저 할 일은 숙소로 가는 길을 찾는 게 아니라 끈덕지게 달라붙는 이 호객꾼들로부터 벗어나는 것일 정도였다. 버스 하차장의 호객꾼에게 벗어나 인도로 나서자 또 다른 한 무더기의 호객꾼들이 접근했다. "팅부동, 워뿌야오!(聽不懂, 我不要!, 중국어 몰라요! 필요없어요!)"를 외치며 걸어도 막무가내로 따라붙었다.

이들 호객꾼을 애써 외면하고 지도를 펴들고 방위를 파악하며 길을 찾느라 진땀을 흘렸다. 여행 안내 센터를 찾았으나 눈에 띄지 않고, 우리에게 호의를 보이는 사람은 모두 '다른 의도'를 갖고 있는 사람들뿐이었다. 열이면 열, 모두의 결론은 자신의 택시를 이용하라는 것이었다. 버스 노선을 물어봐도 돌아오는 대답은 '내가 잘 아는 택시로 가자'는 것이니, 아무한테나 길을 묻기도 어려웠다. 론리 플래닛의 지도를 보고 대략적인 방위를 잡은 나는 유스호스텔 방향을 향해 뚜벅뚜벅 걸어 일단 횡단보도를 건넜다. 지도상으로는 터미널에서 유스호스텔이 있는 대묘까지 1.5~2km 정도여서 걷기에 충분해 보였다.

가족들은 미심쩍어 하면서도 앞장서 가는 나를 따랐다. 길은 부실공사의 흔적인 듯 곳곳에 웅덩이가 파여 있었고, 새 공사도 진행 중이어서 언뜻 봐도 어수선했다. 차도에는 차선이 명확히 그려져 있지 않아 자동차들은 클랙슨을 빵빵 울리면서 거칠게 달렸다. 커다란 배낭을 짊어진 채 기우뚱기우뚱 자동차들을 피해 어렵사리 길을 건너와서 보니, 당초 생각했던 거리의 모습과 달랐다. 지도로 보면 대로로 이루어진 사거리가 나와야 하는데 좁은 골목으로 이어진 복잡한 거리였다. 길을 잘못 든 게 아닌가 하는 의문을 갖고 있는데 올리브가 발길을 멈추더니 나의 일방통행식 행동에 이의를 제기했다.

"잠깐만. 길을 모르면 사람들한테 물어보던지, 저기 차오시(超市, 슈퍼마켓)에 가서 지도를 사면서 물어보던지 하지…." 올리브의 톤이 약간 높았다. '왜 무모하게 자신의 불확실한 판단만 믿고, 다른 사람(가족) 의견은 들어볼 생각도 하지 않은 채 앞장서 가느냐'는 질책이 묻어 있었다. 길거리엔 호객꾼들뿐이어서 물어볼 엄두를 내지 못하고, 가족들도 모를 것이라 예단하고 지도와 내 감각에만 의존한 것이 문제를 일으키고 있었다.

그렇게 멈칫 하는 사이 창군이 나섰다. "내가 물어볼게." 창군이 길 옆 슈퍼로 들어가고 올리브와 동군, 멜론이 그 뒤를 따랐다. 창군과 올리브는 슈퍼마켓 주인으로부터 설명을 들었지만, 여전히 찜찜한 표정을 지으며 나왔다. 영어가 통하지 않아 중국어 단어 몇 마디로 설명을 들었을 것이다.

"택시 타면 30분이 걸리는데, 저기서 6번 버스를 타면 된대." 창군이 버스 정류장으로 향하자 모두 창군을 따라갔다. 그런데 아무리 생각해도 난 그곳이 대묘 반대 방향인 것 같았다. 지금까지 론리 플래닛 지도를 보면서 얻은 감이었다. 정류장의 버스 노선도를 찾았지만 대묘로 간다는 버스 표시는 없었다. 버스 정류장에 표시된 노선도가 최신 업데이트되지 않은 것인지, 슈퍼 주인의 설명이 잘못된 것인지, 아니면 창군과 올리브가 슈퍼 주인의 설명을 제대로 못 알아들은 것인지, 좀처럼 판단하기 어려웠다.

나는 '안 되겠다' 싶어 말쑥한 한 젊은 여성에게 대묘 가는 법을 물어보았지만 외면하며 홱 지나가 버렸다. 그때 귀에 익은 소리가 들렸다.

"아유 코리안? 아유 고잉 투 다이묘?(Are you Korean? Are you going to Daimyo?)" 영어였다. 한 중년 남성이었는데 일단 언어가 좀 통한다는 게 반가웠다.

"오, 예스, 위 아 코리안, 위 아 고잉 투 다이묘(예, 우리는 한국인인데 대묘로 갑니다.)"

그러자 그는 우리가 들고 있던 지도를 받아들어 대묘 위치를 가리키며 얘기를 시작했다. 하지만 창군은 처음부터 이 남성을 믿지 않았다. 우리가 알고 싶어 한 것은 지도상에서 현재 우리의 정확한 위치와 어느 쪽으로 가면 대묘로 갈 수 있는지인데, 그는 그것은 얘기하지 않고 엉뚱한 이야기를 했다.

"버스로 가면 1인당 3위안, 다섯 명이면 15위안이다. 내가 15위안으로 거기까지 데려다주겠다. 걱정할 것 없다."

그의 말을 들으며 순간적으로 '아, 역시 삐끼였구나' 하는 생각이 스쳤다.

그때였다.

"아빠, 이 사람 말 못 믿어." 창군이 한국말로 대화 중단을 요청했지만 난 일단 그 남성과 대화를 이어갔다.

"우리는 다섯 명이고 짐도 많다. 택시 한 대로 가능하냐?"

"커이(가능하다). 한 대로 가능하다."

그러자 창군이 다시 믿을 수 없다며 끼어들었다. 내가 다섯 명이 택시 한 대에는 탈 수 없는 것 아니냐고 의문을 표하자 경찰의 눈만 피하면 된단다. 이제 그의 정체가 분명해졌다. 창군의 말대로 믿을 수 없는 사람인 것도 확실해졌다. 버스비가 1인당 3위안이라는 말도 거짓이었다. 나중에 안 사실이지만 우리가 타려던 버스의 차비는 1위안이었다. 눈만 돌리면 확인 가능한 것인데도 거짓말을 한 것이다. 더 이상 대화할 필요가 없어졌다.

우리는 고민 끝에 반대편 버스 정류장 쪽이 맞다고 생각하여 신호에 따라 다시 도로를 건넜다. 참을성 없고 보행자를 배려하기엔 너무나 바쁜 중국의 자동차들이 우리를 위협하려는 듯 신경질적으로 클랙슨을 울려대며 스치듯 지나갔다. 횡단보도를 건너니 또 다른 호객꾼들이 달라붙었다. 반대편 정류장의 버스 노선도에도 우리가 원하는 대묘로 간다는 표시는 없었다.

결국 처음 생각대로 걸어가기로 하고, 다시 발길을 돌렸다. 무모하고 어처구니없는 상황이었다. 그런데 창군이 론리 플래닛을 받아들더니 한참을 들여다보았다. 지금까지 길 찾기를 모두 실패한 나는 무안한 표정으로 창군의 어깨 너머의 론리 플래닛 지도를 흘끔흘끔 쳐다봤다. 창군은 지도와 지금까지 우리가 헤맨 지역, 출발점인 터미널 등을 비교하며 길 위치와 방향을 파악하더니 지도를 가리키며 가족들에게 설명했다.

설명을 듣고 나니 창군이 지적한 대로 가면 대묘가 나올 것이란 확신이 들었다. 가족들 모두 고개를 끄덕였고, 나도 리더로 나선 창군을 응원했다.

다시 대열이 만들어졌다. 이번에 가족들이 창군을 따라 걷기 시작했다. 한참을 걷다가 인도에 나와 있는 사람에게 "다이묘 짜이나?" 하고 묻자 창군이 가는 방향을 가리켰다. '옳거니, 창군이 제대로 방향을 잡고 가고 있구나' 하고 생각하고는 "이 길이 맞대!"라고 외쳤다.

창군이 그렇게 믿음직스러울 수가 없었다. 지리와 방향을 잡고서는 앞장서 뚜벅뚜벅 걸어가는 창군이 다른 가족에게도 큰 힘이 되었다. 황산에서 취푸로 오다 난징에서 헤맬 때도 창군이 믿음직한 향도 역할을 해서 위기를 넘겼는데, 이번에도 마찬가지였다. 창군은 점점 믿음직스런 청년이 되어 가고 있었다. 그런 과정에서 나와 올리브는 창군에게 의지하고 배우는 일이 많아졌다.

한참을 걸었지만 우리의 1차 목적지인 대묘는 물론 대묘를 가리키는 도로 표지판도 나타나지 않았다. 그 와중에도 다들 배가 고프다고 하여 중국의 패스트푸드점인 디코스(肯克士, Dico's)로 들어갔다. 혼란스러운 밖의 분위기와 달리 디코스 내부는 깨끗하게 잘 정비되어 있었고, 무엇보다 세련된 젊은이들이 활기찬 분위기를 만들고 있었다. 이전 같으면 나나 올리브가 주문 사항을 받아 대표로 주문을 했을 텐데 어느 순간 그 역할을 창군이 맡고 있었다. 창군이 여행의 중심으로 한 걸음 성큼 들어가고 있었다. 시간은 5시를 향해가고, 타이안에 도착해 거리를 헤맨 지 거의 1시간 30분이 지났다.

창군은 중국어와 영어를 섞어가며 디코스의 젊은 여종업원들에게 대묘 위치와 찾아가는 방법을 다시 확인하였다. 창군이나 동군, 멜론은 어딜 가나 중국의 젊은 여학생들로부터 인기 만점이었다. 키도 크고 외모도 준수한데다, 한국의 친절한 청년이라는 점이 매력 포인트였다. 디코스 여종업원들로부터 확실한 정보를 입수한 창군이 우리에게 다가왔다.

"바로 앞 버스 정류장에서 4번 버스를 타고 세 정거장만 가면 대묘가 나오는데, 가까이 가면 버스에서 '다이묘, 다이묘' 하고 방송을 한대."

우리는 창군에게 전폭적인 신뢰를 보내며 디코스를 나왔다. 가을의 따가운 오후 햇살이 작열할 때 타이안에 도착했는데, 벌써 해가 기울면서 땅거미가 몰려오고 있었다.

창군 말대로 버스는 우리를 정확하게 대묘 앞으로 데려다주었고, 버스에서 내려 조금 걸어가니 타이안 국제유스호스텔(泰安國際青年旅舍) 팻말이 눈에 띄었다. 마치 고향을 알리는 이정표를 본 것처럼 반가웠다. 팻말이 가리키는 곳을 향해 거침없이 나아갔다. 등에 짊어진 배낭도 가벼워진 듯했다. 유스호스텔은 대묘 앞의 옛 관청거리에 있어 찾기도 쉬웠다. 유스호스텔 벽면엔 마오쩌둥을 칭송하고 문화대혁명의 열기를 고취시키는 오래된 포스터들이 붙어 있어, 사회주의 나라 중국의 냄새를 물씬 풍겼다. 종업원에게 물어보니 마오쩌둥이나 문화대혁명이 유스호스텔과 특별한 관련은 없으며, 이곳 보스가 장식용으로 붙여 놓은 것이라고 했다. 어쨌든 우리는 주먹을 불끈 쥔 농민과 노동자, 대학생들이 '마오쩌둥 만세'와 '홍위병 만세'를 외치는 포스터로 가득 찬 유스호스텔에 드디어 도착해 여장을 풀었다.

타이안으로 오는 길은 여러 가지를 생각하게 했다. 첫째는 여정을 철저히 준비하지 않으면, 여러 사람이 고생할 수밖에 없다는, 당연하지만 아주 중요한 교훈이었다. 둘째는 창군과 가족의 새로운 발견이었다. 당혹스러운 상황에 맞닥뜨렸을 때 이에 대해 푸념하거나 투덜거리기보다 어떻게 하면 이런 상황을 빨리 벗어날 수 있는지 순간순간 지혜를 모으는 가족을 발견한 것이야말로 오늘 헤맴이 가져다준 선물이었다. 어려운 상황에서 서로에게 책임을 미루거나 비난하는 것은 '가장 쉽게 할 수 있는 일이지만 상황을 타개하는 데에는 아무런 도움이 되지 않는다.' 특히 창군의 역할이 두드러졌다.

저녁식사 후 동군과 멜론을 데리고 뒷골목 먹을거리 탐방에 나섰다. 우리가 걸어 들어온 숙소 입구는 건물과 상가가 새롭게 조성된 반면 그 반대편은 옛날 모습 그대로였다. 각종 꼬치요리와 국수, 샤오롱바오 등 간편식을 파는 가게가 죽 늘어서 옛 모습 그대로 활기를 띠고 있었다. 거리에 평상을 펴놓고 그 둘레에 놓인 낮은 의자에 앉아 시끄럽게 떠들며 꼬치 안주에 술을 마시는 사람들도 눈에 많이 띄었다. 동군과 멜론은 새로운 중국의 모습, 진짜 중국 서민이 사는 모습에 눈이 휘둥그레졌다.

하나에 0.7위안, 한화로 130원 정도 하는 꼬치를 사들고 우리 모두 중국의 정취에 흠뻑 빠져들었다. 그김에 공자님, 맹자님 말씀에 태산 이야기까지 섞어가며 일장 연설을 했다. "우리는 매일매일 조금씩 진전하면 못 할 것이 없어. 하지만 한 발 앞으로 가지 않으면 아무리 쉬운 일도 이룰 수 없어. 우리의 꿈도 마찬가지야. 포기하면 안 돼. 목표를 향해 한 걸음 한 걸음 전진하면 못 이룰 게 없지, 이게 내일 우리가 태산에 올라가면서 배워야 할 것이야. 아무리 높은 태산이라도 한 걸음부터 시작하는 거야. 멈추지만 않으면 올라갈 수 있어." 하지만 아이들의 관심은 정작 다른 곳에 있었다.

"꼬치 하나 더 시키면 안 돼요?"

우리가 떠드는 소리가 중국인들의 시끄러운 소리와 뒤섞이면서 타이안에서의 첫날 밤이 흘러가고 있었다. 내가 아이들을 이끌어야 한다는 부담에서 벗어나니, 오히려 아이들이 치고 올라오는 것을 보는 뿌듯함이 가득한 여행, 한 걸음 진전하는 하루가 흘러가고 있었다.

### 하루의 여유가 준 예기치 않은 선물

짧은 시간이었지만, 그동안 많은 곳을 돌아다녔다. 올리브와 세 청소년은 홍콩에서부터 시작해 상하이까지 2000km를 여행했고, 상하이에서 나를 만나 항저우~황산~난징~취푸~타이안으로 다시 약 1360km를 달렸다. 배고픔을 견디며 황산을 올랐고, 난징에선 시내를 세 번이나 왔다 갔다 하면서 진을 뺐다. 타이안에선 숙소를 찾느라 길거리를 2시간이나 헤맸다. 우리 부부는 물론 아이들도 녹초가 되었다. 그래서 당초 계획을 변경하여 하루를 쉬며 대묘만 어슬렁어슬렁 돌아보고, 다음 날 '공포의' 태산을 오르기로 했다.

그 하루의 여유가 예기치 않은 선물을 안겨다 주었다. 중국 서민생활의 진면목을 발견하고, 가족의 애정을 확인하고, 우리의 여행이 좌충우돌, 우왕좌왕의 연속이지만 잘 진행되고 있음을 확인할 수 있었다. 더구나 이날은 나와 올리브가 부부의 인연을 맺은 뜻깊은 날이었다. 사실 결혼기념일인 줄도 몰랐는데, 한 한국 업체의 의뢰를 받은 꽃집에서 결혼기념일을 축하한다며 꽃을 어디로 보내면 되느냐고 전화를 해 그 사실을 알게 되었다. 뜻밖의 전화가 고맙고 기뻤다. 우리는 '잘 됐다'며 저녁에 축하 파티를 열기로 했다. 결혼기념일을 잊었다고 올리브가 눈을 흘길지는 모르지만.

이날의 예기치 않은 선물 가운데 첫 번째는 중국인 부부와의 만남이었다. 우리는 그 중국인 부부의 이름은 물론, 어떻게 사는지 잘 모른다. 아는 것이라곤 나이가 30대 후반에서 40대 초반으로 보이고, 타이안의 대묘 근처에서 노점상을 한다는 것뿐이었다. 그들은 아침 이른 시간에 거리에 나와 출근하는 시민과 등교하는 학생들에게 중국식 샌드위치를 만들어 팔았다.

이들을 만난 것은 타이안에 도착한 다음 날 아침 숙소 인근 공원을 산책할 때였다. 나와 올리브는 아직 깊은 잠에 빠져 있는 아이들을 그대로 둔 채 산책에 나섰다. 서울에 있을 때에는 꿈도 꾸지 못하던 아침 산책은 여행을 하면서 갖게 된 가장 큰 기쁨 중의 하나였다. 거리로 나오니 고도(古都) 타이안도 잠에서 깨어나 부산하게 움직이기 시작했다. 타이안 역시 취푸와 마찬가지로 개발이 한창 진행되고 있었다. 오래되고 작은 건물들을 허물고 크고 새로운 건물을 짓는 공사와, 도로를 넓히고 포장하는 공사가 곳곳에서 진행되고 있었다. 정비가 완료된 곳은 널찍하게 도로가 닦이고, 그 주변으로 고층 빌딩이 쑥쑥 들어선 반면, 개발의 손길이 닿지 않은 곳은 남루한 상태로 방치되어 도시는 기형적인 모습을 띠고 있었다. 중국의 개혁 개방 이후 30여

년이 지나면서 개발 바람이 대도시에서 중소 도시로, 동부 해안에서 서부 내륙으로 확장되고 있음을 여실히 느낄 수 있었지만, 그 개발 바람이 지나치게 빠르고 강해 중국을 기형적인 나라로 만들고 있었던 것이다.

우리의 발길은 큰 길을 따라 타이안 동쪽의 작은 공원으로 옮겨졌다. 도시 재개발로 새롭게 조성된 공원에는 아침 체조를 하는 사람들에서부터 산책을 하거나 달리기를 하는 사람, 검술을 훈련하는 사람, 심지어 현 소리에 맞추어 노래를 부르는 사람으로 활기가 넘쳤다. 공원은 생각보다 넓었다. 여기에 올리브의 멋진 평가가 덧붙여지니 공원이 확 살아나는 듯했다.

"역시, 사람들은 이렇게 공간만 만들어주면 뭐든 알아서 해!"

이 말은 서울의 마포구 성산동 일대 성미산 자락에 살면서 마을 만들기와 성미산 살리기 활동을 할 때 올리브가 많이 했던 말이다. 괴물과 같고, 삭막하기 그지없는 거대도시 서울에서 '마을'을 만든다는 것, 사람들의 숨결이 느껴지는 마을공동체를 복원한다는 것은 쉽지 않은 일이었다. 하지만 공동육아 어린이집을 만들고, 방과후교실을 만들고, 체육과 놀이공간인 꿈터를 만들고, 유기농산물과 친환경 공산품을 판매하는 생활협동조합을 만들고, 나중에는 대안학교까지 만들고, 그것을 네트워크화하면서 '마을'이 서서히 모습을 드러냈다. 주민 청원으로 성미산 앞 도로에 자전거 전용도로를 내자 사람들이 자전거를 타고 다니면서 마을 모습이 확 달라졌다. 주민들의 쉼터이자 아이들의 자연학습장인 성미산을 개발하려는 모 학교법인의 계획에 반대하는 시민운동을 펼치면서 마을 주민들의 유대가 강건해졌다.

"사람들은 이렇게 공간만 만들어주면 뭐든 알아서 해"라는 것은 정부나 시 당국이 해야 할 일과 주민들이 해야 할 일을 지적한 것이다. 정부가 해야 할 일은 미래지향적 인프라(토대)와 제도를 만드는 것이며, 그것을 채우는 것은 주민들 몫이라는 얘기다. 진정한 변화를 위해서는 주민들의 참여와 이를 통한 생활방식의 변화가 필수적이며, 사실 주민들의 참여가 없으면 그 변화가 지속성을 갖기 힘들다. 이 과정에서 주민들은 놀라운 자치 능력을 발휘한다. 이는 사소하게 취급할 일이 아니다. 이것은 우리가 성미산 활동을 하면서 절감한 것이기도 하다. 사람들은 나무와 풀, 곤충과 새가 뛰어노는 자연을 좋아하며, 그 속에서 아이들을 키우고 자신들의 몸과 마음을 달래길 원하며, 공동체가 복원되어 서로 소통하는 곳이 되길 원한다. 삭막한 도시를 좋아할 사람이 누가 있겠는가. 주민들 사이의 소통을 가능케 하는 작은 공간을 만들어 놓기만 해도, 시간이 지나면 주민들이 자신들의 콘텐츠로 그곳을 채워간다. 상하이 루쉰 공원이나 이곳 타이안 공원의 아침 풍경도 그런 사실을 보여주는 사례라 할 수 있다.

나와 올리브는 공원 한편에 자리를 잡고 중국인들처럼 체조를 시작했다. 천천히 팔을 올리고, 발을 들고, 숨을 깊이 들이쉬었다. 폼은 엉성해도 한국과 달리 어색하지 않았다. 올리브는 한국에서 명상과 요가, 기천 등을 배워 여행을 하면서도 아침마다 이런 운동으로 몸을 풀어 나름 건강을 유지해 왔는데, 이번엔 나도 올리브를 따라 체조를 즐겼다. 관절이 부드러워지고 기가 통하면서 몸이 살아나기 시작했다. 잠자거나 늘어져 있던 세포가 생기를 되찾으며 활발한 신진대사를 뿜어내기 시작했다.

공원에서 체조를 마치고 시내를 산책하다 중국인들의 아침식사를 한번 맛보자며 노점상들을 이리저리 돌아보았다. 그러다 한 쌍의 부부가 우리의 눈길을 끌었다. 작은 리어카에서 아내는 빵을 굽고, 남편은 돼지고기를 다지고 빵 가운데 칼집을 낸 다음 그 속에 다진 고기와 야채, 중국식 향신료인 샹차이(香菜)를 넣어 일종의 샌드위치를 만들어 팔고 있었다.

그들은 밀려드는 손님으로 눈코 뜰 새 없이 바빴다. 샌드위치를 만들기 무섭게 사람들이 집어갔다. 가만히 보니 건장한 체구의 남편은 돼지고기와 야채를 다질 때 한 손에 두 개의 칼을 쥐고 사용했다. 허리를 구부리고 탁탁탁탁 칼을 가볍게 내리칠 때마다 두 개의 칼날이 동시에 움직이면서 고기와 야채가 툭툭 썰려 나갔다. 칼을 하나만 들고 요리할 때보다 생산성이 두 배 높은 독특한 칼 사용법이었다. 남편의 동작은 민활했다. 장사가 번창하는 만큼 신이 나 보였다. 이마에 송글송글 맺힌 땀을 어깨로 쓱 훔쳐내고는 다시 일에 몰입했다.

손님이 많아 돈을 받고 잔돈을 거슬러 줄 새도 없었다. 그 부부는 나무로 만든 돈 통을 가판대 앞에 두고, 손님이 거기다 직접 돈을 넣고 거스름돈도 직접 가져가게 하고 있었다. 손님 중에는 출근길을 재촉하는 사람들과 등교하는 어린 학생의 손을 잡은 엄마들도 있었다. 샌드위치는 하나에 3위안으로, 한화로 500원이 조금 넘는 금액이었다.

맛도 괜찮았다. 기름에 튀기지 않고 구운 빵이라 담백했고, 중국식의 야릇한 샹차이도 그리 거슬리지 않았다. 올리브는 중국 사람들이 이 샌드위치와 함께 먹는 팥죽을 하나 더 주문했다. 팥죽은 간을 하지 않아 맛이 밋밋했지만, 마음으로는 그 어떤 음식보다 풍성한 맛이 느껴졌다.

대화 한 번 나누지 않았음에도 이들 부부는 중국을 여행하면서 뇌리에서 떠나지 않아 올리브와 여러 차례 이야기를 했다. 왜 그랬을까? 그 부부의 무엇이 우리를 그렇게 강하게 끌어당긴 것일까? 무엇보다 우리가 사소한 것이라도 색다르게 느끼는 '이방인의 눈'을 갖고 있었기 때문일 것이다. 중국에서, 아니 한국에서도 쉽게 볼 수 있는 장면이지만, 그들은 이방인의 눈에 신선하게 들어왔다. 그런데 그것뿐이었을까? 아닐 것이다. 그럼 무엇일까? 그것은 아마 그 부부의 모습이 세상의 변화 속에서도 열심히 살아가는 건강한 '인민(人民)'의 전형적인 모습이기 때문이었을 것이다. 그 부부는 그들의 일에 완전히 몰입해 있었다. 그것이 아름다웠다.

이날의 두 번째 예기치 않은 선물은 저녁 파티에서 이루어졌다. 대묘 관람을 마치고 나서도 시간이 많이 남아 동군과 멜론에게 거리 구경이나 하자고 운을 뗐더니 흔쾌히 따라 나섰다. 대묘를 돌아볼 때 옥황상제니 벽하신궁이니 하는 얘기에는 별 흥미를 느끼지 못했던 멜론이 아주 좋아했다.

우리 셋은 꼬치구이 집이 있는 뒷골목을 통해 큰 거리로 나갔다. 대로변 역시 개발된 곳과 개발되지 않은 곳이 극심한 불균형을 이루고 있었다. 거리를 걷다 가장 화려해 보이는 상가 건물로 들어갔다. 2층은 음식점이 즐비했는데 시장 통에 좌판을 깔아놓은 음식점들과 달리 체인 형태의 세련된 음식점들이었고, 젊은이들로 붐볐다. 가격은 천차만별이었다. 동군이 줄기차게 외치던 훠궈(火鍋) 전문점도 있고, 뷔페도 눈에 띄었다. 3층에는 오락실이, 4층엔 영화관이 있었다.

중국 사람들은 어떤 오락을 하고, 어떤 영화를 보는지 궁금하여 샅샅이 훑고 다녔는데, 아이들 역시 지금까지의 역사문화 기행과는 차원이 다른 현대문화 기행에 많은 흥미를 보였다. 그런데 그 현대문화가 한국과 크게 다르지 않았다. 중국의 오락은 전자오락으로 대체되고 있었고, 영화는 할리우드에 정복되어 있었다. 동군과 멜론은 익숙한 환경을 만나자 자못 흥분하고 즐거워했다. 여행 일정을 짤 때 이 점을 고려에 넣어야겠다는 생각이 들었다.

저녁식사를 위해 올리브, 창군과 함께 다시 같은 상가를 찾았을 때 아이들은 이구동성으로 뷔페식당을 주장했다. 가격은 1인당 45위안, 한화로 8000원이 조금 넘는데 중국에서의 가격치고는 비싼 편이었다. 중국의 뷔페, 아니 타이안의 뷔페는 한국의 뷔페와 분위기가 달랐다. 한국에서는 자신이 먹을 만큼만 각자 자기 접시에 조금씩 담아 싹싹 비우고 다시 음식을 가져오는 게 보통이지만, 여기서는 음식을 듬뿍듬뿍 담아서 자기 테이블에 쌓아놓고 여러 사람이 함께 즐기는 형태였다. 옆 테이블에는 중국 젊은이 10여 명이 식사를 하고 있었는데, 각종 음식을 담은 그릇이 수북했다. 뷔페 요리가 일찍 바닥 난 이유가 있었다. 괜찮은 요리가 나오면 서너 명이 싹쓸이해 조금 늦게 갔다가는 텅 빈 조리대만 바라보아야 했다. 우리도 특유의 생존 본능을 발휘했다. 괜찮은 요리가 있으면 종류별로 한 접시씩 듬뿍 가져다 놓고 함께 나누어 먹기로 했다. 아이들은 신이 나서 음식을 날라 테이블에 펼쳐 놓았다.

음식을 수북이 차려 놓고 푸짐한 파티를 벌였다. 나와 올리브는 어제 마시다 남은 공부가주를, 아이들은 물을 따른 잔으로 우리의 결혼 21주년을 기념하고, 이번 여행이 순탄하게 진행되고 있음을 축하했다. 내일 태산을 올라야 하기 때문에 영양보충을 충분히 해야 한다며 든든하게 배를 채웠다. 아이들은 너무 빡세게 돌아다닌다, 길거리에서 너무 헤매지 않았으면 좋겠다고 하면서도 재미있고, 중국에 대해 많은 것을 배울 수 있고, 중국 음식도 다양하게 먹을 수 있어 좋다고 말했다. 힘들 때도 있지만 대체로 만족한다는 반응이었고, 중국어, 특히 한자(漢字)라도 알면 좋겠다는 등, 내가 원하는 답변이 쏙 튀어나왔다. 쾌재를 부르며 그 틈새로 뛰어들었다.

"그래? 우리 베이징에 가면 중국어 초급교본 하나씩 사서 갖고 다니며 공부하면 어떨까?"

이때다 싶어 은근하게 공부 이야기를 꺼내니 역시나 분위기가 좀 썰렁해졌다. 분위기 전환을 위해 중국어를 잘 몰라도 의사 소통이 된 경험들을 풀어놓으니 아이들도 신이 나서 도토리 키재기식 중국어 자랑에 나섰다. 기가 살아 있었다. 한국에서라면 학교와 학원을 다람쥐 쳇바퀴 돌 듯 오락가락하는 바쁜 생활에 찌들어 있을 텐데, 이제는 호기심과 새로운 세상에 대한 탐구심으로 가득 차 있었다. 겁 내지 않고 새로운 도전과 모험을 즐기는 청소년 특유의 발랄함과 싱싱함이 살아나는 듯했다. 그것만 있다면 여행은 성공이다.

나와 올리브는 아이들에게 고맙다는 말을 많이 했다. 창군은 여행의 길잡이 역할을 든든하게 해줘서 고맙고, 동군은 자신의 관심사를 적극적으로 표현하면서 여행을 자신의 것으로 만들어 가고 있어 고맙고, 멜론은 역사나 문화유적에 대한 지식을 보충하기 위해 가져온 책을 읽으며 잘 따라오고 있는 것이 고마웠다. 모두 아프지 않고 건강하게 여행을 하고 있는 것도 고마웠다. 이렇게 고맙다는 말을 주고받을 수 있다는 것이 여행의 선물이었다.

옆 테이블에 앉은 중국 젊은이들의 파티가 왁자지껄 속에 진행되고 있었고, 우리의 테이블 위에도 진한 사랑이 흘렀다. 또 항상 예산과 비용을 생각해야 하는 장기 여행자의 입장에서 벗어나 푸짐하고 맛있는 음식을 즐겼다. 그 정신적·미각적 만족감은 그 어느 것과도 비유하기 어려웠다. 풍요 속에서 지낸다면 이런 음식이 주는 행복을 느끼기 어려울 것이다. 그런데 너무 많은 요리를 가져와 일부를 남기는 중대범죄(?)를 저지르고 말았다. 우리의 욕심이 빚은 수치였다. 우리는 음식을 남긴 데 따른 양심의 가책과 포만의 기쁨을 동시에 느끼며 식당을 나섰다. 우리 마음에는 음식이 주는 포만보다 더 가득한 사랑과 감사가 넘치고 있었다.

우리가 구상했던 세계일주 여행의 시작에 불과하지만, 우여곡절과 우왕좌왕 속에서 크고 작은 에피소드를 만들며 해피엔딩으로 마무리되고 있다. 새로운 여행지에 도착했을 때 처음에는 혼란스럽지만, 어려움을 넘어서며 한 걸음, 한 걸음 전진하고 있다. 가족여행이 주는 선물은 바로 여기에서 나온다. 힘겨움을 함께 극복하는 과정에서 신뢰와 사랑도 자라는 것이다.

태산

# 자기주도성을 키워가는 여행

## 교훈을 남긴 멜론의 가이드

가족 세계여행을 하는 데엔 어느 정도의 연령대가 적당할까. 아이들과 함께 길건 짧건 세계여행 또는 해외여행을 생각한다면 이건 아주 중요한 문제다. 인지 능력과 논리적 사고 능력, 외부세계와의 소통 능력이 미성숙한 어린 아이들의 경우 아무리 많은 것을 보여주어도 교육적 효과를 기대하기 어렵다. 사회와 역사, 개인의 삶에 대한 고민이 시작되면서 한창 꿈을 키울 때, 외부 세계에 대한 관심과 호기심이 분출할 때가 적절하다. 가장 좋은 것은 중학교 고학년에서 고등학교 저학년 사이이다. 격정과 질풍노도의 시기이며, 어디로 뛰어야 할지 갈피를 잡기 어려운 시절이다. 에너지가 주체할 수 없을 정도로 분출하는 시기이며, 다양한 외부세계의 정보를 스펀지가 물 흡수하듯이 쭉쭉 빨아들이는 시기다. 적절한 독서와 경험, 다양한 만남이 결합할 경우 세상을 보는 눈이 트이면서 사회와 세계에 대한 이해를 넓히고 자신의 꿈과 이상을 키울 수 있다. 여행이라는 고단한 과정을 통해 역경을 극복하고, 도전과 모험을 즐기는 청소년으로 자랄 수 있다. 학교 교육 과정에서도 이때는 다양한 과목을 공부하는 시기이며, 가장 여유가 있는 시기이기도 하다. 고교 고학년으로 올라가면 대학 입시에 대한 부담이 있고, 중학교 저학년 이하의 경우 인지, 논리적 사고, 소통 등의 면에서 아직은 서투르다.

가족여행을 성공으로 이끌기 위해 또 한 가지 중요한 점은 철저한 준비다. 물론 자금이나 장비, 의류, 여행 코스와 현지 교통, 숙소에 대한 정보 등 여행 그 자체를 원활하게 진행하기 위한 준비도 필요하지만, 더 중요한 것은 여행에 참여하는 가족 구성원의 마음가짐이다. 일주일이나 보름 정도의 여행은 가족 중 어느 한 사람이 준비하고 다른 사람은 따라가는 형태로 진행할 수 있지만, 3개월 이상 장기 여행의 경우 이렇게 했다가는 낭패를 당하기 십상이다. 장기 여행은 누가 누구를 끌고 갈 수 없다. 여행에 참여하는 사람 각자가 주체로 참여하고, 스스로 여행의 의미를 부여하고, 여행의 목적을 실현하려는 자세를 가져야 한다. 거기에는 준비가 필요한 것이다. 우리 가족도 실제 여행에 나서기 1년 6개월 전부터 세계일주 여행의 꿈을 공유하고, 각자 왜 가려는지, 어디를 가고 싶은지, 가서는 무엇을 하고 싶은지에 대한 이야기를 나누었다. 또 여행지에 대해서도 각자 특정 지역을 맡아 계획을 만들고 이를 공유했다.

그런데 문제는 멜론이었다. 멜론이 여행에 참여하기로 한 것은 올리브와 창군, 동군이 본격적인 여행에 앞서 필리핀으로 떠나기 약 1개월 보름 전이었다. 우리는 세계일주 여행을 구상하면서도 어느 정도 완벽하게 준비되기 이전까지는 다른 가족들에게 알리지 않았다. 자칫 설익은 상태에서 알렸다가는 반대에 부닥칠 수 있다는 우려 때문이었다. 그래서 여행의 목적, 여행 경비의 조달 방법, 여행의 코스와 방법, 여행 후 계획 등에 대해 부모님이나 형님, 누님 가족들이 안심할 정도로 치밀하게 계획을 짠 다음에 알렸다. 1년 이상의 준비 기간 동안 계획을 세웠고, 필리핀으로 떠나기 1개월 보름 전 가족들과 이를 공유했다. 그런데 그 이야기를 들은 형님이 우리의 계획에 공감하며 "그렇다면 멜론도 데리고 가는 게 어떻겠느냐"고 제안했고, 우리가 즉석에서 받아들여 멜론도 참여하게 되었다. 때문에 여행에 대한 멜론의 준비는 상대적으로 부족할 수밖에 없었다. 멜론에게 책도 읽어보라고 권했지만 준비할 절대적인 시간이 부족했다. 더 큰 문제는 여행에 대한 일종의 느낌, 즉 감의 차이였다.

가령 이런 것이다. 우리 집에는 1년 6개월 전 커다란 세계지도와 중국 지도가 거실의 벽을 장식했다. 지도를 보면서 지리를 익히고, 세계에 대한 인식을 갖도록 하기 위한 것이었다. 또 세계여행과 각지의 역사와 문화, 여행기 등 수십 권의 책이 집에 돌아다녔다. 모든 사람이 그걸 다 읽지는 않았지만, 누가 읽고 난 다음 그 이야기를 나누어 간접적으로 경험을 공유할 수 있었다. 1주일에 한 번씩 각자 준비한 여행지 정보를 갖고 토론하는 시간도 가졌다. 식사를 하거나 TV를 보다가도 언뜻 생각이 나면 지도 앞에 모여들어 이곳이 어떻고 저곳이 어떻고, 이곳의 역사는 어떤지 이야기꽃을 피웠다. TV에 나오는 세계여행 프로그램이나 심지어 영화를 보면서 우리의 여행에 대한 꿈을 키웠다. 여행은 사실상 1년 6개월 전부터 시작된 것이었고, 여행지의 역사와 문화, 자연과 기후 등에 대한 감을 키웠다. 그런데 멜론은 그런 과정을 거치지 않았다. 사는 곳이 다르기 때문에—우리는 서울에 살고 있었고 멜론은 청주에 살았다—출발 직전 1개월 동안에도 이런 경험을 공유하지 못했다. 아무리 가까운 친척이라 하더라도 직계 피붙이와 조카는 다르다. 창군과 동군에게는 가끔 윽박지르기도 하고 충분히 준비하지 않으면 여행이 지옥이 될 거라고 겁을 주기도 했지만, 조카인 멜론에 대해선 조심스러울 수밖에 없었다. 우리 여행단에는 이처럼 보이지 않는 간극이 존재했다.

필리핀에서 2개월 보름 동안 어학 연수를 하면서 이런 간극은 조금씩 줄어들었고, 멜론과 창군, 동군은 친형제처럼 친밀한 사이가 되었다. 그럼에도 창군과 동군은 비교적 주도적으로 여행을 해나간 반면 멜론은 약간 수동적으로 따라다니는 모습을 보였다. 자기 주도성과 수동성의 정도를 비교한다면 창군은 확실히 자기 주도적 여행을 해나가고 있던 반면 멜론은 수동적인 여행을 해나가고 있었고, 동군은 그 중간 지점에서 오락가락하는 수준이었다.

이런 상황에서 우리가 고안한 것이 특정 여행지의 가이드를 한 명씩 지정하는 것이었다. 약간 미숙하더라도 가이드를 하게 함으로써 주체적으로 나설 수 있도록 기회를 부여하고, 그것을 성장의 계기로 만들어간다는 구상이었다. 이 구상은 특히 동균과 멜론을 겨냥한 것이었다. 그렇게 해서 멜론이 처음으로 가이드 역할을 맡은 곳이 태산이었다. 그러나 그것이 생각처럼 쉬운 일은 아니었다.

태산은 중국에서 가장 영험한 산, 중국인들이 살아서 꼭 오르고 싶어 하는 산, 한번 오르면 10년은 더 산다는 산이다. 하지만 총 7400여 개의 계단으로 이루어져 웬만한 인내심과 체력으로는 오르기 어려운 산이기도 하다. 태산을 등정하기 위해 우리는 어제 대묘 하나만 관람한 후 휴식을 취했고, 저녁에는 뷔페로 영양을 보충했다. 잠자리에도 일찍 들었다. 유스호스텔에 문의한 태산으로 가는 방법과 등산로는 간단했다. 대묘 정류장에서 3번 버스를 타고 등산로 입구인 홍문(紅門)에서 내려, 중천문(中天門)과 남천문(南天門)을 따라 오른 후 걸어서 내려오든지 케이블카를 타고 내려오면 된다. 태홍문에서 정상인 벽하사(碧霞祠)까지의 거리가 6.5km 정도고, 산 정상이 1545m으로 그리 높지는 않지만, 등산로가 한국과 완전히 다르다.

아침 8시 숙소를 나서 전날에도 아침을 먹은 작은 식당(杭州小籠包)에서 김이 모락모락 나는 샤오롱바오와 훈둔, 계란탕으로 식사를 했다. 중국인들처럼 길거리에 내놓은 낮은 식탁에 옹기종기 모여앉아 뜨끈한 국물을 후후 불어가며 먹었다. 쌀쌀한 가을 아침의 한기를 물리치는 데 안성맞춤이었다. 그렇게 식사를 마친 후 어제 유스호스텔에서 안내해준 대로 대묘 옆의 정류장으로 걸어가 조금 기다리니 3번 버스가 왔다. 버스는 이미 만원이었다. 우리도 1인당 2위안의 요금을 내고 틈을 비집고 차에 올랐다. 토요일로 휴일인데다 날씨도 좋아 산에 오르기 제격이었다. 태산 입구인 홍문 근처에선 관광버스들이 뒤엉키면서 교통대란이 빚어졌다.

홍문에 내리자 등산객과 관광객 등 엄청난 인파가 몰려 있었다. 한국에서도 날씨가 좋은 봄이나 가을에 산을 찾는 사람이 많아 줄을 지어 오르기도 하지만, 태산에 비하면 양호한 편이다. 한국의 경우 등산로가 좁아 사람이 모이면 일렬로 갈 수밖에 없지만, 태산은 널찍한 계단으로 포장(?)을 해놓았는데도 밀리는 정도니 그 차이가 매우 크다고 할 수밖에 없다. 똑같은 모자를 쓴 대규모 중국인 관광단에서부터 삼삼오오 짝지어 온 사람들, 양복에 구두를 신고 온 사람들까지 각양각색이다. 때마침 이날 작은 등산대회도 열리고 있었다. 외국인은 듬성듬성 보일 뿐 대부분 중국인들이다. 어디를 가나 보이는 중국 단체 관광객이 태산에도 넘쳤다. 한국에도 엄청난 중국인 관광객이 몰려들고 있지만, 앞으로 중국 경제가 성장하면 할수록 이런 단체 관광객이 중국과 세계 곳곳을 휩쓸고 다닐 게 분명했다. 생각만 해도 아찔하다.

우리는 1인당 127위안(약 2만 2900원, 학생은 60위안)의 비싼 입장료를 내고 등산에 나섰다. 대나무로 만든 2위안짜리 지팡이도 사서 짚었다. 끝없이 이어진 계단에 대비해 가볍게 몸도 풀고, 이번 장기 여행을 위해 트레킹 겸용으로 한국에서 산 등산화 끈도 다시 조였다. 그때 올리브가 다가오더니 약간 시무룩한 표정으로 얘기를 걸어왔다. 용건은 두 가지였다.

하나는 지팡이에 관한 것이었다. 올리브와 창군이 태산 입장권을 사러 간 사이 나와 동군이 지팡이를 두 개만 사 온 것이 화근이었다.

"지팡이를 사려면 다른 사람도 필요한지 한번 물어보지 그랬어."

'아차' 싶었다. 다른 사람에 대한 배려가 없었다.

"당신도 필요해? 그러면 하나 더 살까?" 얼렁뚱땅 넘겼으나 올리브의 마음은 이미 불편해진 뒤였다.

올리브가 시무룩했던 또 다른 이유는 등산 코스였다. 태산 등산은 멜론이 중심이 되어 진행하기로 되어 있었다. 멜론은 취푸에서 타이안으로 오는 차 안에서 가이드북을 보면서 이러저러한 궁리를 했던 터였다. 그러면서 멜론은 태산이 많은 계단으로 되어 있으므로 걸어 올라가기 힘들다며, 홍문 반대편인 천하촌(天下村)의 케이블카로 오른 다음 홍문으로 걸어 내려오는 코스가 좋겠다고 제안한 상태였다. 그런데 유스호스텔에서 태산 가는 방법을 안내받으면서 그 제안이 슬그머니 잊혀지고 말았다. 실제로 대부분의 사람들은 멜론이 말한 방식과 반대로 태산을 올라가는데, 우리가 갖고 다니는 한글 가이드북엔 그 반대 방법도 있다고 적어 놓았다. 그걸 보고 멜론은 천하촌 케이블카 코스를 제안했던 것이다.

하지만 유스호스텔이 대부분의 중국인들이 선택하는 홍문~벽하사 등산 코스를 당연한 것으로 제시하고, 대묘 쪽으로 3~5분 정도 걸어가 3번 버스를 타고 가라는 조언도 해 주었다. 유스호스텔 직원과 대화를 나눈 창군과 나는 그 조언을 자연스럽게 받아들였다. 그 자리에는 멜론도 있었지만, 영어를 충분히 알아듣고 자신의 의견을 적극적으로 제시하지 못한 게 문제였다.

아침에라도 천하촌으로 가자고 했다면 상황이 달라졌을 텐데, 멜론은 등산로 입구에 도착할 때까지도 어느 방향으로 가는지 정확히 알지 못하고 있었다. 한자를 잘 읽지도 못하고, 영어나 중국어를 잘 알지 못하는 상태에서 멜론이 여행에 수동적으로 따라왔다는 사실을 잘 보여준 일이었다. 멜론은 앞서가는 나와 창군을 따라 등산로에 들어왔다가 비로소 자신이 생각했던 코스와 다른 것을 보고 실망한 모양이었다.

"오늘 등산 코스에 대해 멜론이랑 얘기하지 않았어?" 올리브가 물었다.

또 '아차' 싶었다. "얘기를 하긴 했는데…." 나는 말을 잇지 못했다.

"멜론은 자기가 얘기한 코스가 이게 맞느냐고 얘기하는데…. 말이 별로 없는 멜론이 이 정도로 얘기하는 건 상당히 기분이 상했다는 거야."

둔기로 한 대 얻어맞은 기분이었다. 취푸에서 타이안으로 오는 동안 멜론이 태산 안내서를 열심히 읽던 모습과 유스호스텔에서 태산 등산 코스를 안내받던 모습, 아무 생각 없이 3번 버스를 타고 홍문으로 향했던 오늘 아침의 모습이 순간적으로 스치고 지나갔다.

멜론의 얘기에 좀 더 신경을 쓰지 못하고, 멜론을 믿고 맡기지 못했던 것이 마음에 걸렸다. 영어 의사 소통도 힘들고 중국어로 된 도로표시를 잘 읽지 못하는 멜론을 배려하지 못하고, 내가 일방통행을 한 셈이었다.

멜론에게 무언가 상황을 설명해야 했다. 앞서가고 있는 멜론을 뒤쫓아 등산 코스에 대해 이야기를 나눴다. 의외로 멜론은 등산 코스가 달라진 것에 대해 그리 심각하게 생각하지는 않는 것 같았으나 그래도 정식으로 미안한 마음을 전했다.

금방 서운함을 털어내는 멜론에게 고마우면서도, 한편으로는 멜론이 자신의 생각을 쉽게 접은 게 안타까웠다. 그래서 멜론에게 태산에 대해 이것저것 물어보면서 멜론이 직접 파악한 정보를 더 이야기할 수 있도록 했다. 멜론이 활짝 웃으면서 계단을 오르는 것을 보니 그나마 조금 마음이 놓였다.

## 자신의 내면을 오르는 태산 등정

태산 등정은 계단과의 싸움이다. 왜 이렇게 많은 계단을 만들어 태산 등산을 어렵게 만들었나 싶을 정도로 엄청난 계단이 우리 앞을 가로막고 있었다. 처음에는 보통의 계단이었지만, 시간이 흐를수록, 올라갈수록 고행 길로 바뀌었다. 몸이 가벼운 멜론과 동군, 창군은 앞으로 쑥쑥 나아가 이미 수많은 등산 인파 속으로 자취를 감추었고, 나와 올리브는 점점 뒤처지기 시작했다. 올리브는 명상에 잠긴 수도승처럼 한 걸음 한 걸음 꾹꾹 눌러 밟으며 계단을 올랐다. 나는 계단을 지그재그로 걷기도 하고, 지팡이로 체중을 분산하면서 무릎에 몰려오는 통증을 최소화하기 위해 진땀을 흘렸다. 그럼에도 계단은 끝이 없었다.

한참을 앞서 올라가던 아이들은 중간에서 우리를 기다려주었다. 한편으로는 아빠의 건강이 걱정된 듯했다.

**태산을 오르는 계단** 등산로에 깔아놓은 계단이 산굽이를 돌아가며 끝없이 이어져 있다.

홍문에서 중간 지점인 중천문까지 약 3.8km 거리는 계단과 약간의 평지가 반복되어 그런대로 올라갈 만했다. 그렇지만 무릎에 몰려오는 통증 때문에 지팡이에 힘을 주고, 허벅지와 종아리에 더 많은 힘을 주어야 했다. 그야말로 전신운동이었다. 쏟아지는 비지땀을 손으로 훔쳐 뿌렸다. 몸과 고개를 앞으로 숙이고 한 걸음 한 걸음 올라갈 때에는 땀방울이 계단에 뚝뚝 떨어졌다. 올리브는 계단 오른쪽에 붙어서 한 발 한 발 무겁게 내디뎠다. 수많은 사람들이 나와 올리브를 지나쳐 올랐다. 태산에 오르면 수명이 10년 연장된다더니, 그 말이 실감 났다. 이렇게 땀을 흘리며 운동하는데 수명이 안 늘어난다면 오히려 이상할 것이다. 오전 9시가 조금 안 되어 출발한 우리는 3시간 만인 12시에 중천문에 도착했다.

태산의 후반부 등정 코스인 중천문에서 남천문까지 2.7km는 거의 전부가 계단이다 싶을 정도로 무지막지한 계단이 가로막고 있었다. 특히 막판 약 1km는 깎아지른 고갯길에 1600개의 계단을 50도 각도로 만든 '지옥의 계단'이 버티고 있었다. 18개의 구비로 이루어져 있다고 해서 '18반(十八盤)'이라 하는데, 한국 사람들은 연신 '십팔, 십팔' 하고 투덜거리듯이 계단 이름을 부르며 오른다고 한다. 등산길을 약간 돌아가도록 만들면 길이는 길지언정 오르기는 조금 나을 텐데, 이렇게 어렵게 직선으로 계단을 만든 것은 태산의 맛을 더 느끼라는 배려일 수도 있다는 생각이 들었다. 어렵게 오를수록 등산이 가져다주는 희열은 더 큰 법이니까 말이다.

후반부 계단은 최악의 고행 길이었다. 지그재그로 움직이다 그것도 힘들면 한 걸음 오른 다음 발을 모았다 다시 한 걸음 내딛는 방법을 쓰는 등 온갖 요령을 피워가면서 전진했다. 계단은 가팔랐다. 오르다 잠깐 뒤를 돌아보니 깎아지른 계단이 아찔했다. 앞서 오르는 사람들은 모두 계단에 몸을 바짝 붙이고 개미처럼 기어오르고 있었다. 그렇게 힘겹게 오르다 보니 내가 지금 한 걸음 한 걸음 태산을 내 품안으로 받아들이는 것 같았다.

자신의 힘만 믿고 태산을 정복하겠다는 요량으로 덤벼들었다가는 나가떨어질 게 분명했다. 그런 오만한 생각을 버리고 겸손한 마음으로 태산을 받아들이며 앞으로 나갈 때, 태산은 정상을 허락한다. 때문에 지금 내가 진짜 오르고 있는 것은 태산이 아니라, 세파에 물들어 인간 본연의 모습을 잃어가고 있는 나 자신이다. 태산을 오르는 것이 아니라 나 자신을 버리고 태산을 받아들이는 것이다. 정상이 어느 정도 남았는지 가늠하지 않고, 지금까지 온 길을 거슬러 돌아보지도 않고, 지금까지 이룩한 나의 성취에 자만하지 않고, 오로지 내면을 향해 한 발짝 한 발짝 내디뎠다. 그러자 어느새 태산 정상부의 관문인 남천문이 나타났다. 홍문에서 등정을 시작한 지 5시간 반 만인 오후 2시 30분, 드디어 태산 등정의 최대 고비를 넘긴 것이다.

남천문에 가까이 가자 진작 도착해 있던 창군이 카메라를 들이대며 반가워했다. 동군과 멜론도 나와 올리브가 도착하기를 한참 기다렸다며 우리의 도착에 환호성을 질렀다.

남천문에 들어서 아래를 내려다보니 깎아지른 계단에 납작 붙어 개미처럼 기어오르는 사람들의 긴 행렬이 장관을 이루고 있었다. 그 행렬은 굽이치며 만들어진 계단을 따라 산 저쪽 아래까지 까마득하게 이어져 있었다. 올라오

**태산 천가로 오르는 길** 7400개가 넘는 계단으로 이루어진 태산 등산로의 마지막 '깔딱고개'를 개미처럼 기어오르는 사람들이 장관을 이루고 있다.

면서 보지 못한 태산의 풍경도 눈에 들어왔다. 기암절벽이 곳곳에 펼쳐져 있는 사이로 나무들이 서서히 단풍으로 물들어가며 환상적인 조화를 이루고 있었다. 물론 자연풍광으로만 보면 며칠 전 올랐던 황산이 훨씬 장관이라 할 만했다. 황산은 기암괴석이 서로 뽐내듯이 뾰족뾰족하게 솟아 있었고 보기만 해도 아찔한 협곡이 탄성을 자아내게 했다. 이에 비해 태산은 험하고 날카로운 바위들을 부드러운 산세가 절묘하게 감싸안은 형국이다. 그래서 태산이 오히려 더 영험한 기운을 뿜어내는 것이다. 고대 중국인들이 왜 황산을 오악에 포함시키지 않고 태산을 오악에 넣었는지 이해가 갈 듯했다.

남천문에 이어 이른바 '하늘길'이라는 천가(天街)가 펼쳐졌다. 태산의 정상부를 잇는 비교적 평탄한 길로, 이 길을 걸으며 태산의 풍광을 한눈에 내려다볼 수 있다. 멀리 안개인지 구름인지 사이로 타이안 시내와 대묘도 흐릿하게 보였다. 천가에는 엄청난 인파가 인산인해를 이루고 있었다. 그래서 그런지

**태산 정상에 있는 천가** 널찍한 광장에 호텔, 상점 등이 들어서 태산의 영험한 기운을 앗아가는 듯하다.

'하늘길'이라는 다소 신비로운 이름과 달리 천가는 중국 특유의 상업주의 냄새가 물씬 풍기는 관광지나 다름없었다. 태산 정상부에 넓은 길을 만들어 놓고, 커다란 '빈관(賓館)'에 각종 기념품과 간식거리를 파는 상가까지 조성해, 태산의 영험한 기운이 자리 잡을 만한 곳은 어디에도 없어 보였다.

천가를 따라 800m 정도 더 올라가니 태산의 최정상에 자리 잡은 벽하사와 봉황정(鳳凰亭)이 나타났다. 중국인들이 신성시하는 태산 최정상에 옥황상제의 딸인 벽하원군의 사당이 당당하게 자리를 잡고 있는 게 특이했다. 옥황대제(玉皇大帝), 즉 옥황상제를 모신 봉황정 마당 한가운데에 '泰山極頂 1545米(태산극정 1545m)'라는 표식을 해 두어 여기가 태산 정상임을 알리고 있었다. 벽하사는 특히 도교에서 신성시하는 곳으로, 검은 복장에 긴 머리를 상투 감듯이 말아올린 독특한 모습의 도교 신자들이 사당을 지키고 있어 눈길을 끌었다.

이 사당 양편에는 재물복과 무병장수, 가정의 행복과 연인간의 사랑을 기원할 수 있는 별도의 사당이 만들어져 수많은 중국인들이 엄청난 향을 피워대며 절을 하고 기도를 올렸다. 이들이 걸어놓은 자물통 꾸러미도 산을 이루고 있었다. 벽하사 앞마당의 구조물 기둥이 자물통 꾸러미 무게를 언제까지 지탱할 수 있을지 의문이 들 정도였다. 많은 사람들은 향을 아래에서부터 짊

**기원의 흔적들** 태산 등산로에 등산객들이 소원을 빌며 걸어놓은 자물통들이 산더미를 이루고 있다.

어지고 올라와 벽하사에서 피웠다. 그만큼 간절한 소망을 담았을 게 분명하다. 벽하사에서도 돈을 받고 향을 팔았다. 이들이 피워대는 향 연기가 얼마나 자욱한지 눈이 따가워 오래 머물기 어려울 정도였다. 벽하사 관리인은 향에 담은 간절한 소망을 아는지 모르는지, 무심한 표정으로, 가끔 자신으로 향하는 연기에 얼굴을 찡그리면서, 채 타지도 않은 향을 제거하고 다른 사람이 향을 꽂을 공간을 만드느라 여념이 없었다.

## 태산과 대묘를 가득 메운 향불의 정체

사실 태산을 오르면서, 또 오르고 나서 꼭 기록하고 싶었던 것은 태산을 오르면서 본 무수한 사당과 절들이었다. 태산은 염원의 산, 또는 향불의 산이라 할 정도로, 굽이굽이 산을 올라가는 모퉁이마다 사당과 절이 자리 잡고 있었다. 또 거기서 진동하는 향이 얼마나 강한지 지겨울 정도였다. 계단을 오르느라 숨이 턱턱 막히는데, 그럴 때마다 훅훅 몰려오는 향은 그윽하기는 커녕 괴로움을 배가시켰다. 곳곳에 모셔진 상은 벽하원군에서부터 재물을

**대묘 입구** 대묘는 중국의 역대 황제들이 신에게 제사를 지낸 곳이다. 사진 아래쪽 가운데 문이 황제가 봉선 의식을 거행할 때에만 열렸다는 정양문이다.

관장하는 신, 무병장수를 관장하는 신 등 중국인들이 모시는 각종 신은 물론 부처와 보살상도 있었다. 중국 전통의 무속신앙에다 불교와 도교가 결합한 형태였다. 태산 정상부에 자리 잡은 벽하사 바로 아래에는 공자의 사당인 공자묘(孔子廟)도 있었고, 종을 한번 치면 재물이 그만큼 쌓인다는 종의 신을 모신 곳도 있었다. 물론 종을 치기 위해선 돈을 지불해야 한다. 중국인들의 전통적인 사고체계에 상업주의가 교묘하게 결합한 것은 태산도 예외가 아니었다.

그것은 전날 돌아본 대묘에서도 마찬가지였다. 태산과 대묘는 한 쌍이다. 태산이 신성한 산이라고 한다면, 대묘는 그 신성한 산에 제를 지내기 위해 만든 신전이나 마찬가지였다.

대묘 입구에 들어서자 바로 '태산노모 벽하원군(泰山老母 碧霞元君)' 상이 나타났다. 동양인들이 최고의 신으로 모시는 옥황상제의 딸로, 태산을 지키는 벽하 할머니 신을 모시는 사당이라는 뜻이다. 벽하를 중국인들이 옥황상제 못지않게 중요한 신으로 모시고 있다는 것도 새로웠다. 그런데 벽하원군 상 바로 밑에 '반대 봉건미신, 불간상 불산명(反對 封建迷信, 不看相 不算命)'이라는 팻말이 눈에 띄었다. '봉건적인 미신에 반대하며, 관상을 믿지 말고, 운명을 점치지

**대묘의 한백** 2100여 년 전 한 무제가 제를 올릴 때 심었다고 전해지는 측백나무다.

말라'는 사회주의 중국의 경계감을 표시한 팻말이었다. 대묘는 중국이 개혁개방 노선을 천명한 이후 10년 가까이 지난 1988년 국가중점문물보호단위로 지정된 유적이다. 과거 문물의 중요성을 인정하면서도 사회주의 사상이 흐려지는 것을 우려하는 팻말이었다.

벽하신궁 사당에 이어 대묘의 정문이라 할 수 있는 정양문 위에서 내려다본 대묘는 멀리 보이는 태산을 배경으로 고즈넉하게 자리 잡고 있었다. 천하의 기(氣)가 모두 모인 천혜의 명당으로, 신기(神氣)가 있는 사람이라면 최고의 기운을 느끼겠지만 나 같은 범인은 과연 이곳이 천하의 명당인지 분간하기 어려웠다. 다만, 북쪽으로 태산이 위엄 있게 병풍처럼 서 있고, 그 남쪽으로 드넓은 평원이 펼쳐져 있으니 배산임수(背山臨水)의 지세가 확실하다. 정양문에 이어 이곳에 와서 천제를 지낸 중국 황제들이 남긴 비석과 최소한 수백 년은 넘어 보이는 엄청난 측백나무 숲이 나타났다. 거기엔 2100여 년 전 한 무제가 심었다는 한백(漢柏)도 보였다. 중국에서도 대묘에서 제를 지내려면 큰 성공을 이룩해야만 했으며, 제를 올린 황제가 72명에 불과하다고 한다. 중국인들도 매우 신성한 곳으로 여기는 곳이다.

대묘의 대전인 천광전에는 '동악태산지신(東嶽泰山之神)', 즉 중국 5대 명산의

**대묘 천광전 앞의 향로** 참배자들이 거의 장작 수준의 향불을 피워놓아 향 연기가 대묘 전체에 진동한다.

동쪽 산인 태산의 신을 모시고 있었다. 우주만물의 조화와 인간의 길흉화복을 주관한다는 중국 최고의 신인 옥황상제도 모시고 있었다. 그 앞에는 참배자들이 피워놓은 향 연기가 가득했다. 입구의 벽하신궁부터 천광전까지 대묘 이곳저곳에 참배자들이 피워놓은 향불로 눈을 뜨기 어려울 정도다. 불안한 세상, 무언가 믿을 만한 대상에게 의지하고 싶은 마음은 어디서나 비슷하다.

그 향불은 무엇을 의미하는가. 그들은 무엇을 그토록 간절히 기원하는가. 30여 년에 걸친 질풍노도의 사회주의 실험에 이어 급격한 개혁 개방 및 자본주의 실험, 거친 세계화의 물결 앞에서 중국인들이 새로운 삶의 지표를 찾아 방황하고 있음을 보여주는 것 같았다. 부자가 되기를, 자녀가 성공하기를, 가정이 화목하고 행복하기를, 그들은 이곳에 와서, 그리고 서기가 서려 있는 태산에서 향불을 피우고 간절히 빌고 있었던 것이다. 지금 중국은 자전거를 타고 달려가는 형세다. 자전거 속도가 늦추어지면 비틀거리고, 멈추면 넘어지는 것처럼, 중국도 지금처럼 빠르게 달려갈 때에는 문제가 없어 보이지만 멈출 때에는 부작용이 곧바로 나타날 것이다. 어쩌면 잘 나가는 것처럼 보이는 지금, 그 내부에 자본주의적 모순을 확대재생산하고 있는지도 모른다.

태산 정상 벽하사까지 돌아보고 나니 시간은 4시를 넘어가고 있었다. 하산할 때였다. 올라온 계단을 타고 다시 내려가는 것은 무리였다. 무릎의 통증이 생각보다 심했고, 이따금 푹 꺾여 휘청거리기도 했다. 태산의 사전 정보를 담당했던 멜론도 케이블카에서 보는 태산이 멋있다며 케이블카를 제안했다. 고민할 것도 없이 1인당 80위안(약 1만 4400원) 하는 케이블카를 타기로 했다. 그러나 케이블카를 타려는 사람이 이미 엄청난 줄을 이루며 기다리고 있었다. 족히 수백 미터는 되어 보였다. 산꼭대기로 불어오는 쌀쌀한 가을바람을 맞으며 1시간 이상을 기다린 끝에야 비로소 케이블카를 타고 태산 산행을 마칠 수 있었다.

긴 줄에 서서 케이블카를 기다리면서 영어가 가능한 중년의 중국인 부부를 만났다. 그들은 상하이에서 1시간 정도 떨어진 작은 도시에 살고 있는데, 이 태산에 오르기 위해 고속철을 타고 4시간을 달려왔다고 했다. 엔지니어인 남편은 사업을 위해 유럽과 중동 등 세계 곳곳을 둘러봤지만, 태산은 중국인이 가장 좋아하는 산인데도 이번에 처음 올랐다며 아주 행복하다고 말했다. 우리의 대화는 비싼 입장료로 이어졌다. 나는 태산 입장료가 127위안, 황산은 이보다 배 정도 비싼 250위안이나 해서 깜짝 놀랐다며, 한국에서는 몇 년 전부터 국립공원을 무료로 입장할 수 있도록 했다고 설명했다. 중국인 중년 남성도 비싼 입장료에 혀를 내둘렀다.

비싼 입장료와 케이블카 비용까지 합한다면 이런 명승고적을 한번 유람하려면 수만 원이 들어가야 한다. 만일 한 가족이 같이 유람을 한다면 그 비용은 일반인이라면 감당하기 어려울 정도다. 우리가 묵고 있는 유스호스텔 비용이 대략 25~35위안, 보통의 한 끼 식사가 20~30위안임을 감안하면 아주 비싼 비용을 지불하는 것이다. 물론 그렇게 가격을 높게 책정해도 올 사람이 천지에 널렸다거나, 비싼 비용을 부과하는 것이 등산객이나 참배객을 줄이려는 의도라고 한다면 할 말이 없지만, 우리 같은 배낭여행자에게는 비명이 나오는 가격이었다.

태산 등정을 마치고 유스호스텔 뒤편에 있는 쓰촨(四川) 요리를 잘한다는 음식점을 찾았다. 사실 그 식당은 나중에 쓰촨 지방을 여행하게 되면 진짜 '본토박이' 쓰촨 요리를 맛보기로 하고 그냥 스쳐지나갔던 곳이었다. 우연히 들렀는데 생각보다 가격도 저렴하고 요리 종류도 다양할 뿐 아니라 맛도 매콤한 것이 우리의 입맛에도 맞아 대단히 만족스러웠다.

멜론은 태산의 가이드를 맡아 이를 주도적으로 실행하지 못했지만, 산을 오르고 내려오면서 태산에 대한 이야기를 평소보다 많이 했다. 이것이 멜론의 성장에 조금이나마 힘이 될 것이 분명하다. 사람이 성장하는 데는 역경을 스스로 극복하고, 작더라도 성공을 경험해 보는 것이 중요하다. '비가 와도 강은 젖지 않는다. 한번 젖은 자는 다시 젖지 않는다'는 어느 시인의 노래처럼, 경험이 중요하다. 그 경험을 통해서 한 단계 성장의 계기를 마련하는 것이다. 우리는 멜론이 그런 경험을 할 수 있도록 여러 차례 시도할 것이다. 세계여행에 나서기엔 적절한 나이가 있고, 그 나이의 한계를 극복하는 방법은 여행하는 과정에서 자기 주도성을 키우는 것이기 때문이다.

# 2부

# 우왕좌왕 중원을 누비다

Tai'an
Beijing
Luoyang
Zhengzhou
Shaolin Temple

타이안~베이징

# 상업주의의 포로가 된 여행자

## 고장 난 고속철 예매 시스템

초보 배낭여행 가족이 발걸음을 옮길 때마다 크고 작은 사건이 쉬지 않고 터졌다. 나중에 돌아보면 작은 해프닝인 경우도 있고, 조금만 더 신경을 썼더라면 아무 일이 아닌 것처럼 지나갈 수 있는 것이었지만 실제 그 사건에 직면했을 때에는 그것이 세상의 전부인 것처럼 보였다. 앞이 보이지 않는 캄캄한 어둠 속을 걷는 것 같은 느낌이 들기도 했다. 사건은 우연적인 것이지만, 우리가 발을 내딛는 곳은 항상 처음 가보는 곳이기 때문에 헤매는 것은 필연인지도 모른다. 하지만 역경을 딛고 일어선 사람에게 더 큰 힘이 생기듯 그러한 사건을 겪을 때마다 우리 가족은 조금씩 성숙해지고 강해졌다.

타이안에서 대묘 관람과 태산 등정을 무사히 마치고 중국 여행의 중간 기착지라 할 수 있는 베이징으로 향할 때에도 작은 해프닝을 겪어야 했다. 아주 짧은 순간이었지만, 당시의 긴박함은 천당과 지옥을 오가는 것처럼 극적이었다. 당시 우리의 뇌리에는 황산에서 취푸로 올 때 난징에서 기차를 놓치는 바람에 시내를 세 번씩 헤매다 결국 난징에서 하룻밤을 지내야 했던 일과, 타이안에 도착해 2시간이나 무거운 배낭을 메고 거리를 헤맨 일이 생생했다. 그래서 베이징 행 기차를 탈 때는 일찌감치 타이안 숙소를 나섰다. 아침식사도 미룬 오전 7시였다.

출발은 순조로웠다. 대묘 앞에서 25위안(약 4500원)을 주고 택시를 탔다. 택시 운전수는 이른 아침에 장거리 손님이 타자 기분이 좋았던지 연신 빵빵 클랙슨을 울려가면서 고속으로 운전했다. 게다가 끊임없이 가래침을 창밖으로 퉤~ 하고 내뱉었다. 그에겐 아주 자연스럽고 일반적이었을지 모를 이런 행동이 우리에겐 심하게 거슬렸다.

역에 도착하자 곧바로 기차표 현황을 조회하는 단말기 앞으로 달려갔다. 태산~베이징 고속철은 오전 8시 57분 출발 예정이었다. 표를 끊기 위해 단말기를 두드리는 순간 아연실색하지 않을 수 없었다.

"SOLD OUT!"

기차표가 바닥났다는 표시가 빨갛게 떠올랐다. '아뿔싸! 일요일이고 오전 이른 시간이라 표가 있을 줄 알았는데…' 거리에서 헤맸던 악몽이 생생한 우리에겐 청천벽력 같은 메시지였다.

단말기를 여러 번 두드리고 다시 검색을 해도 결과는 같았다. 상황은 명확해졌다. 표는 이미 다 팔리고 우리 것은 없다. 고속철 역이 타이안 시내와 멀리 떨어져 있어 미리 예매하러 나오지 않았던 것이 후회스러웠다. 그러나 엎질러진 물이었다. '아무리 힘들어도 온 가족을 데리고 다니려면 예매는 필수인데, 오늘도 헤매는 운명이구나…. 허~억~.'

즉석에서 대처 방안을 논의했다. 다섯 명의 가족이 큰 배낭을 메고 커다란 대합실 한편에 둥글게 모였다. 버스가 있을 테니 버스터미널로 가보자, 지난(濟南)에는 베이징으로 가는 기차나 버스가 많으니까 일단 지난으로 가자, 그럼 지난으로는 버스로 갈까 기차로 갈까, 여기서 버스터미널까지는 어떻게 가면 될까…. 정보가 충분하지 않은 상태에서 각자의 추측과 상상, 단편적인 정보를 바탕으로 중구난방 백가쟁명의 대처 방안이 쏟아졌다. 여기서 한 발짝이라도 움직이기 위해선 많은 것들을 확인해야 하는데, 확실한 건 하나도 없었다. '모두 불확실하니 아예 내일자 기차표를 예매해 놓고 다시 타이안 숙소로 돌아갈까' 하는 생각까지 들었다.

그때 누군가 여행 안내 센터에 가보자는 새로운 제안을 내놓았다. 창군이 앞장을 섰다. 티켓 발매소를 나와 광장을 가로질러 역 사무소를 찾아가는데, 그 와중에 창군이 우리 옆을 지나가던 여성 역무원에게 여행 안내 센터를 물으면서 '작은 기적'이 일어났다. 그야말로 우연과 반전의 연속이었다.

"영어할 줄 아세요?" 창군이 영어로 물었다.

영어가 가능하다는 대답에 창군이 상황을 자세히 설명하자, 그 역무원은 고개를 갸우뚱했다. 그러더니 중국어로,

"피야오 요우!(표가 있어요!)" 하는 게 아닌가.

"표가 있대!" 창군이 외쳤다. 우리는 구세주를 만난 심정으로 역무원을 바라봤다.

"나를 따라 오세요!" 그 역무원이 우리를 티켓 예매소로 끌고 갔다. 그러나 그 역무원이 데려간 곳은 조금 전 우리가 이미 여러 번 두드려 본 단말기 앞이었다. 그 역무원은 우리가 했던 것과 같은 순서로 표를 조회했다. 물론 그 최첨단 기계의 결과는 다르지 않았다. 역무원이 고개를 갸우뚱하며 단말기를 다시 두드렸지만 결과는 똑같았다.

"SOLD OUT!"

'허억!' 희망이 실망으로 변했다.

역무원은 고개를 갸우뚱 갸우뚱 하며 단말기 옆의 창구 직원에게 다가갔다. 창구 직원과 몇 마디 나누던 역무원이 갑자기 우리를 부르며 빨리 오라고 손짓을 해댔다.

"요우, 피야오 요우!(있어요, 표가 있어요!)"

그리고는 표를 얼른 구매하라는 신호를 보냈다. 나는 표가 다른 곳으로 달아나지 않기를 바라면서 "우거런! 우거런!(다섯 명! 다섯 명!)" 하고 외치며, 얼른 여권과 지갑을 꺼내들었다. 1인당 145위안(한화 약 2만 6000원), 5인 합계 725위안

**타이안 역에 도착한 고속철**
역사 크기에 비해 승객이 많지 않아 한산하다.

(약 13만 원)으로 적지 않은 돈이었지만 감사할 따름이었다. 창구 직원이 그 표를 냉큼 낚아채 컴퓨터에 우리 가족의 이름을 입력했다. 우리를 안내한 역무원의 얼굴에 뿌듯한 성취감과 자랑스러움이 묻어났다. '내가 바로 이 최첨단 중국 고속철의 자랑스러운 역무원이야!'라고 말하는 듯했다. 역무원은 창구 직원으로부터 받은 기차표를 우리에게 건넸다. 우리는 그 '기적의 기차표'를 받아들고는 희열과 안도감에 휩싸였다.

"시에시에, 니더 하오이!(당신의 호의에 감사, 감사드립니다!)"를 연발했다.

해프닝은 그것으로 끝났다. 타이안에 머물 때 기차표를 미리 예매해 뒀더라면 이런 일은 일어나지 않았을 것이고, 온라인 매표 단말기를 이용하지 않고 바로 창구로 갔더라도 이런 일은 없었을 것이다. 하지만 우왕좌왕하는 와중에도 창군의 순발력이 빛을 발했다. 이전에도 난국 타개의 결정적 역할을 했는데, 이번에도 중요한 역할을 했다. 창군의 한자를 읽고 쓰는 실력과 영어 구사 능력이 실전을 통해 일취월장하고 있었다.

그럼에도 중국의 고속철 시스템에 대해선 한마디 하지 않을 수 없다. 베이징 행 열차는 정확히 예정 시간에 맞추어 태산역에 들어왔다. 열차에 탑승한 후 우리는 또다시 어리둥절하지 않을 수 없었다. 열차가 텅 비어 있었던 것이다. 태산을 출발해 지난과 톈진에 정차했을 때 탑승한 승객도 많지 않았다. 결론은 명확해졌다. 매표소의 단말기가 엉터리였다. 우리가 표를 검색한 시간이 기차 출발 1시간 정도 전이라 단말기를 통한 표 구매가 제한된다면 당연히 '창구에 문의 바람'이라는 표시라도 나와야 한다. 그런데 거기엔 'SOLD OUT'이라고 빨갛게 표시되어 있었다. 그래서 역무원도 고개를 갸우뚱한 것이다. 중국 고속철이 중국공산당 창당 90주년에 맞추어 졸속으로 준공되었듯이 시스템도 졸속이라 하지 않을 수 없었다.

## 세계 최대 짝퉁시장에서의 쇼핑

오전 8시 57분 태산을 출발한 열차는 고속으로 중원을 질주해 11시 34분 베이징 남역에 도착했다. 타이안과 베이징 간 거리가 484km에 달하는데 그걸 2시간 40분이 채 안 되는 시간에 주파했으니 시속 200km의 고속으로 달린 것이다. 베이징 남역은 13억 인구의 중국 수도답게 부산했다. 대신 취푸와 타이안에서 느꼈던 것과 같은 정감은 찾기 어려웠다. 대도시라 당연한 것이라고 볼 수도 있지만, 변화하는 중국의 단면이 아닐 수 없었다.

베이징의 첫 인상은 식당에서부터 달랐다. 마침 점심 때가 되어 기차에서 내려 바로 식당부터 찾았는데 지방 중소 도시에서 느꼈던 정겨움과 푸짐함은 사라지고 상업주의 냄새가 물씬 풍겼다. 주인이나 종업원이 반갑게 맞아 우리의 '떠듬떠듬 중국어'를 재미있게 받아주며 메뉴를 주문받는 모습도 기대할 수 없었다. 말끔한 제복의 젊은 종업원이 사무적이고 무표정한 얼굴로 주문을 받고 음식을 신속하게 가져다주는 것이 패스트푸드 느낌이었다.

이러한 느낌은 숙소로 가는 전철에서도 이어졌다. 그동안 베이징 여행 관련 책자를 읽으면서 많은 정보를 수집해온 탓에 숙소인 산리툰 유스호스텔

(三里屯青年旅舍)까지 가는 데 별 어려움을 겪지 않았다. 하지만 베이징에서는 새로운 것을 찾아 떠나는 여행의 신선함이 사라지는 느낌이었다. 전철로 30여 분간 이동하면서 본 것은 전철을 오르내리는 사람들의 무표정한 얼굴뿐이었다. 대도시의 지하철은 없어서는 안 될 효율적인 교통수단임에 틀림없지만, 도시의 참맛을 느끼려는 여행자에겐 환영할 만한 이동수단이 아니었다.

물론 대도시는 어디나 비슷하다. 어쩌면 지방의 중소 도시와 시골을 이리저리 돌아다니다 온 탓에 격차가 더 크게 느껴졌을 것이다. 지금 중국은 급변하면서 여러 개의 모습을 보이고 있고, 그 모습을 앞으로 중국 서부 내륙과 티베트를 여행하면서도 확인하게 될 것이다. 우리는 중국의 맨얼굴을 보기 위해 여행을 하고 있다. 그렇다면 베이징에 도착해 갓 상경한 시골소년 같은 느낌을 받은 것은, 우리가 여행을 잘 하고 있다는 증거이기도 한 것 아닐까.

산리툰 유스호스텔은 시내 중심부인 왕푸징(王府井)에서 약간 벗어나 있지만, 이곳 역시 소도시의 여유를 찾기는 어려웠다. 세계 곳곳에서 온 여행자들로 잔뜩 붐비고 있었는데 특히 유럽 여행자가 많았다. 베이징이 세계적인 여행지라는 느낌이 확 밀려왔다. 유스호스텔의 벽은 만리장성과 자금성 등 각종 여행안내 프로그램과 중국 내 각 지역의 여행안내 포스터, 리플릿 등으로 거의 도배되어 있었다. 타이안 유스호스텔을 장식했던 마오쩌둥 초상화나 문화대혁명을 옹호하는 '이색적인' 포스터는 없었다.

숙소에 여장을 풀고 쇼핑에 나섰다. 올리브와 아이들이 서울을 떠난 것은 7월 중순이었는데, 이제 10월 말의 완연한 가을로 접어들면서 두툼한 옷이 필요했기 때문이다.

유스호스텔 직원의 추천을 받아 찾은 산리툰 야쇼 의류시장(三里屯雅秀服裝市場)은 그야말로 중국식 상업주의의 완결판 같았다. 입구부터 중국인과 외국인 관광객 등 엄청난 인파로 문전성시를 이루고 있었다. 서울의 명동이나 동대문 의류상가처럼 대형 건물의 지하 1층~지상 5층에 3~4평 규모의 작은 옷

가게들이 벌집처럼 들어선 형태였다. 특히 지하 1층과 지상 1~2층은 수출용 의류 및 소품 구역으로 나이키, 아디다스 등 스포츠 의류를 비롯한 세계 유명 브랜드와 소품들이 꽉꽉 들어차 있었다. 세계 최대 규모를 자랑하는 이른바 '짝퉁시장'이었다. 가격은 '고무줄'이었다. 가격을 놓고 판매원과 쇼핑객 사이의 흥정이 시끄럽게 진행되고, 실제 판매가격은 판매원이 부른 최초 가격의 10분의 1까지 떨어지기도 했다.

아이들은 흥청거리는 상가 분위기와 쇼핑을 한다는 즐거움에 몸이 들떠 올랐다. 한껏 흥분해서 상가 이곳저곳을 다녔는데, 이곳에서 필수적인 단어는 두 가지다. 하나는 "뚜어샤오첸?(多少錢, 얼마입니까?)", 다른 하나는 "타이꾸이!(太貴, 너무 비싸요!)"다. 외국인 관광객들이 많아서 영어로 웬만한 의사 소통이 가능하지만, 그래도 기본적인 중국어는 필요하다. 쇼핑에 들어가면서 1시간 후 입구에서 다시 만나기로 했다. 워낙 사람들이 많아 헤어지기 쉬운데다, 다섯 명이 함께 돌아다니는 것이 매우 비효율적이기 때문이다. 이런 곳에서 쇼핑을 해보는 것도 살아있는 현장교육이 될 것이다.

나는 상가에 들어선 지 10분도 안 되어 피로감을 느꼈다. 원래 쇼핑이라면 진저리를 치는데다 이곳은 그야말로 '도떼기시장'이나 마찬가지였다. 다닥다닥 붙은 상가에 너무 많은 인파와 중국인들의 강한 억양이 피로도를 높였다. 결국 쇼핑은 올리브에게 맡기고 쇼핑센터에서 나왔다. 입구에 서서 들어오고 나가는 사람들을 지켜보았다. 크고 작은 규모의 단체 관광객들이 끝없이 들어갔다. 관광객을 태운 대형 버스들이 쉴 새 없이 도착해 건물 앞 주차장에 한 무더기의 관광객을 쏟아냈다. 어마어마한 관광객이요, 쇼핑센터였다. 중국 각지에서 온 관광객들과 외국인 여행단이 각각 절반씩이었는데, 쇼핑센터 직원에게 물어보니 미국이나 일본보다 유럽인이 많다고 했다.

그렇게 쇼핑센터로 들어간 관광객들은 중국인이나 외국인 할 것 없이 한 꾸러미의 옷을 사들고 쇼핑센터를 나왔다. 모두 '짝퉁'이라는 걸 알지만 평소 가격의 절반, 아니 3분의 1이나 5분의 1 가격으로 유명 브랜드 제품을 샀다는 만족감에 한껏 흥분한 채 시끄럽게 떠들어댔다.

"인크레더블!(믿기 어려운 가격이야!)"

"크레이지!(골 때려!)"

"판타스틱!(환상적인 시장이야!)"

양 손에 쇼핑백을 든 서양 관광객들은 감탄사를 쏟아내며 쇼핑 전리품을 자랑했다.

'세계의 공장' 중국에서 벌어지고 있는 '미친' 쇼핑 잔치였다. 풍부한 원료와 저렴한 인건비를 바탕으로 어마어마한 상품을 쏟아내는 중국과, 유명 브랜드가 붙은 명품에 열광하는 세계의 소비풍조가 만든 풍경이었다. 중국은 이를 통해 생산과 일자리를 늘림으로써 경제를 성장시키고, 소비자들은 명품을 저렴한 가격으로 살 수 있다. 하지만 엄청난 인파를 보면서 이것이 과연 올바른 생산과 소비인지 의문이 밀려왔다.

1시간 후 올리브와 아이들이 나타났는데, 만족할 만한 쇼핑을 하지 못한 듯했다. 결국 나까지 합류해서 다시 쇼핑에 나섰는데, 최종적으로 제품을 고르고 가격을 흥정하는 일이 만만치 않았다. 쇼핑이 진짜 어려웠던 이유는 자신에게 딱 맞는 상품이 없어서라기보다는 오히려 상품이 너무 많아서가 아닐까 하는 생각이 들었다. 판매원의 필사적인 유혹과 엄청난 상품의 홍수가 끊임없는 심리적 결핍을 조장하면서 구매를 어렵게 한 것이다.

이것은 바로 오늘날 중국을 포함한 전 세계가 달려가고 있는 상업주의, 자본주의의 본질이기도 하다. 광고를 통해 소비자들의 심리적 결핍을 끊임없이 조장함으로써 상품 수요를 인위적으로 창출하는 것, 그것이 자본주의 아닌가. 검소해야 할 장기 여행자의 입장인 우리도 이러한 '자본주의의 공습' 속에서 고민하다 최소한의 욕구를 충족시키는 선에서 타협을 하고 쇼핑몰을 나섰다.

## 자금성 가는 길에 사라진 아이들

베이징은 중국의 역사와 문화, 급변하는 오늘의 모습을 보고 느낄 수 있는 곳이다. 우리는 지금까지 좌충우돌하던 여행에서 벗어나 다소 안정된 상태에서 여행의 방법을 익히고, 여행의 맛을 느껴가기 시작했다. 숙소를 근거지로 삼아 '따로 또 같이' 여행함으로써 지금까지 매일같이 붙어 다녀야 했던 괴로움에서 어느 정도 벗어날 수 있었다. 그 과정에서 관심사의 차이가 조금씩 드러났고, 각자의 꿈과 희망을 조금씩이지만 찾아가고 확인하는 기간이었다. 물론 여기에서도 크고 작은 '사건'은 쉬지 않고 이어졌고, 모두 해피엔딩으로 끝났다.

베이징에 도착한 다음 날 아침은 하늘이 말짱하게 개어 있었다. 나중에 안 사실이지만 베이징에서 보기 힘든 쾌청한 날씨였고, 이후 1주일 동안 이처럼 쾌청하고 청명한 날씨를 다시는 보지 못했다.

그런데 첫 일정부터 예기치 않은 문제가 발생했다. 전철을 타기 직전 간식거리를 사러 올리브와 슈퍼마켓에 들렀다가 그만 아이들을 잃어버린 것이다. 아니, 이는 정확한 표현이 아니다. 아이들과 헤어지게 된 것이다. 슈퍼의 이곳저곳을 돌아다니다 계산을 하고 나와 보니 아이들이 보이지 않았다. 기다려도 보고 근처를 돌아보아도 아이들이 보이지 않았다. 다소 불안한 마음을 안고 자금성으로 향했다. 여행을 하다 일행과 떨어지게 되면 다음 목표 지점에서 일행을 기다리자고 약속을 해두었기 때문이다.

자금성 앞에는 무지막지한 인파가 대로를 가득 메우고 있었다. 월요일 아침인데도 중국 각지는 물론 세계 곳곳에서 온 관광객으로 인산인해였다. 각양각색의 중국인 단체 관광객이 압도적이었다. 경제성장으로 여유가 생긴 중국인들의 관광이 폭발하는 현장이었다. 폭이 20m 가까이 되는 넓은 길에 사람들이 가득 들어차 거의 밀리다시피 움직여야 했다. 앞에는 자금성으로

**자금성 입구** 중국과 세계 각지에서 모여든 관광객들이 자금성 입구의 마오쩌둥 초상화 앞을 지나고 있다.

꾸역꾸역 빨려 들어가는 사람의 바다, 뒤에도 끝없이 밀려오는 사람의 바다, 중국의 인해전술은 여기서 시작된 것일까. 태산의 인파는 '저리 가라'였다.

자금성 앞에는, 내가 처음 베이징을 방문했던 1994년과 마찬가지로, 중국 공산혁명의 주역이자 현대중국 건설의 아버지인 마오쩌둥 초상화가 '중화인민공화국 만세, 세계인민대단결 만세(中華人民共和國萬歲, 世界人民大團結萬歲)'라는 표어와 함께 걸려 있었다. 17년 전 마오의 초상화와 그 구호를 만났을 때에는 강한 긴장감이 몰려왔었다. 뿌리 깊은 '레드 콤플렉스' 때문이었다. 하지만 지금은 그 표어가 엄청난 인파와 부조화를 이루는 듯했다. 마오를 비롯한 중국 건국의 1세대가 가졌던 혁명의 순수성이 상업화와 자본주의화 및 새 지배층으로 자리 잡은 관료들의 부정부패로 퇴색하고 있기 때문일 것이다. 마오의 정신은 어디로 갔는가?

나와 올리브는 인파에 휩싸인 채 매일 수십만 관람객이 바라보는 그 초상화 아래의 큰 문을 통해 자금성 매표소로 향했다. 매표소 앞에서 아이들을 한참 찾다가 한없이 기다릴 수만은 없어 자금성 안으로 들어갔다. 어차피 오전엔 자금성을 돌아보기로 했으니, 천천히 관람하다 보면 어디에선가 만날 수 있을 것으로 생각했다. 아이들도 이제 여행에 익숙해져 있어 이런 상황에서 어떻게 행동해야 할지 잘 알고 있을 것이라 믿었다.

자금성은 약 700년 전인 1420년 명나라 영락제가 수도를 난징에서 베이징으로 옮기면서 건설한 이후 청나라를 거쳐 1911년 신해혁명으로 황제통치가 종언을 고하기까지 491년간 24명의 황제가 기거하며 대륙을 통치했던 중국 절대 권력의 상징이었다. 마지막 황제인 푸이(溥儀)의 기구한 운명은 할리우드 영화 〈마지막 황제〉로도 잘 알려져 있다. 황제 통치체제 붕괴 이후 정치·사회적 혼란과 서구 열강의 침략, 중국 공산혁명 등의 격변기를 지나면서 엄청난 유물과 문화재가 훼손되고 반출되었으며, 지금은 전체가 고궁박물관(故宮博物館)으로 개조되어 일반에게 개방되고 있다. 그래서 자금성을 '고궁(故宮)', 중국식 발음으로는 '구궁'이라고 부르기도 한다.

자금성을 첩첩이 둘러싸고 있는 성벽과 누각은 그 위용의 상징이다. 높이가 10m, 두께가 7m를 넘는 성벽은 보는 사람을 주눅 들게 만드는 묘한 힘이 있다. 100여 년 전만 해도 일반 백성들이 들어가기는커녕 함부로 쳐다보지도 못했던 천하지존의 자리가 아니었던가. 우리가 걷는 이 길도 황제만이 지날 수 있는 길이었다. 그 100여 년 사이에 세상은 엄청나게 변했다.

자금성 안으로 들어와 주변을 여러 차례 돌아보았지만, 여전히 아이들은 보이지 않았다. 천천히 안으로 들어갔다. 황제가 문무백관의 알현을 받고 집무를 보던 태화전(太和殿), 황제가 각종 의식을 거행하기 전에 휴식을 취하던 중화전(中和殿), 주요 연회와 과거시험이 열리던 보화전(保和殿)으로 이어지는 궁궐은 지고지엄한 황제의 위상과 누구도 넘볼 수 없는 권력의 표상이었다. 내가 한국어 오디오 가이드를 듣고 그 핵심을 얘기하면, 걸어가는 백과사전이자 명해설사인 올리브가 거기에 얽힌 스토리와 의미를 자세하게 해설해주는 방식으로 자금성을 하나하나 뜯어보았다. 궁궐의 구조는 서울의 경복궁과 유사하지만, 규모 면에선 비교하기 어려운 자금성 탐험은 그렇게 이어졌다.

특히 자금성의 중심이자 중국 최고의 목조 건축물로 꼽히는 태화전은 위엄과 웅장함의 극치를 보여주었다. 태화전 앞에 서서 과거 문무백관이 도열한 가운데 황제 즉위식이 거행되거나 국가적으로 중요한 칙서를 내리는 장면을 상상하는 것은 여행의 또 다른 즐거움이다. 황제의 집무실인 태화전 앞에는 안을 들여다보려는 사람들로 아수라장이었다. 차례를 지켜 관람하는 게 아니라 옆 사람을 밀치며 머리를 디밀고 안을 들여다보고 있었다. 우리도 최대한 자제심을 발휘하되, 다른 사람에 밀리지 않으려 애쓰며 입구에 섰다.

하지만 막상 안을 들여다보니 무지막지하게 넓고 높은 태화전 건물과 달리 황제의 자리는 아주 작았다. 태화전의 웅장함에 비해 초라할 지경이었다. 아무리 막강한 권력을 휘두르고, 자신의 처소와 집무실을 화려하게 치장한다 하더라도 한 사람이 차지할 수 있는 공간은 채 한 평을 넘을 수 없다. 황제도 마찬가지다. 그 작은 황제의 자리가 왠지 허전했다. '과연 이 자리에 앉았던 황제는 행복했을까' 하는 생각이 '왜소한' 옥좌를 보면서 스쳐 지나갔다.

자금성 본청을 거의 둘러보고, 황제와 황후의 처소이자 국가와 궁궐의 대소사를 처리하던 후궁으로 발을 옮기려 할 때 드디어 아이들이 나타났다. 역시나 아이들은 전철을 타고 천안문 역에서 내려 티켓을 끊고 자금성에 들어와 관람하고 있었다. 모두 밝은 얼굴이었는데, 오히려 나와 올리브가 함께일 때보다 더 활기가 넘쳐 보였다.

창군은 건축물 사진을 찍는 데 열중하였고, 동군은 여행 가이드북을 펴들고 있었으며, 멜론은 두 형에게 착 달라붙어 있었다. 서로 죽이 잘 맞았다.

"저 건물이 보화전이야. 명나라 때까지는 황제 즉위식이 열렸는데, 청나라 때에는 과거 시험장으로 주로 쓰였대." 동군이 가이드북을 보고 이렇게 설명하면 창군은 그것을 카메라에 담았다.

"저 안에서 시험을 본다고? 책상도 없는데?" 멜론이 의문점을 제시하였다.

"여기는 마지막 시험을 보는 곳이야. 지방에서 시험에 통과한 사람만 와서…" 동군이 설명을 하다가 멈칫하더니 "야, 그럼, 전국에서 온 사람이 다 여기서 보겠냐?" 툭 쏘아붙였다.

"본고사 장소네? 그러면 황제가 면접도 봐?" 멜론이 새로운 문제를 제기하고 설명이 막힌 동군은 "그걸 내가 어떻게 알아?" 하며 쏘아붙였다.

"빨리 가이드북 찾아봐. 형, 역사 공부 한다면서 그 정도는 알아야지." 멜론의 말에 아이들의 아옹다옹과 티격태격이 다시 시작되었다.

"야, 장난치지 말고 빨리 와. 저 안쪽에 재미있는 거 있나 봐, 사람들도 저쪽으로 가잖아." 창군이 다시 아이들을 이끌고 앞으로 나간다. 이들이 자금성을 둘러보는 방식이었다.

여행을 잘 하고 있는 아이들을 보니 반가웠다. 스스로 찾아가는 여행에도 익숙해진 것 같았다. 우리가 지금까지 '가이드 여행'을 해왔다면 이렇게 아이들이 가이드북에서 스스로 정보를 찾고, 그 의미를 이해하기 위해 노력하고, 그것을 자신의 눈으로 확인하는 즐거움을 느끼지 못했을 것이다.

아이들은 자신들이 본 것을 열심히 자랑했다. "지붕에 있는 원숭이 봤어? 입구에 있는 중국 탤런트 봤어?" 아이들은 오문(午門)이니 태화전이니 중화전이니 하는 자금성의 '핵심'보다는 곁다리에 관심이 많기도 했지만 그래도 멋대로 여행하는 아이들이 대견했다.

다시 만난 가족여행단은 후궁에 해당하는 건청궁(乾淸宮), 교태전(交泰殿), 곤녕궁(坤寧宮)을 천천히 둘러보고 후원인 어화원(御花園)을 거쳐 서태후가 기거하면서 국사를 좌지우지했던 서궁도 샅샅이 돌아보았다. 특히 동군은 내가 오디오 가이드를 듣고 설명해주는 전각과 시설물에 얽힌 에피소드에 많은 관심을 보였다. 후원에는 작은 공원에 황제의 즐거움을 위해 설치한 분수가 인상적이었다. 뒤편에 높은 언덕을 만들고 그 위에 연못을 조성한 다음, 물이 흘러내리는 압력을 이용해 분수가 치솟도록 한 것이다.

"그럼 노비들이 물을 지고 거기로 열나게 올라갔겠네? 황제의 분수 때문에?" 하고 동군이 말해 깜짝 놀라게 만들기도 했다.

동궁까지 포함해 자금성을 모두 둘러보고 후문에 해당하는 신무문(神武門)으로 나온 것은 오후 2시 30분이 넘을 때였다. 4시간 정도 둘러본 셈이었다. 자금성 뒷문 노점에서 구운 옥수수를 사서 하나씩 먹으면서 자금성 뒤편의 후통(胡同)으로 향했다. 창군은 후통에 특히 많은 관심을 보였다. 아까 자금성에서 눈을 반짝이던 동군은 어느새 뒤로 밀려나고 창군이 전면에 나서 여행단을 이끌기 시작했다.

후통은 개혁 개방 이전 베이징의 모습을 간직하고 있지만, 중국 경제의 급성장과 재개발 광풍으로 급격하게 사라질 운명에 처해 있는 지역이다. 서민들의 주거지역으로 베이징의 진짜 속살을 볼 수 있는 뒷골목인 셈이다. 창군은 그 모습을 카메라에 담기에 바빴다.

"지금 찍어 놓지 않으면, 마지막이 될 거야. 이게 베이징 사람들의 진짜 모습이야." 올리브가 말하며 창군에게 구석구석을 찍을 것을 요구했고, 창군도 신이 났다.

예상대로 후통은 점차 상업지역으로 변해가고 있었다. 후통과 이어진 전해(前海)와 후해(後海)는 이미 서양의 유명 관광지와 같은 카페 거리로 변해 베이징만의 독특한 정취와 문화를 찾기 어려웠다. 가장 좋은 곳에 자리를 잡은 것은 '스타벅스'였다. 후통 역시 과거의 낡은 건물들을 허물고 새로운 건물들로 대체하는 재개발 열풍에 휩싸여 있었다. 전통적인 중국의 풍물이 사라지고 박제화된 곳으로 변화하는 건 시간 문제일 듯싶었다.

후통을 돌아본 다음 팀을 둘로 나누었다. 올리브와 창군은 후통과 송경령 고가 등을 더 돌아보고 싶어 했다. 나와 동군, 멜론은 그들과 헤어져 베이징을 한눈에 내려다볼 수 있는 경산공원(景山公園)으로 향했다. 나중에 왕푸징 입구에서 만나기로 했다. 역시 다섯 명이 함께 다니다가 두 팀으로 나누니 기동성이 높아지고, 이야기도 더 긴밀하게 나눌 수 있었다.

해는 뉘엿뉘엿 서쪽으로 기울고 있었고, 경산공원 전망대는 모처럼 쾌청한

**경산공원에서 바라본 자금성** 사진 앞쪽이 후문이며, 멀리 자금성 건너가 천안문 광장이다.

날씨가 선사하는 아름다운 석양을 보기 위해 몰려든 관광객들로 붐비고 있었다. 전망대에 서자 베이징 시내가 끝없이 펼쳐졌다. 자금성의 붉은 기와지붕은 사선으로 비치는 노을로 더욱 아름다운 자태를 뽐냈다. 그 너머로는 과거 동양을 호령했던 제국의 영화를 계승해 지구촌의 새로운 제국으로 웅비하는 오늘의 중국을 상징하듯, 고층 빌딩들이 삐죽삐죽 솟아 있었다.

한참 노을을 감상하다 주변을 돌아보니 동균과 멜론이 또 사라졌다. 어디로 갔나 하고 돌아보니 귀에 이어폰을 꽂은 채 노을이 잘 보이는 곳에 걸터앉아 멜론은 음악을 듣고 있고, 동균은 작은 단말기로 판타지 소설을 읽고 있었다. 틈날 때마다 아이들이 즐기는 놀이였다.

경산공원에서 해가 지는 것을 실컷 감상한 다음 베이징의 중심 상업지역인 왕푸징으로 향했다. 왕푸징 입구에서 만난 올리브와 창균은 후통을 신나게 돌아보고, 송경령 고가도 구경했다며 한참 자랑을 늘어놓았다.

**베이징의 번화가 왕푸징** 세계 최고의 명품 매장들이 줄지어 들어서 있다.

산리툰 의류상가가 짝퉁의 현장이었다면, 왕푸징은 세계 명품의 진정한 경연장이었다. 변화하고 번성하는 중국의 오늘을 보여주는 상징적인 곳이기도 했다. 네온사인이 화려하게 번득이는 가운데 쇼윈도에는 세계적인 명품들이 서로 뽐내며 행인들의 눈길을 사로잡기 위해 필사적인 몸짓을 하고 있었다. 1인당 국민소득이 중국의 네 배를 넘는 한국에서도 보기 어려운 대형 명품 숍이 즐비했다. 거친 자본주의화와 세계화의 물결 속에서 미국과 유럽 등 서방의 소비 트렌드가 이식되는 현장이었다.

상업주의에 물들어가는 모습은 베이징에 대한 매력을 떨어뜨리는 요소였다. 사실 베이징까지 온 것은 중국의 속살을 보려는 것인데, 베이징에서 '중국적인 것'은 급격하게 사라지고 서구 자본주의의 홍수에 그대로 젖어 들어가는 것만 보였기 때문이다. 여행의 이유는 각 지역에서 형성된 고유의 문화가 주는 일종의 신비로움을 경험하고 거기에서 새로운 상상력과 영감을 얻기 위한 것인데, 어디나 비슷한 브랜드의 상품이 홍수를 이룬다면 굳이 그곳에 비싼 돈을 내고 올 필요는 없다. 서울의 명동이나 백화점에서 볼 수 있는 것을 중국에까지 와서 볼 필요는 없지 않은가. 과연 중국의 속살은 어디에 있는가. 이제는 베이징에서 그것을 찾아가는 여정을 펼칠 것이다.

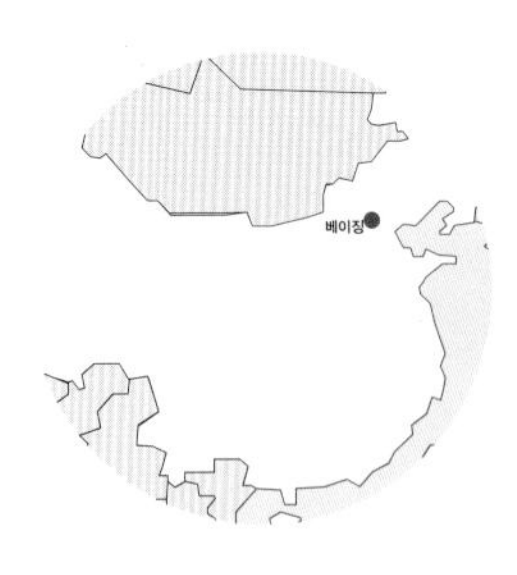


베이징

# 중국 문화와 음식을 찾아가는 즐거움

## "원래 모습을 간직한 만리장성으로 가자!"

우리는 베이징에 6박 7일을 머물렀다. 베이징은 현대 중국의 정치와 문화의 중심지고, 명나라와 청나라를 거치며 500여 년간 중국 근대 역사의 중심지 역할을 했기 때문에 볼 곳이 워낙 많아 선택과 집중이 필요했다. 문제는 어떤 일정으로 어디를 돌아볼 것인가 하는 것이었다. 각자 취향이 조금씩 달라 코스를 정하기가 만만치 않았다. 천안문과 자금성, 만리장성, 후통, 경극 관람 등에 대해선 대체로 의견이 일치했다. 건축학도인 창군은 여기에다 독특한 외관의 CCTV 건물과 2008년 베이징 올림픽 주경기장을, 동군은 과거 왕실정원인 이화원(頤和園)과 798 현대예술의 거리를 돌아보기를 원했다. 멜론은 베이징의 대표 관광지 외에 별다른 정보를 갖고 있지 않았다. 그래서 일단 공통적으로 보고 싶어 하는 곳을 먼저 함께 여행하고, 나중에 각자 취향에 따라 조금씩 다르게 일정을 잡아나갔다.

베이징에선 특히 여행의 강약을 조절했다. 도착한 첫째 날 의류상가에 들러 두툼한 방한의류를 장만하고, 둘째 날에는 자금성과 자금성 뒤편의 후통, 왕푸징 거리를 돌아보았다. 셋째 날에는 오전에 만리장성을 돌아보고 오후에 숙소에서 휴식을 취한 다음 저녁에 경극을 보았다. 여기까지가 공통 일정이었고, 그 다음부터 각자 취향에 따라 일정을 달리했다. 인민대회당과 마오쩌둥 기념관, 이화원, 798거리와 올림픽경기장 등을 따로 돌아보았고, 베이징 대학을 모두 함께 산책했다. 그러면서 여행의 여유를 찾고, 자유의 즐거움을 만끽했다.

인간이 지구상에서 만든 최대 건축물이라는 만리장성을 돌아보는 방법은 여러 가지가 있다. 우리는 베이징에 도착하자마자 만리장성 여행 방법을 놓고, 유스호스텔 직원과 상담을 하고 우리끼리 여러 번 논의한 끝에 영어 가이드가 동행하는 현지 여행 프로그램에 참여하기로 했다. 우리가 선택한 코스는 베이징에서 1시간 30분 정도 떨어져 있는 무톈위(慕田峪) 코스였다. 아침과 점심 식사를 포함해 프로그램 참여비가 1인당 260위안(약 4만 6800원)으로 우리로서는 고액의 프로그램이었다. 일반적인 탐방 코스인 바다링(八達嶺)의 경우 리노베이션(수리)이 많이 이루어져 옛 모습을 잃었지만, 무톈위는 옛 만리장성의 모습을 간직한데다 경관도 빼어나다는 설명에 '필'이 꽂혔다. 우리가 보고 싶은 것은 진짜배기 만리장성이었다.

아침 8시 30분, 유스호스텔에서 한 무더기의 다국적 여행자들과 함께 무톈위로 향하는 대형 버스에 올랐다. 버스엔 이 프로그램에 참여하는 여행자들이 많이 타고 있었는데, 서양 여행자들이 대부분이었고 동양인은 우리 가족과 다른 한 사람이 유일했다. 가이드의 간략한 만리장성 설명과 함께 버스가 출발했다. 출발 시간이 러시아워와 겹쳐 베이징의 심각한 교통 체증을 실컷 맛봐야 했다. 도로가 넓었지만, 차량이 워낙 많아 거북이 걸음으로 시내를 어렵게 빠져나왔다. 거리의 차들은 교통신호도 차선도 거의 지키지 않고 요란한 클랙슨을 울려대 그 시끄러움이 극치에 달했다.

2시간 정도를 달려 10시 30분께 버스가 무톈위에 도착했다. 만리장성은 멀리서만 봐도 거창했다. 거대한 성벽이 저쪽 높은 산 정상 위를 뱀처럼 구불거리며 휘감고 있었고, 그 성벽은 산세를 타고 더 까마득한 곳으로 넘어가고 있었다. 가이드는 저녁 러시아워에 걸리지 않고 숙소로 돌아가려면 오후 2시

**만리장성 무톈위 지역** 유명한 바다링 지역에 비해 원형을 잘 보존하고 있어 새롭게 인기를 끌고 있다.

에는 만리장성에서 내려와야 한다며 탐방 구간이 긴 만큼 왕복 80위안(약 1만 4400원) 하는 케이블카를 타고 올라갈 것을 권했다. 우리는 당초 걸어서 오를 생각이었지만, 가이드의 강력한 권유에 케이블카를 선택했다. 그 요금에는 내려올 때 눈썰매처럼 만든 슬라이딩 머신을 타는 비용도 포함되어 있었다. 나와 올리브는 입장료가 45위안인 만리장성을 260위안의 여행비와 80위안의 케이블카 요금 등 340위안(6만 1200원)이나 내고 구경하는 것은 과도하며, 결국 바가지를 쓰고 말았다고 투덜거렸다. 버스에서 이루어진 가이드의 설명도 여행안내서 수준을 벗어나지 않았고, 케이블카를 태워주는 것으로 가이드는 끝이었다. 실제 만리장성 탐방은 각자 알아서 보고, 즐기고, 상상하는 것으로 끝냈어야 했다.

너무 비싼 투어 비용에 혀를 내두르며 불평을 쏟아냈지만, 만리장성은 입을 벌어지게 만들었다. 가이드의 설명처럼, '어처구니없다(foolish)'는 말이 나올 정도로 '어떻게 이처럼 엄청난 성벽을 만들어 쌓아 올렸을까' 여러 번 묻고 되물었다. 중국을 통일한 진시황이 처음 건설하고, 명나라 때 대규모 증축이 이루어져 오늘에 이르는 만리장성은 중국의 동쪽 끝 발해만의 산하이관(山海關)에서 서쪽으로 간쑤성(甘肅省)의 자위관(嘉峪關)까지 그 길이가 2700km에 달한다. 바위를 깎고 쌓아올려 성벽의 기단부를 만들고, 그 위에 구운 벽돌로 견고하게 마무리했다.

성벽은 거친 산맥을 타고 끝없이 이어졌으며, 규칙적으로 망루를 만들어 병사들이 보초를 서거나 휴식을 취할 수 있도록 했다. 가이드는 건설 당시 중국 인구의 절반이 만리장성 건설에 동원되었고 수많은 사람들이 다치고 죽었다고 설명했다. 중국 고대 문학에 장성 축조에 나간 남편이나 자식을 그리워하는 시와 노래가 많은 것은 그 때문이다.

비록 케이블카를 타고 만리장성에 올랐지만, 성벽을 따라 왕복 6km 정도의 무톈위 코스를 관람하는 것은 산을 오르는 것이나 마찬가지였다. 성을 따라 오르고 내리는 것을 반복했다. 아이들은 힘이 펄펄 넘쳐 장성을 뛰어다니다시피 했지만, 최근 2주일 사이 황산과 태산의 계단을 오르고 내린 내 무릎은 다시 고통을 호소했다. 결국 나는 성벽 탐방 구간 끝까지 가지 못하고 중간에서 발길을 돌려 천천히 만리장성의 벽돌 하나하나를 감상하며 되돌아와야 했다. 이렇게 맨몸으로 오르는데도 힘이 부치는데, 어떻게 이런 성벽을 쌓았을까. 그 벽돌 하나하나에 당시 제국을 지키기 위해 동원되었던 병사와 주민들의 한과 고통이 배어 있는 듯했다.

엄청난 만리장성을 쌓았지만, 결국 진나라와 명나라는 멸망했다.

"과연 만리장성은 성공한 성일까? 성을 쌓았지만 다 망하고 말았는데…."

올리브가 혼잣말처럼 내뱉었다. 그렇다. 아무리 견고한 성을 쌓고 외부의 침입을 막기 위해 방비를 튼튼히 해도, 내부에서 허물어지기 시작하면 속수무책이다. 비록 허접한 것처럼 보이더라도 내적으로 강한 사회가 결국 성공하는 것이 아닐까. 사회나 개인도 마찬가지다. 외적(外的)으로 화려하게 장식하고, 모양을 뽐낸다 하더라도 속이 텅 비어 있다면 아무 소용이 없다. 진나라나 명나라가 진짜 걱정해야 했던 것은 북방의 흉노족이나 오랑캐가 아니라 바로 내부의 문제였다. 사회 통합과 이를 가능케 하는 사회·정치·문화적 역량, 그리고 그것을 이끄는 리더십이 있느냐 여부에 따라 나라의 운명도 결정된다. 위기는 외부가 아닌 내부에 있다는 것을 새삼 확인하며 만리장성의 벽돌 하나하나를 음미했다.

내려오는 길은 짜릿한 미끄러짐의 경험이었다. 장성에서 입구까지 약 2km의 산길에 홈통 모양의 철판을 깔고, 그 위로 작은 썰매를 타고 미끄러져 내려오는 '슬라이딩 머신'이었다. 썰매에는 앞으로 당기면 속도가 늦춰지는 브레이크 장치가 있어 속도 조절이 가능했다.

아이들도 나도 올리브도 모두 신이 났다. 구불구불 이어진 산등성이를 신나게 질주했다. 코스가 옆으로 회전할 때에는 몸을 옆으로 꺾으며 슬라이딩 머신과 하나가 되었다. 만리장성을 오르고 내리면서 쌓인 피로가 슬라이딩 머신과 함께 휙~ 사라져 버렸다. 역시 아무리 훌륭한 구경거리라 하더라도 즐거운 이벤트가 있어야 감동이 배가되는 게 확실하다.

## 졸면서 본 경극과 중국의 제3지대

베이징에선 그동안 경험하지 못한 중국의 문화를 직접 찾아보고 싶었다. 산리툰 유스호스텔의 게시판에는 여러 투어 프로그램과 함께 경극 관람 프로그램이 소개되어 있었다. 항저우에서 인상서호 쇼를 못 보고 발길을 돌리면서 베이징에서 경극을 보기로 한 터여서, 우리의 관심이 여기에 쏠렸다. 문화체험 행사로 택한 경극은 볼 만한 가치가 충분한 중국의 대표적인 문화

콘텐츠라 할 수 있었다. 관람 비용은 1인당 180위안(3만 2400원)으로 장기 배낭 여행자의 입장에서는 적지 않은 금액이다. 이날 우리는 만리장성과 경극 관람에 1인당 10만 원이 넘는 금액을 지출했으며, 그것이 '베이징 과다지출', '럭셔리 관광'의 하이라이트였다.

경극은 호텔에서 매일 공연하는 일종의 맛보기용 프로그램이었다. 관람석 1층에는 식사를 한 후 경극을 볼 수 있도록 테이블이 배치되어 있었고, 우리가 앉은 2층은 객석만 마련되어 있었다. 서양 관광객들이 대부분을 차지했으며, 2층엔 일본인 관람객들도 눈에 띄었다. 무대 좌우 양쪽에 중국어와 영어 자막을 제공해 내용을 이해하기 쉽도록 배려하였다.

경극의 프로그램은 사면초가에 몰린 패왕 항우와 전쟁에 나가는 장수에게 심리적 부담을 주지 않기 위해 스스로 목숨을 끊는 우미인의 안타까운 이별 장면을 담은 패왕별희를 비롯해 코믹하게 엮은 무술쇼, 과거의 부귀영화를 회상하며 무상한 세월을 한탄조로 노래하는 양귀비의 이야기 등 잘 알려진 에피소드를 중심으로 이루어져 있었다. 화려한 가면에 가성으로 부르는 노래는, 처음에는 낯설게 느껴졌지만, 시간이 흐르면서 점차 익숙해졌다. 배우들의 노래 솜씨는 탁월했고, 노래와 대화 곳곳에 배어 있는 촌철살인의 경구(警句)는 가슴을 울렸다.

경극의 매력에 서서히 빠져들 즈음, 옆자리에 앉은 멜론을 바라보았다. 꾸벅꾸벅 졸기 시작하고 있었다. 아무래도 오늘 만리장성을 뛰어다녔으니 졸리기도 할 것이다. 더구나 중국어나 영어를 신속하게 해독하기 어렵기 때문에 그 감동을 느끼기도 만만치 않을 터. 그렇다고 그 내용을 하나하나 설명해줄 수도 없는 상황이었다. 둘러보니 일본인 관람객들은 모두 헤드폰을 끼고, 별도의 일본어 설명을 듣고 있었다. 그런 장치에 의존해야 스토리를 제대로 따라갈 수 있는데, 중3인 멜론으로선 중국어나 영어로 이해하는 게 쉽지 않을 것이 분명했다. 멜론의 옆구리를 쿡쿡 찔렀다. 깜짝 놀라 깨어 경극을 보다가 이내 또 꾸벅꾸벅 졸기 시작했다.

'그래, 졸면서 이따금 깜짝 놀라서 보는 경극도 나름 멋있을 거야.'

경극과 함께 중국 문화체험으로 인상적이었던 것은 중국 현대문화와 예술의 거리인 798거리였다. 이곳은 중국의 제3지대로 새로운 중국의 모습을 보여주는 곳이다. 중국을 떠나기 전날 798거리와 올림픽 경기장을 둘러보았다. 창군은 어느샌가 버스편과 지리까지 다 파악해 두고 일행을 이끌었다. 798거리에 들어오자 눈이 번쩍 띄었다. 지금까지 중국을 여행하면서 한편에서는 전통 문화유적을 통한 관광수입에 열을 올리는 데 질리고, 다른 한편에서는 중국 정부의 과시욕이 만들어낸 엄청난 현대적 건축물들과 질풍노도처럼 중국을 휩쓰는 상업화와 자본주의 물결에 질릴 대로 질려 있었는데, 798거리는 이와 다른 모습이었다.

798거리는 과거 공장들이 밀집해 있던 곳을 개조해 문화 예술인들의 창작 공간으로 만든 시대의 걸작이었다. 798이라는 명칭은 과거 국가의 주요시설인 중공업 공장에 부여한 일괄번호 중 하나로, 쾅쾅 굉음을 내며 기계가 돌아가던 공장을 개조해 만든 갤러리들과 창작 공간이 끝없이 들어서 있으며, 모든 갤러리는 무료로 개방되어 예술품을 감상할 수 있다. 거기에선 새로운 창조와 문화의 기운이 흐르고 있었다. 예술 작품에 대한 혜안이 부족한 내 눈에도 실험적인 작품들이 넘쳐나고 각각의 작품이 표현하는 내용이 현실의 중국을 뛰어넘으려는 것으로 보였다. 올리브는 작품들의 완성도도 뛰어나다며 감탄했다.

역시 예술가들은 현실의 모순을 예리한 시각으로 파악하고, 그것을 예술 작품으로 승화시켜 사람들로 하여금 자신의 삶과 사회를 돌아보게 한다. 중국혁명의 한 축이 바로 문학과 문화·예술이라고 한다면, 이곳 798의 예술가들은 새로운 중국을 상상하는 곳이었다.

사실 정치와 경제는 사람들이 당장 살아가는 문제, 사회변화에 따라 필

**베이징 798거리 창의 광장** 과거 공장지역을 문화예술 공간으로 바꾼 곳으로, 실험적인 작품들이 넘친다.

연적으로 발생하게 되는 갈등을 조절하는 현실적인 문제를 다루는 영역이다. 반면 문화는 급박하게 돌아가는 현실의 문제를 정신적 측면에서 조명하는 영역이다. 때로는 현실을 반영하기도 하고, 현실의 모순을 날카롭게 지적하기도 하고, 그 각박한 현실을 뛰어넘는 상상력을 제공하기도 한다. 때문에 많은 경우 문화·예술은 사회를 좀 삐딱하게 바라보는 측면이 강하다. 이러한 문화적·정신적 역량이 얼마나 넓고 깊으냐에 따라 그 사회의 지속 가능한 발전 여부도 결정된다.

중국은 아주 깊은 문화적 기반을 갖고 있다. 동양사상의 원류를 이룬 공자와 맹자의 사상에서부터 노자, 장자, 한비자, 순자, 묵자 등 고대로부터 엄청난 정신적 토양을 지니고 있으며, 불교와 유교, 도교의 깊은 전통이 있고, 현대로 오면서 쑨원과 마오쩌둥과 같은 세계사의 획을 그은 사상을 만들어냈다. 문화적 전통도 세계 최고라 할 수 있다. 하지만 사회주의 혁명과 덩샤

오핑의 개혁·개방 이후 사회개혁과 '먹고 사는' 문제에 매달리면서 그러한 정신적 활동이 뒷전으로 밀려났다. 이제 미국과 세계패권을 겨루는 G2로 부상한 중국이 글로벌 리더로 제 역할을 하려면 정신적·문화적 기반, 말하자면 소프트 파워가 필수적이다. 798거리는 바로 그러한 예술의 역할에 눈을 뜨기 시작한 중국의 모습을 보여주는 곳이라 할 만했다.

798거리의 갤러리에서 한국인 이용백 작가의 실험적인 작품이 눈길을 끌었다. 하늘에서 꽃이 화려하게 쏟아져 내려오고, 온갖 꽃으로 장식된 의상을 입은 사람들이 꽃을 타고 내려오는 작품이다. 그런데 자세히 들여다보면 그 속에는 총을 든 군인들이 숨어 있다. 지극히 상징적인 구성이다. 평화를 상징하는 꽃 속에 숨은 폭력과 강대국들의 패권주의를 상징적으로 보여주고 있었다. 미국의 이라크 침공이 떠올랐다. 더 자세히 들여다보니 꽃 속에 숨은 군인들의 군복에 세계 최강의 패권국 미국을 암시하는 이름들이 붙어 있었다. 갤러리 안쪽으로 들어가니 벽 이곳저곳에 거울이 걸려 있는 방이 나타났다. 그런데 갑자기 강한 총성이 울리며 거울에 균열이 생기면서 거울에 반사된 관람객의 모습이 처참히 일그러졌다. LCD 패널을 이용해 전쟁의 참혹함과 평화의 중요성을 일깨우는 작품이었다.

그동안 중국을 여행하면서 희망보다는 실망에 가까운 느낌을 많이 가졌지만, 공장의 낡은 기계들을 뜯어내고 여기에 예술가들의 자유로운 창작공간을 마련해주었다는 측면에서 이번엔 중국에 무언가 희망을 걸어도 되지 않을까 하는 생각이 들었다. 획일적인 개발과 성장에 치중하지 않고 사람들의 다양성과 창의성을 존중하고, 그것을 표현할 수 있는 공간을 마련해준다면 중국이 보다 진보적인 방향으로 가는 데 도움이 될 것이다. 그런 창조성과 다양성이 존중되지 않는다면, 또 예술적 표현의 자유가 허용되지 않는다면 그 사회는 늙고 병들어갈 것이 분명하기 때문이다. 중국에 필요한 것이 개발과 성장 논리 이면에서 잠자고 있는 사람들의 창조성과 역동성이라 한다면, 798은 바로 그 희망의 공간인 것이다.

올림픽 경기장 순례는 창군을 통해서 또다시 새로운 중국의 일면을 확인하는 계기가 되었다. 2008년 베이징 올림픽은 중국이 개발도상국 이미지에서 벗어나 세계 속의 중국으로 도약하면서, 미국과 대적할 새로운 패권국으로서의 이미지를 부각시킨 역사적 이벤트였다. 올림픽 경기장에는 그러한 중국의 힘을 과시하려는 중국 정부의 야심이 곳곳에 배어 있었다.

아니나 다를까 중국을 여행하면서 언제나 갖게 되는 바로 그 '크기'가 사람을 압도했다. 어마어마한 규모의 쇳덩이들을 세우고 구부려 만든 올림픽 주경기장과 그 앞에 있는 수영장이 아주 웅장하게 다가왔다. 주경기장은 철이 가지고 있는 강함에 부드러운 곡선미를 살려 웅비하는 중국의 힘과 세계를 포용하는 중국의 역동성을 보여주기 위해 설계되었다. TV로 보았던 것을 현장에서 직접 눈으로 확인하는 기쁨은 나나 아이들이나 마찬가지였다.

아이들은 드넓은 올림픽 경기장 일대를 뛰어다니느라 신이 났다. 안타깝게도 주경기장이 개방되지 않아 안으로 들어가지는 못했지만, 가까이 가서 어마어마한 규모의 쇠를 이어 붙여 만든 시대의 건축물을 구경하는 재미가 쏠쏠했다. 대부분의 문화유산들은 특별한 계기에 특별한 목적으로 만든 기념물인 경우가 많은데, 이 올림픽 경기장도 바로 그런 시대의 건축물이 될 가능성이 있어 보였다. 파리 국제무역박람회를 기념해서 만든 에펠탑이 지금도 주요 관광지가 되고 있는 것처럼, 중국이 패권국으로 도약하면서 만든 이 경기장도 역사에 남을 건축물이 되기에 충분해 보였다. 동시에 이것이 힘과 권력에 대한 욕망으로 점철된 근대적 세계관을 보여주는 마지막 작품이 될지도 모른다는 내 나름의 평을 아이들에게 늘어놓았다.

올림픽 경기장과 그 주변의 신도시는 현대 베이징이 만든 고립된 섬이었다. 중국은 여러 면에서 앞을 보고 달려가고 있지만, 균형을 이루는 것은 여전한 과제로 보였다.

## 뱀 꼬치구이에서 시작한 맛 기행

중국 여행의 멋의 하나는 다양한 요리다. 색다르고 맛있는 요리를 먹는 것은 여행의 큰 즐거움이다. 중국은 어떤 나라인가. 날아다니는 것 중에선 비행기 빼고 다 먹고, 네 발 달린 것 중에선 책상을 빼고 다 먹는다는 곳 아닌가. 더구나 동군은 여행을 하면서 요리에 부쩍 많은 관심을 보여 우리도 덩달아 색다른 음식을 체험할 수 있었다. 하지만 익숙해지는 데에는 시행착오가 필요했다. 메뉴판을 보고 주문했다가 우리가 생각했던 것과 다른 것이 나와 당황한 경우도 수없이 많았다. 특히 이른 아침에 딱딱한 게 요리를 주문해 식당 주인을 어리둥절하게 만들기도 했다. 샤오롱바오에서부터 왕푸징의 먹자골목, 베이징의 명물 오리요리, 그리고 북한식당 옥류관에서의 요리는 잊을 수 없는 추억을 남겼다.

베이징의 최대 상업 지역이자 번화가인 왕푸징의 '먹자골목'은 희한한 중국요리의 진수를 맛볼 수 있는 곳이다. 우리가 왕푸징을 방문했을 때는 해가 뉘엿뉘엿 넘어가는 월요일 초저녁이었는데, 먹자골목엔 엄청난 인파가 몰려들었다. 입구는 발을 들여놓기 어려울 정도였다. 저녁 이후 불야성을 이루는 이곳은 자금성이나 만리장성 같은 유명 관광지를 둘러본 후 들르는 관광객들이 많았다. 우리도 오전에 자금성, 오후에 후통과 경산공원 등을 돌아본 다음 저녁에 들렀다.

간식점 거리라는 의미의 왕푸징 샤오츠지에(小吃街)에 들어서자 입이 딱 벌어졌다. 전갈과 이름을 알기 어려운 애벌레를 비롯해 별별 희귀한 곤충은 물론 뱀, 병아리, 새, 양, 닭, 돼지, 밤, 은행 등등 모든 동식물을 꼬치에 꿰어 굽고 튀긴 꼬치구이집들이 수도 없이 죽 늘어서 있고, 점포마다 요리된 꼬치들이 산더미처럼 쌓여 있었다. 이어 각 지역의 특산물 요리점이 다닥다닥 붙어 손님을 유혹하고 있었다. 현장에서 튀기고, 굽고, 볶고, 찌고, 삶는 냄새가 작은

**베이징 왕푸징의 먹자골목인 샤오츠지에의 각종 꼬치구이** 전갈에서 뱀, 병아리까지 종류도 다양하다.

골목을 가득 메웠다. 그런 와중에 종업원들의 호객 행위도 극성을 부려 좁은 골목은 그야말로 북새통이었다. 더 안으로 들어가자 각종 요리재료와 기념품 등을 판매하는 작은 점포들이 오밀조밀 붙어 있어 이방인의 눈을 한시도 떼지 못하도록 만들었다.

하지만 막상 요리를 보니 구미가 당기진 않았다. 긴 대나무 꼬챙이를 배에서 머리까지 푹 찔러 넣은 전갈과 각종 곤충류 꼬치가 도열하듯이 진열대를 채우고 있는데, 맛있게 보이기보다는 징그러웠다. 작은 병아리와 새 수십 마리의 털을 홀라당 벗기고, 그것을 노릇노릇하고 발그스레하게 구워 가지런히 진열해 놓은 것도 마찬가지였다. 섬뜩한 느낌까지 들었다.

"자, 여기서 먹고 싶은 것 있으면 마음대로 골라." 내가 가족들을 향해 외쳤지만, 모두 머뭇거렸다. 올리브도 그렇고, 창군이나 멜론도 진기한 음식들에 혀만 내두를 뿐 행동에는 아주 신중했다. 모두 쭈뼛쭈뼛했다. 이상하게 보이는 음식을 재미있게는 구경할지언정 거기에 입을 대거나 속으로 넘기고 싶어 하지는 않은 듯했다.

하지만 동군은 달랐다. 적극적이었다. 그가 집어든 뱀 꼬치구이는 뱀의 껍질만 벗기고 꼬챙이로 배를 꿰뚫은 다음, 붉은 소스를 발라 구운 것이었다.

뱀이 살아서 꾸불거리며 움직이는 것 같다고 다들 징그러워했지만 동군은 아무렇지도 않은 듯, 입에 가져다 댔다.

"맛이 어떤지 궁금해. 왔으면 먹어 봐야지." 동군이 아무렇지 않게 말하더니 한입 베어 물고는 남은 뱀 꼬치를 인상을 잔뜩 찡그리고 있던 창군과 멜론에게 건넸다.

"먹어 봐. 괜찮아. 먹을 만해."

창군과 멜론은 처음에는 머뭇거리다가 한입씩 베어 물고는, "으음, 괜찮은데…," "어, 먹을 만해" 하고 고개를 끄덕였다. 왕푸징 꼬치에 대한 경계심이 누그러지는 순간이었다.

동군의 이 모험이 아니었다면 먹자골목에서 눈요기만 하고 나올 뻔했다. 동군은 뱀 꼬치구이에 이어 병아리 구이를 비롯해 신기하게 보이는 요리를 주문해 '과감하게' 맛을 보았다. 어른도 선뜻 손이 가지 않는 요리였지만, 넘치는 호기심을 보이고 또 그걸 과감히 행동에 옮겼다. 하지만 우리는 '괴상한' 음식은 피하고, 양 꼬치와 떡볶이 등 그나마 익숙한 요리를 맛보았다.

샤오츠지에에서 또 동군의 새로운 모습을 확인하였다. 한국에서도 동군은 식당에서 음식을 주문할 때 양보다는 맛을 중시했다. 왕푸징에선 음식에 대한 관심을 유감없이 발휘했다. 그 내면에 음식과 요리에 대한 관심이 많음을 보여준 것으로, 여행을 통해 잘 모르거나 막연하게 알고 있었던 가족들의 취향을 더 잘 이해하게 된 셈이었다.

### 베이징 카오야에서 아침의 게 요리까지

베이징 요리 가운데 빼놓을 수 없는 것이 오리구이 요리, 즉 베이징 카오야(北京烤鴨)다. 동군을 비롯해 모든 가족이 베이징에 가면 꼭 카오야를 먹자고 노래를 부른 터였다. 때문에 베이징에 도착한 날 저녁 카오야를 찾았고, 그 맛을 잊을 수 없어 베이징을 떠나기 직전 같은 식당을 또 찾았다. 카오야는 그만큼 독특하면서도 잊을 수 없는 황홀한 맛을 선사했다.

베이징에는 오리고기로 유명한 식당이 많다. 가장 유명한 곳이 취안쥐더(全聚德)인데, 가격이 너무 비싸고 숙소와도 떨어져 있어 우리는 징준 카오야(京尊烤鴨)라는 곳을 찾았다. 유스호스텔 직원이 '저렴하면서도 맛있는' 카오야 요릿집으로 선뜻 추천해준 곳이었다. 식당은 춘쇼우루(春秀路)에 있는데, 유스호스텔에서 추천한 데는 다 이유가 있었다. 정말 저렴하면서도 맛은 일품이었다. 262위안(약 4만 7000원)에 다섯 명이 배가 터지도록 카오야의 참맛을 보았다.

요리사는 구운 오리 한 마리를 수레에 싣고 와 마치 회를 뜨듯이 껍질과 살을 저몄다. 우리는 눈앞에서 칼질하는 장면을 신기한 듯 바라보았다. 중국어와 영어를 섞어서 요리에 대해 이것저것 묻는데도 종업원은 즐거워하며 하나하나 친절하게 답해 주었다. 모두들 탄성을 지르며 오리요리의 본고장 베이징에서 카오야를 먹을 수 있다는 데 만족스러워했다.

그런데 첫날 주문 순서를 잘못 잡는 바람에 비용도 예상보다 초과 지출하고, 음식도 남기는 참사(?)를 겪었다. 우리는 처음 주문할 때 스프를 주문하지 않고, 오리구이와 함께 야채요리와 밥을 주문했다. 하지만 국물이 없으니 약간 허전했다. 그래서 나중에 스프를 주문했는데, 거의 한국의 오리탕 수준으로 양이 많았다. 맛은 일품이었다. 하지만 이미 구이와 야채, 밥 등으로 배를 채운 상태여서 그 맛있는 탕을 제대로 먹지 못했다.

베이징을 떠나기 전에 다시 징준 카오야를 방문해서는 처음부터 스프도 함께 주문해 구이와 탕으로 동시에 맛있게 먹었다. 종업원들도 아주 친절하고 상냥해 우리가 다시 방문하자 며칠 전 방문했던 한국인 가족여행단이란 것을 알아채고는 아주 반가워했다. 베이징에서 카오야는 필수 코스라고 할 만했다. 꼭 비싼 곳이 아니라도, 현지 주민들이 즐기는 곳이 더 만족도가 높은 것은 물론이다.

베이징에서 북한 식당을 찾는 것도 흥미로운 일정 중의 하나였다. 베이징에는 옥류관과 해당화, 대성산관 등 몇 개의 북한 식당이 있지만, 왕징(望京)에 있는 옥류관이 가장 대표적이다. 찾기도 쉽다. 왕징 서역에서 택시를 타고 옥류관까지는 기본요금(10위안)이 나오는 가까운 거리였다.

아이들은 말로만 듣던 북한 식당에 왔다는 기분에 들떠 있었다. 웅장하면서도 깔끔한 식당 모습과 종업원(접대원)들의 절도 있는 서비스, 다양한 요리에 눈이 휘둥그레졌다. 나는 아이들에게 남과 북의 단절된 현실에 대해 다시 한번 생각할 기회를 주고 싶었다. 북한도 우리 동포들이 살아가는 곳이란 사실도 일깨워주고 싶었다. 약간의 경계심을 갖고 쭈뼛쭈뼛하는 아이들에게 무엇이든 궁금한 것이 있으면, 예의를 갖추어 물어보라고 말했다. 나도 이것저것 물어보았다. 베이징에는 북한 식당이 몇 개나 있는지, 여기 종업원들의 호칭을 뭐라고 불러야 하는지, 여기선 얼마나 많은 북한 근로자들이 일하는지 등등을 질문했고, 종업원들은 친절하게 답변해 주었다. 그러나 아이들은 여전히 긴장한 모습을 보였고, 나와 종업원의 대화에만 귀를 기울였다.

준비된 요리는 대부분의 중국 식당이 그렇듯 엄청나게 많았다. 된장찌개와 평양대동강숭어탕, 김치, 밥과 함께 냉면 다섯 그릇을 주문했다. 종업원은 우리가 주식 요리를 일곱 개나 주문했다며 의아해했지만, 우리는 왕성한 식성을 발휘해 말끔하게 해치웠다. 요리당 가격은 30위안(약 5400원) 안팎으로 일반적인 중국 식당에 비해서는 비싼 편이지만, 한국과 비교한 우리의 생각에 견주면 그리 비싸지 않았다. 음식은 우리 입맛에도 잘 맞았다.

모처럼 맛보는 한국 요리에 우리는 행복했지만, 다른 한편으로 우리가 여행할 수 없는 지구상의 유일한 곳이 바로 우리의 혈육이 사는 북한이라는 사실에 씁쓸하기만 했다. 또 여기 이렇게 외국에 나와야만 북한 사람들을 만나볼 수 있다는 현실도 안타까웠다. 아이들에게 이런 점을 설명하며 공감을 유도했지만, 별 관심이 없는 듯 식사에만 열중했다. 분단이나 통일 같은 데 별로 관심이 없다는 점은 요즘의 다른 아이들과 비슷했다.

식사를 마친 후 7시 30분부터 시작하는 공연을 관람하기 위해 한참을 기다렸다. 아이들은 2층에 있는 북한 제품 전시장을 비롯해 이곳저곳을 둘러보았다. 북한 가요와 춤, 장구와 기타, 손풍금 연주 등으로 이루어진 공연은 또 다른 멋을 선사했지만, 아이들은 거의 같은 패턴이 반복되는 공연에 금방 싫증을 냈다. 소녀시대나 빅뱅 같은 세계적으로 명성을 떨치는 아이돌의 화려한 율동에 익숙해진 아이들은 흘러간 대중가요와 같은 북한 노래에 감흥을 느끼기 어려울 게 분명하다. 고전적이고 밋밋한 가사도 아이들의 흥미를 자극하지 못했다.

북한식의 독특한 창법이 잠깐 흥미를 끌었지만, 지루하다고 느낀 건 나도 마찬가지였다. 〈휘파람〉 정도가 그나마 남녀의 애틋한 사랑을 노래한 것이었는데 공감되기보다는 그저 하나의 에피소드 정도로 받아들여졌다. 아이들을 보면서 남북의 격차가 앞으로 더 확대될 수밖에 없으며, 그렇게 된다면 남북관계나 분단문제에 대한 접근도 달라질 수밖에 없을 것이란 생각이 들었다.

베이징에서 희한하고 이색적이며 흥미로운, 또 비싼 음식만 먹은 것은 아니었다. 아침에는 숙소 인근에 있는 항저우 샤오롱바오 식당에서 중국인들과 함께 만두와 만둣국도 먹고, 베이징 주민들이 이용하는 쓰촨 식당, 신장(新疆) 음식점 등 대중식당에서 가지, 두부, 쇠고기 요리 등도 많이 먹었다. 저녁에는 산리툰의 음식점들이 손님들로 시끌시끌했다. 중국 사회가 얼마나 활력이 있는지 새롭게 느낄 수 있었다. 쓰촨이나 신장 요리는 샹차이를 많이 넣지 않고, 맛도 한국인의 입맛에 맞도록 매콤해 우리가 자주 먹은 음식이었다.

특히 신장 음식점은 아침 저녁으로 여러 차례 들러 식당 주인과도 얼굴을 익힌 정겨운 식당이었다. 가족이 운영하는 식당이었는데, 주인집 딸로 보이는 젊은 여성은 우리를 볼 때마다 반겨주었다. 식당 주인은 영어를 전혀 모르고, 우리도 중국어에 능통하지 못해 메뉴에 나와 있는 사진을 보며 먹음직스러워 보이는 음식들을 손으로 찍어 주문했다. 그러는 바람에 아침식단에 어울리지 않는 오리구이 요리와 게 요리, 청경채까지 곁들인 푸짐한 요리를 먹었다. 중국인들이 아침에는 '절대로(?)' 주문하지 않는 요리들이었다.

식당 주인도 '아침부터 이런 요리를 주문하는 사람들이 다 있네'라며 희한하게 생각했을 게 분명했다. 처음에는 커다란 접시에 수북하게 담겨 나온 게와 오리 요리에 기가 질리고 말았지만, 먹으면 먹을수록 맛이 일품이었다. 게 요리를 먹기 위해선 껍질을 이빨로 부서뜨려야 했다. 아침이라 손님도 거의 없는 조용한 식당에 '딱! 딱! 딱!' 하고 게 껍질 부서뜨리는 소리와, "어, 맛있네!" 하는 감탄사가 울려 퍼졌다. 우리는 요리를 말끔히 해치웠다.

우리의 베이징 맛 기행은 서민요리와 일품요리, 뒷골목의 작은 식당과 대형식당을 구분하지 않고 이어졌다. 역시 맛있는 음식, 이색적인 음식은 여행을 흥미롭게 만드는 요소다. 그런 면에서 중국은 최소한 세 가지의 장점을 갖고 있다. 첫째는 다양한 요리다. 야채에서 고기, 해산물, 심지어 양서류나 곤충까지 없는 요리가 없다. 둘째는 푸짐한 서비스다. 현대식의 세련된 식당에서는 점차 줄어드는 추세지만, 어떤 요리든 양이 푸짐하다. 셋째는 저렴한 가격이다. 물론 일급 식당의 경우 상상할 수 없을 정도로 가격이 비싸지만, 현지 주민들이 이용하는 로컬 식당의 가격은 놀랄 정도로 저렴하다. 중국 음식이 청결하지 못하고, 이따금 들리는 '가짜 식재료' 파동으로 이미지가 추락하기도 하지만, 음식에 관한 한 중국은 최고의 여행지다.

베이징~뤄양

# 흔들리는 중국 젊은이들의 꿈

## 마오 기념관의 인파와 중국의 불안

베이징에는 역사유적도 많고, 다양한 문화와 먹을거리를 체험할 수 있는 곳이 수두룩하다. 6박 7일이라는 기간은 그러한 다양한 역사·문화 유적 가운데 극히 일부만 볼 수 있는 짧은 시간이다. 패키지 관광 일정에 들어가는 '필수 코스'에다 우리가 흥미를 느끼는 곳을 일부 추가해 돌아볼 수 있을 뿐이며, 중국의 속살을 들여다보기엔 어려운 점이 많은 기간이었다. 아이들은 피로한 기색도 없이 이곳저곳 신나게 돌아다녔지만, 나는 3~4일 지나면서부터 괴물 같은 대도시 베이징에 싫증을 내기 시작해 그마저도 건너뛰기 일쑤였다. 베이징이 상업화의 첨단을 걷는 세계적인 관광지인데다 매연으로 뒤덮인 대도시여서 여행의 신비로움과 의외성도 느끼기 힘들었기 때문이다.

그래서 베이징에선 틈이 날 때마다 '개인 시간'을 많이 가졌다. 올리브와 아이들이 천안문 광장과 천단공원을 돌아볼 때에는 혼자 숙소에 남아 휴식 시간을 가졌고, 베이징의 대표적인 정원 유적인 이화원은 아이들끼리만 여행했다. 올리브가 항저우에서 개인적인 시간을 가졌듯이, 이번엔 내 차례였다. 역설적인 말로 들릴지 모르지만, 그리고 보통 여행을 휴식과 재충전의 시간이라고 말하지만, 여행을 제대로 진행하기 위해선 적절한 휴식이 필요하다. 가족과 장기 배낭여행을 하는 경우라면 특히 그렇다. 그것이 없다면 '관계의 스트레스'가 누적되어 폭발하고 말 것이다.

여행 경험이 조금씩 축적되면서 아이들이 스스로 전철이나 버스를 타고, 길을 찾고, 표를 사서 관심 있는 곳을 돌아볼 수 있게 된 것도 나와 올리브가 '해방' 공간을 가질 수 있게 된 배경이었다. 아이들은 자기들끼리 이화원을 돌아보고 돌아와서는 정원과 공원이 생각보다 넓었다면서, 아주 만족스런 모습을 보였다. 스스로 찾아 여행하는 것을 보면서 아이들이 성장하고 있음을 느낄 수 있기도 했다. 그렇게 하는 것이 아이들에게도 일정한 '해방' 공간을 부여하는 것이며, 이런 방식의 여행이 지속되면 더욱 빠르게 성장할 것이란 믿음이 갔다.

자금성, 만리장성과 함께 베이징에서 빼놓을 수 없는 곳이 있다. 천안문 광장에 자리 잡고 있는 마오쩌둥 기념관이다. 처음에는 계획에 있었지만, 베이징에 일주일 머물면서 슬슬 게을러지고 베이징의 신선함은 물론 마오 기념관에 대한 흥미도 떨어지고 있었다. 천안문에 가 봐야 또다시 엄청난 인파와 소음에 시달릴 것이고, 중국의 뻔한 선전문구와 관광지 상술에 맞닥뜨릴 것이란 생각을 하니 지레 기가 질렸다. 그러다 베이징에서의 마지막 날을 맞았다.

아침에 일어나 게으름을 피우고 있는데, 올리브가 부스럭 부스럭 무언가를 챙기더니 어느샌가 옷을 차려입고는 "갔다올게" 하면서 막 나가려 했다.

"어? 어디가?" 나는 아무 생각 없이 반문했다.

"어디는? 마오 기념관! 가고 싶은 사람만 아침에 일찍 다녀오기로, 어제 저녁에 모두 얘기했잖아. 모두 자고 있고, 당신도 갈 생각이 없는 것 같아서 나 혼자 갔다 오려고…." 막 문을 나서려는 올리브를 붙잡아 동행하자고 했더니 반가운 표정이었다.

택시를 잡아타고 천안문 광장으로 향했다. 토요일 아침이라 그런지 평소 러시아워 차량으로 붐비던 도로는 비교적 한산했다. 택시는 이미 고층 빌딩의 숲으로 변한 베이징 중심부를 시원하게 달려 20분도 되지 않아 광장에 도착했다.

천안문 일대는 예상했던 대로 경비가 삼엄했다. 곳곳에 배치된 공안(公安)들이 천안문으로 향하는 사람들을 일일이 체크했다. 우리 옆에서 좀 남루한 차림새를 한 사람이 종이뭉치를 들고 천안문 쪽으로 향하자 득달같이 달려가 잡아 세우기도 했다. 관광객인 우리야 걸릴 게 하나도 없었지만 왠지 긴장감이 몰려왔다. 공안들은 광장에 들어가는 사람들의 가방을 X-레이 투시기로 검색하고 몸까지 수색했다. 우리는 마오 기념관에 카메라나 가방을 갖고 들어갈 수 없다는 사실을 이미 알고 있었기 때문에, 아무것도 들지 않고 몸만 온 상태였다. 공안은 수첩과 지갑밖에 없는 내 몸까지 손으로 더듬어가며 검색했다. 기분이 썩 좋지 않았다. 천안문 광장으로 들어가는 사람을 잠재적인 범죄자로 간주하는 듯했다.

광장에는 이른 아침인데도 수많은 인파가 몰려 있었다. 거기에다 형형색색의 깃발을 앞세운 중국인 단체 관광객들이 끝없이 밀려들어오고 있었다. 차림새도 다양했다. 언뜻 지방 곳곳에서 온 관광객들이 많아 보였다. 중국이 50여 개 민족으로 이루어진 국가라는 사실이 실감나게 다가왔다. 우리는 지체없이 기념관으로 향했다. 기념관 앞에도 엄청난 관람객들이 긴 줄을 이루고 있었다. 그 줄은 기념관을 한 바퀴 돌아 끝없이 이어졌다. 한참을 걸어가도 끝이 없었다. 1994년에도 이렇게 끝없이 줄이 이어져 기념관 들어가길 포기하고 발길을 돌렸는데, 지금 상황도 그때와 똑같았다. '과연 예정 시간 안에 기념관을 보고 숙소로 돌아갈 수 있을까' 갸우뚱하면서 줄 끝에 섰다. 우리가 줄 끝에 서자 그 뒤로 곧바로 긴 줄이 만들어졌다.

우리는 천천히 앞으로 나갔지만, 끝은 있었다. 기념관 입구까지 오는 데 40분 정도 걸린 것 같았다. 공안들은 관람객의 신분증(우리는 여권)을 다시 확인하고, 소지품을 일일이 검사한 다음 두 줄로 나누어 기념관으로 들어가게 했다. 기념관 앞에선 한 송이에 3위안(약 540원) 하는 국화를 팔고 있었다. 중국인들이 너도 나도 국화를 사 두 손으로 쥐고는 기념관으로 들어갔다. 올리브도 국화를 사고 싶어 하는 눈치였다. 나는 내 마음까지 담아 헌화하라는 심정으로 얼른 돈을 꺼내 판매원에게 건넸다. 올리브가 꽃을 받아들었다.

기념관에는 밀랍된 마오의 얼굴이 천장에서 내려오는 빛에 고요히 반사되고 있었다. 마오의 시신은 약간 높은 곳에 위치해 옆모습밖에 볼 수 없었다. 사진이나 동상에서 보던 마오의 얼굴 옆모습이 발그레 빛나는 것 같았다. 하지만 조금 더 자세히 보기 위해 지체하거나 발을 멈출 수 없었다. 마오 얼굴을 옆으로 보면서 앞 사람을 따라 발을 움직여야 했다. 옆에 서 있던 '감독관'이 멈추지 말고 계속 움직일 것을 요구했다. 말하는 것도 물론 금지다. 40분 가까이 기다려 들어온 마오 기념관의 순례는 그렇게 채 1분도 걸리지 않았다. 허전했다. 내가 본 게 1976년 사망한 실제 마오의 시신을 특수 처리해 전시한 것인지, 밀랍인형인지 의문이 들기도 했다. 하지만 대혁명가 마오의 얼굴을 직접 보았다는 감흥은 긴 여운을 남겼다.

마오 기념관을 나오면서 대부분의 사람들은 그저 스쳐 지나갔지만 우리의 눈길을 사로잡은 게 있었다. 이런 곳에선 항상 볼 수 있는, 혁명에 참여한 사람들의 동상이었다. 동상은 기념관 정문과 후문에 각각 두 개씩 모두 네 개가 있는데, 혁명을 이끈 노동자, 농민, 학생, 지식인과 각종 소수민족을 다양한 형태로 조각한 것이었다. 책을 든 조선의 여인도 있었다.

그런데 조각상의 표정은 험악하게 투쟁을 외치거나, 고통으로 찡그린 모습이 아니었다. 그렇다고 혁명의 성공에 환희하거나 기쁨에 겨운 과장된 표정도 아니었다. 고요한 듯하면서도 내면의 힘이 느껴지는 표정이었다. 각자 확신과 결의에 찬 표정이 마치 살아 움직일 것처럼 생동감이 있었다. 올리브는 "이게 오늘날 중국의 미학을 보여주는 것"이라며 "사람이 저런 표정으로 살 수만 있다면 행복할 것"이라고 감탄했다.

숙소로 돌아오면서 많은 생각이 교차했다. 무엇보다 마오에 대한 중국인들의 애정과 열망은 생각보다 아주 커 보였다. 중국을 여행하면서 유스호스텔이나 식당, 관광지에서 그의 초상화를 어렵지 않게 볼 수 있었고, 우리가 앞서 묵었던 타이안 유스호스텔은 마오 초상화와 문화대혁명 포스터로 장식되어 있었다. 이유야 어찌되었든 한 나라 국민들이 존경할 만한 인물을 갖고 있다는 것은 국가를 위해 바람직한 일이다. 다른 한편으로 소수민족 문제로 고민이 많은 중국으로선 마오를 국민 통합 수단으로 적절히 활용하고 있는 듯했다. 여기에 몰려든 수많은 지방의 관광객들도 마오의 혁명 업적을 되새기며 중국에 대한 일체감을 느낄 것이다.

올리브와 나는 중국의 혁명 성지인 이곳의 관람객 수를 가늠해 보았다. 하루에 10만 명이 관람한다면 연간 관람 인원은 대략 3000만 명, 이것이 10년간 지속된다면 전체 13억 인구의 4분의 1인 3억 명, 20년이면 절반인 6억 명이 될 것이다. 마오 기념관을 찾은 사람들도 엄청나게 많지만, 그것을 뒷받침하는 중국 인구 역시 상상이 어려울 정도로 많다. 20년이 지나면 새롭게 마오 기념관을 찾을 새로운 세대가 생길 것이다. 그렇다면 마오를 향한 행렬은 앞으로도 계속 이어질 것이다. 중국의 '규모'는 실로 까마득하다.

중국인들이 이토록 마오에 열광하는 이유는 무엇일까. 중국인을 봉건제와 식민통치의 압제에서 벗어나게 하고, 수천 년 된 계급구조를 혁파하고, 먹고 살아가는 생존의 근원적인 문제를 해결한 것이 가장 큰 이유일 것이다. 특히 농민과 노동자, 학생, 지식인으로 구성된 혁명군이 일제의 집요한 공격과 군벌 및 국민당 정부의 탄압을 피해 대장정을 펼치면서도 혁명과 해방에 대한 희망과 열정을 포기하지 않고 끝까지 투쟁해 성공시킨 데 대한 경외감과 존경심이 마오에 대한 열광, 기념관의 긴 행렬로 이어지고 있는 것이다. 우리를 천안문까지 태워준 택시 운전수가 마오를 이야기하며 "웨이다!(偉大!)" 하고 어깨를 으쓱 하면서 엄지손가락을 세워 보인 것도 이런 자부심과 경외감의 표현일 것이다. 마오는 아직도 살아 있는 것 같았다.

하지만 다른 한편으로 천안문 광장을 삼엄하게 경계하는 모습에서는 오늘날 중국의 불안을 보는 것 같았다. 겉으로는 화려하게 빛나지만 속으로는 불안감을 떨쳐버리지 못하는 나라 같았다. 1989년 천안문 사태가 터진 지 20여 년, 아직도 이에 대한 두려움을 버리지 못하고 있는 중국 정부의 불안을 보는 듯했다. 상업주의와 자본주의 물결에 정신을 빼앗기고 있는 중국인들의 마음속에 마오의 잔영은 갈수록 희미해질 것이다. 거기에 개인주의와 황금만능의 풍조가 심해질 것이다. 그렇다면 중국의 변화도 불가피하며 거기에 중국의 불안이 있는 것이다.

## 베이징 대학에 학문의 자유는 있나

베이징 대학(北京大學)은 당초 방문 계획이 없었지만, 대학에서 학생들을 가르치는 올리브가 관심이 많았고, 앞으로 대학 입시를 준비해야 할 동군이나 멜론에게 외국의 대학 모습을 보여주는 것도 괜찮겠다 싶어 베이징을 떠나기 전날 방문했다. 우리는 방문자 등록을 한 다음 대학 안으로 들어가야 했다. 정문은 물론 대학 안의 건물 입구에서 공안과 같은 경비원들이 출입자들을 일일이 체크했다. 기분이 묘했다. 1980년대 초반 대학을 다닌 나와 올리브는 당시 학내에 사복경찰들이 들어와 학생들 동태를 감시하는 등 공공연히 사찰을 하는 데 분개해 학문의 자유, 대학의 자유를 외치며 시위를 벌이기도 했다. 대학의 본업인 진리 추구와 학문의 창달을 위해선 '자유'가 필수적이고, 자유가 없는 대학은 죽은 대학이나 마찬가지라며 최루가스 속에서 눈물 콧물을 흘리며 '사복경찰 철수, 학원자유 쟁취, 독재정권 타도'를 외쳤다. 그런데 중국 최고의 베이징 대학은 이보다 더했다. 드러내놓고 출입자들을 검문했다. 그런 때문인지 내가 대학 다닐 때 가졌던 젊음의 역동성과 낭만, 자유의 즐거움을 느끼기 어려웠다.

그렇지만 웬만한 궁궐의 정원을 연상시킬 정도로 넓은 호수와 숲, 잔디밭이 캠퍼스를 구성하고 있는 데 대해선 절로 감탄사가 나왔다. 잔디밭에 눕거나 벤치에 앉아 독서를 할 수도 있고, 조용히 걸으면서 사색할 수 있고, 연인과 데이트를 하거나 휴식을 취할 수 있는 공간이 많았다. 올리브는 이런 곳에서 공부하고 연구할 수 있으면 좋겠다며 부러워했다. 늘어나는 수요를 감당하기 위해 현대식 건물들을 곳곳에 지으면서도 고색창연한 전통건물을 개조해 연구실과 강의실로 사용하는 것도 인상적이었다. 특히 문화, 역사, 철학 등 인문학과 관련된 학과들은 대부분 오래된 건물을 사용하고 있어 더 애착이 갔다.

나는 아이들에게 '세상에 이런 대학도 있다'는 것을 보여주고 싶었다. 변변한 캠퍼스도 없이 상업적 목적으로 강의실만 지어놓고 학생들을 받거나, 그저 취업을 목적으로 하는 학원과 같은 대학이 아니라, 역사와 전통을 느끼며 공부의 기쁨을 만끽할 수 있는 진정한 대학의 모습을 보여주고 싶었다. 속으론 아이들이 '나도 공부 열심히 해서 좋은 대학 가야지' 하는 생각이 들길 은근히 바랐지만, 그런 얘기를 입 밖으로 꺼내지는 않았다. 나와 올리브는 이런 곳에서 꿈을 키우고, 독서하고, 사색하고, 토론하는 즐거움을 찾는다면 그것이 진정한 대학생일 것이라며 이야기를 풀어나갔다.

아이들도 베이징 대학의 규모와 넓은 캠퍼스에 강한 인상을 받은 것 같았다. 창군은 역사와 문화에 관심이 많은 동군에게, "동군, 너 여기 와서 공부해라. 진짜 좋겠다"라고 말하며 공부에 대한 의욕을 북돋기도 했다. 창군은 또 멜론이랑 나란히 걸어가면서 "너는 어떤 대학 들어가려고 해?"라면서 자연스럽게 멜론의 진로에 대해서도 대화를 나누었다. 나나 올리브가 아이들과 나누고 싶었던 이야기를 맏형인 창군이 꺼낸 것이다. 역시 아이들은 적절한 환경과 조건이 만들어지면 스스로 길을 찾아간다. 그런 아이들이 더 사랑스럽

**베이징 대학 캠퍼스에 있는 작은 호수** 웬만한 궁궐의 정원을 연상시킬 정도로 넓은 호수와 숲, 잔디밭이 펼쳐져 있다.

고 믿음직스러웠다.

그런 이야기는 어른과 하는 것보다 형과 하는 게 나을 것이라 생각하고 우리 부부는 그들의 이야기에 끼어들지 않고 잠자코 듣기만 했다. 물론 한 번의 대학 방문으로 아이들이 엄청난 자극을 받고 바뀌길 바라는 건 무리겠지만, 그런 것들이 누적되면 자연스럽게 스스로 어떤 길을 걸어가야 할 것인지 깊이 생각하게 될 것이다. 아이들이 보다 큰 꿈과 희망을 갖고, 자신의 구체적인 목표를 설정하고, 그것을 향해 나가는 인격체로 스스로 서도록 하는 게 이번 여행의 목표인데, 맏형인 창군이 그 역할을 하고 있었다.

내친 김에 대학 구내식당에 들어가 더 많은 이야기를 나누었다. 아이들은 나와 올리브의 대학 생활에 관심을 보이며 질문을 퍼부었다. 특히 우리가 처음에 어떻게 만났는지, 데이트는 어떻게 했는지에 관심이 많았다. 나와 올리브는 꿈과 사랑과 낭만, 그리고 자유와 민주, 진리를 향한 열정으로 활활 타올랐던 20대를 펼쳐 보였다. 사실이 그랬다. 올리브나 나는 같은 대학 동문으로, 개인과 사회에 대한 많은 고민 속에서 치열하게 살았다. 그에 대한 자부심도 갖고 있었다. 아이들이 우리 이야기에 얼마나 자극을 받았는지 확인하기는 어렵지만, 꼭 '남들이 알아주는' 좋은 대학이 아니라 하더라도 자신이 원하는 곳에서 열정을 불태우기를 바라는 마음으로 나와 올리브의 대학 생활을 이야기했다.

우리는 남문을 통해 베이징 대학을 나와 인근의 가장 큰 서점으로 향했다. 중국을 여행하는 동안 아이들에게 한자를 배우게 한다는 게 목표 중 하나였으나, 그것이 제대로 되지 않고 있어 관련 교재를 찾기 위해서였다. 한자에 매일 노출되어 있고 점차 기초적인 한자에 대한 해독 능력이 생기고 있는 지금이 공부할 적기라는 생각도 들었다. 다행히 초등학교 입학 전의 중국 어린이들이 한자(간자체)를 익히도록 하기 위해 개발된 교재를 발견해 각자 원하는 대로 한 권씩 샀다. 올리브는 평소 궁금했던 중국의 경제 및 사회발전 이론을 담은 책도 샀다. 단순히 관광지 순례가 아니라 자신의 꿈과 희망을 찾아가는 여행에 한 발 다가서는 여정이었다.

## 중국의 인간 전시장, 베이징 서역

베이징을 떠날 시간이었다. 뤄양 행 열차를 타기 위해 베이징 서역으로 향했다. 서역은 규모가 어마어마하게 컸는데, 그 엄청난 공간을 또 엄청난 사람들이 가득 메우고 있었다. 서역은 뤄양과 정저우(鄭州)를 비롯해 시안(西安), 시닝(西寧), 란저우(蘭州), 우루무치 등 중국 서부지방으로 향하는 관문으로, 베이징에서도 유동 인구가 가장 많은 역이다.

베이징 서역은 현대 중국이 자랑하는 거창한 건축물의 상징이라 할 만했다. 엽기적이라는 생각이 들 정도의 크기에 입이 다물어지지 않았다. 구름인지 안개인지, 매연과 먼지가 혼합된 뿌연 공기로 인해 서역의 반대편 끝은 제대로 가늠하기조차 어려웠다. 천안문이나 시안 고성을 연상케 하는 디자인에다 공중에 떠있는 듯한 느낌을 주는 정면 누각은 고개를 쳐들고도 전모를 제대로 볼 수 없을 정도로 높이 솟아 있었다. 광장 건너편의 웅장한 호텔 건축물은 좌우 대칭 형태로 지어져 베이징 서역의 '괴물 같은' 역사와 호흡을 맞추며 역사 전체를 구성하고 있었다.

뤄양 행 열차는 야간열차지만 우리는 침대칸이 아니라 좌석을 이용해야 했다. 거기에는 사연이 있다. 나와 올리브는 하루 전 아이들이 이화원을 돌아볼 때 서역에서 기차표를 예매했다. 당초 우리는 베이징 여행을 마친 후 서쪽으로 이동해 운강석굴로 유명한 다통(大同)을 여행한 다음, 남쪽으로 내려가 뤄양과 정저우, 카이펑(開封) 등 황허(黃河) 유역의 고대도시들을 돌아볼 계획이었다. 그러나 다통 행 기차표는 이미 매진이었다. 태산에서 베이징으로 올 때의 경험을 떠올려 창구 직원에게 두 번이나 확인했지만, 돌아오는 대답은 동일했다.

"메이요!(沒有!, 없어요!)"

올리브와 나는 고민에 휩싸였다. 며칠 후 출발하는 다통 행 표를 사서 베이징에 더 머물다 다통을 다녀올 것인가, 아니면 다통을 포기하고 그 다음 행선지인 뤄양이나 정저우로 바로 갈 것인가. 우리는 다통을 다녀오는 것은 무리라고 판단하고 바로 뤄양 행 기차표를 예매했다. 뤄양까지는 약 10시간이 걸리는데 침대 표는 이미 매진이고 좌석 표밖에 없었다. 다른 선택의 여지가 없었다.

할 수 없이 부드러운 의자를 말하는 잉줘(軟座)를 요청했다. 그런데 표를 받아 보니 딱딱한 의자인 징줘(硬座)였다. 잉줘라고 말하고 펜으로도 직접 써서 주고, 창구 직원도 잉줘라면서 주었는데…. 나는 다시 창구로 뛰어갔다. 표를 건네고 메모지를 들이대며 "잉줘, 잉줘!(부드러운 의자, 부드러운 의자!)"를 외쳤다. 그랬더니 창구 직원이 그 표를 우리에게 다시 내던지며 "저시 잉줘! 메이요 징줘!(이게 잉줘야! 징줘는 없어!)" 하고 말하는 게 아닌가. 영문을 몰라 어리둥절하는데, 우리 뒤에 있던 중국인이 우리 표를 보고는 "뚜이 잉줘(맞아, 잉줘야)"라고 말했

**베이징 서역 역사** 매연과 안개에 휩싸여 그 규모를 가늠하기 쉽지 않다.

다. 우리는 고개를 갸우뚱하며 창구에서 빠져나왔다.

기차표엔 분명히 징춰라고 쓰여 있는데, 잉춰라고 하니 기가 막혔다. 그런데 알고 보니 그것은 우리가 잘 몰랐기 때문이었다. 과거엔 기차표 좌석을 잉춰와 징춰로 구분해 팔았으나 얼마 전 모두 잉춰로 바뀌었다는 사실을 모르고 있었던 것이다. 다시 확인해 보니 가까운 거리를 운행하는 완행열차를 빼고는 징춰가 없었다. 그렇게 좌석표를 구입했지만, 그것이 10시간 동안 의자에 앉아 뤄양으로 가는 고통스러운 여정이 될 줄은 꿈에도 모르고 있었다.

뤄양으로 출발하기 위해 서역에 도착한 다음, 아이들이 베이징 교통카드를 환불한다며 역 사무실을 다녀왔는데 허탕을 쳤다며 투덜거렸다. 영업시간이 지났다는 이유로 환불을 받지 못했다는 거였다. 결국 보증금 20위안에 4~5위안 정도의 요금이 남아 있는 베이징 교통카드는 기념품으로 간직하기로 하고, 대합실 구석에 쌓아 놓았던 무거운 배낭을 짊어지고 개찰구를 향해 달려갔다.

뤄양 행 K269 열차에 허겁지겁 올랐다. 요금은 1인당 106위안(약 1만 9000원)으로 거리에 비해 상대적으로 저렴했다. 침대가 아닌 의자에 앉아서 가는 것이기 때문이었다. 출발 시간은 10여 분 남았지만, 열차 안은 이미 승객들로 발

디딜 틈이 없었다. 안에 들어서자 특유의 음식 냄새와 땀 냄새에다 꽉 들어찬 승객들이 뿜어내는 열기가 후끈 밀려왔다. 중국인들이 왁자지껄 떠드는 소리로 정신을 잃을 지경이었다. 우리 자리엔 다른 사람들이 앉아 있고, 좌석 위 짐칸도 크고 작은 가방에서부터 끈으로 동여맨 커다란 짐들로 가득 차 있었다.

각자 집채만 한 배낭을 짊어지고 있던 우리는 요리조리 밀치고 들어가 우리 좌석임을 주장해야 했다. 좌석은 금방 양보 받았지만, 무겁고 부피가 큰 배낭을 놓을 곳을 찾는 게 여간 힘들지 않았다. 일부 배낭은 좌석 위 짐칸을 비집고 공간을 만들어 올리고, 일부는 좌석 밑으로 구겨 넣으면서 우리가 앉을 자리를 정돈하는 사이에 열차가 움직이기 시작했다. 그제야 주변 승객들과 "니 하오!" 하고 인사를 나눌 수 있었다.

### 젊은 해외 유학생과의 만남

기차는 정확히 9시 35분 서역을 출발했다. 내가 앉은 자리는 앞뒤로 세 사람씩 모두 여섯 사람이 마주보고 앉아서 가는 자리였다. 젊은 중국인 남자 두 사람이 내 앞과 옆자리를 차지했고, 그 옆으로는 남루한 차림을 한 초로의 중국인 여성 두 명과 젊은 중국인 여성이 앉았다. 내 뒷자리에 앉은 동군과 멜론은 다른 중국인 네 명과, 복도 건너편 의자에 앉은 올리브와 창군은 다른 중국인 두 명과 각각 마주 앉아 가게 되었다. 중국인들은 우리가 기차에 올라 사람들을 밀치면서 짐을 어렵게 올리고 의자 밑에 배낭을 집어넣는 것을 보며 불편한 기색 없이 많이 도와주었다. 이들에게 "시에시에(謝謝)" 하고 감사의 인사를 여러 번 했다.

기차가 출발하고 자리가 정돈된 후 "니 하오, 니먼 쭈 뤄양?(안녕하세요. 뤄양으로 가시나요?)" 하면서 말문을 열기 시작했다. 하지만 대화가 거기서 더 나아가기는 어려웠다. "워먼 시 한궈렌, 워먼 쭈 뤄양(우리는 한국인인데, 뤄양까지 갑니다)" 정도를 얘기하고 나니, 중국어가 바닥 나고 말았다. 중국인들이 반갑게 뭐라고 얘기하는데 알아듣기도 어렵고, 대꾸도 할 수 없었다. 그때 저쪽에서 낭랑한 목소리가 들렸다.

"아유 코리안? 캔 유 스피크 잉글리쉬?(한국 사람이세요? 영어 할 줄 아세요?)" 나와 대각선 반대편에 앉아 있던 젊은 중국인 여성이었다. 대화 시작을 알리는 소리였다.

중국 이름으로는 리핑, 영어 이름으로는 가브리엘라라고 자신을 소개한 이 젊은 여성은 호주 퍼스에 있는 대학에서 도시설계를 공부하고 있는 신세대 젊은이였다. 옆자리에 앉은 창군이 자신도 건축학을 공부하고 있다고 하니 그 여학생도 반가워하면서 창군에게 관심을 보였다. 가브리엘라는 대학 2학년 과정을 마치고 2년 만에 고향에 가는 길이었다.

"침대칸을 예매하지못해 이렇게 복잡한 열차의 비좁은 의자에 앉아서 가게 되었어요." 가브리엘라가 약간 불만스런 어조로 말했다. 그녀는 우리 가족의 세계여행과 한국 대중문화에 많은 흥미를 보이며, 자신이 바라보는 중국과 한국, 그리고 자신의 계획에 대해 입을 열기 시작했다.

21세의 나이에 어울리지 않게 당차면서도 확신에 찬 어조로 자신의 주장을 뚜렷하게 펼치고, 궁금한 것은 몇 번씩이나 확인까지 해가며 질문을 던졌다. 영어도 유창했다. 똑똑하고 주관이 뚜렷한 게 기초 소양교육이 잘된 젊은이로 보였다.

가브리엘라는 특히 중국에 대한 자신의 거부감을 적나라하게 털어 놓았다. 더럽고, 안전하지 않고, 도둑도 많다면서 자신이 공부하고 있는 호주와 비교하며 중국에 대한 불평을 쏟아냈다. 그녀는 한국은 안전하냐고 묻는 등 안전에 대해 많은 관심을 보였다.

"중국은 도둑이 많고, 소매치기도 많아요. 가방이나 옷을 칼로 째고 귀중품을 훔쳐가기도 하고요. 호주에서는 상상할 수 없는 일이 중국에서는 다반사로 벌어지죠. 이렇게 사람이 많은 열차 안에서도 주의해야 해요." 가브리엘라는 주변을 돌아보면서 영어로 쉼 없이 말했다. 주변의 중국인들이 영어를 알아듣지 못하기 때문인지 말에 거침이 없었다.

"중국에서는 뭐든 하려면 공무원들에게 뒷돈을 줘야 해요. 부패가 얼마나 심한지 일일이 말하기 어려워요. 높으면 높은 대로, 낮으면 낮은 대로 공무원은 돈을 챙기죠. 중국에서는 돈이면 뭐든지 다 돼요. 안 되는 게 없어요. 질서는 찾아볼 수가 없고, 사람들을 믿을 수 없어요. 뒤죽박죽인 사회죠…."

"이해할 수 있어요. 하지만 중국은 경제적으로 급성장하고 있고, 그만큼 일자리도 많고, 젊은이들이 해야 할 일도 많죠. 학업을 마치면 중국으로 돌아올 계획인가요?"

"아니오. 중국으로 돌아오지 않을 겁니다. 외국에서 일자리를 찾을 생각이에요. 지저분하고, 사람들 사이에 예의를 찾을 수 없고…." 가브리엘라는 단호한 표정으로 말했다.

그 여학생과는 3시간 가까이 대화를 나누었는데 그녀는 흔들리는 중국의 젊은이를 상징적으로 보여주는 듯했다. 개혁 개방 이후 서구 자본주의 문물이 물밀듯이 밀려오는 가운데 정신적 갈등을 빚고 있는 중국 젊은이를 보는 것 같았다. 사실 중국은 엄청난 속도로 경제성장을 이루면서 일본을 추월해 이제 세계 2대 경제대국으로 부상했지만, 국민들의 의식 수준이나 질서 의식, 생활 양식은 그에 따르지 못하고 있다. 과속성장에 수반한 사회 곳곳의 부실화와 부정부패, 빈부격차의 확대, 환경파괴, 세대 간은 물론 계층 간 갈등을 비롯한 사회적 질환도 갈수록 심화하고 있다. 중국식 '사회주의 시장경제' 원칙이 새로운 사회상을 보여주지 못한 채 아류(亞流) 서구 자본주의화 수준에서 맴돌고 있는 가운데 거세게 몰아치는 자유화와 세계화의 물결 속에서 중국의 젊은이들이 비틀거리고 있는 모습이었다.

가브리엘라와 대화를 나누고 있자니 베이징에서 보았던 마오 기념관 앞의 엄청난 인파와 이를 신성시하면서 국민통합의 수단으로 삼으려 한 중국 정부의 노력, 천안문 광장을 장악한 삼엄한 공안들, 베이징 대학의 철저한 경비의 모습이 어른거렸다. 그리고 베이징에 와서 읽은 중국의 관영 영자지《차이나 데일리(*China Daily*)》의 한 기사가 묘하게 교차했다.

그 기사는 다국적 기업으로 몰려갔던 많은 중국의 인재들이 최근엔 중국 기업으로 U-턴하고 있다는 내용이었다. 중국 젊은이들은 그동안 외국기업이 제공하는 더 높은 봉급과 승진을 비롯한 다양한 기회, 자유로운 분위기에 이끌렸지만, 경쟁이 치열해지면서 근무 시간이 늘어나는 등 업무 환경이 악화되어 최근엔 등을 돌리고 있다는 것이었다. 중국 기업도 다국적 기업 못지않은 큰 기업으로 성장해 청년들의 U-턴을 촉발하고 있다는 내용이었다. 가브리엘라의 얘기와 정반대로, 이 기사는 중국 정부의 희망과 의도를 담고 있었던 거였다. 이런 양면성이 지금 중국의 실제 모습이다. 지금 중국은 몇 개의 사회로 쪼개지고 있으며, 이를 어떻게 조화시켜 새로운 발전 모델을 만들어 내느냐에 미래가 달려 있는 것이다.

가브리엘라는 나와 대화를 나누면서 옆자리에 앉은 창군에게 많은 관심을 보였다. 창군도 이따금 대화에 끼어들었지만, 쑥스러운 때문인지, 자신의 영어 실력에 대한 우려 때문인지, 적극적으로 나서진 않았다. 여행자가 누릴 수 있는 가장 큰 즐거움은 바로 낯선 사람과의 우연한 만남과 대화인데, 그걸 만끽하지 못하는 창군이 안타까웠다.

오히려 뒷자리에 앉아 있던 멜론이 대화에 적극적으로 끼어들었다. 멜론은 뒤로 돌아앉아 대화가 재미있다며, 궁금한 내용이 있으면 나에게 물어가면서 대화에 참여했다. 특히 한국 대중문화에 대한 이야기가 나오자 아주 즐겁게 대화를 주고받았다. 멜론이 가진 큰 장점인 탁월한 사교성이 유감없이 발휘되었다. 하지만 '조금만 더 영어에 능숙했더라면 여행하는 도중에 많은 외국인 친구를 사귈 수 있을 텐데…' 하는 아쉬움이 남았다.

우리의 대화는 끝이 없이 이어졌으며, 이따금 그녀의 통역으로 앞자리에 앉은 중국 젊은이들까지 가세해 깨어 있는 동안 지루하지 않은 여행이 되었다.

그런데 약간의 쿠션이 있지만 뒤로 젖혀지지 않는 의자에 고정된 채 10시간을 버티는 것은 그야말로 고역이었다. 새벽 3~4시가 되어 중간 도착역에서 내린 손님들로 빈자리가 생기기 시작하자 아예 의자에 눕기도 하고, 비스듬히 구부리고 잠을 청하는 승객들도 늘어났다. 열차 안 전체가 피로와 잠과의 싸움을 벌였다. 모두가 잠이 들었다 깼다를 반복했다.

아침 6시가 넘자 창밖이 뿌옇게 밝아오기 시작했다. 아이들이나 올리브는 설친 잠을 보충하려는 듯 의자에 비스듬히 눕거나 고개를 처박은 채 꿈쩍도 하지 않았다. 불편하게 밤을 지새우는 모습이 가련하지만 사랑스러웠다. 쉼 없이 달린 기차는 넓디넓은 황허, 중화문명의 출발점이자 젖줄인 황허를 건너 7시 50분 천년제국의 도시(千年帝都) 뤄양에 도착했다. 10시간에 걸친 야간 열차의 기나긴 여정이 끝났다. 하지만 그것은 우리에게 새로운 여정의 시작이었다.

뤄양

# 천년제도를 삼켜 버린 안개

## 개발 바람에 신음하는 고대도시

"뤄~양~, 뤄~양~"

기차가 뤄양에 가까이 다가가자 차장이 아침 공기를 가르며 큰 소리로 외쳐 아직 잠에 빠져 있는 승객들을 깨웠다. 기차는 중국 중원을 남북으로 가로지르는 베이징에서 뤄양까지 840km의 철길을 밤새 달렸다. 저녁 9시 35분 베이징 서역을 출발해 오전 7시 50분에 뤄양 역에 도착했으니 10시간 15분이 걸렸다. 기차 안이 분주해지기 시작했다. 모두들 의자에서 10시간을 버텨서 그런지 부스스한 모습이었다.

뤄양에서 우리를 가장 먼저 맞은 것은 한치 앞을 분간하기 힘들 정도로 뿌옇게 내려깔린 안개였다. 뤄양 역이 마치 물에 푹 젖은 두꺼운 솜이불을 뒤집어쓰고 있는 듯했다. 역사 건물은 물론, 앞의 거리도 희뿌옇게 보였다. 거리로 나서자마자 이른 아침인데도 호객꾼들이 바글거렸다. 5번이나 41번 버스를 탈 수 있는 정류장을 물어봐도 우리가 알고 싶어 하는 것은 '절대로' 이야기하지 않고, 자신이 아는 숙소로 가든지 택시를 타라고만 할 뿐이었다. 왜 중국엔 이런 사람들이 이렇게 많은지. '런다뚜어(人大多)', 즉 '중국에는 사람이 너무 많다'는 말이 과장이 아니었다.

버스 정류장을 일일이 확인해 41번 버스를 타고 한참 달려 청년궁광장(青年

宮廣場)에서 내리니 큰 길 바로 옆에 이지아 유스호스텔(易家青年旅舍)이 보였다. 체크인을 하고 나서 거의 고스란히 남은 하루의 시간을 충분히 활용하기 위해 시내에 있는 중국의 초기 왕조 주(周)나라 유적을 돌아보기로 했다.

한낮이 되어도 도시는 여전히 짙은 안개로 앞을 분간하기 힘들고, 중심도로인 중저우중루(中州中路)는 도로 포장공사가 진행 중이어서 여간 복잡한 게 아니었다. 거리에선 먼지가 풀풀 날렸고, 자동차가 지나가면 지독한 매연이 먼지와 함께 확 몰려왔다. 공사 중인 큰 도로를 피해 자전거 도로로 올라온 자동차들은 쉴 새 없이 빵빵 거리며 달려들었고, 그 옆에는 상인들과 행인들, 노점상의 리어카와 상품 진열대, 주민들이 세워놓은 자전거와 오토바이까지 뒤엉켜 혼란의 극치를 보였다. 기차에서 만난 가브리엘라의 말대로 질서라고는 찾아보기 어려웠다. 이 모든 것을 요리조리 피해서 걸어가야만 했다. 고색창연하고 문화의 향기가 흐르는 천년제국의 도시, 과거 중원을 호령하던 영웅호걸들이 몰려들었던 도시, 그들의 꿈과 모험과 낭만이 넘치는 도시, '뤄양'에 대한 기대가 처음부터 산산조각이 났다.

한국 발음으로 낙양이라고 하는 뤄양은 시안, 카이펑과 함께 고대 중국의 핵심 도시 가운데 하나다. 버스를 타고 거의 유일하게 남아 있는 뤄양의 고대 유적인 주왕성 박물관(周王城天子駕六博物館)으로 향했다. 지금으로부터 2700여 년 전 주나라를 통치했던 평왕의 무덤에서 말과 수레 등의 부장품이 원형 그대로 발굴되어 고대사를 이해하는 데 결정적 역할을 한 유적이다. 주왕성 박물관은 여섯 마리 말의 뼈와 수레 등을 발굴 당시의 자리에 원래 모습대로 복원해 놓고, 그 위에 박물관 건물을 덮어씌우는 방식으로 만들어 현장감을 살리고 있었다.

주나라는 중국 고대 정치제도와 문화의 기틀을 마련한 최초의 고대왕조다. 하(夏)나라와 은(殷)나라에 이어 중국을 통치했던 주나라는 기원전 1046년에 등장해 기원전 221년까지 무려 800여 년 동안 존속했다. 초기 주나라의

**뤄양 주왕성 박물관** 중국 고대의 정치제도와 문화의 형성 과정을 잘 보여준다.

수도는 지금의 시안이었으나, 힘이 약화하면서 기원전 770년 평왕이 수도를 뤄양으로 옮겼다. 뤄양 천도 이후의 시기를 초기 주나라와 구분해 동주(東周)라고 부르며, 이때부터 춘추시대가 시작된다. 수도를 이전한 이후 각 지역의 제후가 더욱 난립하면서 주나라의 통치력이 급격히 약화되었기 때문이다.

그럼에도 주나라는 중국 고대국가의 기틀을 세웠다는 중요한 역사적 의미를 지닌 왕조다. 박물관에선 주나라 시대에 생산력이 향상되면서 사회가 급격히 변화해 국가체제가 형성되고 사상과 문화가 피어났다며, 주나라가 중국의 시원적 역할을 했다고 소개하고 있었다. 전형적인 경제사관에 입각해 역사를 서술하는 방식이다. 생산력이 생산관계를 결정하고, 그것을 기반으로 사회와 국가의 제도, 정치 체제 및 문화가 형성된다는 경제사관은 중국의 유적지를 돌아볼 때마다 만나게 되는데, 역사를 이해하는 데 도움이 된다.

주나라가 멸망한 이후에도 뤄양은 중원의 중심이었다. 중국의 역사는 주나라에서 춘추전국시대를 거쳐 진–한–위진남북조시대(삼국–5호16국–남북조)–수–당–송나라로 이어지는데, 제후들은 뤄양을 장악하기 위해 각축을 벌였다. 뤄양을 장악해야 중국을 제패한 것이라는 인식이 깔려 있었던 셈이다. 특히 남북조시대를 거쳐 다시 중국을 통일한 수나라와 그에 이은 당나라가 수도를 뤄양으로 정하면서 이곳의 전성시대가 펼쳐졌다. 각지의 인재들이 뤄양으로 몰려들었고, 생산품이 넘쳐나고 도시가 흥성거렸다. 이에 힘입어 수준 높은 문학과 예술 작품이 창작되어 지금까지도 사랑받고 있다. 인기를 끄는 문학작품을 두고 '낙양의 지가를 올린다'고 표현하거나, 능력이 출중한 사람을 두고 '낙양의 인재'라고 얘기하는 것도 여기에서 비롯되었다. 주나라와 수나라, 당나라는 물론 춘추전국시대에 명멸했던 왕조를 포함해 모두 9개 왕조가 뤄양을 수도로 삼았다고 하니, 뤄양이야말로 고대 중국의 정치는 물론 정신의 중심이었던 셈이다.

그러나 당나라가 멸망한 이후 뤄양은 지방의 중소 도시로 전락하면서 역사의 뒤편으로 급속히 밀려났다. 수~당을 거치며 활짝 꽃을 피운 문화유적은 1500년이라는 기나긴 세월 동안 무너지고 허물어지면서 형체를 잃어버렸다. 왕조가 수차례 바뀌는 혼란기, 특히 1800년대 후반부터 1900년대 혼돈의 시기를 거치면서 그나마 남아 있던 문화재마저 해외로 반출되는 험난한 운명을 겪어야 했다. 1920년대 뤄양의 인구가 2만 명으로 줄어들었다고 하니 쇠락의 정도가 얼마나 심각했는지 짐작할 수 있다. '세월의 무상함을 느끼고 싶은 사람은 뤄양으로 오라'는 말이 있을 정도로, 뤄양에서 과거 동양을 호령했던, 찬란한 옛 영화를 느끼는 것은 불가능했다. 뤄양은 그렇게 쇠락을 거듭하다 중국의 개혁·개방 이후 국내외 관광객들이 몰려들면서 다시 살아나는 중이다. 우리가 곳곳에서 확인한 뤄양의 재개발 광풍은 이러한 역사적 배경을 갖고 있었다.

주왕성 박물관 건너편에는 주왕성 공원이 만들어져 시민들의 휴식처 역할을 하고 있었다. 과거 주나라 왕성이 있었던 곳에 공원을 조성해 놓은 것인데, 왕성의 흔적은 2000여 년이라는 세월의 무게를 견디지 못하고 모두 사라져 버렸다. 주왕성 공원이라는 바위로 된 표식과 외곽선이 굵은 주왕의 동상만이 이곳이 왕궁 터였다는 사실을 알리고 있었다. 주왕성 공원은 수많은 인

**뤄양의 주왕성 공원** 주민들과 관광객들이 흥겨운 중국 전통음악에 빠져 있다.

파, 특히 노인들로 붐볐다. 서울의 파고다 공원처럼 뤄양의 노인들은 모두 이곳에 몰려온 듯했다. 악기를 연주하고 노래를 부르는 곳에는 발 디딜 틈이 없이 많은 사람들이 모여들어 흥취를 돋우었다. 공연으로 노인들을 끌어들인 다음 물건을 파는 장사꾼들도 곳곳에 있었다. 중국의 중소 도시에서 흔히 볼 수 있는 서민적인 풍경이었다.

주왕성 공원을 돌아 81번 시내버스를 타고 뤄양 박물관으로 이동했다. 아직 시간이 많이 남아 뤄양과 중국 고대역사에 대한 기초적인 이해를 다진다는 차원에서 박물관까지 돌아보기로 했다. 박물관은 현대 중국의 모든 것이 그러하듯, 규모가 엄청나게 컸다. 하지만 관람객은 많지 않아 뭔가 허전했다. 뤄양 시내에서 과거 영화의 흔적을 발견할 수 없어 도시가 텅 비어버린 것 같은 느낌을 받았던 것처럼, 박물관도 관람객에 비해 규모가 너무 커 왠지 썰렁하게 느껴졌다. 하지만 전시물은 결코 소홀히 취급할 수 없는 것들이 많았다. 고대 주나라와 수나라, 당나라 유물을 두루 전시해 놓고 있었는데, 특히 뤄양의 전성시대였던 당나라 때 만들어진 당삼채를 비롯한 진귀한 유물들이 많았다. 동시에, 지금은 형체도 없이 사라졌지만, 천하를 호령하며 찬란한 문물을 꽃피우고, 동서 교류를 통해 중국이 점차 통합된 역사적 과정을 박물관은 상세히 설명하고 있었다.

하지만 야간열차에서 잠을 제대로 자지 못한 탓인지 박물관을 충분히 즐기기는 힘들었다. 역사와 문화에 관심이 많은 올리브와 동군, 체력이 뒷받침되는 창군은 피로를 느끼지도 않는지 씩씩하게 박물관을 돌았지만, 나와 멜론은 중요하다고 생각한 주나라와 당나라 전시관만 휙 둘러보고는 의자에 앉아 쉬었다. 관람을 마치고 숙소 쪽으로 걷는데 아침부터 잔뜩 끼어 있던 안개가 오후가 되어서도 전혀 걷히지 않고, 도시의 먼지와 매연까지 겹쳐 숨을 쉬기가 힘들 지경이었다. 급속한 재개발로 인한 후유증 때문인지, 개발에 반대하는 현수막도 눈에 띄었다. 국가의 명령과 지휘에 일사분란하게 움직이던 사회주의 나라 중국에서 집단적인 반대 움직임이 나타나고 있는 것인데, 개발 광풍에 따른 중국의 몸살이 얼마나 심각한지 짐작할 수 있었다.

식당을 찾아 주왕성에서부터 터벅터벅 걷기 시작해 결국 시내 중심부까지 왔다. 당나라의 궁중요리이자 뤄양의 대표 음식이라는 수이시(水席) 요리를 먹을 만한 곳을 찾고 있었다. 가장 유명한 쩐부통(眞不同) 식당은 값이 비싼 것으로 유명한데다 식당 규모도 6층 높이의 웬만한 호텔에 버금가게 지어놓아 들어갈 엄두를 내지 못하고 옆 골목의 중형급 식당으로 들어갔다. 수이시 요리 전문점이라는데 기대했던 것과는 달리 짙은 샹차이로 입에 잘 맞지 않았다. 그나마 따로 주문한 가지 요리가 먹을 만했다.

## 용문석굴에서 가이드북을 집어던진 이유는

배낭여행자에겐 가이드북이 필수다. 거의 대부분의 여행 정보를 가이드북을 통해 얻는다고 해도 과언이 아니다. 물론 각 여행지의 여행 안내 센터나 유스호스텔에서 실질적인 정보를 얻지만, 전체적인 여행 코스를 잡을 때나 여행지에 대한 개략적인 정보는 가이드북을 통해 얻는다. 말하자면 큰 틀은 가이드북에 의존하고, 교통이나 식당, 물가 등 현지의 실질적이고 구체적인 정보는 해당 지역에 가서 얻는 것이다. 우리는 한국어 가이드북과 영문판 론리 플래닛, 다른 영문판 중국 여행 안내 책자 등 세 권의 가이드북을 갖고 중국을 돌아다녔다.

그런데 가이드북은 현지 상황을 제대로 반영하지 못하거나 저자의 편견이 반영된 경우가 있기 때문에 참고 자료로만 사용하는 게 바람직하다. 가이드북을 대할 때에도 비판적인 시각이 필요한 것이다. 우리는 태산을 등산할 때도 가이드북 때문에 코스를 잡는 데 혼선을 겪었고, 뤄양에 도착한 다음 날 용문석굴(龍門石窟)을 돌아볼 때에도 가이드북이 여러 차례 실망을 안겨주었다.

가이드북에 대한 첫 번째 실망은 용문석굴의 여행 방법에 관한 것이었다. 우리는 전날 워낙 강행군을 해 다음 날은 오전에 용문석굴, 오후엔 관우의 사당인 관림(關林)을 돌아보기로 일정을 여유롭게 잡고 느긋하게 숙소를 나섰다. 석굴 입구에 도착해 1인당 입장료가 120위안(약 2만 1600원)이나 한다는 것에 깜짝 놀랐다. 중국의 관광지 입장료가 턱없이 비싼 것은 이미 여러 차례 경험했지만, 석굴 입장료는 상상 이상이었다. 그런데 우리가 갖고 있는 여행 책자에는 비싼 입장료 때문에 석굴을 강 건너에서 보기도 한다고 적혀 있었다. 순간적으로 가이드북의 그 표현 때문에 망설였다. 하지만 "용문석굴이 뤄양의 대표적인 유물인데, 안 들어갈 수 있나. 더군다나 여기까지 일부러 왔는데…" 하는 생각이 들어 미련 없이 표를 샀다. 그러고는 본전을 뽑기라도 하듯 유적을 하나하나 뜯어보았다. 오후 3시까지 5시간 동안 석굴과 백거이 무덤을 관람했으니 본전은 뽑은 셈이 되었다.

석굴은 모습도 모습이지만, 가까이 다가가 그 이면에 숨어 있는 역사적 진실까지 파헤치니 흥미진진했다. 역시 들어오기를 잘 했다는 생각이 들었다. 그러고 나니 유적의 껍데기만 갖고 얘기한 가이드북이 실망스러웠다. 용문석굴

**뤄양 용문석굴** 바위산을 벌집처럼 뚫고 불상을 새겨놓았지만 오랜 세월 정치·사회적 변화 속에서 대부분 훼손되어 원형을 간직하고 있는 것은 거의 없다.

은 강 건너에서 봐도 될 그런 유적이 아니었다. 가이드북은 '입장료가 비싸더라도 비용을 내고 들어가 볼 만한 가치가 있는 유적'이라고 수정되어야 했다.

용문석굴은 바위산을 깎아 만든 불상의 산이었다. 산 전체에 크고 작은 굴을 파고 2만여 개의 불상을 만들어 그야말로 장관이었다. 석굴이 조성된 것은 중국에 초기 불교가 도입되던 5~6세기 당나라 시대였다. 당시 불교에 대한 황실과 국민들의 높은 관심과, 이러한 거대한 석굴을 만들 수 있었던 당나라와 뤄양의 경제력을 보여주고 있었다. 그러나 불상이 온전히 남아 있는 것은 거의 없었다. 장구한 세월이 흐르면서 엄청난 훼손과 도굴이 진행되었기 때문이다.

그런데 가이드북은 특별히 1960년대 문화대혁명 당시 석굴의 불상들이 큰 피해를 입어 사라질 위기에 처했다는 점을 두드러지게 강조했다. 홍위병이 용문석굴을 파괴하려 했는데 당시 혁명의 2인자였던 저우언라이의 지시에 의

**용문석굴에서 가장 유명한 불상인 비로자나불** 깊은 상념에 잠긴 듯하면서도 온화한 미소를 내뿜는 이 불상은 그나마 훼손이 덜 된 최고의 걸작으로, 용문석굴의 상징이다.

해 유물이 보존되었고, 이 때문에 유네스코가 용문석굴을 세계문화유산으로 지정하면서 저우언라이에게 특별히 감사를 표했다고 상세히 소개했다.

가이드북의 이러한 설명은 아이들의 용문석굴 이해에 결정적인 역할을 했다. 왜냐하면 석굴을 보면 처참하게 훼손된 것이 가장 먼저 눈에 들어오고, 가이드북에서 강조한 문화대혁명의 광기(狂氣)를 바로 떠올렸기 때문이다. 가이드북은 사실을 말한 것이겠지만, 이러한 설명은 용문석굴의 수난을 입체적으로 이해하는 데 적합하지 않다는 생각이 들었다. 그래서 아이들에게 용문석굴의 훼손 과정과 문화대혁명의 역사적 성격에 대해 설명하지 않을 수 없었다.

겉으로만 본다면 역사적 가치가 있는 문화재를 훼손한 홍위병들의 몰상식한 행동은 비난받아 마땅하다. 하지만 문화대혁명이 갖는 역사적·사회적 배경을 이해하지 못한 채 '문화대혁명 때문에 용문석굴이 사라질 뻔했다'는 식으로만 알고 넘어간다면 안 되겠다는 생각이 들었던 것이다.

용문석굴은 당나라 멸망 이후 뤄양이 급격히 쇠퇴해 지방의 중소 도시로 전락하고, 1000년 이상의 세월이 흐르면서 지속적으로 파괴되고 도굴 등 훼손이 이루어졌다. 더구나 황허의 범람으로 석굴 앞에 지은 절 대부분이 파괴되고, 20세기 초 서구 열강과 일본의 침략으로 인한 혼란기에 아예 석굴 일부가 뜯겨져 해외로 빼돌려지기도 했다. 문화대혁명 이전에 이미 심각한 훼손이 진행되었다는 얘기다. 실제로 용문석굴에는 이런 사실을 알리는 설명문이 게시되어 있었다. 설명문은 1930년대 대홍수 당시 수위가 석굴 중간까지 올라왔다는 것을 보여주고 있었다. 그 홍수 수위 표시는 우리가 서 있는 자리보다 훨씬 높았다. 그 이전 1500년 동안 저런 홍수가 없었으리란 보장이 없었다. 1930년대 중반 중요한 석굴의 일부가 뜯겨져 지금은 미국의 한 박물관에 보존되어 있다는 점도 설명해 두고 있었다. 훼손은 장기간 진행되었던 것이다.

문화대혁명 당시의 문화재 파괴를 이념 대립이라는 편협한 시각으로만 봐서도 곤란하다. 종교계가 막대한 부와 기득권을 유지하면서 사회변혁에 반대하고, 종교적 신념을 기득권 유지 수단으로 이용하려 한다면 혁명세력과 충돌이 발생할 수밖에 없다. 문화대혁명 당시의 불상 파괴는 혁명세력이 대중에 대한 영향력이 큰 종교의 권위를 무너뜨리기 위한 것이었다. 이러한 역사적·사회적 배경에 대한 이해가 없으면, 그 실체를 제대로 인식할 수 없다.

가이드북의 설명과 배치되는 나의 설명에 아이들이 귀를 쫑긋했다. 나와 올리브는 어느 한쪽에 치우치기보다는 균형 잡힌 시각을 유지하는 게 필요하다고 강조했지만, 그게 얼마나 이루어졌는지는 모르겠다. 이런 설명을 하면서도 아무리 당시의 종교계가 반(反)혁명적이었다 해도, 이곳을 출입 금지구역으로 정해 종교단체가 사회변혁에 반대하는 것을 막으면서 문화재도 보존하는 방식을 썼으면 훨씬 좋았을 것이란 안타까운 심정을 금할 수 없었다.

용문석굴의 불상들을 하나하나 뜯어보고, 거기에 얽힌 역사와 사회, 문화적 배경에 대해 대화를 나누고, 남들은 눈여겨보지 않는 설명문까지 샅샅이 훑어가면서 관람을 마쳤다. 역시 아무리 의미가 많은 유물이라 하더라도 겉만 보고 사진만 찍는 여행과, 하나하나 음미하고 생각하면서 진행하는 여행은 달랐다. 아이들도 유적 하나하나에 나름대로 상상력을 동원하며 재미있게 둘러보았다. 여행도 천천히 하는 여행, '슬로우 트래블'이 진짜 여행이다.

용문석굴을 돌아보고, 백거이의 무덤이 있는 백원(白園)으로 향했다. 백거이는 두보(杜甫), 이백(李白)과 함께 당나라 3대 문인의 한 사람이다. 백거이는 특히 주요 관직을 거치면서 자연과 인간의 삶을 노래한 빼어난 작품을 써 지금도 많은 중국인들의 사랑을 받고 있다. 백원엔 백거이 문학에 대한 후세의 찬사와 그가 지은 시와 문장들을 새겨놓은 비석들로 곳곳이 장식되어 있었다. 문학의 숲이라 할 만했다. 한시에 조금 더 조예가 있거나, 한문에 조금 더 능통했더라면 멋진 시라도 한 수 읊었을 텐데, 그저 껍데기만 보고 말았다. 그의 문학작품 하나라도 외우거나 조사해 왔더라면 훨씬 더 좋았을 걸 하는 아쉬움이 남는 여정이었다.

## 중국 3대 성인으로 추앙받는 관우

용문석굴과 백거이 무덤 관람을 마치고 시내와 가까운 관우의 사당인 관림으로 이동했다. 관림 입구는 서민들의 밀집 주거지로 정비가 제대로 되지 않은데다 이곳저곳을 파헤치고 공사를 진행하고 있어 그야말로 아수라장이었다. 특히 우리가 내린 버스 정류장과 관림 사이에 시장이 있었는데, 그걸 지나 먼지가 풀풀 날리는 거리를 한참 걸어가야 했다. 얼마나 먼지가 지독한지 숨을 쉬기조차 힘겨웠다. 다행히 용문석굴에서 만나 서로 사진을 찍어주기도 했던 한 중국 여성이 같은 버스에 타고 있었다. 그녀는 자신도 관림으로 간다면서 우리를 안내해 주었다. 창군이 그녀를 알아보고 서로 인사를 나누

**관림에 있는 관우상** '의리'와 '용기'의 화신이라는 별명에 어울리지 않게 그의 앞에는 주판과 저울을 든 신하가 재물을 계산하고 있다.

면서 자연스럽게 우리와 동행하게 되었다. 덕분에 자칫 헷갈릴 수도 있었을 길을 헤매지 않아도 되었다. 여행지에서 만난 낯선 사람과 동행하면서 능숙하게 이야기도 주고받는 창균이 대견했다.

관우의 묘와 사당이 결합되어 있는 관림은 관우에 대한 중국인들의 신뢰와 존경을 잘 보여주는 곳이다. 중국에선 묘를 뜻하는 용어가 여러 가지인데, '린(林)'이라는 표현은 성현이나 존경할 만한 사람이 신적인 존재로 추앙받을 경우에만 쓴다. 그렇게 중국어로 '린', 한국어로 '림'을 쓰는 것은 공자, 맹자와 함께 관우까지 세 명이다. 공자의 묘는 공림, 맹자의 묘는 맹림, 관우의 묘는 관림이다.

관우는 삼국지에서 유비, 장비와 함께 촉나라 3걸의 하나인데, 그가 주군인 유비보다 더 추앙받고 있는 것이다. 왜 그런 것일까. 관림 입구에는 멋들어진 예서체로 '의리(義理)'와 '용기(勇氣)'라는 두 글자가 쓰여 있는데, 이것이 그 이유를 상징적으로 잘 보여준다. 천하의 영웅호걸들이 각축을 벌이던 난세에, 뛰어난 용맹과 지략으로 숱한 전투에서 승전고를 울리고, 주군에 대한 충성을 끝까지 지킨 '의리와 용기의 화신' 관우에 보내는 중국인들의 찬사인 것이다. 관림을 둘러보는 머리에 떠오른 관우는 9척의 큰 키에 대춧빛 붉은 얼굴

**기원 행렬** 많은 중국인들이 행운과 재부를 기원하기 위해 커다란 향불을 들고 관우 사당으로 향하고 있다.

을 하고, 허리까지 내려오는 수염을 휘날리며, 적토마를 타고, 청룡언월도를 휘두르는 모습이었다.

하지만 실제 관림에 들어와서 본 관우는 그런 모습이 아니었다. 부귀영화를 바라는 중국인들의 간절한 소망이 관우에 대한 존경심과 결합하면서 그의 사당은 재복을 기원하는 곳으로 슬그머니 바뀌어 있었다. 관림에서 관우는 재부를 관장하는 신으로 추앙받고 있었고, 그의 상을 모셔 놓은 재신전(財神殿)이 별도로 마련되어 있었다. 재신전에서 관우는 청룡언월도 대신 의자에 앉은 채 장부를 들고 있었고, 그 옆으로 재물을 계산하는 주판과 저울을 든 신하의 상이 나란히 배치되어 있었다. 전형적인 부자의 모습이 관우를 통해 표현되고 있었던 것이다. 우리가 관림을 둘러보는 동안에도 재신 관우상 앞에 향을 피우고, 손을 모으고, 머리를 조아리며 부자가 되기를 기원하는 중국인들의 행렬이 이어졌다.

재부를 관장하는 신으로 승격된 관우는, 그러나 그가 묻혀 있는 마을에 재복을 내려주지 않은 듯했다. 관림 인근 마을은 중국 중소 도시 서민 밀집 지역의 고단한 삶을 적나라하게 보여주고 있었다. 거리는 빵빵거리며 달리는 차와 자전거와 오토바이가 뒤얽혀 혼잡의 극치를 보여주고 있었고, 곳곳이 공사로 파헤쳐져 먼지가 풀풀 나 걷기도 쉽지 않았다. 버스들은 행선지를 알리는 강한 악센트의 중국어 방송을 틀어놓은 채 달렸고, 경적을 쉼 없이 울려댔다. 이런 곳에서 살다간 폐가 남아날지 모를 정도다. 중국 사람들이 그렇게 심하게 가래침을 뱉어대는 이유를 알 수 있을 것 같았다. 조잡한 상품과 굽고 튀기고 삶는 먹을거리 노점상도 엄청나게 많았다. 먼지를 뒤집어 쓴 음식들은 청결해 보이지 않았지만, 중국인들은 잘 먹으며 다녔다.

관림까지 돌아본 다음, 시안 행 고속철 열차표를 사기 위해 뤄양롱먼 고속철역(洛陽龍門高鐵站)을 찾았다. 버스가 한참을 달리자 흐릿한 안개 속에 다른 세계가 펼쳐졌다. 고속철역은 뤄양 남부에 세워졌는데 그 인근에 고층 아파트와 크고 높은 빌딩들이 즐비한, 완전히 새로운 신도시가 조성되어 있었던 것이다. 깜짝 놀랄 정도였다. 도로가 잘 정비되어 먼지도 나지 않고, 구 도시의 길거리를 메우고 있는 노점상과 자전거 오토바이도 별로 없어 거리는 오히려 한산한 느낌이었다. 공기도 다른 것 같았다. 서울의 강북과 강남이 서로 다른 것과는 차원이 다른 두 세계였다.

뤄양롱먼 고속철역에서 사전에 조사해 둔 대로 시안 행 기차표를 산 다음, 다시 뤄양으로 돌아와 숙소 인근의 훠궈(火鍋) 요릿집에 들렀다. 훠궈는 중국식 샤브샤브로, 동군이 무척이나 맛보고 싶어하던 요리였다. 훠궈는 기본 소스를 주문하고, 거기에 넣을 고기나 야채, 국수 등을 따로따로 주문해야 했는데 어떤 것을 주문해야 할지 한참 당황했다. 메뉴판에 있는 사진들을 손가락으로 짚으면서 이야기를 나누다 의사 소통에 혼란이 벌어졌다.

"이거 먹자. 어, 저거도 맛있겠다. 아니, 저거 말고 이거…."

우리가 두서없이 이야기를 하는데 종업원은 그걸 우리가 주문한 것으로 생각하고 전표에 막 적어 내려갔다. '이거'는 중국어로 '하나'를 뜻하고 '저거'는 중국어로 '이것'을 뜻하기 때문에 우리가 음식을 손가락으로 짚으면서 '이거, 저거'하고 말하면 중국인은 십중팔구 '이 요리 둘'로 알아듣는다. 중국에 가면 '이거, 저거'라는 말을 꼭 조심해서 사용하기 바란다.

결국 요리에 관심도 많고 정보도 많이 수집해온 동군으로 주문 창구를 통일하면서 순조롭게 주문이 이루어졌다. 붉은 고추기름이 둥둥 떠다니는 육수와 소스가 좀 식욕을 저하시켰지만 맛은 일품이어서 나는 작은 고량주까지 한 병 주문해 식사를 마쳤다.

이틀 내내 뤄양은 지독한 안개와 먼지, 매연으로 앞을 분간하기 힘들었다. 천년제국의 도시가 혼돈 속에 파묻혀 있는 것 같았다. 마치 급격한 변화의 소용돌이에 휩싸여 있는 중국, 그리고 뤄양의 현주소를 보여주는 듯했다. 오래되고 잊혔던 고대도시에서 중국의 개혁·개방과 경제개발, 관광객의 급증 속에 새롭게 태어나려고 몸부림을 치는 뤄양, 안갯속 뤄양은 중국을 닮았다. 그 변화의 종착점은 아직 확실하지 않다. 그 짙은 안개는 언제나 걷힐까?

이제 우리는 다시 여행의 스피드를 내기 시작했다. 베이징에서는 1주일 동안 유유자적하며 관광도 다니고, 맛있는 음식도 맛보고, 공연도 보는 여유로운 일정으로 돌아다녔는데, 중국 내륙으로 들어오면서 다시 바쁜 여행자 모드로 돌아갔다. 초기의 우왕좌왕에서 많이 벗어나 제법 배낭여행자이자 모험가 티도 내기 시작했다. 여행자나 현지인들과도 스스럼없이 대화할 수 있게 되었다.

뤄양~정저우~소림사~뤄양

# 고대문명의 젖줄 황허를 따라

## '황허는 어머니, 중국은 아이'

뤄양과 정저우, 카이펑은 중국 문명의 젖줄인 황허 유역에 자리 잡은 중국 중원의 3대 고대 도시다. 고대 이래로 중원을 장악하기 위해 일어선 수많은 나라와 제후가 각축을 벌였던 곳이다. 우리는 뤄양을 근거지로 이곳들을 돌아보기로 했다. 휴식이 없는 강행군 일정이다. 베이징 대학 근처의 서점에서 아이들 한자 공부를 위해 구입한 책은 들여다보지도 못하고 있다. 좀 더 여유를 갖고 여행을 하면서, 책도 보고, 공부도 하고, 여행기도 차분하게 정리해야 하는데, 교과서나 책에서 본 인물들과 유적들이 많아 여행을 하면 할수록 더 둘러보고 싶은 욕망이 끓어오른다. 그런 호기심은 매너리즘보다 훨씬 바람직하지만, 앞만 보고 달려가던 한국에서의 삶의 패턴이 지속되지 않도록 신경을 써야 할 것 같았다.

큰 배낭은 뤄양의 유스호스텔에 맡기고 3박 4일의 여행에 필요한 간단한 짐만 챙겨 정저우 행 티켓을 끊고 곧바로 버스에 올랐다. 버스에서는 승객들을 위해 중국 영화를 틀어주었다. 지방에서 생활고에 지친 아내가 돈을 벌기 위해 큰 도시로 떠나고, 아이가 엄마를 너무 보고 싶어 아빠와 함께 엄마를 찾아 대도시로 가서 겪는 한 가정의 애틋한 이야기였다. 전체적으로 슬픈 기조가 흘렀다. 구체적인 대화 내용은 알아듣기 힘들었지만, 급격한 변화의 소용돌이에 휩싸인 중국 가정의 이야기를 소재로 한 영화였다.

내 자리 건너편에는 한 중국 여인이 아이를 안고 있었는데, 그 영화를 보면서 연신 눈물을 닦아냈다. 왠지 모를 처연함이 느껴졌다. 보채는 아이에게 젖을 물리면서 눈물을 닦아내는 모습이 마치 1970년대 한국의 〈엄마 찾아 3만 리〉라는 영화를 보는 듯했다. 급속한 산업화와 경제개발로 전통적인 사회질서, 특히 농촌 공동체가 붕괴하면서 한국의 가정이 겪었던 아픔을 중국도 그대로 겪고 있다. 40여 년 전 한국에서 언니와 누나, 형들이 돈 벌러 서울의 공장으로 떠났듯이 중국에서도 생계를 위해 대도시로 떠나는 애절한 이야기가 펼쳐지고 있다. 중국 사람들의 슬픈 이야기가 언제 끝날 것인지, 여행자의 가슴도 왠지 모르게 먹먹해졌다.

뤄양을 출발한 지 1시간 20분 정도 지난 12시경 정저우 터미널에 도착했다. 정저우는 허난성의 성도답게 엄청나게 큰 도시다. 특히 인근 카이펑이 수많은 고대 유적으로 개발에 어려움을 겪게 되자, 중국 정부가 대신 정저우를 중원의 핵심도시로 개발하면서 대형 빌딩들이 숲을 이루었다. 게다가 정저우역은 중앙 버스터미널과 붙어 있어 더 혼잡했다. 나와 동군이 잽싸게 터미널 일대를 한 바퀴 돌고 지리를 파악한 후 돌아왔다. 상상을 초월할 정도로 복잡한 터미널에서 다섯 사람이 우왕좌왕하는 우를 범하지 않기 위해서였다. 나와 동군이 황허로 가는 버스와 정류장 위치, 인근 호텔의 가격 등을 미리 파악하고 돌아온 덕분에 우리는 크게 헷갈리지 않고 정저우 황허 풍경명승구(鄭州黃河風景名勝區)로 향하는 16번 버스를 탈 수 있었다. 승객 대부분은 황허를 유람하려는 사람들이었고 서양 여행자들도 더러 눈에 띄었다.

론리 플래닛에는 정저우에서 황허 풍경구까지 거리가 25km라고 나와 있었지만, 버스로 1시간 정도 걸렸다. 풍경구는 중국 역사와 문화의 시원이자 젖줄 역할을 해온 황허를 관광 상품화한 곳이다. 멀리 티베트 고원에서 발원해 칭하이성(靑海省)과 간쑤성(甘肅省), 산시성(陝西省) 등 중국 북서부의 주요 지역을

**염황 이제상** 산 정상에 불쑥 솟아오른 듯한 염제와 황제의 조각상이 중국 문화의 젖줄인 황허를 굽어보고 있다. 아래쪽이 염황 광장으로, 거기에 놓인 향로가 얼마나 큰지 그 앞의 사람들이 왜소해 보인다.

물론 수많은 왕조가 명멸한 주요 도시를 거쳐 황해로 흘러드는 황허는, 하류가 시작되는 정저우 인근에서 거의 바다처럼 넓어진다. 중국인들은 예로부터 이 황허를 신성시해 정저우 인근에서 제를 지내왔는데, 그 제를 지내던 역사적인 곳에 대규모 관광단지를 만든 것이 바로 황허 풍경명승구다.

풍경구는 면적이 워낙 넓어 걸어서 구경하기가 힘들다. 그래서 티켓 한 장을 구입하면 어디서나 타고 내릴 수 있는 전기자동차를 운행한다. 애초에 우리는 목표가 인위적으로 만든 관광용 풍경구가 아니라, 황허 그 자체였으므로 전기자동차를 탈 생각이 없었다. 그러나 입구에서 황허 물길이 흐르는 곳까지 걸어가는 게 만만치 않아 결국 전기차로 이동할 수밖에 없었다. 비용은 조금 더 들었지만, 덕분에 풍경구 전체를 충분히 감상할 수 있었다.

풍경구에 도착하자 산 정상에 만든 염제(炎帝)와 황제(黃帝)의 거대한 얼굴 조각상이 보는 사람을 압도했다. 이 염황 이제의 조각상은 높이가 106m로 세계 최대를 자랑한다. 1987년부터 제작에 들어가 20년 만인 2007년 완공되었다. 약간 기하학적이면서 추상적인 느낌이 들도록 얼굴 윤곽선을 굵은 직선 형태로 만들었는데, 산 중턱에서부터 거대한 얼굴이 서서히 솟아오르는 듯한 느낌을 주었다. 전설의 두 황제가 산 위에서 황허를 내려다보는 모습이 신성함을 자아냈다. 그 앞에는 엄청난 면적의 염황 광장(炎黃廣場)을 조성해 놓고, 양 옆으로 거대한 향로를 일렬로 배치해 놓았다. 그곳이 예로부터 황허에 제를 지냈던 곳이다.

도도하게 흐르는 황허는 끝없는 범람과 퇴적물 유입을 통해 인근에 비옥한 토지를 제공하고, 거기에서 중국의 문화가 싹을 틔우고 꽃을 피웠다. 황허는 유장한 중국의 역사만큼이나 풍부한 이야기들을 간직하고 있고, 문인들도 황허를 예찬했다. 수많은 왕조가 명멸하는 가운데서도 황허는 산천경계를 돌고 돌며 도도히 흐를 뿐이다. 무수한 영웅호걸이 격돌하는 동양 최고의 고전 삼국지도 바로 이 황허에서 출발했다. 주인공 유비가 왕실의 후예에서 돗자리를 치고 차를 만들어 파는 신세로 전락한 자신의 처지를 한탄하며 혼탁한 세상을 평정할 웅지를 품었던 곳도 바로 이 황허였다. 중국인들은 황허를 중국의 '어머니'이며 중국은 황허의 젖을 먹고 자란 '아이'라고 생각할 정도로 황허를 신성시하고 있다. 풍경구에는 이를 상징하는 조각상, 엄마가 아이를 품에 안은 하얀 대리석 조각상을 만들어 놓기도 했다.

우리는 강기슭으로 내려갔다. 황허는 끝을 가늠하기 힘들 정도로 넓었고, 예상했던 대로 붉은 황톳물로 이루어져 있었다. 강물은 생각했던 것보다 훨씬 탁해 보였다. 거대한 황토의 바다였다. 강기슭의 퇴적물은 아주 고운 진흙으로 이루어져 있었다. 강에서 많이 보이는 자갈이나 모래 또는 바위는 찾을 수 없었다. 중국 중서부와 중북부의 황토 고원에서부터 쓸려 내려온 황토와 험난한 지역을 돌고 돌면서 먼지처럼 잘게 부서진 진흙이 강기슭에 두터운 층을 형성하고 있었다. 황허의 수위가 바뀌면서 마치 시루떡의 켜처럼 촘촘한

층을 만들었다. 중국의 입장에선 동해, 한국의 입장에선 서해를 누런 바다로 만들 정도로 많은 퇴적물을 흘려보내고 있음을 확인할 수 있었다.

올리브는 황허 기슭에 쪼그리고 앉아 깊은 상념에 잠겼다. 그 앉아 있는 모습이 너무 진지해 말을 붙이기도 쉽지 않았다. 한국사와 동양사를 공부하면서 책에서 보았던 황허를 직접 몸으로 느끼고 있는 듯했다. 창군은 사진 촬영에 너무 집중한 나머지 진흙에 빠지는 '참변'을 당하기도 했고, 동군과 멜론은 발로 진흙층을 허무는 장난을 하면서 신나게 놀았다. 나도 동군, 멜론과 함께 진흙층을 발로 쾅쾅 밟으면서 힘자랑을 했다.

1000년 전, 2000년 전에도 그랬듯이 황허는 지금도 굽이굽이 산천경계를 돌아 바다로 흘러가고 있다. 저 도도한 황허의 물결처럼 인간의 역사도 흘러가고, 우리의 인생 또한 흘러간다. 과연 사회란 무엇이고, 역사란 무엇이며, 우리의 삶은 또 무엇인가. 말이 없는 황허는 근본적인 질문을 던지고 있는 듯했다.

정저우에선 터미널 근처에 있는 금강지성(錦江之星)이라는 여관에서 묵었다. 중국의 급증하는 여행 수요에 맞추어 새로 설립된 숙박 체인점인데, 아주 깨끗하고 시설도 괜찮았다. 푹신한 침대에 깨끗한 시설과 화장실 등이 모두 만족스러웠다. 모처럼 샤워도 하고, 푹 쉴 수 있었다. 지금까지의 힘겨웠던 여행으로 인한 피로가 풀리는 느낌이었다. 당연했다. 평소 묵는 유스호스텔 가격의 세 배 가까이를 지불한 것이니 말이다. 숙소의 팸플릿엔 중국 각 지역으로 확대하고 있는 이 여관의 체인점을 소개하고 있었다. 모두 이런 곳에서 '가끔' 묵었으면 좋겠다고 한다. 물론, 우리가 주로 묵는 유스호스텔에 비해 두 배 이상 비싸기 때문에 '자주' 묵을 수는 없다. 하지만 그렇게 말할 수는 없었다.

"그거 조오치~."

나도 마음으로 백 퍼센트 동의를 표시하며 활짝 웃었다.

## "여행에 욕심내다간 끝이 없어!"

중국 전통무술인 쿵푸의 본고장인 소림사(少林寺), 중국어로 샤오린스는 뤄양과 정저우 사이에 있는 숭산(崇山) 자락에 있다. 숭산은 중국의 오악 가운데 중앙에 있는 산이다. 소림사는 뤄양이나 정저우에서 당일치기로 다녀와도 되지만, 하루나 이틀 묵을 생각이라면 인근의 소도시 덩펑(登封)을 거쳐야 한다. 이번 여행의 필수 코스로 소림사를 포함시켜 놓고 있던 우리도 덩펑에서 이틀을 묵으면서 소림 무술을 몸과 마음으로 느꼈다. 소림 무술이야말로 무수한 영화와 스토리로 잘 알려져 있고, 차원이 다른 수련과 단련의 경지를 보여주고 있지 않은가. 혈기가 뻗치는 아이들은 드디어 소림사로 간다는 흥분에 휩싸였고, 나나 올리브도 왠지 기분이 하늘로 붕 뜨는 느낌이었다.

금강지성의 푹신한 침대에서 모처럼 푹 자서 그런지 아침에 일어나니 기분이 상쾌했다. 덩펑으로 가기 위해 버스에 올랐는데, 질서를 지키지 않고 마구 끼어드는 중국인들과 몸싸움을 하면서 겨우 버스를 탈 수 있었다. 아이들은 앞 사람과 착 달라붙어서 중국인들의 새치기를 막았다. 차례를 지켜 탑승하면 서로가 편할 텐데 왜 질서를 지키지 않는지 답답했다.

버스는 1시간 30분 정도 걸려 12시 30분께 덩펑에 도착했다. 우리가 갖고 있는 숙소에 대한 정보는 '쑹꺼우루(崇高路) 308번지, 소림사 트래블러스 호스텔'이라는 것밖에 없었다. 터미널에는 여행자 안내 센터도 없고, 호객 행위를 하는 사람들만 득시글거렸다. 주민인 듯한 사람에게 물어봐도 고개만 저을 뿐이었다. 다시 고생할 수밖에 없겠다는 생각이 맴돌았다.

우리는 덩펑이 큰 도시가 아니므로 일단 숭꺼우루로 간 다음 거기서 걸어서 숙소를 찾아보기로 하고, 경유지에 '崇高路'라고 씌어 있는 3번 버스에 무조건 올라탔다. 버스 운전수에게 주소를 들이밀며 "쑹꺼우루, 쑹꺼우루"를 외쳤다. 운전수가 한참 뭐라고 얘기하는데 무슨 말인지 알아들을 수 없었다. 대충 서울 성산동 ××번지, 또는 청주 율량동 ××번지라는 것만 알고 집을 찾아가는 것과 같은 더듬이식 길찾기가 시작되었다. 쑹꺼우루 입구에 다다르자 버스 운전수가 우리에게 "쑹꺼우루! 쑹꺼우루!" 하고 외치며 내리라는 신호를 보냈다. 우리는 잽싸게 내려 쑹꺼우루를 거슬러 올라가면서 '소림사 트래블러스 호스텔'이란 간판을 찾기 시작했다. 지도를 보고 쑹꺼우루 이쪽 끝에서 저쪽 끝까지 두리번거리며 더듬어 갈 생각이었다. 가끔 상점에 들러 번지수를 확인하니 60번지에서 90번지, 120번지 등으로 숙소가 있는 308번지에 가까이 가고 있었다.

하지만 만만치 않았다. 한참 그렇게 걷다 안 되겠다 싶어 전화를 하려 했지만 공중전화도 보이지 않았다. 이대로는 안 되겠다 싶었던지 올리브가 택시를 타자고 하니, 동균이 나섰다.

"길을 건너면 주소가 120번지에서 300번지로 확 건너뛸 수도 있어. 일단 저쪽 길로 건너가 보자."

동균이 걸음을 옮기자 누가 먼저랄 것도 없이 자연스럽게 길을 따라 걸었다. 그러자 정말 그런 귀신 같은 일이 벌어졌다. 방금 전 주소가 100번 대였는데, 저쪽에 덩펑 여행가 유스호스텔(登封旅行家青年旅舍) 간판이 눈에 확 띄는 게 아닌가. 우리가 찾는 유스호스텔이었다. 발걸음도 가벼워졌다. 하마터면 목적지를 코앞에 두고 택시를 탈 뻔했다.

유스호스텔에 도착해 여장을 풀고 소림사와 숭산 일대의 여행 코스에 대해 안내를 받았다. 유스호스텔에선 6개 테마의 여행 코스를 추천했다. 소림사 일대를 중심으로 한 무술 분야, 중악묘(中嶽廟) 일대를 중심으로 한 고고(역사) 분야, 숭산 일대의 산수(자연풍광) 분야, 삼림 분야, 지질 분야, 천문 분야 등 볼거리와 교육 소재들이 풍부했다. 유스호스텔 직원의 얘기와 올리브의 보충 설명에 아이들도 관심을 갖고 이것저것 가고 싶은 곳을 이야기하기 시작했다. 소림사와 중악묘는 물론 숭산까지 올라가면 좋겠다면서 이구동성으로 가고 싶은 곳을 이야기했다. 특히 소림사는 사람을 흥분하게 만드는 마력이 있는 곳이었다. 이런 식으로 갑자기 여행지가 늘어나면 감당하기 어려울 게 뻔하다.

"잠깐! 침착하게 생각해. 돌아볼 만한 곳이 어디 어디인지 알아보고 정보를 얻는 것은 필요하지만, 그렇다고 갑자기 계획에 없던 곳을 가는 것에는 신중해야 해. 그렇게 여행지를 늘리다가 여기서 며칠을 묵어야 할지도 몰라. 욕심은 끝이 없어." 내가 경계하고 나섰다. 그러자 모두 한 발 뒤로 물러섰다.

"나는 여기서 당초 목표로 잡았던 중악묘와 소림사 두 곳을 갈 거야. 다른 사람들은 꼭 가고 싶은 곳이 있으면 얼마든지 가도 좋아. 하지만, 나는 참여하지 않을 거야." 내가 입장을 정리해서 말했다. 그러자 중구난방 가고 싶은 곳을 이야기하던 흥분도 가라앉았다.

3시가 조금 넘어 중악묘(中岳廟)를 둘러보기로 하고 숙소를 나섰다. 버스 정류장 근처에서 만두로 늦은 점심을 했는데, 1인당 8위안(1440원) 하는 만두의 양이 엄청났다. 베이징 같은 지역과는 정말 차이가 컸다.

중묘에 도착하자 마침 그때가 묘회(廟會) 기간이라 아주 홍성거리고 있었다. 묘회는 날씨가 쾌청한 시기이자 농작물 수확철인 10월 말에서 11월 초에 진행되는 일종의 지역 축제 행사로, 중묘 앞은 대규모 시장으로 변해 있었다. 사과, 밤, 감 등 지역에서 생산된 각종 농산물과 축산물은 물론 각종 의류와 기념품, 선물, 장난감, 골동품, 생활용품 등을 내놓은 간이 상점들이 입구를 빼곡하게 메웠고, 사람들도 많이 몰려들어 있었다.

중묘는 특히 도교에서 신성시하는 곳이다. 때문에 태산 앞의 대묘를 국가에서 관리하는 것과 달리 중묘는 기묘한 복장과 머리 모양을 한 도교 승려들이 관리하고 있었다. 또 중묘의 사당에 모셔진 신들도 도교와 관련한 신들이어서 좀 낯선 느낌이었다. 그래서 그런지 대묘에서 보았던 것과 같은 황제들의 방문을 기념하는 비석들은 별로 눈에 띄지 않았다.

**숭산 중악묘의 대웅전인 준극전(峻極殿)의 종치는 도인** 방문자가 참배를 할 때마다 항아리 모양의 종을 쳐 은은한 소리가 경내를 감싼다.

도교 신자나 특별한 날, 방문 시즌을 제외하고 찾는 사람은 그리 많지 않은 듯, 향불도 대묘에 비해 현저히 적었다. 관리도 잘 되지 않은 듯했다. 곳곳에는 칠이 벗겨지고, 훼손된 흔적이 있었지만, 제대로 보수되거나 수리되지 않았다. 다만 부귀영화와 만수무강, 특히 재복을 기원하는 중국인들의 염원은 여기에서도 변함이 없었다. 거의 모든 사당의 기원 내용이 재복이었다. 특히 대웅전을 비롯한 주요 전각에는 항아리 같은 모양의 종을 비치해 놓고, 방문객이 향을 바치거나 절을 하면 앉아 있던 승려가 몽둥이 같은 뭉툭한 나무로 그 종을 '툭' 하고 쳤다. 그러면 '데~엥~' 하고 아주 청아하면서 맑은 소리를 길게 울렸다. 오후 햇살이 비스듬하게 비치는 고즈넉한 중묘에 은은하게 울리는 종소리가 긴 여운을 남겼다.

중묘에는 다양한 글귀들이 곳곳에 널려 있었는데, 특히 눈길을 끈 것은 노자의 《도덕경(道德經)》이었다. 커다란 벽을 만들어 놓고, 거기에 도덕경 전문을 새겨 넣어 이를 중시하고 있음을 보여주었다. '도가도(道可道)면 비상도(非常道)요, 명가명(名可名)이면 비상명(非常名)이라…'로 시작하는 도덕경은 나와 올리브가 대학을 다니며 한 학기를 함께 수강했던 노장사상 과목 수업시간에 읽었던 경전으로, 여기서 그 전문을 만나니 감회가 새로웠다.

도덕경은 간결하지만 시적이면서도 비유적인 표현이 많고 그 속에는 웅혼한 내용이 함축되어 있어 여러 갈래로 해석이 가능한 동양 최고의 고전이다. 올리브와 나는 벽에 새겨진 도덕경을 읽으며 아이들에게 한참 설명했다. 그 내용을 얼마나 이해했는지 알 수는 없었지만, 신나는 지적 향연이었다.

## 달마대사가 소림사를 세운 이유는

덩펑에서 소림사로 가는 길은 아주 잘 정돈되어 있었다. 다소 지저분한 덩펑과는 확실히 달랐다. 소림사가 국제적인 관광명소로 떠오르자 중국 정부가 우선적으로 정비를 마친 듯했다. 덩펑에서 소림사까지는 약 15km 정도로 30분이 채 걸리지 않았다. 소림사로 향하는 길 좌우 양편엔 대형 무술학교들이 즐비하게 들어서 있었다. 커다란 무술학교 간판을 내건 6~7층 높이의 학교 건물이 대로변을 가득 메우고 있었다. 가로수 너머로 열을 지어 운동장을 돌거나 몸을 풀고, 지르기, 발차기 등 아침 운동을 하는 학생들로 활기에 찬 모습이었다.

창군과 동군, 멜론도 같은 또래의 학생들을 보자 큰 관심을 보였다. 중국 영화 〈황비홍〉의 주인공이자 세계적인 쿵푸 스타 이연걸(리롄제)을 비롯해 상당수의 액션 스타들이 이곳 소림 무술학교 출신이라는 올리브의 설명에 아이들도 귀를 쫑긋했다. 기숙사를 갖추고 무술을 중심으로 교육하는 이들 학원 중 일부는 생각보다 규모가 컸다. 넓은 운동장과 대형 건물들이 끝없이 이어져 소림 무술이 단순한 교육 과정이 아니라, 상업적으로도 각광받는 사업임을 알 수 있었다.

나중에 유스호스텔 직원에게 물어보니 가장 큰 쿵푸 무술학교에 3만 명, 두 번째로 큰 학교에 1만 명이 등록하여 수련을 받고 있다고 했다. 덩펑과 소림사 인근에 이런 무술학교가 200개 정도 있다. 수련하는 학생들의 전체 규모에 대해선 정확한 통계가 없지만, 대체로 10만 명이 넘는다고 했다. 덩펑시 인구가 65만 명이라는 점을 감안하면, 엄청난 수의 학생들이 수련을 하고 있는 것이다. 무술학원이 지역을 먹여 살리는 거대한 산업이었다.

소림사는 단순한 절이 아니었다. 입장권을 끊고 들어가자 좌우 양편으로 또다시 무술학교가 나타났다. 대부분 10대로 보이는 수백 명의 학생들이

**제2의 이소룡·이연걸을 꿈꾸며 수련 중인 중국 청소년들** 소림사 인근 대형 학원의 아침 풍경으로 소림 무술이 중요한 학원사업의 소재임을 보여준다.

20~30명 단위로 몸을 풀고 체조를 하거나 쿵푸 동작을 배우고 있었다. 멀리서 보면 무술을 단련하는 멋진 모습이었지만, 가까이 다가가니 규율을 강조하는 한국의 중고등학교 체육부를 보는 듯했다. 이들이 과연 강인한 신체 수련과 함께 얼마나 높은 정신적 수양을 하고 있을지 마음이 복잡해졌다.

좌우 양 옆의 무술학원을 지나 천하제일명찰(天下第一名刹)이라고 쓰인 정문을 지나니 오른쪽으로 역동적인 무술 동작을 한 근육질의 동상이 눈길을 끌었다. 그 뒤로 소림사 무술관(少林寺武術館)이 보였다. 여기서 매 시간 공연이 진행되는데, 마침 우리가 도착할 때 공연이 시작하기 직전이었다. 우리도 무술관으로 들어갔다. 실내의 작은 무대에 300~400명이 앉을 수 있도록 의자가 빙 둘러 배치되어 있었다. 좌석의 절반 이상이 차 있었고, 우리 뒤로도 많은 관람객들이 몰려들었다. 장쾌한 중국 음악과 함께 소림 무술의 맛보기용 공연이 시작되었다.

공연은 개인 및 집단 무술 시범과 격파, 관객이 참여하는 코믹 무대 등으로 이루어져 긴장과 스릴, 재미가 넘쳤다. 출연자들의 몸놀림은 하늘을 붕붕 날아다니듯 아주 가벼웠다. 신중하고 유려한 동작으로 기를 모은 다음, 유연하고 경쾌하게 몸을 움직였다. 느린 듯하면서도 빠르고, 가벼운 듯하면서도

**소림사 입구 소림사 무술관 앞의 무술조각상** 역동적인 동작을 한 근육질의 동상이 중국 무술의 본거지임을 알리고 있다.

강한 힘이 느껴졌다. 수련자들의 내공이 만만치 않아 보였다. 그걸 보는 우리의 몸과 마음도 가벼워지고 경쾌해졌다. 저렇게 몸을 놀리고, 자기 스스로 자신의 신체를 마음대로 다룰 수만 있다면 얼마나 좋을까 하는 생각이 저절로 들었다.

공연이 끝나고 정원으로 나오자 쿵푸의 각종 동작을 표현한 18개의 동상이 정원을 빙 둘러가며 세워져 있었다. 신나는 무술 공연을 본 아이들은 18동인과 같은 무술 동작을 흉내 내면서 정원을 뛰어다녔고 나도 왕년의 당수와 발차기 기억을 되살려 아이들과 한판 붙으며 즐거운 시간을 보냈다.

무술관을 나와 조금 더 걸어 올라가니 드디어 소림사 사찰이 나타났다. 소림사는 원래 해탈을 위한 수단의 하나로 개인의 수행과 신체 단련을 강조한 달마대사가 선종(禪宗)을 창시한 곳이다. 소림사엔 달마대사에서 혜가(慧可), 승찬(僧璨), 도신(道信) 등으로 이어지는 선종의 계보도 전시해 놓아 사찰의 정통성을 알리고 있었다. 어쩌면 불교의 어느 종파보다도 심오한 정신적 수양을 강조한 것이 선종이라 할 수 있지만, 지금은 그것보다 소림 무술과 쿵푸의 본고장이라는 점만이 강조되고 있는 듯했다. 특히 쿵푸에 대한 관심이 높아지고, 중국은 물론 우리처럼 외국의 관광객들이 물밀듯이 몰려들면서 이를 상업화하려는 움직임이 가속화하고 있었다. 달마대사는 과연 소림사의 이런 변화를 어떻게 보고 있을지 궁금했다.

소림 무술이야 영화, 무술시연, 학원 등으로 이미 상업화의 최고 경지에 들어선 것이 분명해 보이지만, 소림사 요리도 상업화의 대상이 되어 있었다. 소림사 입구 오른쪽엔 소림사에서 먹는 요리를 맛볼 수 있는 식당도 있었다. 대체로 소림사 인근에서 난 채소와 나물, 버섯 등으로 요리를 만든 것인데, 가격이 무척 비쌌다. 우리는 그 비싼 가격에 소림 요리를 맛볼 엄두를 내지 못하고 그저 눈으로 요기를 대신했다. 앞서 무술관에서도 시연을 하는 도중 시연 장면과 수련법을 담은 DVD를 판매했다. 하지만 그걸 사려는 사람은 거의 없었다. 소림사 곳곳에선 소림 쿠키까지 만들어 판매했다. 우리도 하나 사서 먹었는데 다른 쿠키와 다를 바 없는 평범한 맛이었다. 아무튼 소림사도 상업화의 강풍에 휩싸여 있었다.

소림사 구조는 한국의 사찰 구조와 거의 비슷했지만, 아름드리 나무들이 열병하듯 죽 들어서 있는 것이 오래된 사찰이라는 것을 웅변하고 있었다. 특히 구멍이 숭숭 뚫린 큰 은행나무가 눈길을 끌었다. 승려들이 단련하면서 손가락으로 은행나무를 쿡쿡 찔러 생긴 구멍이었다. 그렇게 구멍을 내려면 과연 얼마나 오랫동안 반복적으로 강한 수련을 했을지 상상이 가지 않았다. 동시에 소림 무술을 통해 이루고자 하는 것이 단순한 격투 능력이 아니라 몸과 마음이 하나가 되어 해탈하려는 염원이라는 데에서 모종의 신비감을 느끼게 했다.

본격적으로 가을로 접어들면서 날씨도 스산하여 소림사 내의 시방선원(十方禪園) 앞에 있는 길거리 간이 식당에서 뜨끈한 국물이 넘치는 국수를 점심으로 먹었다. 강한 샹차이에도 불구하고 길거리에서 후후 불며 먹는 국수는 일품이었다. 국수 가락 넓이가 손가락 하나 정도는 될 만큼 뚝뚝 썰어 만든 국수였다. 한국 같으면 절 경내에 있는 음식점이라 고기 맛을 보기 어려웠을 텐데, 이곳 국수엔 고기도 들어 있었다. 그러고 보니 고기가 들어가 국수가 훨씬 맛이 있었나 보다.

소림사 경내를 지나 각종 불탑과 사리탑이 숲을 이루고 있는 탑림(塔林)까지 돌아본 다음, 나와 멜론은 숙소로 돌아가기로 하고 올리브, 창군, 동군과 헤어졌다. 이들은 에너지와 호기심이 넘쳐 소림사를 둘러싸고 있는 소실산(少室山, 샤오시산)을 넘어가기로 했다. 중국의 오악 중 중악에 해당하는 숭산은 소림사가 있는 소실산과 중묘 뒤에 자리 잡고 있는 해발 1494m의 태실산(太室山, 타이시산)으로 나뉘어져 있는데, 태실산은 오를 계획이 없었고, 소실산은 경치가 빼어나 그거라도 구경하겠다는 생각이었다.

## “너희가 진짜 쿵푸를 알아?”

멜론과 함께 소림사를 먼저 떠난 것은 멜론과 단둘만의 시간을 갖고 싶었기 때문이다. 지금까지 한 가족처럼 여행하고 있지만, 아무래도 작은집 식구들과 이질감을 느낄 수밖에 없을 것이었다. 드러내놓고 표시하지 않았지만, 창군이나 동군이 아빠나 엄마에게 어리광도 부리고 하는 것을 보면서 외로움을 느낄 게 분명했다. 그래서 일부러 이들과 떨어져 멜론과의 시간을 가진 것이다.

그런데 중3의 조카와는 어떤 대화를 나누는 것이 좋을까. 우선 멜론도 흥미를 보인 소림사의 무술 이야기를 하면서 소림사 한복판에서 용호상박의 힘겨루기를 한 판 펼쳤다.

“와, 멜론. 힘이 대단한데. 생각보다 힘이 세.”

“그럼요, 웬만해선 안 져요. 헤헤.”

멜론의 얼굴이 환하게 살아났다. 사춘기 소년의 순수하고 앳된 모습과 청년으로 성장해 가고 있는 10대 중반의 건장한 청소년 모습이 교차했다. 신체적으로는 부쩍부쩍 성장하고 있지만, 정신적으로는 불안정하고 격렬한 사춘기의 청소년이다. 그 격동의 시기에 작은집 식구들과 세계를 주유하면서 무엇을 느끼고 어떤 생각을 하는지 구체적으로 알기는 힘들다.

"아까 무술 시범 보이던 사람들, 정말 멋있지 않냐?" 내가 물었다.

"예. 그런데, 수련하려면 힘들 것 같아요." 멜론이 말했다.

"그럼, 힘들지. 우리야 쉽게 '그렇구나, 아, 잘~ 하네.' 하지만, 그 정도를 하려면 엄청난 수행이 필요할 거야. 몸의 단련도 단련이지만, 정신 수양까지 해야 경지에 올랐다 할 수 있지."

멜론은 고개를 끄덕였다. 나는 내친 김에 약간 목소리를 높이고 멜론의 어깨를 끌어안으며 평소 생각을 쏟아냈다.

"우리가 어떤 사람에 대해 경의를 표할 때, 그건 그 사람이 보여주는 어떤 성취에 대한 것이기도 하지만, 사실은 거기에 오르기까지 혹독한 수행 과정과 고통을 감내했기 때문이야. 그런 최고의 경지에 오르는 건 한순간에 이룩할 수 없거든. 하지만 한 발짝 한 발짝 앞으로 나가면서 매 순간 닥쳐오는 한계를 하나하나 극복해나가다 보면, 어느 순간엔가 자신도 상상하지 못한 경지에 오르게 되는 거야. 인간 승리라 할 수 있지."

이야기가 여기까지 이르자 멜론이 고개를 홱 돌렸다.

"예, 맞아요. 하루하루! 한 걸음 한 걸음!" 멜론이 목소리를 높였다.

"우리 여행도 마찬가지야. 매일 조금씩 나아가면, 까마득하게 보였던 세계를 한 바퀴 돌게 될 거야, 저기 홍콩에서 시작된 중국 여행도 벌써 상하이와 베이징을 거쳐 여기까지 왔잖아. 그치?"

"예. 진짜 많이 왔어요. 언제 이렇게 왔는지 모르겠어요."

"공부도 마찬가지고, 우리가 살아가는 것도 마찬가지야. 멜론도 자신의 목표를 정하고 한 발짝 한 발짝 나가면 못 이룰 게 없지. 근데, 안 하면? 아무

것도 없는 거지. 공부하는 것도 처음에는 힘들지만 하나씩 해 나가면 안 될 게 없어. 그렇게 앞으로 나가는 거야."

결국 이야기는 공자님 말씀, 교훈으로 빠지고 말았지만, 둘이서만 이야기를 하니 더 가까워진 것 같았고, 멜론도 훨씬 편안하게 느끼는 것 같았다.

멜론과 숙소로 돌아와 한참 쉬고 있으니 올리브와 창군, 동군이 뿌듯한 표정으로 나타났다. 소실산의 풍광이 앞서 본 장자지에나 황산 못지않게 빼어났다며 아주 만족스런 모습이었다. 저녁은 유스호스텔에서 추천해준 아리판띠엔(阿里飯店)이라는이슬람식 음식점에서 맛있게 먹었다. 양고기볶음과 탕수육, 생선튀김, 배추볶음, 감자볶음과 밥이 110위안(약 2만 2000원)으로 아주 저렴했고 신장(新疆) 식의 매콤한 요리가 입맛에도 딱 맞았다. 강력히 추천할 만한 음식점이었다.

식당을 나오며 아이들은 낮에 소림사에서 본 무술 고단자처럼 펄쩍펄쩍 뛰기도 하고, 손과 발을 내지르고, 서로 비트는 시늉을 하며 한껏 신이 났다. 아이들의 동작을 지켜보다 내가 더 우스꽝스런 동작으로 아이들을 제압하고 소리를 질렀다.

"야, 니네 쿵푸가 뭔지 알아? 그게 '공부(功夫)'를 중국어로 발음한 거야. 쿵푸가 바로 공부야. 그거나 알고 당수를 하든, 지르기를 하든, 발차기를 하든 해라!"

평소 같으면 그냥 넘어가던 아이들이 이번엔 달랐다.

"아~하, 그러세요. 공부하라고요? 여기서는 이게 공부예요." 동군이 다소 능글거리는 말투로 아빠의 말을 비틀면서 다시 손바닥을 내 얼굴 앞으로 휘휘 내저었다.

"아빠, 소림사에 왔으면 소림사의 진면목을 느껴야지. 그게 진짜 여행이지, 여기서도 공자님 말씀 찾으세요?" 창군도 뒤질세라 반격을 가했다.

창군이 발차기와 주먹질을 하며 동군과 멜론에게 달려들자 아이들도 밀리지 않고 달려들면서 다시 한바탕 소림 무술의 유쾌한 향연을 펼쳤다.

## 진정한 여행자의 표상 현장법사

여행은 개인적인 행위이지만, 사회와 역사에 큰 영향을 미치기도 한다. 지금이야 정보통신 기술이 발달해 전 세계에서 일어나는 일을 실시간으로 접할 수 있지만, 교통과 통신이 발달하지 않은 100여 년 전만 해도 여행자가 가지고 온 정보와 서책, 신기술은 그 사회에 큰 영향을 미치고 사회를 바꾸기도 했다. 어찌 보면 인류의 역사는 여러 문명의 만남과 충돌의 역사인데, 그 첫 만남은 언제나 여행을 통해 이루어졌다. 신라에 불교가 도입되고, 조선에 유교가 도입된 것도 선각자의 여행으로 시작되었으며, 조선 후기 실학이 싹튼 것도 여행을 통해 당시 청나라의 앞선 문물을 접한 선각자들이 있었기에 가능했다. 청나라 역시 실크로드나 바닷길을 통해 서구 세계와 접한 여행자들의 영향을 받았다. 여행은 곧 문명을 잇는 통로였다.

중국에서 그런 의미의 여행을 한 대표적인 사람은 현장(玄奘, 602~664)이었다. 그는 당나라에 불교가 막 도입되던 7세기 중엽, 무려 17년에 걸쳐 실크로드와 인도를 여행하면서 각종 불교 서적과 불상을 들여오고, 12권짜리 《대당서역기(大唐西域記)》를 집필하여 중국에 불교를 전파하는 결정적 역할을 했다. 용문석굴의 불상도 그가 가져온 불상들이 모델이 되었다. 법상종(法相宗)의 창시자이기도 한 그는 진정한 고승이자 모험가요, 여행가요, 선각자였던 셈이다.

사실 중국 여행을 시작할 때만 해도 현장법사에 대해서는 큰 관심이 없었다. 하지만 뤄양을 여행하면서부터 그에 대한 관심이 부쩍 높아졌다. 현장은 뤄양 박물관과 용문석굴, 백거이의 사당인 백원 등을 여행할 때마다 등장했다. 우리는 우리 사회의 희망을 찾아보고자 집을 떠나 세계를 주유하고 있는

데, 그는 벌써 1400여 년 전에 그걸 실천한 사람이었다. 그를 만나면서 그 선구자적 행적을 찾아보고 싶은 마음이 솟구쳤고, 예정에 없었던 현장의 고향(玄奘故里)을 돌아보기로 한 데에는 그런 배경이 있었다. 여행에 대한 자신감도 생겨 잘 알지도 못하는 시골 오지마을을 방문하는 것에도 전혀 겁이 나지 않았다.

**뤄양 용문석굴 건너편 향산사(香山寺)에 있는 현장법사의 동상** 그는 위대한 고승을 떠나 우리가 여행 중에 만난 진정한 모험가이자 여행가의 표상이었다.

유스호스텔 직원에게 현장의 고향을 찾아가는 방법을 문의했다. 직원은 고개를 갸우뚱하며 인근 지리에 밝은 다른 직원에게 확인한 다음, 상세한 교통정보를 알려주었다. 현장의 고향은 탕승구리(唐僧故里), 즉 당나라 고승의 고향이라고 불리며, 행정구역으로는 덩펑에서 멀지 않은 옌시(偃師)라는 곳에 있었다. 그곳에 불광사(佛光寺), 중국 발음으로 푸광시라는 절이 있는데, 현지에선 당승사(唐僧寺), 중국 발음으로 탕승시라고 부른다.

옌시로 가는 버스는 작은 미니버스였다. 그런데 좀 이상했다. 현장의 고향은 뤄양의 주요 관광지 가운데 하나고, 그곳은 덩펑과 뤄양 사이에 있어 덩펑에서 그곳을 여행하는 사람이 많을 줄 알았는데 의외로 승객이 없었다. 버스는 중국 오지마을을 잇는 낡고 허름한 미니버스였다. 시간도 얼마 걸리지 않을 것으로 생각했는데, 예상보다 많이 걸렸다. 구불구불한 산길과 들길을 한참 달려 도로 포장도 제대로 안 된 아주 작은 마을에 멈추더니, 운전수가 '옌시, 옌시' 하고 외치며 우리에게 내리라고 하는 것이 아닌가. 우리는 서둘러

버스에서 내렸다. 하지만 그곳은 옌시가 아니었다. 옌시로 가려면 다른 버스를 갈아타고 다시 한참을 더 들어가야 했다. 버스를 갈아타고 산길을 한참 달려 오후 2시가 다 되어서야 옌시에 도착했다. 아주 작은 소도시였다.

옌시에서 다시 당승사로 가는 버스를 타야 했다. 그런데 그 절로 가는 버스는 오후 3시 20분에나 있었다. 막막했다. 가는 것은 문제가 없는데, 당승사를 둘러본 다음 옌시로 나와 다시 뤄양으로 가는 버스를 타기에는 시간이 촉박했다. 더구나 터미널 직원은 옌시에서 당승사까지 1시간 정도 걸린다고 했다. 당승사에 도착하면 4시 반, 거기서 30분만 체류한다 해도 5시가 되며, 용케 바로 버스를 타고 나온다 해도 6시가 넘는다. 그러면 옌시에서 뤄양으로 가는 버스는 끝이다. 조금이라도 시간이 어긋나면 오늘 뤄양으로 돌아가지 못하고 미아 신세가 될 수도 있다. 그제야 우리는 뭔가 심각하게 꼬였다는 사실을 깨달을 수 있었다.

옌시 버스터미널에 있는 지도를 보고 우리는 경악했다. 우리는 소림사와 멀지 않은 현장의 고향을 놔두고 엉뚱한 곳을 한 바퀴 뺑 돌아서 온 것이었다. 말하자면 강원도 춘천에서 경기도 가평은 아주 인접한 곳이다. 바로 가면 아무리 천천히 가도 1시간도 걸리지 않는다. 하지만 강원도 춘천에서 경기도의 도청 소재지인 수원으로 간 다음 다시 경기도 가평으로 가는 꼴이었다. 유스호스텔 직원이 엄청나게 실수한 것이었다. 그 직원은 현장의 고향이 옌시에 있다는 것만 파악하고 우리에게 옌시로 가서 당승사로 가는 버스를 타라고 한 것이었다.

우리는 혹시 지금 바로 출발하는 버스 중에 당승사를 경유해 가는 버스가 있는지 터미널 직원에 물어봤다. 터미널 직원은 "요우!(있다!)"라고 소리치며 버스 시간표가 죽 적혀 있는 게시판을 손가락으로 가리켰다. 우리는 기쁜 마음에 그 손가락을 유심히 살폈다. 그러나 그 손가락이 게시판의 어느 곳을 가리키는지 정확히 파악할 수가 없었다. 게시판에는 여러 방면으로 가는 버스 노선이 죽 적혀 있었다. 우리가 난감해하자 그 직원은 게시판을 가리키던 손가락을 허공에다 더 강하게 휘두르며 "쩌거, 쩌거!(이거야, 이거!)"를 외칠 뿐이었다. 더욱 난감했다. 손가락을 고정시키고 가리켜도 무언지 모를 판에 자꾸 흔드니, 더 답답할 뿐이었다. 우리가 공책과 펜을 내밀고 '여기다 쓰라'고 외치자, 그 직원은 더 답답하다는 듯 게시판을 가리키던 손에 더욱 힘을 주어 더 크게 흔들어댔다. 말이 통하지 않는 이방인들이 서로의 주장만 지속할 뿐 의견이 좁혀지지 않는 '바벨탑의 비극'이 펼쳐졌다.

결국 현장의 고향을 탐방하는 계획은 접을 수밖에 없었다. 하지만 흥미로운 경험이었다. 중국에 불교 문화를 꽃피운 현장이 태어난 곳은 보잘것없는 곳이었다. 하지만 진리를 추구하려는 그의 뜨거운 열정이 중국 고대 문화를 꽃피우게 한 것이 아닌가. 비록 현장의 고향을 찾아가지는 못했지만, 그가 17년이라는 아주 오랜 기간 인도와 서역을 여행한 것을 상상하는 것도 흥미로운 일이었다. 당시는 지금처럼 교통이나 통신 수단도 발달하지 않은 때였다. 산을 넘고 강을 건너고, 황량한 고원을 통과하며 사람들에게 길을 물어 그 먼 거리를 여행하고, 다른 지역의 선각자들을 만나고, 그들로부터 새로운 사상을 접하고, 생각을 나누고, 당나라로 돌아와 그것을 전파한 것이다. 그 일련의 과정을 상상해 보는 것이 더 의미 있는 일이었는지 모른다. 현장의 고향을 방문하지 못한 것은 여행의 가치와 의미에 대해 많은 것을 생각하게 한 화려한 실패의 경험이었다.

현장의 고향을 포기하고 당초 예정했던 대로 뤄양 외곽에 있는 중국 최초의 절인 백마사(白馬寺)로 향했다. 옌시에서 백마사를 거쳐 뤄양으로 가는 차는 많았다. 백마사까지는 약 1시간 정도 걸려 3시 30분이 넘어 도착했다. 백마사 앞에는 '중국제일고찰(中國第一古刹)'이라는 커다란 문을 세워놓아 이 절이 중국에서 가장 오래되었음을 알리고 있었다. 사찰은 다른 절과 크게 다르지 않았고, 재복을 기원하는 중국인들의 향불 행렬도 다른 절과 마찬가지였다.

1시간여 동안 백마사를 돌아보고, 나흘 전에 떠났던 뤄양 이지아 유스호스텔로 돌아왔다. 그런데 그 사이에 놀라운 일이 벌어졌다. 중심도로인 중저우중루 포장공사가 말끔히 끝난 것이다. 우리가 머물 때 밤늦도록 공사를 하면서 먼지를 풀풀 날리고 통행에 어려움을 주더니, 이렇게 신속하게 마무리하려고 했던 모양이었다. 이젠 차들이 중앙도로로 신나게 달렸고, 먼지도 한결 줄어들었다. 인도를 침범했던 오토바이와 자전거는 이제 자전거 도로로 내려갔다.

안개는 아직 완전히 걷히지 않았지만, 먼지가 줄어드니 걷고 숨쉬는 것이 한결 편했다. 중국 곳곳에서 천지개벽에 버금가는 대변혁이 일어나고 있음을 천년제국의 도시에서도 실감할 수 있었다. 뤄양에 근거지를 마련하고 5박 6일 동안 좌충우돌하면서 고대 중국의 정치와 문화 중심지를 돌아보는 중원 탐방도 성공적으로 막을 내렸다. 실패도 성공으로 만든 여정이었다.

# 3부

# 서부 내륙에서 마음의 문을 열다

Luoyang
Xi'an
Yan'an
Xining
Qinghai Hu

뤄양~시안

# 드디어 찾아온 강행군의 후유증

## 지친 가장에게 힘을 주는 아이들

건강을 유지하는 것은 장기 여행에 필수적이다. 건강해야, 그리고 에너지가 넘쳐야 호기심이 생기고, 그래야 여행이 즐거워진다. 우리는 여행을 떠나기 전 한국에서 1인당 약 60만 원에 가까운 돈을 내고 1년 유효기간의 해외여행 건강보험에 가입했고, 열대지방 여행에 대비해 서울 동대문의 국립보건원에 가서 황열병 주사도 맞았고, 말라리아 예방약도 챙겨왔다. 여행을 하면서도 영양의 균형을 유지하기 위해 야채와 고기류의 식사 안배에도 세심한 주의를 기울였다. 그럼에도 기후와 식생이 다른 타국에서의 생활은 고달플 수밖에 없다. 처음에는 기존에 비축한 체력으로 지탱이 되지만, 시간이 흐르면서 균형이 깨지기 시작했다. 처음 '탈'이 난 것은 올리브였고, 그래서 올리브는 항저우에서 사흘간 혼자 머물면서 기력을 회복한 적이 있었다.

그 다음은 나였다. 아이들은 10대 중후반에서 막 20세가 되어 한창 성장기에 있었기 때문에 특별히 무리만 하지 않고, 적절한 영양이 지속적으로 공급되고, 어느 정도의 휴식만 있으면 탈 날 일이 별로 없다. 회복력도 빠르기 때문에 한숨 푹 자고 나면 다시 힘이 넘친다. 하지만 40대 말에 접어든 나는 거의 쉬지 않고 강행군을 하면서 밸런스가 조금씩 무너지고 체력이 한계를 보이기 시작했다.

중국 여행도 중반으로 접어들고 있었다. 상하이에서 가족을 만난 지 25일째, 허난성 뤄양의 숨 가빴던 일정을 마무리하고 산시성 시안으로 이동했다. 고속철은 오후 2시 31분 역을 출발, 약 380km 거리를 2시간 만에 주파해 4시 반에 시안에 도착했다. 2등석 기차 요금이 120위안(약 2만 1600원)으로 적지 않았다. 시안 역에 내려 바로 전철로 갈아타고 시안의 중심지인 중루역(鐘樓站)으로 향했다. 창균과 동균, 멜론이 지도를 보고, 지리를 파악하고, 티켓을 끊고, 예약해 놓은 한탕인 유스호스텔(漢唐驛青年旅舍)에 도착했다. 나와 올리브는 아이들 뒤를 따라 어슬렁어슬렁 걸어갔다. 처음에만 해도 나와 올리브가 일일이 통역하고 아이들을 이끌어야 했지만 이제 아이들이 여행을 이끌고 있다. 길도 전혀 헤매지 않았다.

처음 도착해서 본 시안은 다른 중국의 중소 도시와 달리 잘 정돈된 분위기였다. 특히 시안의 명물인 명대 성벽 안쪽 구시가지는 정돈이 마무리되어 앞서 둘러본 뤄양이나 타이안, 취푸 등의 혼돈스런 분위기가 느껴지지 않았다. 중심가 지하도는 여느 대도시의 지하상가처럼 사람들로 붐볐고, 서구화된 간판이 즐비하게 들어서 있었다. 중국이 개혁 개방을 기치로 내걸고 광저우와 상하이, 톈진 등 동부 연안 지역을 개발한 데 이어 서부 대개발에 나서면서 시안을 거점도시로 삼아 우선적으로 정비를 완료한 상태였다.

한탕인 유스호스텔에는 서양 여행자들로 북적였다. 시안이 명대 성벽과 세계 8대 불가사의 중 하나인 병마용과 진시황릉 등 주요 유적이 많은 핵심 여행지라는 걸 여기서도 확인할 수 있다. 더구나 남쪽 티베트나 서쪽 실크로드를 여행하려는 사람들이 대부분 시안을 중간 경유지로 삼고 있어, 더 붐비는 듯했다. 우리도 티베트 여행에 앞서 시안을 중간 경유지로 삼아, 여행 퍼밋(허가)을 비롯해 앞으로 중국 대장정을 마무리하는 일정을 짜야 할 입장이었다.

여장을 풀고 유스호스텔에서 소개해준 건너편의 무슬림 거리로 향했다. 무슬림 거리는 명대 성벽 남쪽 바깥에 있는 거리로 시안을 여행한다면 꼭 둘러보아야 할 곳이다. 동서 교역의 요충지답게 다양함과 화려함이 이를 데 없었다. 지금까지 우리가 거쳐 온 시안 동쪽의 한족 문화, 시안 서쪽의 위구르족 이슬람 문화, 시안 남쪽의 티베트 유목민 문화가 바로 여기서 만나고 있었다. 수백 미터에 이르는 거리에는 각종 골동품과 각지의 토산품들을 파는 가게와 식당들이 빼곡하게 들어서 있었다. 상점마다 상품이 산더미처럼 쌓여 있었고 사람들로 꽉 들어차 거대한 서울의 인사동 거리를 연상시켰다.

그러나 다른 어느 지역보다 가격이 비쌌다. 역시 중국 로컬 시장이 아니라 관광객을 대상으로 한 가격은 달랐다. 지금까지 우리가 둘러보았던 시골의 작은 마을—작다고 해도 인구가 수십만 명에 달하지만—인 취푸나 타이안, 덩펑 같은 곳의 물가에 비해 몇 배는 비싸 보였다. 아이들도 조금이라도 비싸 보이면 고개를 절레절레 흔들었다. 우리는 그나마 저렴해 보이는 현지 주민 식당에서 볶음밥과 꼬치구이 등으로 식사를 하고 유스호스텔로 돌아와 향후 여행 일정에 대해 이야기를 나누었다.

누적된 피로 때문인지 나의 컨디션이 영 좋지 않자 아이들이 적극적으로 나섰다. 동군은 시안에 대해 어느 정도 사전학습을 마친 상태에서 명대 성벽과 진시황릉은 꼭 봐야 한다며 이야기를 이끌어 나갔다. 창군도 어느 책에서 보았는지 종루(鍾樓)에는 꼭 들러야 한다고 나섰고, 멜론도 형들을 따라 명승지를 하나하나 짚어가면서 대화에 참여했다. 그러면서 다양한 의견이 쏟아졌다. 올리브와 동군은 중국의 오악 중 서악에 해당하는 화산(華山)에 가면 어떻겠냐는 의견을 내놓았고, 창군은 그렇다면 자신은 그 사이에 둔황(燉煌)에 다녀오겠다는 제안을 했다. 그러자 올리브와 동군, 멜론까지 갑자기 둔황에 관심을 보이면서 분위기는 전혀 생각하지 못했던 방향으로 바뀌었다.

이야기는 시안 일정을 축소하고, 실크로드의 중간 기착점인 둔황과 서부 사막을 체험한 다음, 란저우와 시닝을 거쳐 티베트로 가는 방향으로 이어졌다. 그런 코스가 제안되자 모두 흥분하기 시작했다. 특히 창군과 동군은 당초 둔황에 관심은 많았지만, 우리의 여행 일정 상 어려울 것이라고 생각하고 있었던 터여서 더욱 그랬다. 아무래도 내가 결정을 할 차례가 된 듯했다.

"그래, 좋다. 둔황으로 가자!"

말이 떨어지기 무섭게 모두 환호성을 올렸다. 서부 사막을 가로질러 신비의 동굴과 벽화가 있는 둔황을 여행하는 환상에 빠져들어 둔황까지 어떻게 가고 이후 어떻게 이동할지 상상이 난무했다. 우리는 이미 둔황에 가 있었다.

사실 둔황은 거리도 멀고 험한 사막지역이어서 교통과 숙소가 열악한데다 날씨까지 점차 추워지고 있어 이번 여행에 포함하기 어려울 것으로 생각했지만, 이런 열정이라면 못 갈 것도 없다는 생각이 들었다. 특히 아이들이 여행에 큰 의욕을 보인 것이 나에게도 큰 힘이 되었다. 여행이 이제 서로 앞서거니 뒤서거니 끌고 가면서 서로가 서로를 보고 배우는 상호작용의 국면에 접어들고 있었다. 여행을 통해 성장하고 있는 아이들이 무척 고마웠다. 나도 빨리 컨디션을 회복하여 열정과 호기심 충만한 여행을 해야겠다는 생각이 저절로 샘솟았다.

베이징에서는 동군이 우리 일행과 떨어져 혼자 다른 방을 썼는데, 이번에는 멜론이 다른 방에서 외국인들과 지내겠다고 했다. 우리는 숙소의 방을 정할 때 가급적이면 다섯이 같은 방을 사용하지 않고 두세 명씩 나누어 쓰도록 방을 잡았다. 그래야 다른 여행자들과도 자연스럽게 어울릴 수 있기 때문이었다. 창군이 시안에는 최소 1주일 정도 묵을 것이기 때문에 외국인들과 한 방을 쓰면 대화하고 사귀기 좋을 것이라고 얘기했던 것이 멜론에게 용기를 불어넣은 것 같았다. 멜론이 자기 방에 갔다가 내려와서는 "나 외국인 하고 친구 먹었다~"라며 몇 마디 나눈 것을 자랑하기도 했다. 우리 모두가 같은 방에 묵었다면 일어나기 어려운 일이었을 텐데, 멜론의 용기도 빛을 발하고 있다. 아이들에게 많은 것을 배우고 있다.

## 말 대신 자전거를 타고 달린 시안성

잠자리에 들기 전에 한국에서 가져온 종합감기약을 몇 알 먹고 잤지만 여전히 최상의 컨디션은 아니었다. 거기엔 날씨도 한몫하였다. 여전히 태양은 구름과 안개에 가려 있고, 기온이 점차 떨어지면서 공기가 으스스해졌다. 태양이 얼마나 보고 싶었던지 창군은 여행자들 메모용 칠판에 'Please be sunshine!'이라고까지 적어놓았다. 이글거리는 태양, 아니 따사로운 햇볕이 너무도 그리웠다.

그렇다고 숙소에만 머물러 있을 수는 없는 일. 명대 성벽을 찾아 나섰다. 명대 성벽은 웅장하면서도 보존이 잘되어 빼어난 자태를 자랑하고 있었다. 동서남북 방향에 따라 직사각형 형태로 견고하게 지어져 멀리서 봐도 그 위엄이 느껴졌다. 시안 성곽은 수나라 때인 582년에 처음으로 건설되었다. 당시 이름은 대흥성(大興城)이었는데, 당나라 때 장안성(長安城)으로 이름이 바뀌었다. 당시 성 둘레는 35.5km로, 성 안의 면적은 현재의 7.5배에 달했다. 수나라와 당나라가 번성하던 당시엔 궁성과 황성, 외곽성 등 3개의 성으로 구성되어 황성의 위용을 자랑하며 최전성기를 구가했다. 하지만 당나라 말년에 정치 중심지가 뤄양으로 이동하면서 장안은 퇴색하기 시작해, 서부의 방어기지로 전락했다. 초기의 성곽은 허물어지고 퇴락해 갔다. 현재 남아 있는 것은 명나라 때 내성을 재건축한 것이다.

현재의 시안성은 수와 당나라 시대의 황성에 해당하는 규모로 총 둘레가 13.74km, 평균 높이는 12m에 달한다. 성 외곽에 물길을 만든 해자도 깊게 파 웬만해선 공략하기가 쉽지 않았을 것으로 보였다. 성곽 가까이 다가가 밑에서 올려다보니 그 견고함과 방대한 규모가 사람을 압도했다. 성벽의 넓이는 기단부가 16~18m, 위쪽은 12~14m로 웬만한 2차선 도로보다 넓다. 성 위에서 각종 무기나 식량을 수레에 싣고 나르고 말을 타고 전투를 지휘하기에 충분

**시안 명대 성벽 위쪽 모습** 폭이 12~14m나 되어 병사들이 훈련을 하거나 말이나 수레를 타고 이동하기에 충분하다.

했을 것 같았다. 사실 웬만한 운동경기도 치를 수 있을 만큼 넓어 보였다. 동서남북에 거대한 출입문을 만들어 놓았으며, 그 사이사이에 전각과 통로를 만들어 통행할 수 있도록 했다.

성곽에 올라가 멜론이 노래를 부르던 자전거를 빌렸다. 1인당 100분을 빌리는 데 20위안(약 3600원)으로 생각보다 비싸지 않았다. 그래서 그런지 아침인데도 1인용 자전거는 대여가 거의 다 끝나고 남은 것은 세 대뿐었다. 나와 올리브, 멜론은 1인용 자전거를 빌리고, 창군과 동군은 2인용 자전거를 빌려 함께 타고 성벽 일주에 나섰다. 모처럼 자전거 페달을 밟으며 성벽 위를 달렸다. 모두 신이 났다. 감기 기운에 시달리던 나도 땀을 좀 흘리고 나면 컨디션이 좋아지지 않을까 생각하면서 힘차게 페달을 밟았다.

우리는 남문인 영녕문(永寧門)에서 출발해 동문인 장락문(長樂門), 북문인 안원문(安遠門), 서문인 안정문(安定門)을 돌아 다시 남문으로 한 바퀴 돌았다. 그

**웅장한 명대 성벽** 아래로 자동차들이 지나다니는데 성벽 안쪽(왼쪽)과 바깥 모습이 대조를 보이고 있다.

런데 처음에 남문에서 동문으로 가는데 자전거가 너무 안 나갔다. 베어링을 비롯한 자전거 기술이나 부품에 문제가 있는 게 아닌가 생각했다. 그런데도 아이들은 신이 나서 앞서거니 뒤서거니 잘 달렸다. 하지만 조금 지나자 상황이 확 바뀌었다. 동문으로 향하는 코너를 돌자 자전거가 갑자기 쌩쌩 속도를 내기 시작한 것이다. 우리는 느끼지 못했지만, 지금까지 힘겹게 달려온 길은 완만한 오르막길이었다. 상황도 모르면서 '자전거 천국인 중국이 자전거 기술은 왜 이리 형편없을까'라고 생각한 것에 실소를 금할 수 없었다.

내 옆에서 달리던 멜론은 한국에서 필리핀으로 떠나기 전 자전거를 타 본 이후 처음이라며 신이 났다. 다른 아이들도 마찬가지였다. 올리브와 아이들이 한국에서 필리핀으로 떠난 것이 7월 16일이므로 약 3개월 반 만에 처음 타 보는 것이니 흥분하지 않을 수 없었을 것이다. 황산과 태산을 오른 이후 쏟을 데 없어서 꾹꾹 눌러왔던 젊은 혈기를 모처럼 펄펄 쏟아내는 모습이었다.

앞서거니 뒤서거니 동문을 돌아 시안 역이 내려다보이는 북문 앞에서 인증샷을 찍고, 다시 서문으로 향했다. 성곽 위에서 보니 성 안쪽과 바깥쪽이 확연히 달랐다. 성곽 안쪽은 길이나 건물들이 정비가 이미 끝나 깨끗하게 단장되어 있었지만, 바깥쪽은 개발이 진행되고 있었다. 곳곳에 옛 건물을 헐고 현대식 새 건물을 짓는 공사도 한창이었다. 아침 안개에 휩싸인 성곽은 끝을 가늠하기 어려울 정도로 길게 뻗어 있어 시안성의 위용을 느끼게 했다.

서문에 다다르자 실크로드의 출발점답게 실크로드 기념관이 마련되어 있었다. 시안(西安)이라는 명칭 자체가 '중국의 서쪽을 안정시킨다'는 의미인데, 서문의 정식 이름이 안정문(安定門)이었다. 시안의 의미를 가장 잘 드러내는 명칭이었다. 예로부터 서역 상인들은 서문을 통해서만 출입할 수 있었다고 한다. 바로 이곳이 동양과 서양의 문물이 만나고, 다양한 인종이 어울려 교역을 하고 문화를 나누던 관문이었다. 옛날 같으면 병사들이나 지휘관들이 창을 들고, 말을 타고 달리며 성을 지키던 곳을 자전거를 타고 달린다고 생각하니 감개가 무량했다.

서문을 지나 대여 시간에 맞추어 자전거를 반납하기 위해 페달 속도를 높였다. 성벽 위쪽이 벽돌로 포장된 다소 울퉁불퉁한 길이었지만, 14km를 모두 씩씩하게 완주했다. 아이들 얼굴에는 주체할 수 없었던 에너지를 마음껏 발산한 데 따른 만족감이 흘렀다.

자전거를 반납하고 성벽을 내려와 인근 고서 거리로 들어갔다. 각종 서지류와 옛 문방구, 고서적 등을 판매하는 거리였다. 마치 영화나 드라마에서 보았던 청나라 거리를 걷는 느낌이었다. 역사를 공부하는 올리브와, 역사에 관심이 많은 동군은 눈동자를 빛내며 거리를 휘젓고 다녔다. 그런데 자전거를 타면서 일시적으로 호전된 것 같았던 내 컨디션이 갑자기 나빠졌다. 몸에 무슨 이상이 생긴 건 아닐까 하는 불안감까지 몰려왔다. 나는 골동품과 고서엔 크게 관심이 없어 보이는 멜론과 함께 먼저 숙소로 향했다. 올리브와 창군, 동군은 더 돌아본다며 고서 거리로 사라졌다.

오후 5시 가까이 되어 올리브와 창군, 동군도 숙소로 돌아왔는데 아이들은 여전히 에너지가 넘쳤다. 4층 옥상으로 올라가 탁구도 치고 서양 여행자들과도 어울려 신나게 시간을 보냈다.

## 희한한 '퍼밋', 티베트 여행의 난해함

시안에서는 해결해야 할 중요한 문제가 있었다. 티베트 여행의 퍼밋 문제를 완결지어야 하는 것이었다. 당초 베이징에서도 티베트 여행 퍼밋에 대해 알아보았지만, 가격이 1인당 4300~4800위안(약 77만 4000~86만 4000원)으로 너무 비싸 시안에서 최종 결정을 내리기로 미뤄둔 상태였다. 그래서 저녁식사를 하면서 티베트 여행 방법을 포함한 향후 일정에 대해 다시 논의했다.

유스호스텔 직원에게 문의한 결과, 티베트 여행은 투어 형태만 가능했다. 우리는 퍼밋만 받고 자유롭게 여행하고 싶었으나 불가능했다. 결국 베이징에서 확인한 내용과 큰 차이가 없었다. 다만, 티베트에 지사를 둔 베이징 유스호스텔의 경우 가격을 조금 할인해줄 수 있었던 반면, 이곳 유스호스텔에선 가격이 딱 정해져 있는 것처럼 이야기했다. 한탕인 유스호스텔 직원은 라싸(拉薩)를 여행하고 육로로 네팔로 넘어가는 7일 여행에 1인당 4800위안이라고 말했다. 베이징에서 제시했던 요금의 최고액이었다. 베이징에서 퍼밋을 받는 것보다 좋지 않은 조건이었다.

내가 티베트 여행 비용과 퍼밋 제도에 대해 설명하자 모두 고개를 절레절레 흔들었다. 창군은 티벳 여행에 그렇게 많은 비용이 든다면, 어차피 날씨도 추워지고 있으니 따뜻한 윈난성(雲南省)을 비롯한 중국 남부를 여행하는 게 어떻겠느냐는 새로운 제안을 했다. 티베트는 나중에 중국어를 제대로 배워서 따로 여행할 수도 있다는 것이었다. 그러자 분위기가 갑자기 중국 남부 여행 쪽으로 흘렀다. 어제는 둔황 이야기로 들떴는데, 이번엔 청두(成都)와 충칭(重慶)은 물론 쿤밍(昆明)과 리장(麗江), 다리(大理), 샹그릴라(香格里拉) 등 남부의 멋진 자연경관과 역사유적에 대한 환상 속으로 빠져들었다.

우리는 구체적인 비용 분석에 들어갔다. 첫째로 티베트를 여행하고 히말라야 산맥을 넘어 육로로 네팔로 넘어가는 방안, 둘째로 중국 남부지방을 여행한 다음 티베트를 건너뛰고 비행기로 네팔로 넘어가는 방법이 있었다. 즉석에서 비용을 계산했다. 창군은 신속하게 컴퓨터를 켜고 인터넷 사이트를 검색해 항공 비용을 뽑았다. 한참 검색을 해보더니 1인당 7~8일 여행을 기준으로, 첫째로 티베트 투어에 참가할 경우 6500위안(약 117만 원), 둘째로, 이것은 현지 규정상 어려운 것이지만, 퍼밋만 받고 티베트 숙소 등을 자체 해결하는 방안 5500위안(약 99만 원), 셋째로 중국 남부 여행 후 항공편으로 네팔로 가는 방안 4500위안(약 81만 원)이라는 결과가 나왔다. 조금씩 차이가 났는데, 결국 티베트 투어 비용이 가장 비쌌다.

1인당 20만~40만 원을 더 지불하면서까지 티베트를 여행할 필요가 있나? 더구나 날씨는 갈수록 추워지고 있는데…. 하지만 다른 측면에서 보면, 1인당 20만~40만 원의 추가 비용이 아주 비싸다고만 볼 수 없었다. 왜냐하면 티베트는 지구상 가장 가기 힘든 오지 가운데 하나로, 그런 오지를 여행한다는 점을 감안하면 그 정도 추가비용은 불가피하기 때문이다. 어떤 선택을 하든 긍정적인 측면과 부정적인 측면이 상존했다. 결국 선택의 문제였다.

우리는 좀 더 여러 상황을 고려해 최종 결정을 내리기로 했다. 나는 여전히 컨디션이 최악이어서 머리도 잘 돌아가지 않았다. 약간 멍한 상태여서 여러 사람의 이야기들이 이리저리 둥둥 떠다니는 느낌이었다. 잠자리에 들면서도 고민이 이어졌지만, 비용이 들더라도 티베트와 히말라야 횡단이 이번 중국 여행의 하이라이트가 될 것이란 생각이 막연하게 머릿속을 맴돌았다.

## 평범한 한국 음식이 보약이라고?

어제 시안성만 보고 유스호스텔에서 쉬었는데도 몸살 기운은 여전했다. 성벽에서 자전거를 탄 것이 그나마 남아 있던 에너지까지 고갈시킨 것 같았다. 아이들도 어제의 피로 때문인지 늦게까지 일어나지 못했다. 원래 오늘은 시안의 최대 볼거리인 진시황릉과 병마용박물관을 보러 갈 계획이었으나, 이런 사정을 감안해 모든 일정을 중지하고 하루 쉬기로 했다.

점심 즈음하여 식사도 하고 다가오는 추위에 대비한 쇼핑도 할 겸 어슬렁어슬렁 시내로 나갔다. 시안의 중심지는 과거 동서 교역의 요충지라는 명성을 계승하듯 현대적 상업의 거리로 탈바꿈해 있었다. 거리는 각종 브랜드 의류와 전자제품, 핸드폰 가게로 도배되다시피 했다. 백화점과 쇼핑몰이 빼곡하게 들어차 고대 유적을 제외하곤 모두 상가인 듯 보였다. 시안도 중국 전역을 질풍노도처럼 휩쓰는 상업화 바람에 푹 빠져 있었다. 중심가에는 대형 백화점인 민생백화(民生百貨)와 그 옆에 월마트 푸드코트가 있었다. 우리는 푸드코트로 갔다.

그동안 질리도록 먹은 기름진 중국 음식을 대신할 새로운 음식을 찾는데 마침 한식당인 '서울불고기'가 눈에 띄었다. 모처럼 한식으로 영양을 보충하자며 된장찌개와 김치찌개, 비빔밥, 떡볶이 등을 주문했다. 한국에서는 일상 음식이지만 장기 해외여행을 하는 우리에겐 한국 음식이 보약만큼이나 훌륭한 영양식이었다. 역시나 우리 음식으로 모처럼 고향의 정취를 흠뻑 느끼니 마음도 몸도 한결 가벼워진 것 같았다.

식사를 하며 어제 마무리짓지 못한 티베트 이야기를 다시 시작하였다. 우리는 티베트 여행의 장점과 단점을 조목조목 따져 보았다. 장점은 많았다. 티베트는 해발고도 3500~5000m의 고원지대, 식물도 살기 어려운 척박한 지역이지만, 그런 곳에서 독특한 삶을 일구어가는 사람들을 만날 수 있다. 티베트에서 네팔로 이어지는 국경은 '세계의 지붕'이라고 하는 히말라야 산맥으로, 그걸 넘어가는 루트는 세계적으로도 유명한 여행 코스다. 티베트는 오지 중의 오지이자 고산지대의 유목문화가 살아있는 곳으로, 그곳을 가 본다는 것 자체가 의미가 있다. 특히 척박한 환경에서 만들어진 티베트인들의 독특한 종교적 특성은 신과 인간의 존재에 대해 깊이 성찰할 기회를 줄 것이다. 게다가 티베트는 독립을 위해 투쟁하고 있는 분쟁지역으로, 중국 최대 고민인 소수민족 문제가 응축된 곳이다. 티베트 여행은 2~3개월에 걸친 중국 여행을 마무리하는 하이라이트가 될 것이다. 이루 열거하기 힘들 정도로 장점이 많았지만, 춥고 가격이 비싸다는 것이 단점이었다.

티베트 여행의 장단점을 두고 이야기를 나누자, 분위기는 다시 티베트 여행을 '하자'는 쪽으로 흘렀다. 시안에 온 이후 3일째 계속된 여행 일정에 대한 이야기는 첫날 둔황으로 기울었다가, 둘째 날엔 쿤밍을 중심으로 한 남부 지역으로, 이번엔 다시 티베트 여행으로 원점 회귀하고 있었다. 오히려 티베트 여행의 어려움이 우리 내면에 있는 '도전 정신'을 일깨운 것 같았다. 이제 모든 일정의 장단점은 물론 비용 분석까지 끝났으니 결정이 필요했다. 한식을 먹어 힘과 기가 다시 살아난 내가 가족들에게 말했다.

"그래, 결정했어. 비용이 들더라도 티베트와 히말라야를 통해 네팔로 넘어가자! 힘도 들고 비용도 많이 들지만, 꼭 한번 넘어갈 만한 가치가 있는 곳이잖아. 안 그래?"

그러자 모두 고개를 끄덕이며 며칠 동안의 난상토론이 드디어 끝났다는 데 만족감을 표했다. 내친 김에 "티베트 여행을 어렵게 결정한 만큼 앞으로 마음가짐을 더욱 단단히 하고, 준비를 철저히 해서 알찬 여행이 되도록 하자"고 다짐을 했다. 둔황이나 중국 남부는 앞으로 각자 계획을 세워서 별도의 프로그램으로 여행하는 것으로 정리했다.

오히려 잘된 것 같았다. 시안에 온 이후 사흘에 걸쳐 다양한 루트에 대해 이야기하면서 각자 여행을 다시 생각하는 계기가 되었다. 우리의 여행이 어떻게 진행될지에 대해서도 다시 확인하는 계기였다. 나와 올리브가 코스를 정해 끌고 가는 것이 아니라, 각자의 관심사에 따라 얼마든지 달라질 수 있다는 것을 공유하는 계기도 되었다. 그게 더 큰 수확이었다.

여행 계획을 확정하고 나니 이제 여기에 필요한 월동용품을 마련해야 했다. 베이징에서 산 겨울옷은 만년설이 쌓인 고원지대를 여행하는 데 충분하지 않았다. 아이들에게 200위안씩을 나누어 주고 각자 장갑과 모자 등을 구입하도록 했다. 아이들은 매우 신중했다. 반드시 필요한 물품 이외엔 구입할 생각조차 하지 못했다. 지금도 짐이 무거운 판에, 자칫 필요 없는 물건을 살 경우 짐의 무게가 늘어나는 걸 감수해야 하기 때문이다. 자기 물건은 자기가 챙겨 움직여야 하는 장기 여행자의 숙명이 자연스럽게 검소한 생활을 습관화하는 계기가 되었다. 예산을 세우고, 가격을 비교하고, 물건을 구입하되 꼭 필요한 것을 알뜰하게 구입하는 것도 중요한 교육과 훈련이 아닐 수 없다.

그런데 작은 '이변'이 일어났다. 티베트 투어 비용이 당초 생각보다 확 내려간 것이다. 당초 시안 유스호스텔에선 티베트를 여행하고 히말라야를 넘어 네팔로 넘어가는 여행 비용으로 퍼밋까지 포함해 1인당 4800위안을 제시했다. 그런데 숙소로 돌아와 보니 티베트 여행을 담당하는 유스호스텔 매니저 크리스가 "1인당 4100위안(약 73만 8000원)으로 해줄 수 있다"고 말하는 게 아닌가. 나와 올리브는 만족해하며, "좋다, 계약하겠다"고 바로 받아들였다.

그제서야 오전에 크리스와 티베트 여행 이야기를 나눈 것이 떠올랐다.

"베이징에선 4300위안까지 해줄 수 있다고 했는데, 여기서도 할인을 해줄 수 없나요? 지금이 티베트 여행 비수기라 여행자도 많지 않고, 베이징의 여행사는 라싸에 지사가 있어 할인이 가능하다고 했어요."

그때만 해도 별 기대 없이 베이징 여행사 이야기를 꺼낸 것인데, 그게 결과적으로 베이징과 시안 여행사를 경쟁시킨 모양이 되었다. 시안에서는 우리가 베이징 쪽과 계약할지 모른다고 생각하고 그보다 낮은 금액을 불렀던 것이다. 줄어든 여행 비용은 1인당 700위안(약 12만 6000원), 총 3500위안(약 63만 원)으로 적지 않았다.

크리스와 티베트 여행 계약을 마치고, 4층 옥상으로 올라가니 아이들은 또 탁구를 치면서 신나게 놀고 있었다. 내가 티베트 여행 계약을 맺었고 당초 예상보다 60여만 원을 할인받았다고 하니 아이들이 "와~" 하고 환호성을 질렀다. 창균은 나를 껴안고 악수까지 하면서 비용 절감을 축하했다.

여전히 활력이 넘치는 아이들, 여행이 2개월째 지속되고 있지만 새로운 호기심과 끝없는 탐구심으로 불타오르는 아이들로 인해 다시 힘을 얻었다. 여행이 지속되면서, 여행 코스를 비롯한 다양한 이슈에 대해 함께 논의하고 결정하면서, 아이들도 부쩍부쩍 성장하고 있다.

한국에서라면 과연 가정의 크고 작은 일들에 대해 이토록 동등한 입장에서 심도 있게 논의할 수 있었을까? 아마 불가능했을 것이다. 웬만한 것은 부모가 결정하고 아이들은 수동적인 입장이 되었을 것이다. 아이들이 독립적으로 사고하고 표현할 수 있는 계기를 여행이 만들어주었다. 그동안 계속 감기 몸살 기운으로 축 처져 있던 나의 컨디션도 회복되었다. 아이들이 여행의 중심으로 등장하면서 내 어깨도 가벼워져 몸살 기운이 씻은 듯이 사라졌다.

시안

# 되살아나는 진시황릉의 병마들

## 폭군에서 통일중국의 원조로

여행의 본질은 이국적인 곳에서 이국적인 문화와 사람을 만나는 것이다. 예사스럽지 않은 일을 경험하면서 새로운 활력을 얻는 것이다. 때문에 어느 곳을 처음 방문해 새로운 현상을 만나는 것은 여행이 주는 가장 큰 기쁨 가운데 하나다. 이와 함께 빼놓을 수 없는 기쁨이 여행을 통해 기존의 선입견이나 고정관념 같은 것을 깨는 것이다. 미국의 작가 마크 트웨인은 "여행은 편견에 치명적이다"라고 하지 않았나. 편견을 깨는 데 여행만큼 좋은 것이 없다는 얘기인데, 그만큼 개방적인 인식을 갖는 데에는 여행이 좋다.

고정관념을 깨는 것은, 사실 새로운 현상을 만나는 것만큼이나 신선한 충격이며, 일종의 지적·정서적 만족감을 주는 것이다. 시안의 대표적인 관광명소인 진시황릉 병마용에서 진시황에 대한 중국인들의 인식을 확인한 것은 기존의 고정관념을 깨는 통쾌한 지적 발견이었다. 진시황릉과 병마용이야 잘 알려진 관광명소지만, 그 이면에선 거대한 변화가 일어나고 있었던 것이다.

진시황릉과 병마용은 시안 시내에서 서쪽으로 70km 정도 떨어진 구릉지에 자리 잡고 있다. 그곳을 가려면 시안 역에서 306번 버스를 타야 했다. 그런데 시안 역 이곳저곳에 '306兵馬俑(병마용)'이라는 팻말을 내건 버스들이 즐비하게 서 있었다. 어떤 버스를 타야 하는지 알 수가 없었다. 우리가 역에서 버스

**명대 성벽에서 바라본 시안 역**
중국의 한족 문화와 서부 위구르·티베트 문화가 만나는 문화 교류의 관문이다.

정류장으로 향하며 두리번거리자 한 중국인 여성이 우리에게 다가왔다.

"삥마용, 쓰빠리유?(병마용, 306번?)" 중국인 여성이 소리를 지르듯이 물었다.

"뚜이, 쓰빠리유. 워취삥마용!(맞다, 306번. 우리는 병마용으로 간다!)" 그저 반가운 마음에 병마용으로 가는 버스를 찾는다고 말했다. 그러자 그 여성은 '306, 兵馬俑'이라고 쓰인 버스로 우리를 안내했다. 그런데 아무리 봐도 일반 버스가 아닌 관광버스 같았다. 결국 우리가 "워야요공공지처(우리는 공공버스를 탄다)"라고 단호한 입장을 보이자 뒤돌아섰다.

그러고 보니 306번 시외버스가 병마용으로 간다는 것을 이용해 '306, 兵馬俑'이라는 팻말을 내걸고 승객을 모으는 관광버스들이 엄청나게 많았다. 호객꾼들도 득시글거렸다. 그런 상황에서 "306번 버스를 어디서 타나요?" 하고 물으면 십중팔구 자신이 영업하는 관광버스로 우리를 데려갈 게 뻔하다. 이런 때엔 경찰(공안)이나 제복을 입은 사람에게 물어야 한다. 물론 제복을 입은 사람도 잘 살펴야 한다. 군인 같은 복장을 하고 영업하는 사람도 엄청 많으니까. 우리는 두리번거리다 '정식' 경찰을 발견하고 공공버스 정류장을 찾아갈 수 있었다.

11시가 조금 넘어 진시황 병마용 박물관(秦始皇兵馬俑博物館)에 도착하자 날씨가 말끔하게 개이고 안개도 사라졌다. 사실 베이징에서부터 뤄양~시안을 여행하면서 안개와 먼지, 매연에 시달려 태양이 그리웠던 터였다. 병마용 입구에는 어디서나 그렇듯 음식점과 각종 기념품을 파는 가게들이 장사진을 치고 있었다. 서양인들을 비롯해 관광객들도 꾸준히 몰려들었다. 1인당 110위안(약 1만 9800원, 학생은 55위안)의 입장료를 내고 탐방에 나섰다. 하나의 입장권으로 병마용과 진시황릉을 다 관람할 수 있다.

병마용은 진시황 무덤에서 동쪽으로 1.5km 정도 떨어진 곳에서 발견된 거대한 규모의 불가사의한 '지하 세계'다. 지금까지 발굴된 세 개의 갱(坑)이 모두 박물관으로 조성되어 있다. 안내판에는 흙으로 빚고 구운 8000여 개의 사람과 말 조각품, 1000여 점의 청동 무기가 발굴, 전시되어 있다고 적혀 있었다. 중국을 처음으로 통일한 진시황이 무덤을 조성하면서 죽어서도 중국을 통치하도록 하기 위해, 그렇게 함으로써 죽어서도 죽지 않는 황제의 위엄을 유지하기 위해 흙으로 실물 크기의 병사와 말 등을 빚어 함께 묻은 것으로 추측하고 있다.

이 병마용은 역사서에도 기록되지 않아 아무도 그 실체를 모르고 있었다. 그러다 1974년 한 농민이 우물을 만들기 위해 구덩이를 파다가 우연히 사람과 말 조각품을 발견하면서 세상에 모습을 드러냈다. 1호 갱이라고 이름을 붙인 가장 큰 병마용이 처음 발견되는 순간이었다. 처음엔 별것 아니라고 생각했으나, 그것은 거대한 '지하 도시'의 극히 일부분이었다. 발굴이 진행되어 그 실체가 하나씩 드러나면서 중국은 물론 세계 고고학계가 경악했다. 어마어마한 규모뿐만 아니라 실제 크기의 사람과 말, 각종 무기류 등이 거의 도굴되지 않은 채 그대로 남아 있었다. 조각들은 살아서 움직일 것처럼 생생한 형상을 하고 있었다. 2000년 이상 지하에서 잠자던 진시황이 살아 돌아온 것처럼 세계는 흥분했다.

병마용은 가장 큰 1호 갱부터 돌아볼 수 있도록 설계되어 있었다. 1호 갱은

**시안 진시황 병마용 박물관의 1호 갱 모습** 길이 230m, 폭 62m에 이르는 가장 큰 갱으로, 전체를 거대한 돔으로 덮어 박물관으로 조성했다.

동서 길이가 230m, 남북 길이가 62m로 6000여 명의 병사와 말의 조각품이 발굴되었다. 역사학자들은 이를 왕성 밖 수비군을 형상화한 것으로 추측하고 있다. 중국 정부는 갱 전체를 하나의 커다란 건물(돔)로 감싸도록 박물관을 만들어, 병마용 전체 형태는 물론 하나하나의 조각상을 관람할 수 있도록 했다. 갱 전체를 거대한 돔으로 덮은 것은 역시 통이 큰 중국적 발상이었다.

책에서만 보던 병마용을 보자 입이 다물어지지 않았다. 수천의 병마들이 마치 열병을 하듯 진을 치고 있었다. 앞에는 지휘부 병마들이 배치되어 있었고, 그 뒤로 끝이 없을 정도로 많은 병마가 실물 크기로 버티고 있었다. 이들은 현대적 방식으로 대량생산하듯 찍어낸 조각품이 아니었다. 각각의 병사 모습이나 표정, 머리나 신발 형태, 갑옷을 비롯한 의상 등이 모두 달랐다. 때문에 이 병마용은 중국 고대의 군사 및 무기 체제는 물론 의복, 생활 양식을 연구하는 데 결정적인 역할을 하고 있다. 영화에서 보듯 보름달이 뜨는 날

**진시황 병마용 박물관의 병사상** 병사들의 표정이나 머리 모양, 의상이 모두 다 다르다.

징소리와 북소리가 울리면 깊은 잠에서 깨어난 수천의 병마가 무덤을 나와 저벅저벅 진군할 것만 같았다.

1호 갱은 네 명 정도의 병사가 줄지어 서 있을 만한 넓이로 땅을 깊이 파고 거기에 흙으로 빚은 병마를 실전(實戰)과 같이 줄지어 배치한 다음, 나무와 돗자리 등으로 지붕을 만들어 덮었다. 그런 다음 진흙으로 갱을 완전히 막아 도굴을 막았다. 1974년 처음 발견할 당시 뚫었던 우물을 그대로 전시해 병마용 발견의 현장감을 살리고 있었다.

갱에는 병마용 발굴과 복원이 끝난 지역과, 발굴이 진행되고 있는 지역, 발굴되지 않은 채 덮여 있는 지역, 발굴은 이루어졌으나 복원되지 않은 지역을 나누어 전시해 고고학에 대한 관심을 높였다. 특히 갱의 지붕이 무너지면서 그 아래 세워 놓았던 병마들이 애초 형태를 알아보기 어려울 정도로 무너지고 깨진 모습을 그대로 보여주어 현장감을 최대한 살리려고 노력했다. 앞으로 발굴 및 복원 기술이 더 발달하면 어마어마한 지하 세계가 품고 있는 더 많은 비밀이 풀릴 것 같았다. 그것을 상상하는 것만으로도 흥미가 넘쳤다.

2호 갱에는 172명의 궁수와 116명의 기병, 무릎을 꿇고 쪼그려 앉아서 활을 쏘는 궁수 160명 등 주로 기병대와 궁수부대로 구성되어 있다. 고고학자들은 이를 기동성 높은 전투부대로 파악하고 있다. 특히 선 자세로 활을 쏘는 궁수, 앉은 자세로 활을 쏘는 궁수, 고급 지휘관 등 다양한 형태의 군사들이 마치 살아 움직일 것처럼 생생하게 제작되어 관람객들의 눈길을 사로잡았다.

3호 갱은 지금까지 발굴된 것 가운데 규모가 가장 작다. 동서 길이가 28.8m, 남북 길이가 24.57m에 불과하지만, 1호와 2호 갱의 지휘 부대였을 것으로 추측하고 있다. 68개의 무사용과 1개의 마차, 34개의 청동 무기류들이 발굴되었다. 깊이는 5.2~5.4m로 매우 깊게 파고 병마용을 묻었다. 이처럼 지하 깊은 곳에 있어서 그런지 3호 갱은 1호 갱이 발견된 지 2년 후인 1976년에야 발견되었다고 한다. 특히 의복의 주름이나 신발의 생김새, 머리의 상투 모양 등으로 신분을 구분할 수 있어 중국 고대의 복식 및 사회구조 연구에 큰 도움을 주고 있다.

3호 갱에는 갱의 조성 과정과 무덤을 만든 사람들의 이야기를 조각으로 형상화해 놓았다. 과연 이 무덤을 만든 사람은 누구인가? 진시황인가? 후대의 황제인가? 박물관에선 여기에 동원된 무수한 노동자와 농민들이라며, 이들이 흙을 빚고, 돌을 깎고, 갱을 만드는 장면을 현실감을 살려 형상화해 놓았다. 많은 관람객들은 이곳을 스치듯 지나갔지만, 우리는 병마용에 대한 중국의 시각을 볼 수 있는 곳이라며 한참을 지켜보면서 많은 이야기를 나누었다.

병마용 박물관을 막 나오는데 한 무리의 대학생들이 단체관람을 와 한바탕 소란이 벌어졌다. 이들은 빨간 깃발을 앞세우고, 함성까지 지르며, 행군하듯 병마용을 향해 걸어오고 있었다. 마치 영화에서 보는 중국 인민해방군의 인해전술을 보는 듯하고, 천리마 행군에 나선 북한의 청년단을 보는 듯했다. 하도 소란스러워 마치 무슨 시위나 사건이라도 벌어졌나 하고 가까이 다가가 보니 병마용을 관람한다는 흥분에 휩싸여 단체로 내지르는 함성이었다.

병마용 박물관에서 진시황릉(秦始皇陵)까지는 셔틀버스로 이동했다. 진시황릉은 한마디로 하나의 커다란 산이었다. 진시황릉 주변은 나무를 다시 심고

**진시황릉의 모습** 풀과 나무가 우거져 언뜻 작은 산 정도로 보인다.

깔끔하게 단장했지만, 높이가 79m에 이르는 무덤에는 나무와 잡풀이 우거져 언뜻 봐선 무덤이라고 생각하기 어려울 정도였다. 진시황과 그 후예들의 망상에 가까운 무모함과 무상한 세월의 두께가 더 진하게 느껴졌다. 진시황릉 앞에서 반대편을 보니 중국 서북 지방의 광활한 평원이 한눈에 들어왔다. 허망한 생각이었지만, 죽어서도 중국을 통치하기 위해 무덤의 터는 잘 잡은 것 같았다.

진시황릉의 원래 이름은 여산(麗山)이었다. 능은 진시황이 사망하자 총 70만 명을 동원하여 38년에 걸쳐 건설했으며, 무덤 내부를 당시 도읍과 같은 모습으로 만들었다고 한다. 그 규모는 총 둘레가 3870m, 동서 길이가 580m, 남북 길이가 1355m에 달하며 이곳에서 5만여 점의 부장품이 출토되었다. 그야말로 이집트 피라미드에 버금가는 무덤이다. 설명문에는 '죽은 사람 섬기기를 살아 있는 사람 섬기듯이 한다(事死如事生)'는 진시황의 염원이 새겨져 있었다.

약 3.9km에 달하는 능의 둘레를 천천히 한 바퀴 돌았다. 능 주변에는 측백나무가 일렬로 세워져 있어 운치가 좋았다. 이곳이 진시황릉이 아니라면 잘 꾸며진 정원으로 이어진 멋진 길이라고 할 만했고, 그만한 산책로도 없을 것처럼 보였다. 능 바깥쪽의 밭에 감나무 한 그루가 있었는데, 잎은 모두 떨어지고 빨간 감만 주렁주렁 달려 있는 것이 마치 깊은 가을 한국의 시골 마을을 보는 듯했다. 이곳에 묻힌 진시황은 과연 이런 세월의 무상함을 알고나 있을는지….

병마용과 진시황릉을 돌아보면서 진시황을 과연 어떻게 보아야 할지 혼돈이 생겼다. 진시황은 중국을 처음으로 통일하고 강력한 국가를 건설했지만, 만리장성과 병마용을 비롯한 무모한 대규모 토목공사로 민생을 피폐하게 만들고, 황제의 권력을 위해 무자비한 철권 통치를 펼치고, 자유로운 사상과 학문을 억제하기 위해 분서갱유를 한 황제가 아닌가. 그는 로마의 네로 황제와 함께 세계 역사상 대표적인 폭군으로 알려져 있다. 하지만 병마용과 진시황릉에 걸린 각종 설명문에선 '폭군'이라든가 그와 유사한 표현을 찾기 어려웠다. 병마용과 능의 규모 등에 대한 객관적인 사실만 나열하면서 그가 '중국이라는 국가의 원형을 처음으로 만든 황제'라는 데에 초점을 맞추어 설명하고 있었다. 아까 중국의 대학생들이 병마용을 방문하면서 흥분했던 장면도 묘하게 교차했다. 그들이 진시황을 '폭군'이라 생각한다면 그렇게 흥분하지 않았을 것이다. 그들은 위대한 왕을 만나는 흥분에 휩싸여 있었다.

사실 중국의 입장에서 보면 진시황이라는 걸출한 황제가 없었다면, 지금 중국은 수많은 민족국가로 쪼개져 있을지도 모를 일이다. 진시황은 중국을 통일한 후 대규모 영토를 하나의 정치체제 아래 귀속시키고, 도량형을 통일하는 등 '국가체제'를 만들었다. 이후에 등장한 무수한 왕조들이 '통일중국'을 하나의 국가적 과제로 끊임없이 제시하게 만들었던 것도 진시황에서 기인하는 것이다. 따지고 보면 1949년 공산혁명을 통해 '새로운 통일중국'을 만든 현 중국 정부도, 멀리 진시황에서 '통일중국'의 시원을 찾고 있다. 병마용과 황릉에서 보여준 진시황은 '폭군'의 대명사라기보다는, '통일중국'의 시원적 의미를 갖는 황제였다.

진시황에 대한 중국의 이러한 인식은 다음 날 방문한 산시 역사박물관(陝西歷史博物館)에서 다시 확인할 수 있었다. 산시 역사박물관은 중국 고대사에서 산시 지역이 얼마나 중요한 역할을 했으며, 진시황의 중국통일과 수~당나라 시기 시안, 즉 당시의 장안(長安)이 중국 정치와 경제, 문화의 중심적인 역할을 했다는 점을 집중적으로 부각시키고 있었다. 여기서도 진시황은 통일중국의 기초이자 원형을 만든 '위대한' 제왕으로 새롭게 조명되고 있었다.

우리는 박물관에 앞서 자은사(慈恩寺) 대안탑(大雁塔)으로 향했다. 이 절은 당나라 시대의 황실사찰로 1500여 년의 세월이 흐르면서 대부분 소실되고 대안탑만 남았는데, 대안탑은 시안 외곽에서도 보일 만큼 웅장한 규모를 자랑한다. 현장법사가 가져온 불교 경전을 보관하기 위해 지었다는 이야기가 전해져 내려오는 67m 높이의 탑으로 신비로움마저 자아냈다.

동군은 낮 12시에 대안탑 앞의 분수대에서 동양 최대의 분수쇼가 벌어진다며 꼭 봐야 한다고 안달이었다. 우리가 자은사 입구 정류장에 도착한 것이 12시 20분 정도였는데, 이때는 분수쇼가 한창이었다. 멀리서도 분수가 보일 정도로 장관이었다. 우리는 뛰다시피 분수대로 달려갔다.

듣던 대로 길이가 100m는 넘을 것 같고, 폭도 30~50m는 되어 보이는 거대한 인공 연못에서 분수쇼가 펼쳐지고 있었다. 웅장한 음악에 맞추어 굵은 물줄기가 갑자기 하늘로 솟구치다가는 뚝 그쳤다 다시 잔잔한 물결처럼 솟아오르는가 하면, 옆으로 길게 펴지기도 하고, 긴 포물선을 그리기도 했다. 변화무쌍하게 움직이는 분수가 음악과 완벽한 조화를 이루었다. 장관이었다. 비록 끝물이어서 아쉽기는 했지만 모두 탄성을 지르며 넋을 빼앗겼다.

대안탑 앞에는 현장법사가 가져온 경전을 보관하던 사찰답게 현장의 동상이 세워져 있었다. 우리는 중국의 불교 도입 초기에 현장이 기여한 공적을 되새기며 주변을 돌아보았다. 1주일 전 옌시에서 현장의 고향을 찾아가려다 실패한 경험까지 있어 더욱 친근하게 느껴졌다. 마침 한국인 단체 관광객이 가이드와 함께 그곳을 여행하고 있었다. 우리는 모처럼 한국 관광객을 만난데다 가이드까지 있는 게 반가워 가까이 다가가 가이드의 설명을 들어보기로 했다. 한국 단체 관광객들은 어떤 설명을 듣는지 궁금하기도 했다.

**시안 자은사에 있는 현장법사의 동상** 동상 뒤로 현장법사가 가져온 경전을 보관하기 위해 지었다는 대안탑이 보인다.

그런데 설명을 들으면서 실소를 금할 수 없었다. 가이드는 현장법사의 동상을 가리키며 이게 삼장법사라며, 《서유기》에 나오는 흥밋거리 에피소드만 이야기하고 있었다. 조금만 고개를 돌려 살펴보면 거기엔 '玄奘 602~664, 당대 고승…'이라는 설명문이 있는데도 말이다. 현장은 17년간 실크로드와 인도를 여행하고 1300여 권의 경전과 서책을 들여오고 12권에 이르는 《대당서역기》를 저술해 불교의 중국 전파와 확산에 결정적인 역할을 한 인물 아닌가. 삼장법사와 손오공이 등장하는 《서유기》는 그의 서역 기행을 모델로 삼아 나중에 가공된 이야기다. 가이드의 설명에는 이런 역사적 의미가 거세된 채 《서유기》, 즉 손오공의 흥밋거리 에피소드만 남아 있었던 것이다.

동군이 슬그머니 내 손을 잡아끌며 단체 관광객에서 떨어뜨리더니 "가이드 설명이, 엉터리야, 엉터리…"라고 했다. 자신의 입장에 자신감을 갖고 있고 그걸 서슴없이 표현하는 걸 굳이 막고 싶지 않았다.

관광객들의 관심을 끌기 위해 흥미 위주의 설명에 치우친 관광, 즉 수동적인 여행과, 모르는 걸 하나씩 탐험하듯 찾아가는 여행, 즉 능동적인 여행의 차이가 거기에 있었다.

산시 역사박물관은 중국 고대 역사를 일목요연하게 정리해 놓은 곳으로, 많은 관람객들로 북새통을 이루고 있었다. 특히 춘추전국시대 약 550년 동안의 전쟁과 혼란의 시기에 종지부를 찍은 진시황을 집중적으로 조명하는 전시관에 관람객들이 몰려 있었다.

전시관에선 진시황이 중국 역사상 최초로 통일국가를 수립했으며, 오늘날의 '차이나(China)'라는 명칭도 진나라의 '친(Qin)'에서 연유했다는 점을 강조하고 있었다. 중국이라는 통합된 정치·경제·사회·문화적 국가체제를 처음으로 구축해 오늘날 중국의 모태가 되었다는 점에 초점을 맞추어 설명했다. 여기에서도 진시황이 민중의 삶을 피폐하게 하고 학문의 자유를 억압했다는 지적은 찾아보기 어려웠다. 진시황에 대한 이런 접근 방식은 티베트나 신장위구르 지역의 독립과 자치 확대 움직임을 무자비하게 억누르며 '하나의 중국', '통일중국'을 강조하는 오늘날 중국의 소수민족 정책을 떠올리게 했다.

산시 역사박물관은 진나라 몰락 이후 한나라~삼국시대~5호16국시대에 이어 다시 중국을 통일한 수나라와 당나라에도 초점을 맞추고 있었다. 특히 시안의 전성기를 이룬 당나라의 정치·경제·문화적 융성을 집중적으로 조명하고 그것이 산시성을 중심으로 이루어졌다는 점을 강조했다. 당나라 이후 시안이 서쪽 변경의 군사적 요충지로 전락했던 역사를 반영하듯, 그 이후 시기는 눈에 띄지 않게 처리했다. 산시 역사박물관도 진시황에 대한 '추앙'의 공간 같았다.

진시황에 대한 중국의 이러한 시각은 산둥성 취푸와 초청을 여행하면서 돌아본 공자와 맹자에 대한 인식의 변화와 묘하게 교차되었다. 어디서나 시대의 변화에 따라 역사적 인물에 대한 해석과 평가가 달라져 있었다. 공자는 중국혁명기에만 해도 혁파해야 할 봉건사상의 대명사로 취급받았으나 지금은 동양사상의 원류로 다시 추앙받고 있는 반면, 맹자는 진보적인 민본주의 사상의 원조에서 지금은 공자에 버금가는 아성(亞聖)으로 취급받고 있다. 진시황 역시 폭군의 대명사라는 이미지는 사라지고, 이젠 통일중국의 원조로 평가받고 있다. 이렇게 시대에 따라 역사와 인물에 대한 평가가 달라진다면 역사적 진실은 과연 어디에서 찾을 수 있는 걸까. 역사 해석에 대한 입장 차이가 있다면 우리는 이를 어떻게 보아야 하는가. 끝없는 질문이 몰려왔다.

영국의 역사학자 E. H. 카는 '역사는 과거와 현재의 끊임없는 대화'라고 했다. 카의 말처럼 역사를 바라보는 관점은 현시대의 과제를 어떻게 설정하느냐에 따라 달라질 수 있다. 다양하고 파편적으로 보이는 역사적 사실들을 어떤 시각으로 재조합하느냐에 따라 과거의 시대상이 달리 보일 수 있다. 결국 관점과 입장의 문제다. 변화와 진보의 관점에서 볼 것이냐, 체제 유지의 관점에서 볼 것이냐의 문제다. 나는 진보의 관점에 설 것이고, 역사도 그렇게 해석할 것이다. 지금 세계를 여행하고 있는 것도 바로 그 진보의 희망을 찾기 위한 것이다. 그렇다면 진시황은 무모한 망상에 사로잡혔던 폭군이며, 맹자야말로 혼탁한 세상을 바로잡을 수 있는 사상을 제시한 최고의 성현이다. 병마용과 진시황릉, 산시성 박물관을 돌아보면서 역사 유적에 대한 나의 입장, 이번 여행에 대한 나의 입장을 재확인할 수 있었다.

### 중국 영화관에서의 황당한 체험

산시성 박물관 관람을 마치고 나서 또 해야 할 일이 있었다. 쇼핑이다. 벌써 몇 번째인지. 유스호스텔 근처로 돌아와 각자 쇼핑 시간을 갖도록 했다. 아이들에게 1주일 용돈 140위안(약 2만 5000원)과 티베트 여행에 필요한 물품 구입비 160위안(약 2만 9000원)을 포함해 총 300위안씩을 나누어 주었다. 티베트와 고산지대 여행에 필요한 스웨터, 모자, 장갑 등을 구입해야 했다. 패션보다는

'필요'에 초점을 맞추고, 잘못 구입하면 짐이 된다는 점을 강조했다. 여기서도 쇼핑은 어려웠다. 멜론만 98위안(약 1만 7600원)짜리 스웨터를 구입했고, 후드티를 구입하려던 동군은 물건을 고르지 못했다.

쇼핑을 마치고 여행 후 처음으로 영화를 관람했다. 25일 전 타이안의 영화관을 돌아보면서 중국 영화관에서 직접 관람해 보자고 했지만 기회를 잡지 못하다가 이제야 영화를 볼 여유가 생긴 것이다. 세계 전역에서 최고 인기를 끌고 있는 할리우드 영화 〈리얼스틸(Real Steel)〉이었다. 중국어로는 '철갑강권(鐵甲鋼拳)'이다. 시안시 중심의 민생백화 영화관이었는데, 관람료는 1인당 75위안(약 1만 3500원)으로 한국보다 훨씬 비쌌다. '짝퉁'이 불가능한 문화상품 가격엔 고액의 로열티 부담이 그대로 반영되기 때문이다.

그동안 거의 담을 쌓고 지냈던 현대 영화를 즐기면서 영어도 공부할 겸 미국 영화를 선택했는데, 영화관에 들어가 보니 중국어 더빙이었다. 영어 자막도 없었다. 모두 황당해서 실소를 토해내지 않을 수 없었다. 하지만 중국의 더빙 실력은 수준급이었다. 성우의 목소리가 진짜 영화 주인공의 대사처럼 전혀 어색하지 않았다. 내용도 액션 중심이어서 그런지 더빙인데도 이해하는 데에는 큰 어려움이 없었다.

영화 관람을 마치고 며칠 전 들렀던 서울불고기에서 시안에서의 사실상 마지막 날을 즐겼다. 내일부터는 옌안으로 2박 3일 '홍색 여행'을 다녀온 다음, 곧바로 티베트 여행의 출발점인 시닝으로 향하기 때문에 '잘 먹어둬야 한다'며 맛있게 식사를 했다. 이제 우리 가족여행도 초기의 우왕좌왕하던 모습에서 벗어나 여행지에 얽힌 이야기와 역사를 확인하면서 우리의 삶을 되짚어 보는 방향으로 점차 성숙해가고 있다. 특히 뤄양에서 시안으로 중국 내륙의 고대 도시를 여행하면서 중국 고대사에 흠뻑 빠졌다. 교과서에서 보기만 했던 것들을 직접 눈으로 확인하고, 시야와 안목을 넓히고 깊게 하는 여행이 이어지고 있었다.

시안~옌안~시안

# 혁명의 성지에서 본 중국

## 한 청년 공산주의자의 열정

옌안은 외국인 관광객이라면 웬만해선 방문하지 않는 곳이다. 중국혁명 유적을 제외하면 관광객의 관심을 끌 만한 볼거리가 거의 없기 때문이다. 옌안이 중국 중북부 변경의 깊숙한 산골에 자리 잡은 가난한 지역이어서 대규모 사찰이나 왕궁의 건축물 같은 볼거리도 없다. 옌안에서 한두 시간 떨어진 황허와 인근의 일부 사찰 정도가 그나마 관광지라 할 수 있지만, 특별한 것은 아니다. 우리가 갖고 다니던 한국어 여행 안내 책자엔 옌안에 대한 소개가 아예 없었고, 영문판 론리 플래닛에도 "중국공산당과 관련한 자료의 수집가나 정치 역사에 관심이 있는 사람이 아니라면 옌안을 방문해야 할 이유가 없다"고 소개할 정도였다. 그렇지만 우리는 꼭 가보고 싶었다. 아니 정확히 말하면, 1980년대 중국혁명사를 접하면서 일종의 지적·정서적 '전율'을 경험했던 나와 올리브는 이번 기회에 꼭 들러보고 싶었으며, 아이들에게도 중국이라는 나라를 제대로 이해하기 위해선 들러볼 만한 곳이라고 여러 차례 이야기했다.

옌안은 1980년대 한국 젊은이들의 지적 대격변의 진앙지 역할을 했던 중국공산당이 혁명의 마지막 근거지로 삼았던 곳이며, 최종적 승리를 쟁취한 해방구였다. 옌안으로 가는 길은 고산준령을 넘어야 하는 험난한 길이었다. 우리는 배낭을 비롯한 큰 짐을 시안의 한탕인 유스호스텔에 맡기고 2박 3일 간의 여행에 꼭 필요한 짐만 챙겼다.

기차는 8시 53분 정시에 출발했다. 시안 성벽을 따라 움직이던 기차가 점차 산시성 북부로 향하면서 산세가 험해지기 시작했다. 척박한 환경에서 살아가는 사람들의 대응도 억척스러웠다. 험준한 산악을 일일이 계단식 밭으로 만들어 각종 농산물을 재배하고 있었다. 일일이 사람의 손으로 만든 계단식 밭은 무려 1시간 가까이 이어졌다. 인공위성 사진으로 보면 엄청난 면적의 지역이 마치 헝겊을 조각조각 이어붙인 것처럼 보이는데, 그것이 바로 계단식 밭이다. 인류의 문화유산을 꼽는다면 만리장성이나 자금성보다 이 계단식 밭을 먼저 꼽아야 할 것이다. 민중이 자연조건에 대응해 오로지 손으로 만든 위대한 유산이기 때문이다.

1시간여를 달려 산시성 북부 산악지대로 완전히 접어들자 척박한 황무지가 펼쳐졌다. 산세가 얼마나 험한지, 그 억척스런 중국인들도 더 이상 경작할 엄두를 내지 못한 곳이다. 이따금 석재를 채취하는 채굴 현장만 보였다. 기차는 셀 수 없이 많은 터널과 다리를 통과했는데, 그만큼 험준하다. 갈수록 산이 가팔라지더니 산기슭마다 사람들이 파놓은 동굴 주거지 흔적들이 나타났다. 깎아지른 산세에 굴을 파지 않고서는 사람들이 살 수 없는 지형이다. 그만큼 험한 곳, 일본군과 국민당 세력이 침범하기 어려운 오지 중의 오지를 근거지로 삼은 중국공산당의 절박함이 전해져 왔다.

기차는 시안에서 3시간 반을 달려 12시 30분 옌안에 도착했다. 시안과 옌안의 거리가 300km인 점을 감안하면 시속 100km가 조금 안 되는 속도로 달린 셈이다. 역의 플랫폼 출구엔 빨간 바탕에 흰 글씨로 쓴 '민족성지 홍색 연안에 오신 것을 환영합니다(民族聖地 紅色延安 歡迎你)'라는 대형 간판이 가장 먼저 눈에 띄었다. 옌안이 중국공산당의 역사를 교육하는 관광지, 이른바 '홍색 관광'의 메카임을 보여주는 간판이었다. 론리 플래닛에 따르면 옌안에는 인구보다 열 배나 많은 400만 명의 홍색 관광객이 매년 다녀간다고 한다.

그럼에도 옌안에는 외국 관광객이 거의 없는지 영어가 통하지 않았다. 역이나 식당은 물론 호텔도 마찬가지였다. 한자를 해독하고, 떠듬떠듬 익혀온 중국어로 생존에 필요한 정보만을 얻을 수 있었다. 숙소는 배낭여행자들이 주로 이용하는 유스호스텔이 없어 호텔로 정해야 했다. 인터넷과 론리 플래닛에서 3성급 이상 호텔 가운데 저렴하면서 깔끔한 곳으로 추천한 야성 호텔(亞聖大酒店)에 묵었는데, 여기서도 영어는 무용지물이었다.

하지만 우리는 이미 여행의 '선수'가 되어 있었다. 옌안 역에 도착해 먼저 식당에 들어갔다. 능숙한(?) 중국어로 음식을 주문한 다음, 역에 내리자마자 5위안을 주고 구입한 옌안 지도를 식탁 위에 펼쳤다. 올리브와 창군을 중심으로 모두 지도 위에 머리를 맞대고 도시 구조와 대체적인 지리, 현재의 위치와 우리가 가야 할 곳, 그곳으로 가는 버스 노선을 확인했다. 옌안이 작은 도시인데다 구조도 간단해 숙소를 찾는 데는 어려움이 없었다. 우리가 지도에서 본 내용을 식당 주인에게 다시 확인했다. 식당 주인은 역 앞에서 3번 버스를 타고 난먼팅(南門廳) 정류장에서 내리라고 알려주었고, 그것은 우리가 지도에서 확인한 내용과 동일했다. 호텔은 금방 찾았다.

론리 플래닛에서 추천할 정도라면 웬만한 외국인 여행자들은 이곳을 이용할 텐데, 영어가 전혀 통하지 않는 것은 그만큼 방문자가 적다는 얘기다. 서툰 중국어와 필담을 섞어가면서 가격을 협상하고 방 두 개를 배정받았다. 아이들 방에는 100위안을 추가로 지불하고 침대를 하나 더 넣었다. 야성 호텔은 깔끔하고, 종업원들도 친절하고, 시설도 괜찮았다.

영어가 통하지 않아 갑갑하던 차에 구세주를 만났다. 아무리 중국혁명의 성지에 왔다 하더라도 언어가 통하지 않으면 그 실체에 접근하기 어려운 법인데, 약간 늦은 시간에 방문한 옌안 혁명기념관(延安革命紀念館)에서 영어를 할 줄 아는 리보(李博)라는 24세의 열정적인 젊은 공산당원을 만난 것은 그야말로 행운이었다. 우리는 숙소에 여장을 풀자마자 혁명기념관을 찾았다. 기념

**옌안 혁명기념관과 마오쩌둥 동상** 중국혁명사에서 차지하는 옌안의 역사적 가치를 잘 보여주는 기념관이다.

관 앞에는 압도적인 크기의 마오쩌둥 동상을 세워놓았는데, 규모가 얼마나 큰지 그 앞을 지나는 사람이 아주 왜소하게 보일 정도였다. 기념관에 들어간 때가 오후 3시 30분 정도였는데 기념관은 4시까지만 문을 연다고 했다. 시간이 많지 않았지만 옌안에 대한 기본적인 이해를 위해 대충이라도 둘러볼 생각이었다. 어차피 기념관을 샅샅이 보기 어려운 만큼 팸플릿이나 안내문이 있는지 직원에게 물었다. 그러나 직원은 영어를 할 줄 몰랐다. 그래서 부른 젊은 남자 직원이 리보였다. 이것이 그날 우리 가족이 혁명기념관 개관 시간을 1시간 연장하면서 상세히 안내받게 된, 옌안 순례의 첫 출발이었다.

그 젊은 청년은 안내문이나 팸플릿은 없고 오디오 가이드만 있다고 답변했다. 우리는 크게 낙담한 표정을 지으며 대략적으로 돌아보겠다고 말하고는 기념관으로 들어갔다. 그런 우리를 지켜보던 리보가 우물쭈물하더니 우리를 안내하겠다며 다가왔다.

"내가 안내하겠다. 나는 이곳 기념관의 영어 가이드지만, 일을 시작한 기간이 짧아 영어를 아주 잘하지는 못한다. 하지만 기본적인 사항은 설명할 수 있다."

리보는 유창하지는 않지만, 단어 하나하나에 힘을 주면서 알아듣기 쉬운 영어로 또박또박 말했다. 유창한 영어에 중국식 발음까지 곁들여 빠르게 말하는 것보다는 훨씬 듣기 편했다.

"와우, 고맙다. 우리는 한국에서 온 가족여행자들이다. 중국의 혁명 역사에 관심이 많아 옌안을 방문했다. 중국혁명과 옌안에 대한 기초적인 이해를 위해 가장 먼저 혁명기념관을 찾았다. 내일과 모레는 주변의 혁명유적지들을 방문할 생각이다. 가이드를 해준다니 고맙다."

170cm 정도의 키에 군살이 거의 없는 늘씬한 몸매의 리보는 기념관 구조에서부터 핵심적인 전시물을 하나하나 설명해 나갔다. 혁명 과정의 특별한 상황을 설명하거나 숫자를 말할 때는 한참을 생각한 후 입을 떼곤 했지만, 시종일관 성실하고 확신과 자신감 넘치는 태도였다. 그의 설명은 아주 명확했고, 핵심을 빗나가는 적이 없었다.

기념관에 들어서자 옌안에 대한 소개가 가장 먼저 눈에 띄었다. 옌안에 대한 중국의 시각을 잘 보여주는 것 같아 좀 장황하지만 소개한다.

"옌안은 중국혁명의 성지(聖地)다. 홍군과 노동자, 농민으로 구성된 대장정이 옌안에서 마무리되면서 이곳이 전국적인 승리의 출발점이 되었다. 옌안은 근대 중국의 탄생지다. 산시(山西)－간쑤(甘肅)－닝샤(寧夏) 접경지역의 지휘부가 옌안에 있었고, 1935~1948년엔 중국공산당 중앙위원회가 여기에 있었다. 옌안이 새롭고 실험적인 민주적 시스템을 실현하는 핵심이 되었으며, 중국혁명의 지도적 중심이었고, 해방투쟁에 나선 중국 인민들의 지휘부였다. 마오쩌둥을 비롯한 중국 공산주의자들은 옌안에 근거지를 만들면서, 맑스-레닌주의의 기초 위에 중국혁명의 구체적인 실천 경험을 결합시켜 새로운 민주혁명의 골격을 만들었다. 그들은 중국혁명을 취약한 상태에서 강력한 것으로 만들었고, 후퇴 국면에서 승리 국면으로 체계적으로 변화시켜 나갔다.…"

옌안이 없었다면 중국혁명이 없었다고 할 정도로 중요한 곳이라는 얘기다. 리보는 자부심이 넘치는 듯 어깨를 당당히 펴고 목소리에 힘을 주었다.

기념관은 마오쩌둥이 이끄는 혁명군과 노동자, 농민 등 지지 세력이 국민당의 탄압을 피해 1935년 산시성으로 오기까지의 대장정을 비롯해, 옌안을 근거지로 국민당과 제2차 국공합작을 하면서 펼친 대일항전 과정, 해방구인 옌안에서 독자적으로 발전시킨 정치·경제 체제와 문화, 중국혁명의 지도 이념으로 등장한 마오쩌둥 사상의 발전, 일제 패망 후 국민당과 벌인 최후의 결전 및 중화인민공화국 설립 등 혁명 과정을 6개 관으로 나누어 전시해 놓고 있었다. 세계 근현대사에서 찾아보기 어려운 파란만장하고 유장한 중국혁명의 과정이 다양한 사진과 모형으로 설명되어 있었다. 책에서만 보던 것을 역사의 현장에서 확인하는 희열이 몰려왔다. 리보의 설명을 내가 우리말로 요약해 아이들에게 설명했다. 아이들도 흥미를 보였다.

중국공산당의 대장정과 옌안 근거지에서의 활동은 고난의 연속이었지만, 인민의 지지가 있었기에 혁명을 성공으로 이끌 수 있었다. 마오쩌둥의 말처럼 혁명가와 대중의 관계는 물과 물고기의 관계다. 물고기가 물을 떠나서 살 수 없듯이 혁명가도 대중의 지지를 받지 못하면 성공할 수 없다. 권력의 기반은 인민대중의 지지인 것이다. 중국공산당의 대장정은 이를 잘 보여주고 있었다. 대장정은 쿠데타로 집권한 장제스(蔣介石) 국민당 정부가 공산당과의 1차 국공합작을 깨고 1930년대 들어 대대적인 공산당 토벌에 나서면서 시작되었다. 공산당이 처음에는 국민당의 공격을 성공적으로 막아냈지만, 장제스가 70만 대군을 동원해 대대적인 섬멸 작전에 나서면서 더 이상 버틸 수가 없어 10만 대군을 이끌고 정처 없는 후퇴에 나선 것이다.

대장정은 1934년 10월 남부 장시성(江西省) 루이진(瑞金)에서 출발해 고산준령과 깊은 협곡을 넘으면서 1935년 10월 옌안 북서쪽에 있는 산시성 우치(吳起)까지 2만 5천 리, 약 1만 5천 km에 걸쳐 진행되었다. 루이진에서 윈난성 쿤밍까지 중국 대륙을 동서로 횡단한 다음, 쿤밍에서 옌안까지 다시 남북으로 횡단하는 엄청난 여정이었다. 1년 동안 11개의 성, 18개의 산맥과 1000여 개의 산을 넘고, 24개의 강을 건넌 인류 역사상 가장 거대한 장정이었다. 참여 인원은 출발 당시 병력 8만여 명, 민간인 3만여 명 등 11만 명을 넘었으나, 1년 후에는 7000여 명으로 줄었다. 20만여 차례에 걸친 국민당과의 전투에서 사망하거나 행군 도중 얼어 죽고 굶어 죽기도 하는 등 험난한 과정이었다. 마오의 두 아들과 동생도 이 과정에서 죽었다.

이런 중국공산당과 홍군에게 옌안은 새로운 희망의 근거지였다. 우치까지 밀려왔던 마오와 공산당은 1937년 1월 13일 옌안으로 근거지를 옮겨 1948년 3월 18일까지 12년 2개월 동안 혁명 투쟁을 지속해 최종적인 승리를 이끌었다. 이 기간에 마오는 국민당과의 2차 국공합작을 성사시켜 일본 제국주의에 대항하는 한편, 옌안과 산시성 일대에서 정치·경제·문화적으로 새로운 사회주의 중국의 모델 사회를 건설했다. 봉건적 억압의 사슬을 끊고 농민과 노동자, 지식인이 차별 없이 새로운 사회를 건설하는 모델을 만들었던 것이다. 옌안에서의 사회변혁 경험이 1949년 중국공산당 정부 출범 이후 전국적으로 적용되면서 새로운 중국이 탄생할 수 있었다.

중국에서도 가장 척박하고 오지인 옌안이 새 희망의 발신지가 되었다는 것은 역사의 아이러니였다. 리보는 이러한 혁명사를 설명하면서 시종 감격스런 표정을 지었다. 그는 1949년 중화인민공화국의 선포에 대해 설명할 때에는 "전 세계의 국가원수 가운데 이렇게 누덕누덕 기운 옷을 입은 사람을 본 적이 있습니까?"라고 되물으며 민중과 고통을 함께하며 성공시킨 혁명에 대한 자부심을 드러냈다. 그는 자신도 공산당원이라며, 공산당이 인민의 정당으로 성장했다고 설명했다. 공산당원의 수는 혁명군이 옌안에 도착하던 1937

**옌안 혁명기념관 내부의 혁명 주역들 조각상** 마오쩌둥을 중심으로 혁명 동지들과 혁명에 기여한 외국인, 병사들이 조각되어 있다.

년 4만 명에서 1938년엔 50만, 1940년엔 80만, 1945년엔 90만, 1945년엔 121만 명으로 증가했다고 혁명기념관에 게시되어 있었다. 리보에게 지금은 몇 명이냐고 물으니, "4억 명이 공산당에 가입해 있다"면서 "공산당원은 정치·경제·문화 각 부문에서 중심적인 역할을 하고 있다"고 자랑스럽게 말했다.

기념관을 나올 때는 폐관 시간을 1시간 이상 넘긴 오후 5시를 넘어서고 있었다. 관람객도 우리 가족 말고는 없었다. 한 직원이 우리를 뒤따라오면서 우리가 돌아보고 나온 전시관의 전등을 껐다. 리보의 배려와 가이드 덕분에 우리가 특별 대접을 받은 것이었다. 직원들도 대부분 퇴근하고 몇몇 직원만이 남아 우리가 관람을 끝내길 기다리고 있었다.

옌안 출신인 리보는 시안에 있는 대학에서 통역을 공부하고 이곳에 근무한 지 이제 4개월이 되었다고 했다. 그동안 프랑스와 독일인 몇 명만 만나봤을 뿐 외국인은 거의 만나지 못했다고 했다. 물론 한국인 관람객은 우리가 처음이라고 했다. 우리는 그의 친절과 설명에 거듭 감사의 인사를 건넸고, 리보도 자신의 업무를 성공적으로 수행한 것에 뿌듯해하는 모습이었다. 이 젊은 청년과 기념촬영을 하고 즐거운 마음으로 전시관을 나왔다. 그는 확실히 자신감과 자부심이 넘치는 마오쩌둥과 그 혁명가들의 후예였다.

## 외면 받는 신화통신 유적지

1980년대 대학생 시절, 옌안에 대해 가장 깊은 인상을 남긴 것은 미국의 저널리스트 님 웨일즈가 쓴 《아리랑》이었다. 님 웨일즈는 중국혁명 과정을 현지 르포와 혁명 지도자들의 생생한 인터뷰를 통해 서방에 알린《중국의 붉은 별》의 작가 에드거 스노의 아내다. 웨일즈는 남편과 함께 1937년 옌안의 중국혁명 근거지를 방문했다. 《아리랑》은 그때 한국의 비밀대표로 그곳에 파견되어 있던 김산(본명 장지락)의 생애와 조선인들의 독립투쟁을 생생하게 전한 감동적인 작품이다. 세계 3대 르포문학 작품으로 꼽히는《중국의 붉은 별》이 장막에 가려졌던 중국의 혁명가와 이들의 뜨거운 열정에 대한 현장보고였다면,《아리랑》은 젊은 독립운동가를 통해서 본 한국 독립운동에 대한 생생한 현장보고였던 셈이다. 한국에는《아리랑》이 1984년에,《중국의 붉은 별》이 1985년에 번역·소개되었지만 출간되자마자 군사정부가 판매금지 처분을 내리는 바람에 서점에 깔리지 못했다. 하지만 대학가의 비밀루트(?)를 통해 이 책을 받아들고 떨리는 손으로 책장을 넘겼던 기억이 아직까지도 새롭다.

님 웨일즈는 옌안에서 김산과 만났을 때의 첫 인상을 이렇게 적었다.

"그는 당당하고 품위있는 태도로 인사를 하였으며, 우리가 악수할 때 주의 깊게 나를 응시하였다. 밖에는 비가 억수로 쏟아지고 있었고 창문이 종이로 되어 있어서 충분한 조명을 받지는 못하였지만, 그의 얼굴은 윤곽이 뚜렷한 것이 묘하게도 중국인 같지는 않았고, 반(半)스페인 풍의 사람처럼 아주 멋이 있었다. 순간적으로 나는 그 사람이 유럽인이 아닌가 생각하였다."

님 웨일즈가 방문한 옌안은 당시로서는 중국혁명의 수뇌부들이 집결해 있던 은밀한 곳이었고, 거기에 파견된 김산 역시 언제든 체포나 살해의 위험에 노출될 수 있는 '위험한' 인물이었다. 그와 몇 마디 인사를 주고받은 후 님 웨일즈는 김산을 이렇게 묘사했다.

"이 한국인은 틀림없이 음모가형이구나 하고 나는 단정지었다. 위험하기 짝이 없는 지하혁명운동을 하면서 살아 온 이 망명객은 수수하고 침착하며 자제력은 있었지만 예민하고 신경질적이었다. 야위고 감정을 잘 드러내는 얼굴에는 저 지옥의 창백함이 남아 있는 것일까? 그러나 그의 지혜롭게 반짝이는 눈동자는 정직하고 사리가 분명한 것 같아서 나는 용기를 내었다."

이 글을 접했을 때 왠지 모르게 가슴이 뛰었다. 심장 깊숙한 곳에서 뜨거운 무엇인가가 솟구쳐 오르는 느낌이었다. 자신이 믿는 가치를 실현하기 위해 온몸을 던진 순수한 영혼의 조선 청년을 만나는 짜릿한 전율이 온몸을 감쌌다. 온갖 잡다한 상념과 가치가 무질서하게 분출하며 충돌하던 젊은 시절, 김산은 자신의 신념을 행동으로 옮기면서도 의연함과 당당함, 순수함을 잃지 않은 진정한 혁명가의 표상이었다. 쿠바의 혁명을 성공시킨 후 개인의 안위와 권력의 달콤함에 안주하지 않고 계속적인 혁명을 위해 볼리비아로 달려가 숭고한 생명을 바친 영원한 혁명가, 체 게바라의 모습과 같았다. 이상주의적 혁명가의 모습은 혈기가 넘치던 1980년대 젊은이들의 낭만적 심장을 자극했고, 김산은 거기에 기름을 부었다. 님 웨일즈가 김산을 만난 장소도 이곳 어디였을 것이다. 옌안의 혁명유적지 방문은 마오쩌둥을 비롯한 중국혁명가의 발자취를 더듬는 것이자, 김산과 같은 순수한 영혼을 만나는 과정이기도 했다.

옌안은 황허의 지류인 옌허(延河)가 Y자 모양으로 흐르며 만나는 지역에 형성된 작은 도시다. Y자 형태의 옌허는 작은 협곡을 이루고 있는데, 그 물길 사이에 세 개의 봉우리가 솟아 있다. 두 하천이 만나는 북쪽의 산이 칭량산(淸凉山)이며, 그 아래 서쪽이 펑황산(鳳凰山), 동쪽이 바오타산(寶塔山)이다. 산이 그리 높지는 않지만 지형은 아주 거칠고 험하다. 이 세 개의 산과 주변에 마오쩌둥과 홍군의 유적지가 산재해 있다. 마오와 홍군은 1937년 1월 우치에서 옌안으로 근거지를 옮기면서 처음에는 시내와 가까운 펑황산 아래에 근거지를 마련해 거주했다. 하지만 일본군의 대규모 공습으로 펑황산 근거지가 초토화되자 1938년 11월 칭량산에서 북쪽으로 10리(약 4km) 정도 떨어진 양자링(楊家嶺)으로 근거지를 옮겼다. 양자링에서 1947년 3월까지 약 10년간 거주하면서 반봉건·반식민 투쟁을 승리로 이끌었다. 펑황산과 양자링에 각각 그 혁명유적지가 있다. 시내가 내려다보이는 칭량산은 혁명군의 출판 및 언론 활동의 중심지로, 이곳에도 유적지가 조성되어 있다. 이틀 동안 이들을 샅샅이 돌아보았다.

칭량산 혁명유적지는 시내 중앙에 있는 호텔에서 1km도 안 되는 거리에 있어 산책하는 기분으로 걷기에 안성맞춤이었다. 거리 곳곳엔 오성홍기와 공산당 깃발이 걸려 있어 이곳이 공산혁명의 성지이자 홍색 관광의 중심지임을 다시 한번 느끼게 했다. 중국 정부는 칭량산 일대를 관광지역(淸凉山旅遊觀光區)으로 조성해 관리하고 있었는데, 정면에 옌안 신문 기념관(延安新聞紀念館)을 세워 이곳이 언론과 출판의 중심지였음을 보여주고 있었다. 안내문에는 이곳이 중국 3대 홍색 교육기지 가운데 으뜸이며, 여기에서 중국공산당보위원회, 신화통신과 해방일보, 중앙인쇄청과 신화서점 등이 활동을 펼쳐 칭량산을 '신문산(新聞山)'으로 부르기도 한다고 소개했다.

칭량산에는 기암괴석 사이에 만들어진 만불사(萬佛寺)가 자리 잡고 있어, 따로 30위안(약 5400원)의 입장료를 내고 들어갔다. 만불사로 막 들어서는데, 그 입구에 세워진 신화서점이라는 간판이 눈에 띄었다. 오늘날 중국의 주요 도시 어디에서나 만날 수 있는 중국 최대의 신화서점은 마오쩌둥이 옌안에 근거지를 마련한 직후인 1937년 4월 이곳에서 처음 문을 열었다. 지금은 신화서점이 탄생한 곳이라는 간판만 있고, 서점이 있던 곳은 문이 닫혀 그 안을 들여다볼 수 없었다. 그 옆에는 중공중앙당보위원회 발행과가 있었다는 팻말이 세워져 있었다. 치열한 혁명전투가 진행되던 와중에도 마오를 비롯한 당 지도부는 혁명 이념에 대한 대중적 선전과 교육이 성패를 좌우할 것으로 보고 이를 중시했음을 보여주는 곳이었다.

칭량산의 가파른 바위산을 오르자 기암괴석을 뚫고 만든 불상과 사찰이

**옌안 칭량산 만불사 뒤편 산기슭에 있는 동굴 주거지** 홍군과 중국공산당 지도자들이 이곳에 거주하며 혁명을 이끌었다.

나타났다. 곳곳에 석굴을 파고 만들어 놓은 불상과 전각이 기묘한 바위들과 함께 멋진 풍광을 연출했다. 만불사에는 중국인 홍색 관람객들도 꾸준히 몰려왔다. 13년 동안 이곳에 근거지를 마련했던 마오와 홍군의 손때가 만불사에도 잔뜩 묻어 있었다. 단체 관광객을 이끌던 현지 가이드들은 곳곳에 서려 있는 혁명가들의 에피소드를 진지하게 설명했고, 중국인 관광객들은 흥미진진하게 경청했다.

만불사를 지나 산 중턱의 작은 성문을 통과해 들어가니 잘 정돈된 옛 동굴 주거지들이 나타났다. 가파른 산에 굴을 파서 만든 주거지로, 깔끔하게 단장되어 있었다. 지금은 사람이 살지 않지만, 중국공산당 지도부를 비롯한 주요 인사들이 기거하며 혁명을 이끌던 곳이다. 동굴 주거지를 지나 산을 조금 꺾어 돌아가자 산의 경사가 약간 완만한 지역에 세워진 건물 두 채가 나타났다. 우리가 찾던 신화사와 해방일보가 있던 자리였다.

지형을 다시 살펴보니 그곳은 우리가 칭량산에 도착해 처음 본 신문 기념관 바로 위였다. 우리는 신문 기념관 옆으로 난 산길을 따라 올라가 만불사를 한 바퀴 돌아보고 그곳까지 온 것이다. 신화통신 건물 앞에 서니 아래로 옌허와 옌안 시내가 한눈에 들어왔다. 총칼을 들고 외부의 적과 싸우는 전쟁 최전선의 병사들도 중요하지만, 그에 못지않게 혁명을 성공시키기 위해선 그들을 둘러싸고 있는 일반 대중들의 호응이 필수적이며, 그것을 가능케 하는 것이 바로 언론과 출판이다. 신화사와 해방일보의 위치는 바로 그것의 중요성을 보여주고 있었다.

신화통신으로 잘 알려져 있는 신화사는 중국공산당의 공식 선전기관으로 1931년 설립되었다. 당시 이름은 홍색중화통신사(紅色中華通信社), 간단히 홍중사(紅中社)로 불렸으며, 홍군의 대장정에 맞추어 옌안으로 이전해 당시의 국내외 정세와 공산당의 활동을 전파하는 핵심 역할을 했다. 신화사는 지금도 중국 정부의 공식 입장을 국내외에 전달하는 중앙통신사의 역할을 수행하고 있다. 해방일보는 홍군의 투쟁, 공산당의 활동은 물론 산시성과 간쑤성 등 중국 서북지역 공산당의 활동, 세계 각 지역의 반파시즘 투쟁 상황 등을 전달하는 보다 대중적인 매체였다. 해방일보는 2차 국공합작 기간이던 1941년 창간되어 1947년까지 발행되었다. 신화통신이나 해방일보 모두 중국혁명기의 공산당 공식 선전매체이자 대중적인 교육매체였다.

마침 우리가 이곳을 방문했을 때 관리직원이 문을 열어 운 좋게 당시의 편집실을 모두 둘러볼 수 있었다. 편집실에는 나무로 만든 낡은 책상과 걸상, 편집진이 돌려가면서 읽었음 직한 낡은 책들, 당시 기자와 편집자들의 사진 등이 놓여 있었다. 집기들은 아주 초라했지만, 거기엔 그들이 가졌던 혁명에 대한 순수하고 뜨거운 열정이 배어 있었다.

하지만 그곳의 전시물엔 먼지가 두껍게 내려앉아 오랫동안 관리되지 않았거나, 이곳을 찾는 관람객이 거의 없다는 것을 보여주고 있었다. 그러고 보니 아까 만불사에서 보았던 많은 중국인 단체관람객들도 이곳에선 보이지 않았다. 신화사와 해방일보 유적의 관람객은 우리 가족밖에 없었다. '하긴 중국공산당 입장에서야 혁명에 중요한 역할을 했던 당의 공식 선전매체가 중요하다고 생각해 이렇게 유적지로 조성해 놓았겠지만, 오늘날 살기 바쁜 중국인들이 관영 언론매체의 역사에 무슨 관심이 있을까' 하는 생각이 얼핏 들었다.

중국인들이 관영매체의 혁명유적지를 외면하는 현실, 중국공산당 정부와 국민들의 괴리는 중국 언론이 처한 현실을 반영한다. 혁명 당시엔 이들 매체가 중요한 역할을 했지만, 지금은 상황이 크게 달라졌다, 신화통신은 각종 국제 현안에 대한 중국의 입장을 세계에 알리는 관영통신사 역할을 하고 있고, 현재의 공식 관영매체인 인민일보는 중국 정부의 정책을 국민들에게 알리는 역할을 하고 있다. 하지만 국민들은 여기에 별 관심이 없다.

특히 인민일보는 세계 최대의 발행 부수와 엄청난 취재 및 유통망에도 불구하고 정작 국민들로부터는 외면을 받고 있다. 예전과 달리 생존경쟁이 치열해지고, 서구 자본주의와 상업주의 문화가 거세게 몰아치는 마당에 '위대한' 당과 정부의 방침을 충실히 전달하는 데 열중하는 언론에 누가 관심을 갖겠는가. 사회는 급변하는데 당과 정부의 노선만을 충실히 따른다면 말이다. 이러한 중국의 양면성, 즉 한편으로는 혁명 전통을 강조하고 다른 한편에선 개방과 세계화가 급속하게 진행되는 모순적 상황은 혁명의 성지 옌안에서도 확인할 수 있었다.

우리가 편집실 내부를 거의 다 둘러볼 즈음, 문을 열어주었던 현지 관리인인 듯한 초로의 여인이 갑자기 건물에서 나가라고 소리쳤다. 편집실이 개방되는 것으로 알고 이곳저곳 한참 돌아보던 우리는 영문도 모른 채 어리둥절하여 편집실을 나왔다. 그러자 그 여인은 문을 자물쇠로 잠가 버렸다. 바로 아래의 신문 기념관을 통해 내려가려 했으나 그 길도 차단되어 있어 우리는 온 길을 되짚어 다시 성문을 통과해 만불사를 한 바퀴 돌아 내려와야 했다.

## 굴을 파고 만든 마오쩌둥의 은신처

혁명유적지로 조성해 놓았지만 찾는 사람이 없어 먼지만 뒤집어 쓰고 있던 신화사와 해방일보 유적지를 좀 '황당하게' 구경한 다음, 옌안의 혁명유적 가운데 가장 대표적인 양자링 유적지로 향했다. 양자링은 구 옌안시의 북쪽 외곽에 자리 잡은 작은 마을이었는데, 지금은 옌안시가 확장되면서 북쪽 시가지와 맞닿아 있었다. 칭량산 입구와 양자링 유적지를 잇는 시내버스는 많아, 12번 버스를 타고 20분이 채 안 되어 도착했다.

유적지로 향하는데 한 무리의 젊은 학생들이 거리로 쏟아져 나와 간이 식당으로 몰려가고 있었다. 양자링 유적지 바로 옆에 이곳에서 가장 큰 옌안대학이 있고, 대학 옆에 간이 식당들이 몰려 있다. 그들은 점심식사를 위해 나온 옌안 대학 학생들이었다. 호기심이 발동하여 우리도 옌안 대학 학생들이 몰려 들어가는 간이 건물에 들어가 국수와 우동, 샌드위치로 식사를 했다.

간이 건물은 10여 개의 포장마차 비슷한 작은 음식점들이 모여 있어 시장처럼 복잡했다. 삶고 볶고 튀기는 음식 냄새와 연탄 가스 냄새로 범벅이 되어 건물 안은 숨쉬기조차 힘들었고, 음식을 주문하는 학생들과 음식점 주인들의 외침으로 소란하기 이를 데 없었다. 언뜻 보기에도 무척 지저분했지만, 학생들은 작은 탁자에 다닥다닥 붙어 앉아 하얀 김이 나는 국수와 덮밥, 볶음밥 등을 맛있게 먹었다. 아무리 혁명유적지라 해도, 일반 중국인들이나 지방 학생들의 삶은 아직 고단해 보였다.

이와 달리 양자링 유적지는 말끔히 단장되어 있었고, 바닥도 빗자루로 싹싹 쓸려 있었다. 양자링은 중국공산당 지도부가 1938년 11월부터 1947년 3월까지 약 10년간 거주하면서 일본 제국주의와의 투쟁을 지휘하고 중국혁명에 대한 주요한 방침들을 결정한, 중국공산당으로서는 가장 중요한 혁명유적지다. 중국공산당은 1945년 일본 패망 후 국민당의 공격이 재개되자 양자

**옌안 양자링 혁명유적지 입구에 내걸린 젊은 시절 마오의 초상** 가운데 안쪽 건물이 중공대예당이다.

링을 떠나 황허를 넘어 내전에 들어가게 되는데, 양자링은 대장정을 시작한 후 중국 서북부 지역에 만든 세 번째 근거지가 되는 셈이다.

양자링 유적지는 각종 집회와 회의를 개최하던 대강당과 중국공산당 중앙당 사무소 건물을 중심으로 주변에 혁명 지휘부 건물이 배치되어 있고, 그 외곽엔 지도자들의 동굴 주거지가 산재하는 구조를 띠고 있다. 유적지 입구로 들어서니 마오쩌둥이 젊은 시절에 찍은 거대한 사진이 관람객들을 맞이하였다. 마오가 관람객들을 굽어보는 듯한 모습이었다.

중공대예당(中共大禮堂)은 양자링 유적지에서도 아주 중요한 곳이다. 약 1000명을 수용할 수 있는 이곳에서 공산당의 주요 회의와 집회가 열렸기 때문이다. 특히 중요한 회의는 마오를 공산당 주석으로 선출하고 그의 사상을 당의 지도노선으로 채택한 1945년 4월의 중국공산당 제7차 전국대표대회다. 대강당 앞에는 마오의 초상화와 중국 국기 및 공산당 깃발을, 강당 중앙에는 7차 대회 당시의 모습대로 의자를 배치해 놓았다.

대예당을 지나면 옛 중국공산당 중앙 건물(中共中央舊址)이 나타난다. 중국공산당 본부였던 이 건물은 3층으로, 1941년에 지어졌다. 건물 모양이 비행기를 닮아 '비행기 건물'이라고 불린다. 1층엔 강당, 북쪽 날개엔 중앙도서관, 남쪽 날개엔 식당을 배치했으며, 2층엔 당 주요 인사들의 사무실과 회의실, 3층엔 정치국 회의실과 정책연구실을 배치하였다. 이 건물이 의미가 있는 것은 특히 1942년 5월 2일부터 23일까지 열린 옌안 문예좌담회(延安文藝座談會) 때문인데, 이때 마오는 당시 문학과 예술의 역할인 '마오 강화'를 한 것으로 유명하다.

마오는 이 강화를 통해 "문학과 예술은 당대의 인민대중에 복무해야 하며,

**양자링에 있는 마오쩌둥의 동굴 주거지** 산기슭에 동굴을 파고 지은 소박한 거주지로 지금은 말끔하게 단장되어 있다.

문학가와 예술가들은 당대의 현실을 깊숙이 천착함으로써 그들 자신을 대중과 결합시켜야 한다"고 강조했다. 바로 마오의 사회주의 문예이론의 기초로, 1980~90년대 한국에서 리얼리즘 논쟁이 한창일 때에도 많이 거론되었다. 우리가 옛 공산당 건물을 방문했을 때는 한 무리의 중국 '홍색 관광단'이 1층 강당에서 손뼉을 치고 공산당가를 부르며 그 의미를 되새기고 있었다. 우리는 다소 멋쩍은 표정을 지으며 이들을 피해 강당을 나왔다.

공산당 중앙 건물 뒤편의 언덕으로 올라가면 중국혁명의 지도자들이 살았던 옛날 거주지가 나온다. 최고 혁명지도자 마오를 비롯해 공산혁명의 이론가였던 류샤오치(劉少奇), 군사 지도자였던 주더(朱德), 마오에 이은 중국혁명의 2인자이자 대외교섭의 창구 역할을 했던 저우언라이 등이 모두 이곳 언덕에 기거했다. 이들은 1938년 11월에서 1943년까지 이곳에 기거하면서 혁명이론을 발전시키고, 옌안 일대에서 새로운 사회를 만들어 갔다.

마오는 여기에서 《신민주주의론》, 《청년운동의 방향》 등 당대 혁명운동의 방향과 관련된 저작들을 남겼고, 이론가였던 류샤오치는 《공산당원의 임무에 대하여》, 《당내 투쟁에 대하여》 등 중국공산당 역사에서 아주 중요한 저작들을 남겼다. 이러한 저작물을 통해 당내 이념 및 노선 투쟁을 치열하게 벌이고 정풍운동을 주도해, 마오 사상을 당의 지도노선으로 채택할 수 있었다.

이들 1세대 중국혁명가들의 옛 주거지에는 홍색 깃발을 앞세운 중국인 단체 관광객들이 쉼 없이 몰려들었다. 여행 시즌이 지난 11월 중순이고 평일임에도 꾸준히 이어지는 관광객은 이들에 대한 중국인들의 관심을 반영했다. 혁명가들이 살았던 주거지는 산 중턱에 굴을 파고 지은 것으로, 각각 서너 평 정도의 거실과 침실로 이루어져 있었다. 아주 소박한 공간이었다. 생활 역시 간소할 수밖에 없었다. 옌안 혁명기념관에서 리보가 "전 세계의 국가 원수 가운데 이렇게 누덕누덕 기운 옷을 입은 사람을 본 적이 있습니까?" 하고 물었던 것이 떠올랐다. 엄혹한 조건에서 인민대중과 함께 생활하고, 고통을 나누며, 해방을 위해 온몸을 던졌던 혁명가들의 초상이었다. 그들은 몇 평도 안 되는 공간에서 생활했지만, 그 정신은 광활한 중국을 넘어 세계로 뻗어 있었다. 혁명의 승리는 곧 인간 정신의 승리였다.

마지막 날 돌아본 펑황산 혁명유적지(鳳凰山革命舊址)는 옌안 시내와 가까이 있었다. 시내 서쪽에 우뚝 서 있는 펑황산 아래에 만든 마오와 홍군의 초기 근거지였다. 마오와 저우언라이의 집은 양자링 근거지와 마찬가지로 작고 소박했다. 마오는 이곳에서 《모순론》과 《실천론》 등 유명한 철학적 저작들을 썼다고 소개되어 있었다. 《모순론》은 사회의 근본(기본) 모순과 부차적 모순을 분명히 밝힘으로써 해방투쟁의 전략과 전술을 마련하는 데 기초가 된 이론이다. 《실천론》은 인간의 의식은 사회적 실천, 즉 계급투쟁과 해방투쟁을 통해서만 보다 높은 단계로 발전할 수 있다는 것을 철학적으로 규명한 이론이다. 이들 저작은 1980년대 한국의 대학가에서도 많이 읽혔다. 《모순론》은 당시 한국 사회의 모순구조를 규명하고 민주화 투쟁의 전략과 전술을 만드는 데 영향을 미쳤고, 《실천론》은 당시 대학생들로 하여금 단순한 지식을 쌓는 데에서 벗어나 과감한 실천에 나서도록 하는 데 큰 영향을 미쳤다. 그 사상을 정립한 곳이 바로 이곳 펑황산 아래의 허름한 은거지였던 것이다. 말하자면 평황산에서 마오의 기본 철학이 형성되었다고 할 수 있었고, 이후 10년 가까이 기거한 양자링은 해방구의 구체적인 정치·경제·문화 등의 실천 방안들을 만들고 정풍운동을 벌이면서 당 체제를 확고히 만든 곳이었다.

평황산 혁명유적지에는 마오를 비롯한 중국공산당 지도부가 1938년 일본군의 대대적인 공습으로 근거지가 초토화되던 당시에 급히 몸을 피해 목숨을 가까스로 건진 동굴이 과거 모습대로 보존되어 있었다. 평황산을 떠받치고 있는 거대한 암석을 뚫어 만든 동굴로, 수십 명은 들어갈 수 있는 크기였다. 거기엔 마오와 저우언라이가 피신한 동굴 말고도 많은 동굴이 있다. 중국혁명 지도부가 이런 지형적 이점을 고려해 평황산 아래를 근거지로 마련한 듯했다. 지도부의 거처와 동굴을 돌아보면서, 일본군의 무자비한 폭격으로 옌안 시내가 불바다가 되고 혁명 근거지가 초토화되던 당시의 긴박하고 처절했던 상황이 눈에 그려지는 듯했다.

## 박제된 마오와 혁명의 신화

혁명유적지를 돌아보는 나와 올리브의 감회는 남달랐다. 한편으로는 반공 이데올로기가 지배하는 한국에서 금기시하고 입에 올리기조차 무서웠던 공산당 유적지를 돌아본다는 일종의 긴장감이 떠나지 않았고, 다른 한편으로는 젊은 시절 매력적인 모습으로 다가왔던 중국혁명의 현장을 직접 돌아본다는 지적 호기심이 충만했다. 하지만 아이들은 어땠을까. 겉으로는 흥미를 보이고, 어떤 사안을 설명할 때에는 고개를 끄떡이기도 했지만, 지루할 것이 뻔했다. 당연하지 않을까? 중국인들도 특별한 볼거리가 없으면, 그리고 집단적인 홍색 관광 프로그램이 아니면 굳이 찾지 않는 곳을 멀리 기차를 타고 와서 장황하게 들려주는 70여 년 전의 역사에 무슨 재미가 느껴질까. 큰

아들 창군은 사진기를 이곳저곳 들이대며 그럭저럭 흥미를 유지했고, 둘째 동군은 그나마 역사에 관심이 많아서 그런지 설명에 관심을 보였다. 하지만 멜론은 아무래도 지루한 표정이었다. 아무리 장대하고 숭엄한 인간 승리의 현장이라 해도 남의 나라의 혁명 역사는 관심 밖의 일일 수밖에 없을 것이다.

나와 올리브는 중국혁명의 현장을 직접 돌아본다는 흥분에 휩싸여 있었지만, 사실 그건 유적지를 돌아볼 때뿐이었다. 혁명가들의 순수한 열정과 희생은 유적지에 전시된 유물로 박제되어 있는 것 같았다. 유적지를 나오면 시내든, 거리의 사람이든, 상가든 어디에서도 그 혁명의 정신을 느끼기 쉽지 않았다. 이미 혁명이 성공한 지 60년이 훨씬 지났고, 개혁·개방으로 사회 시스템이 급격한 변화의 소용돌이에 빠져 있기 때문에 당연한 일일 수도 있지만, 혁명의 역사와 오늘날의 중국 사이에선 너무나 큰 간극이 느껴졌다. 혁명의 역사조차 정치적 필요에 따라 포장을 달리하는 것 같아 뒷맛이 개운하지 않았다.

그러한 간극은 양자링 유적지를 돌아본 다음 민족학원(民族學院) 유적지를 찾으면서 확연히 드러났다. 민족학원은 항일투쟁 시기 소수민족의 간부를 양성하기 위해 설립한 교육기관으로, 그곳에서 김산의 발자취까지는 아닐지라도 항일투쟁에 참여했던 조선인 혁명가들의 흔적을 찾을 수 있지 않을까 기대했다. 사실 옌안의 주요 혁명유적지에서 조선 혁명가들의 흔적을 찾을 수 없었다. 이른바 '옌안파'라고 불리는 조선 혁명가들은 해방 이후 한국 현대사, 특히 북한 현대사에 큰 영향을 미쳤는데, 정작 옌안에 와서는 그 흔적이나 발자취를 확인할 수 없어 아쉽기도 했다. 그래서 민족학원 유적지를 찾아갔던 것이고, 한국 현대사를 전공한 올리브는 옌안으로 오면서부터 여기에 관심을 갖고 있었다. 우리는 지도를 펴들고 그 유적지를 찾아나섰다. 다행히 우리가 갖고 있던 지도에 민족학원 유적지가 표시되어 있었다.

하지만 버스에서 내려 지도를 보면서 주위를 아무리 살펴도 유적지는 보이지 않았다. 땡볕이 내리쬐는 거리를 두 차례 왔다 갔다 하며 샅샅이 둘러보았지만 민족학원과 관련한 표지판조차 찾지 못했다. 인근 가게에 들러 지도를 들이대며 유적지를 물었지만, 아는 사람은 아무도 없었다. 누구도 민족학원에 대해 알지 못했다. 거기에 민족학원은 없었다. 지도에 표시된 민족학원 자리에선 재개발 공사가 벌어지고 있었고, 그 위쪽 산기슭엔 일부 오래된 건물들과 굴을 파고 지은 낡은 건물들만 처량하게 서 있을 뿐이었다. 몇 차례 언덕을 오르내리다 우리는 '민족학원은 사라졌다'고 결론을 내렸다.

정치적 필요나 국민에 대한 교육의 필요가 있는 유적지에는 많은 돈을 들이고 열과 성을 다해 조성하면서도, 역사적 의미에도 불구하고 정치적 의미나 활용 가치가 적은 곳은 방치한 것이었다. 특히 '사라진' 민족학원은 중국의 자국 중심주의 역사인식 경향과 겹쳐 못내 씁쓸하기만 했다. 이것이 고구려와 같이 현재의 중국 영토 안에서 펼쳐진 역사를 모두 자국 역사에 편입하는 이른바 '동북공정(東北工程)'과 관계가 있을 수도 있다는 생각이 들었다. 진시황을 통일중국의 원류로 재평가하는 것이나, 동북공정 역사왜곡이나, 민족학원의 흔적을 찾을 수 없게 된 것이나 모두 역사를 있는 그대로 바라보지 않고 현재의 정치적 목적에 맞게 재단하려는 오늘날 중국의 소아적(小我的)인 모습을 보여주는 것 같았다.

옌안 중심가엔, 이방인의 피상적인 느낌일 수도 있지만, 과거 혁명투쟁과 거리가 멀어 보이는 '현대적인' 옌안이 기다리고 있었다. 저쪽 기념관과 유적지가 과거의 고단한 투쟁을 보여주고 있었다면, 옌안 시내는 상업화에 골몰하는 오늘의 중국을 보여주고 있었다. 인구가 40여만 명에 불과한 작은 도시에 어울리지 않게 대규모 상가와 쇼핑몰이 넘치고, 새롭게 단장한 옷가게와 신발가게, 각종 액세서리 가게가 끝없이 이어졌다. 여기에다 새 쇼핑몰과 호텔, 아파트를 짓는 공사가 시내 곳곳에서 우후죽순처럼 벌어지고 있었다. 지금의 중국이 위대한 혁명투쟁에 대한 자부심을 바탕으로 새로운 중국에 대한 비전을 갖고 달려가는 것인지, 서구 자본주의에 포섭되어 방향을 상실한 채 새로운 생존투쟁을 벌이는 것인지, 혼돈스러웠다.

상업주의의 포로가 된 옌안 시내를 걸으면서 갑자기 '양자링 언덕에 굴을 파고 모진 풍파를 헤치며 제국주의와의 투쟁과 혁명을 이끌었던 마오가 꿈꾸었던 세상이 어떤 것이었을까' 하는 생각이 들었다. 먹을 것, 입을 것은 물론 생산시설이 턱없이 부족해 비참한 생활을 하면서도 봉건제도와 식민통치의 사슬을 끊고 궁극적인 인간해방의 희망을 잃지 않았던 마오도 지금의 이런 세상에 만족할까. 물론 세상이 변하고 국내외 정세가 변하면서 그 사회의 지향점도 달라지는 게 당연하다. 경제적 양극화와 사회적 갈등이 고조되고 있음에도 인민들의 생활 수준 향상이라는 명목 아래, 양적 성장에만 집착하는 지금의 중국은 도대체 무엇이란 말인가.

옌안에서 시안으로 돌아가면서 다시 보니 옌안 외곽엔 아직도 토굴이 산재해 있었다. 산 중턱과 산 아래에 구멍이 뻥뻥 뚫려 있었다. 중국 경제가 급성장 가도를 달리기 이전인 1980년대까지만 해도 사람이 살았다는데 그 토굴들은 최근 새롭게 지어진 아파트로 급속하게 대체되고 있다. 콘크리트 아파트가 새로운 희망을 보여주기보다는 가난 속에서도 해방과 미래를 위해 몸을 바치던 혁명정신의 상실을 보여주는 것 같았다.

옌안에서 본 마오는 신격화된 존재에서 박제된 역사가 되고 있었다. 마오는 오늘날의 중국 지도부에 의해 끊임없이 추앙받고 있지만, 진정한 마오 정신, 한때 한국의 젊은이들을 흥분하게 만들었던 마오와 대장정을 함께했던 혁명가들의 그 순수한 정신은 퇴색해 버렸다. 중국의 혁명은 아직 끝나지 않았다. 봉건제와 식민주의를 철폐하는 것이 혁명의 끝이 아니다. 진정한 인간해방, 행복한 세상을 위한 혁명은 미완성이다. 중국혁명의 현장을 찾아갔던 2박 3일 간의 '홍색 여행'이 어둠 속으로 빨려 들어가듯이, 마오와 그의 동지들이 목숨을 던지면서 품었던 인간해방의 고귀한 혁명 정신도 짙은 어둠 속으로 빨려 들어가는 듯했다.

시안~시닝

# 자신의 꿈을 이야기할 수 있는 용기

## 생각보다 편리한 중국 침대열차

내가 상하이에서 가족들을 만나 중국 여행을 시작한 지 1개월이 넘었다. 올리브와 아이들은 필리핀 어학 연수를 포함해 4개월 가까이 낯선 타국 땅을 돌아다니고 있다. 옌안에서 시안으로 돌아오는 날 아침, 가족들과 지금까지의 여행을 되새기는 시간을 가졌다. 여행하면서 자신이 얻은 것이 무엇인지 이야기를 나누었다. 물론 힘든 것도 있고, 아쉬운 것도 많지만 긍정적인 에너지를 위해 얻은 것을 주로 얘기했다.

창군은 이제 도로명이나 지역 이름을 한자로 읽을 수 있게 되었고, 상점이나 터미널에서 중국어로 기본적인 정보를 물어볼 수 있게 된 데 대해 큰 자부심을 느낀다고 말했다. 책을 보고 어디를 가보면 좋을지 판단할 안목이 생기고, 사진을 찍는 기술도 큰 진전을 이룬 것이 기쁘다고 했다. 혼자서도 여행할 수 있다는 자신감이 생기고, 매일 일기 쓰는 습관이 생긴 것, 기차나 버스에서 오래 버틸 수 있게 된 점 등도 소득이라고 얘기했다.

동군도 영어나 중국어에 대한 두려움이 많이 사라진 점, 책임감이 커지고 용기가 생긴 점, 게임에 대해 생각을 하지 않게 되고 생활태도가 밝아진 점, 공부, 특히 영어 공부를 해야겠다는 생각이 든 점을 이번 여행의 성과라고 말했다. 앞으로 무엇을 하고 싶은지에 대한 생각도 많아졌는데, 예전엔 역사에 관심이 많았지만 지금은 요리에 관심이 많아졌다고 말했다. 전에는 어디를 갈 때 3시간이면 긴 시간이라고 생각했는데 이제는 근처를 이동하는 게 3시간이 될 정도로 스케일이 커졌고, 중국 역사도 많이 알게 되었다고 말했다.

멜론은 영어를 듣고 조금씩 말할 수 있게 되는 등 영어에 대한 이해와 자신감이 늘어난 점을 성과라고 얘기했다. 한국에서는 영어 과외도 하고 학원에도 다녔지만 자신감이 없었는데, 이젠 영어에 재미를 갖게 되었다고 말했다. 또 여행을 하더라도 어디를 갈지 생각한 적이 없었는데, 중국 여행을 하면서 어디를 가야 할지 스스로 생각하고 그렇게 찾아간 곳에는 더 많은 관심을 갖게 되었다고 얘기했다. 이전에는 잘 가지 않던 박물관 같은 곳에도 관심이 생긴 점, 필리핀과 중국에 대한 이해가 늘어난 점도 소득이라고 말했다.

학교와 집을 오가며, 공부에 대한 압박감과 컴퓨터 게임에 대한 욕망 사이에서 갈등하던 아이들이 여행을 통해 자신을 돌아보면서 조금씩 성장하고 있었다. 특히 다양한 삶과 문화, 사회 현상을 보면서 시야를 넓히고, 지금까지 경험하지 못했던 새로운 여정을 소화해내면서 '자신감'을 갖게 된 것이 눈에 보였다. 커지는 자신감과 좀 더 구체화된 자신의 목표를 결합해 '하루하루, 한 걸음 한 걸음' 정신으로 꾸준히 나간다면 이루지 못할 것이 없을 것이다. 아이들 역시 지금까지 여행하면서 얻은 것을 공유하면서 모두 뿌듯해하는 눈치였다.

"부족하고 어설픈 것도 많지만, 지금 우리가 앞으로 나아가고 있고, 성장하고 있다는 게 중요한 거야. 나나 올리브도 여행을 통해 많은 것을 배우고 있고, 또 너희들로부터도 많이 배우고 있어. 앞으로는 좀 더 스스로 찾아가는 여행이 되도록 하자." 내가 마무리를 했다.

옌안에서 시안으로 돌아온 다음 날은 거의 하루 종일 숙소에서 뭉그적거리며 여행기를 정리하고, 휴식을 취했다. 야간 침대열차를 타고 시안을 출발해 티베트 여행의 출발지인 칭하이성(青海省) 시닝으로 이동하는 것 이외엔 특별한 일정을 잡지 않았다. 멜론은 창군이 건네준 영어 책을 펴들고 한참 소리를 내가며 읽었는데, 멜론이 영어책을 그렇게 오랫동안 읽는 걸 본 것은 처음이었다. 모르는 단어를 나에게 물어가면서 떠듬떠듬 읽는 모습이 기특했다. 역시 아이들은 책을 읽으라고 강요하지 않더라도 환경이 만들어지면 자연스럽게 자기가 할 일을 스스로 찾아간다. 그런 환경을 만들고 동기를 부여하는 게 부모의 역할이다.

**시안역 내부** 매우 넓은 대합실이 여행이나 사업에 나선 중국인들과 관광객들로 북새통을 이루고 있다.

저녁식사 후 시안 역으로 오니 그야말로 만원이었다. 이곳이 동서 교통의 중심지임을 확연히 느낄 수 있었다. 간편한 복장을 한 사람에서부터 마대자루에 짐을 가득 넣고 끈으로 질끈 둘러멘 승객들, 이슬람 복장을 한 사람 등 각양각색의 사람들이 2층으로 된 커다란 역사를 가득 메우고 있었다. 우리처럼 집채만 한 배낭을 짊어진 사람들은 대합실에 들어가기조차 어려웠다.

중국 어디를 가나 인기를 끌었던 아이들은 시안 역에서도 마찬가지였다. 우리가 대합실 빈 공간을 찾아 어렵게 자리를 잡자 주변의 중국 사람들이 모두 "니 하오, 니 하오!" 하고 반갑게 인사를 해왔다. 우리 옆 의자에 앉아 있던 한 중년의 중국인은 창군이 마음에 들었던지 젊은 중국 여성을 가리키며 둘이 잘 어울릴 것 같다며 농담을 건네기도 했다. 창군은 눈을 슬쩍 흘기면서도 영 기분 나쁜 표정은 아니었다.

우리가 탄 침대칸은 만원이었지만, 의외로 시스템이 잘 갖추어져 있었다. 3층 침대가 서로 마주 보도록 설계되어 있었는데, 가운데 창가에는 테이블과 휴지통이 있어 앉아서 쉬고 음식도 먹을 수 있었다. 복도 쪽에도 접히는 의자와 작은 테이블을 놓아 승객들이 휴식을 취하거나 차를 마시고 식사를 할 수 있도록 했다. 시트도 깨끗하게 빨아 잘 개어 놓았고, 짐은 천장의 짐칸과 1층 침대 아래에 넣을 수 있도록 되어 있었다. 열차가 만원이라도 모든 승객이 각자 자기 침대로 들어가면 붐비지 않도록 잘 설계된 구조였다.

우리 침대는 모두 중층(2층)과 상층(3층)이어서 아무래도 하층(1층)보다는 불편했다. 아이들은 처음 타보는 침대열차가 신기했던지 잽싸게 상층으로 올라가 다른 짐까지 받아 짐칸에 잘 챙겨 넣었다. 주변 사람들과도 '니 하오' 인사도 나누고, 침대에 이리 저리 누워 보기도 하면서 신이 났다.

기차가 출발하고 조금 지나자 차장이 환표를 하러 다녔다. 탑승권을 플라스틱 카드로 바꾸어주는 것이었다. 왜 이렇게 하나 하고 의아했는데, 나중에 보니, 여기엔 표를 검사하는 기능과 잠을 자는 승객에게 하차할 역을 알려주는 기능 두 가지가 담겨 있었다. 올리브는 침대에 비스듬히 기대 책을 읽었다. 나도 그런 자세를 취해 보았지만, 낮은 천장 때문에 꺾고 있던 고개가 금방 아파 포기하고 침대에 누웠다. 침대는 잠자기에 안성맞춤이었다.

10시 30분이 되자 차장이 실내등을 껐다. 취침 시간이라는 신호였다. 왁자지껄 떠들던 중국인들도 모두 침대 속으로 들어가고 레일을 달리는 철커덕 철커덕 소리와 이곳저곳에서 코고는 소리만이 울려 퍼졌다.

오후 8시 13분 시안을 출발한 기차는 밤새 달려 중국 서부의 중심도시인 란저우를 지나 시닝으로 향했다. 산시성에서 출발해 간쑤성을 거쳐 칭하이성으로 가는 12시간의 긴 여정이다. 간쑤성의 톈수이(天水)와 간구(甘谷) 지방은 계단식 밭이 끝없이 펼쳐져 한번 방문하고 싶은 곳이었다. 프랑스 언론인 출신의 여행가 베르나르 올리비에는 이스탄불에서 시안까지 실크로드를 걸어 여행하면서 쓴 책《나는 걷는다》에서 이곳의 어마어마한 계단식 밭이야말로 인간이 삽과 곡괭이를 갖고 수천 년 동안 만들어낸 걸작이라며, 세계유산은 바로 이런 것이라고 주장했다. 우리가 잠든 사이에 그곳을 지나버렸다.

시닝은 해발고도가 2275m로 매우 높지만, 기차를 타고 가면서 고도가 높아진다는 걸 느끼기는 어려웠다. 새벽에 어렴풋이 잠에서 깨어 커튼을 젖히고 창밖을 보니 짙은 어둠 사이로 가끔 허름한 건물로 이루어진 마을들이 눈에 띌 뿐이었고, 주변 환경은 확실히 거칠고 황량해졌다. 점차 삭막한 고원지방으로 들어가고 있는 것이다.

7시 가까이 되자 차장이 실내에 불을 켰다. 베이징 같으면 날이 밝을 때지만, 서쪽으로 한참을 이동했기 때문에 창밖은 여전히 짙은 어둠에 휩싸여 있었다. 엄청나게 넓은 영토를 베이징 동일 시간대로 책정해 놓았기 때문이다. 그러고 보면 중국은 모든 것을 베이징 중심으로 운영할 뿐 각 지역의 특성과 고유의 생활 양식에는 별 관심이 없는, 참 무지막지한 나라다. 베이징 표준시 정책만 보더라도 중국 정부가 소수민족을 어떻게 대접하고 있는지, 그것을 소수민족들이 어떻게 받아들이고 있을지 상상이 갔다.

아이들이 침대에서 부스스 일어났다. 험한 여행을 하면서도 군소리 한 마디 하지 않고 씩씩하게 여정을 소화하는 것이 대견하면서도 안쓰럽기도 하다. 내가 아이들을 학교에서 빼내 여기까지 데리고 온 것이 과연 잘한 일일까, 이것이 최선의 선택이었을까, 다른 더 좋은 선택은 없었을까, 혹시 아이들이 현실에 과감히 맞서서 시시각각으로 다가오는 장애물을 스스로 넘으려 하지 않고 현실로부터 도피하는 것을 먼저 배우는 것은 아닐까….

하지만 어쩌랴, 주사위는 던져졌으니. 따지고 보면, 아이들도 각자의 눈높이에 따라 이 여행을 소화하면서 한 걸음 한 걸음 앞으로 나아가고 있지 않은가. 옌안에서 시안으로 오기 전에 나누었던 대화처럼 우리는 함께 성장하고 있지 않은가. 내가 어떤 이상적이고 높은 기준을 정해 놓고 그것과 비교한다면 지금의 이 여행이 엉뚱하고 기이한 것처럼 보일 수도 있지만, 여행 과정 그 자체를 본다면 우리는 지금까지 잘 해오고 있지 않은가. 애써 긍정적으로 생각했다. 그리고 그 긍정적인 생각은 생각만이 아니라 실제라는 것을 시닝에서 다시 한번 깨달았다.

## "나는 요리를 배우고 싶어요"

기차는 예정 시간보다 1시간 정도 이른 7시 30분 시닝 서역에 도착했다. 11시간 20분 정도 걸린 여정이었다. 시닝에 도착해서도 걱정했던 고산증세를 별로 느낄 수 없어 내심 안심이 되었다. 하지만 기차에서 내리자 차가운 새벽 공기가 확 밀려와 해발고도가 높은 중국 서부 내륙 깊숙이 들어왔음을 알려 주었다. 이제 11월 중순에 접어들었으니, 절기상으로도 가을에서 겨울로 접어드는 시점이다. 우리는 기차에서 내리자마자 배낭을 열어 시안에서 장만한 스웨터와 잠바 등 두툼한 옷을 꺼내 껴입었다. 다른 중국인들의 복장을 보니 한겨울에나 입는 두툼한 방한복, 털로 된 옷깃이 발목까지 내려오는 큼직한 코트로 몸을 둘둘 감싸고 있었다.

시닝 서역은 임시 역사처럼 보였다. 역 부지와 건물은 중국 서부의 교통 요지답게 매우 컸지만, 건물은 철골 골조에다 샌드위치 패널을 덮은 가건물 형태였다. 주변 상가도 아직 정비가 되지 않았다. 알고 보니 시닝 서부에 대규모 신도시가 조성되고 있었고, 시닝 서역은 신도시 조성에 맞추어 새로 건설하는 중이었다. 때문에 시내버스와의 환승 시스템도 완비되지 않았고, 표지판도 제대로 갖춰져 있지 않았다. 어디서나 변화를 느낄 수 있다.

역에서 5번 버스를 타고 도착한 레테 유스호스텔(理體青年旅舍)은 우리가 애용하는 호스텔월드 인터넷 사이트에서 시닝의 가장 편안하고 저렴한 숙소로 꼽힌 곳인데, 아파트 15~16층을 개조해 만든 아기자기하면서 공간 활용도가 뛰어난 곳이었다.

유스호스텔에선 시닝 시내가 내려다보여 전망도 괜찮았다. 인구 220만 명의 대도시인 시닝은 도심 재개발이 거의 완료된 모습이었다. 숙소 인근으로는 10층 안팎의 비교적 높은 아파트를 비롯해 새로 지은 건물들이 숲을 이루고 있었고, 멀리 시내 쪽에는 급성장하는 중국의 경제를 상징하듯 고층빌딩들이 즐비하였다. 유스호스텔 바로 뒤에는 공원이 있어 산책하고 운동하는 시민들도 보였다. 중국이 서부 대개발에 착수하면서 시닝을 비롯해 란저우, 우리가 앞서 둘러본 시안과 같은 거점도시들을 우선적으로 개발한 것이다.

그동안 묵었던 유스호스텔이 모두 1~2층에 자리 잡고 있었던 데 비해 레테 유스호스텔은 아파트 고층을 개조해 만든 관계로 매우 조용했다. 그런 만큼이 유스호스텔은 중국인들의 일상 생활 공간과 격리되어 있었다. 다른 유스호스텔은 문을 열고 나가면 바로 중국인들이 생활하는 거리가 나왔지만, 여기서는 15층을 내려가야 사람들을 볼 수 있다. 아파트 단지 한가운데 있어 길거리엔 사람도 많지 않았다. 역시 아파트는 사람을 고립시키는 주거 공간이다. 이 유스호스텔은 그런 아파트 한가운데 자리 잡은 여행자들의 '섬'이었다.

도시도 둘러보고 저녁도 먹기 위해 시내로 나와 보니 유스호스텔에서 보았던 것처럼 시닝은 지금까지 돌아본 내륙의 다른 도시들에 비해 상당히 깨끗했다. 왕푸징(王府井) 백화점이 있는 시내 중심가는 이미 대자본과 금융기관들이 모두 장악했고, 타이안이나 뤄양 같은 중소 도시에서 보았던 서민적 풍모의 가게들은 찾아보기 어려웠다. 도로도 중앙분리대가 설치되어 있고, 인도와 차도를 나누는 철책이 세워져 있어 길을 건너기 위해서는 지하도로 통행해야 했다. 시닝은 깔끔하고 현대화된 모습이지만, 반대로 사람 냄새는 많이 사라진 것 같았다.

길을 건너기 위해 지하도로 내려가니 입구가 두툼한 천막으로 가려져 있었다. 지하도 입구 같지 않았다. 시안에서 한두 번 보았던 천막이 시닝에서는 지하도나 상점의 입구에 일반적으로 사용되고 있었다. 바깥의 찬바람이 들어오지 못하도록 두툼한 천을 이용해 만든 일종의 차단막이었다. 많은 사람들이 드나들면서 손때도 잔뜩 묻어 있었다. 그걸 밀치고 들어가서는 깜짝 놀랐다. 엄청난 지하상가가 펼쳐졌다. 다른 세계였다. 안과 밖이 이렇게 다를 줄은 상상하지 못했다.

**시닝 수이징샹 시장 입구** 340m에 1000여 개의 상점들이 들어서 있는 곳으로 티베트 유목문화와 중국 농경문화가 뒤섞인 모습이다.

지하상가는 끝을 가늠하기 어려울 정도로 길게 만들어져 있었고, 동서남북으로 거미줄처럼 연결되어 있었다. 중심도로 전체에 지하상가를 만들어 시민들도 그곳을 통해 통행했다. 그러고 보니, 거의 모든 중국의 도시가 엄청난 사람들로 붐볐는데, 이곳 시닝 거리가 이상하리 만큼 한산한 느낌을 주었던 것을 이해할 수 있을 것 같았다. 사람들이 모두 지하상가를 통해 이동하거나 쇼핑을 하는 것이었다. 지하상가는 공기가 다소 탁했지만, 난방이 잘 되어 겨울철에 추위를 피하면서 생활하기에 적합했다. 매장들은 모두 깔끔하게 단장되어 의류와 가죽제품은 물론 가전제품, 생활용품 등을 팔고 있었다. 변화하는 중국의 모습을 한눈으로 보여주는 지하상가였다. 구질구질하고 먼지 나는 중국의 도로들을 돌아다니며 고통을 받았던 아이들은 현대적 매장들이 죽 늘어선 깨끗한 지하상가가 마음에 드는지 단연 활기를 보였다.

지하상가를 지나 시닝의 대표적인 전통시장인 수이징샹(水井巷) 시장으로

**다양한 육포** 티베트 고원에서 자라는 야크 고기를 말려서 만든 육포들이 수이징샹 시장의 한 점포를 장식하고 있다.

향했다. 수이징샹은 시닝시를 정비하면서 전통시장을 새롭게 단장한 곳이었는데, 그곳 설명문에는 약 340m의 거리에 1000여 개의 작은 점포들이 모여 있다고 적혀 있었다. 점포들에선 각종 토산품과 기념품, 먹거리 등을 판매하고 있었다. 특히 다른 중국 지역과 달리 티베트 불교와 관련한 제품과 양, 돼지, 닭 등 고기를 포함한 식품류, 티베트 고원에 사는 야크를 재료로 한 가죽제품과 말린 야크 고기까지 판매해 이곳이 티베트 고원과 가까운 곳임을 확연히 느끼게 해 주었다.

시장을 죽 둘러보다 우리의 눈길을 잡아끈 것이 있었다. 바로 야크 고기 육포와 양고기였다. 티베트 고원에서 주로 생산되는 고기들을 가공한 제품이었다. 말린 야크 고기는 원래의 맛을 살린 제품, 매운 맛이 나는 제품, 다섯 가지 맛(五香味)을 가미한 제품 등 종류가 다양했다. 그 중에서 깔끔해 보이는 오향미 제품(26.8위안, 약 4800원)을 하나 사서 맛보았는데, 아주 맛있었다. 한국식으로 보면 육포에 중국식 조미를 한 제품으로, 여기가 아니면 먹을 수 없는 제품이라며 모두 즐거워했다. 나중에 시닝시에서 제작한 여행 안내서를 보니 마오우러우칸(牦牛肉干)이라고 하는 말린 야크 고기는 야크 살코기를 삶아 산초, 카레가루, 설탕, 소금, 후추 등으로 간을 하고 불을 쪼여 말린 것이라고 설명하고 있었다.

양고기도 많이 팔리고 있었는데, 우리는 시장의 한 이슬람 간이 음식점에서 시닝의 특산품인 셔우쫘양러우(手抓羊肉) 맛을 보았다. 양의 갈비를 통째로 삶은 다음, 먹을 만큼 잘라 꼬치로 만들어 살짝 구운 것으로, 맛은 일반 양꼬치와 크게 다르지 않았다. 다만 양고기를 삶은 다음 굽기 때문에 육질이 부드럽고 말랑말랑했다. 우리는 48위안(약 8600원)짜리 셔우쫘양러우와 함께 양의 내장으로 만든 순대(20위안, 3600원), 양고기 삶은 육수에 쌀보리를 넣어 만든 스프(5위안, 900원)를 주문했는데, 모두 먹을 만했다.

새로운 음식은 꺼리는 편이었던 멜론도 거리낌 없이 젓가락을 들이댔다. 적극적이고 도전적으로 변하는 멜론의 모습이 보기 좋았다. 이번 여행을 하면서 요리에 부쩍 많은 관심을 보이고 있는 동군도 시키지도 않았는데 스스로 나서 주문을 하는 적극성을 보였다.

식사는 오리거스(Origus, 好倫哥) 뷔페에서 했는데 산둥성 타이안에서 들렀던 뷔페와 같은 체인점으로 왕푸징 백화점 2층에 자리 잡고 있었다. 그런데 뷔페 분위기가 타이안과는 딴판이었다. 타이안에서는 손님들이 먹을 만한 음식을 접시에 듬뿍 덜어다 놓고 먹었는데, 시닝에선 자기가 먹고 싶은 음식만 조금씩 덜어다 먹는 분위기였다. 처음에 타이안에서의 경험을 살려 맛있어 보이는 음식을 잔뜩 덜어다 펼쳐놓고 식사를 시작했다가 분위기를 눈치 채고 얼굴을 살짝 붉히며 각자 먹을 만큼만 음식을 담아왔다.

식사를 하면서 음식에 대해 이야기를 나누다 주제가 동군의 꿈과 희망으로 흘렀다. 동군은 주저주저 하면서 여간해선 이야기하지 않던 요리에 대한 자신의 관심사를 털어놓았다. 동군이 이런 이야기를 한 것은 이번이 처음이었다. 내가 물었다.

"전에는 고고학이나 역사를 공부하고 싶다고 했었잖아."

"역사에 관심이 많고, 고고학이 재미있을 거 같아서 고고학을 하겠다고 얘기했던 건데, 이젠 요리 공부 하고 싶어." 동군이 분명하게 말했다.

그동안 동군이 역사에 관심이 많고 역사 이야기만 하면 눈동자를 반짝 빛내면서 이야기에 참여하는 걸 보고, 동군이 역사가나 고고학자를 꿈꾸고 있다고 믿었고, 동군도 자신의 꿈이나 희망을 물을 때마다 고고학자가 되고 싶다고 이야기하더니 속마음은 따로 있었나 보다. 여행을 통해 동군이 그 속마음을 연 것이 너무 고맙고 반가웠다.

## 혼돈과 방황을 넘어서는 것은 희망

사실 우리 가족의 세계여행을 실행에 옮긴 데에는 동군이 결정적인 역할을 했지만, 동군 때문에 여행 계획이 수포로 돌아갈 위기에 처한 적도 있었다. 처음 가족 세계일주 여행을 하기로 결정하고 구체적인 여행 계획을 만들어 가기 시작한 지 두 달 반 정도 지났을 때 동군의 마음이 흔들렸다. 학교를 중단하고 1년간 여행을 한다는 것에 대한 부담이 컸던 것이다. 여행 계획이 구체화되고, 동군이 학교를 그만두어야 하는 '실제 상황'이 되자 마음 한편에 자리 잡고 있던 부담이 현실로 다가왔던 것이다.

"지금 학교에 계속 다니면서 공부하고 대학도 가고 싶어." 동군이 심각한 표정으로 말했다. 돌발적인 상황이었다. 모두 어리둥절했다.

"그래? 왜 그런 생각을 하게 됐니?" 올리브가 물었다.

"친구들하고도 떨어지고 싶지 않고, 학교 다니면서 공부해도 될 것 같아서…."

잠시 침묵이 이어졌다. 나도 올리브도 제대로 말을 잇지 못했다. 동군의 생각이 그렇더라도 여행을 떠나자고 설득할 수는 있겠지만, 억지로 끌고 갈 수는 없었다. 동군이 그런 생각을 한 것은 학교 공부와 대학 입시에 대해 스스로 새롭게 각오를 한 것이기 때문에 오히려 잘된 일인지도 몰랐다.

"어, 그래? 난 세계일주를 하면 좋겠지만, 안 해도 상관없어. 동군이 그렇게 생각했다면 열심히 공부해서 대학에 잘 가면 돼. 그러면, 너 잘할 수 있어?" 창군은 여행에 큰 미련을 보이지 않으며 아주 '쿨~'하게 반응했다.

나도 동군이 나름대로 진지하게 고민하고 결론을 내린 것이라고 생각하여 여행을 하자고 설득할 용기가 나지 않았다.

"그래, 동군이 많은 생각을 했구나. 그러면 앞으로 어떻게 할지 생각해 봤어?" 내가 물었다.

"대학 갈 준비 해야지." 동군은 당연하다는 듯이 이야기했다.

결국 여행 논의는 8월 초부터 12월 중순까지 4~5개월 동안 중단되었다. 가족 모두 동군이 열심히 공부해 자신의 꿈을 실현할 수 있는 대학에 갈 수 있도록 도와주기로 했다. 동군의 결심에 지지를 보내며, 아쉽지만 여행 계획은 내려놓았다. 여행 이야기는 중단되었지만 가족 분위기는 한결 달라졌다. 잠깐이었지만 세계일주 여행을 매개로 가족의 사랑과 희망, 흥분을 나누어본 경험이 분위기를 바꾼 것이다. 우리는 동군이 공부에 집중할 수 있도록 배려했다.

그렇지만 동군이 자신이 생각한 대로 자신의 생활을 새롭게 꾸려가는 것이 쉽지 않았다. 여행 계획을 접고 공부에 집중하기로 했지만 게임의 유혹은 그를 끊임없이 괴롭혔다. 시간이 갈수록 그 유혹에 다시 굴복하기 시작했다. 새벽 2~3시까지, 어떤 때에는 밤을 꼬박 새우며 게임에 빠져들었다. 하루는 출근하기 위해 새벽 5시에 일어나 거실로 나가보니 동군이 헤드기어를 쓰고 인터넷 게임에 몰입한 상태에서 뭐라고 알아들을 수 없는 말을 중얼거리고 있었다. 그가 헤드기어를 통해 하는 말은 한국어도 아니고, 영어도 아니고, 아주 짧은 단어의 조합으로 이루어진 전혀 다른 세계의 말이었다. 충격적인 모습에 그만 말문이 막히고 말았다. 달래 보기도 하고 큰 소리를 쳐 보기도 했지만, 게임의 유혹은 상상 이상으로 집요했다. 그는 현실과 다른, 게임과 판타지 세계에 다시 빠져들었다.

우리의 생활도 세계일주를 계획하기 이전 상황으로 점점 돌아갔다. 다시 정신없는 일상이 우리를 괴롭혔고, 기대에 부응하지 못하는 자식에게 화를 내는 일도 많아졌다. 결국 그해 겨울 우리 부부는 동군에게 다시 세계일주 카드를 던졌다. 동군이 스스로 판단하도록 하되, 학교라는 현실적이고 일반적인 코스에 얽매이지 않고 자신의 꿈을 실현하기 위해 가장 좋은 방법이 무엇인지 생각해 보도록 권고했다. 우리 부부의 목표는 하나였다. 동군을 지금의 방황에서 벗어나 자신의 꿈을 실현할 방법을 찾도록 하는 것, 말은 쉽지만, 그것 하나였다.

그러한 혼돈과 방황의 시간을 보내다 그해 12월 다시 결론이 내려졌다. 동군도 게임과 판타지에 빠진 삶에서 벗어나길 원했고, 그 방법으로 당분간 한국의 현실에서 벗어나는 세계일주로 기울었다. 우리 부부가 던진 카드를 동군이 받아들인 것일 수도 있지만, 우리는 그렇게 생각하지 않았다. 동군 스스로 내린 결정이라고 생각하고, 이를 존중했다. 나와 올리브는 물론 동군 모두 자신의 뜻대로 돌아가지 않는 현실 세계에서 벗어나고 싶었던 것이다. 창군도 다시 여행을 꿈꿀 수 있게 되어 무척 기뻐했다. 대학 기숙사에서 마음껏 자유를 누리며 생활했지만, 창군도 가족의 사랑에 목말라하고 있었다.

그해 연말 우리 가족은 동군의 결정과 우리 가족의 새로운 출발을 기념하기 위해 최고의 파티를 가졌다. 처음으로 고급 호텔의 뷔페에서 식사를 하면서 이듬해 7월에 세계여행을 시작하기로 하고, 각자 새해 희망을 이야기했다. 갈등과 방황, 결정과 번복, 절망과 희망의 양 극단을 오갔던 한 해가 그렇게 지나갔다. 그해를 넘기면서 우리에게 남은 마지막 언어는 바로 자신의 꿈을 포기하지 않는 '희망'이었다.

이듬해 우리의 계획은 우여곡절이 있었지만, 차근차근 진행되었다. 대학 1학년을 마친 창군은 휴학을 하고 아르바이트를 하면서 여행을 준비했다. 아르바이트로 돈을 꼬박꼬박 모아 최고급 DSLR 카메라를 구입했다. 동군은 고등학교 2학년 1학기까지 마친 다음 학교를 중단했다. 처음엔 휴학을 하고 1년 후 원래 학년으로 복학할 생각이었지만, 규정상 여행을 목적으로 1년 동안 휴학하는 것이 불가능해 결국 2학년 1학기까지 마친 다음 학교를 그만두었다. 자퇴를 선택한 것이다. 6월 자퇴서를 제출하고 돌아오는 동군과 올리브의 얼굴에 숙연함과 비장함이 동시에 교차했다. 그 과정에서 멜론이 여행에 합류하기로 했고, 올리브와 나도 직장을 정리했다.

여행 결정을 내리고, 자퇴서를 제출할 때 동군의 마음속에는 엄청난 소용돌이가 휘몰아쳤을 것이다. 남들은 대학 입시에 본인은 물론이고 온 가족이 매달리던 고등학교 2학년 학생이 학교를 그만둔다는 것은 쉽지 않은 결정이었을 것이다. 이에 대해 구체적으로 이야기를 나누지 못했고, 동군도 자신의 속내를 시원하게 드러내지 않았지만, 결심과 번복이 하루에도 몇 차례씩 이루어졌을 것이다. 그러면서 자신을 다시 한번 돌아보기도 했을 것이다. 새가 알을 깨고 나오는 고통을 겪듯이 그도 심한 갈등을 겪었을 것이다. 또 그 고통이 그를 한 단계 더 성장시키는 역할도 했을 것이다.

## 시도하지 않으면 능력을 알 수 없다

이렇게 시작한 여행이 시닝까지 왔고, 그동안 여간해서는 자신에 대한 이야기를 꺼내지 않던 동군이 자신의 꿈을 털어놓았다. 세계여행이라는, 남들과 다른 경로를 통해 자신의 꿈을 찾아 나가는 것에 대해 머뭇거리면서 끝까지 고민을 했던 동군이었던 만큼, 그가 자신의 꿈에 대한 이야기를 꺼낸 것은 그가 여행을 통해서 마음의 문을 열게 되었다는 것을 의미하는 것 아닐까. 나와 올리브는 물론 창군과 멜론도 동군의 이야기에 귀를 기울였다.

그런데 요리라니. 처음에는 좀 엉뚱하다는 생각도 들었지만 이해가 안 가는 것도 아니었다. 특히 여행하면서 동군은 요리나 음식에 유별난 관심을 보였고, 새로운 음식에 대한 호기심이 넘쳤다. 그런 관심은 동군 내면 깊은 곳에 있는 어떤 열망의 표현이었다. 그러고 보니 한국에서 외식을 할 때에도 동군은 매번 새로운 요리나 음식점을 찾았고, 동군이 '맛있다'고 평가한 곳은 의심하지 않고 받아들여도 될 정도로 맛에도 탁월한 감각을 지니고 있었다.

나와 올리브는 동군의 꿈을 존중하고 싶었다. 고고학이든, 요리든, 어떤 것이든 그게 무슨 상관인가. 자신이 좋아하고 자신의 열정을 쏟아부으며 즐겁게 살아갈 수 있다면, 그것을 통해 자아를 실현하고 사회에 기여할 수 있다면, 그것이야말로 다른 무엇으로도 환산할 수 없는 진짜 의미 있는 삶 아닌가.

"좋아. 무엇이든 동군이 좋아하는 걸 하면서 살아갈 수 있다면, 또 거기에 자신이 가진 열정을 쏟을 수 있으면, 좋지." 내가 동군을 지지하고 나섰다.

"어~ 어~, 동군이 요리하는 거 먹어보고 싶은데…." 창군도 맞장구를 쳤다.

"동군 형, 그러면 중국 요리, 프랑스 요리도 만드는겨?" 멜론이 장난기 있게 말했다.

"나는 동군이 제대로 된 요리를 했으면 좋겠어. 요리는 각 지역의 자연환경과 거기서 생산된 농산물이나 축산물, 그곳의 역사나 문화적 특수성이 결합된 거니까, 그런 것들을 같이 고려해서 요리를 배웠으면 좋겠어. 동군이 역사나 문화에도 관심이 많으니까, 그런 것을 함께 공부하면서 요리를 배웠으면 좋겠어." 올리브가 동군의 꿈을 좀 더 진지하게 해석했다.

이제 앞으로 음식점 선택은 동군이 주도적으로 하기로 했다. 동군도 흔쾌히 받아들였다. 기회가 된다면 인도나 유럽을 여행할 때 요리학원에 등록해 현지 요리를 배우는 기회도 가져보기로 했다. 동군은 요리학원에서 요리를 배우고, 다른 사람들은 인근 지역을 여행하는 것도 재미있을 것 같았다. 이번 여행이 동군이 관심을 갖고 있는 역사와 각 지역의 요리를 동시에 배우고 익히는 기회가 된다면, 더 없이 성공적인 여행이 될 것 같았다.

질풍노도의 시기인 10대 후반에 막 접어든 동군. 요리에 대한 그의 관심이 얼마나 지속될지, 자신의 꿈이 또 어떻게 바뀔지, 지금으로선 알 수 없으나, 어차피 관심이 있는 것이라면 한번 도전해 보고 경험해 봐야 하는 것 아닌가. 경험을 해 본 다음 거기에서 관심 영역을 확대하든, 아니면 다른 것으로 관심을 옮기든 할 수 있을 것이다. 경험해 보지 않으면 자신의 관심이나 능력이 어느 정도인지 알 수 없다. 비록 10대 소년이라 할지라도 자신의 꿈을 향해 달려가 보지 않으면, 그 꿈은 항상 미련으로 남게 된다. 그 미련이 남아 있는 한 다른 것을 선택하더라도 계속 발목을 잡을 것이다. 그러면 앞으로 나아가는 힘도 갖기 어렵다.

그러고 보니 우리 부부도 아이들의 꿈이나 희망에 대해 상당히 관대해져 있었다. 바쁘고 경쟁적인 한국에서의 일상에 치여 있었다면 요리를 하고자 하는 동군의 꿈에 대해 이렇게 여유 있는 태도를 보이기 어려웠을지도 모른다. 여행이 아이들의 이야기를 아이들의 입장에서 이해할 수 있도록 여유를 준 것이다. 여행을 하는 과정에서, 말로 설명하기는 어렵지만, 아이들에게도 그런 느낌을 주었고, 그런 신뢰가 어느 정도 형성되고 있었기에 동군도 자신의 꿈을 이야기할 수 있었을 것이다.

지금 동군이 한국에 있었다면, 매일 반복되는 학교 수업과 오후 10시까지 이어지는 야간 자율학습 등으로 쳇바퀴 돌아가는 일상을 살 것이다. 부모와 잠깐 스치듯이 얼굴을 보거나, 만날 때마다 부모는 교훈적인 이야기를 늘어놓고, 거기에 저항하는 동군과 싸움을 하고 있었을 것이다. 그런 상황에서 마음속에 담아 두었던 이런 이야기를 나누기는 힘들었을 것이다. 자신의 꿈을 찾고 키워 나가는 여행의 단초를 엿본 기쁜 날이 저물어 가고 있었다.

## 시닝~칭하이호~시닝

# 요술을 부린 독에 든 술

### 오체투지로 산을 일주하는 사람들

우리가 시닝을 찾은 가장 큰 이유는 고산지대에 적응하기 위해서였다. 시닝이 해발 2200m를 넘고, 칭하이호(青海湖)가 3200m 가까이 되며, 그 사이에 있는 일월산(日月山)은 3500m에 달한다. 우리는 3박 4일 동안 시닝을 여행하면서 해발 4000~5000m에 달하는 티베트와 히말라야 고산지대에 대한 적응기를 갖기로 했다. 동시에 고산지대 여행에 필요한 최종 준비를 마치고 칭짱 열차(青藏列車)를 타고 티베트로 떠날 계획이다. 중국 최대의 염해호인 칭하이호와 그 주변의 초원지대는 가장 돌아보고 싶었던 곳이기도 했다.

시닝에 도착하자마자 칭하이호 여행 방법을 알아본 다음 티베트 불교 사찰인 타얼스(塔爾寺)로 향했다. 당초 시닝 박물관도 함께 둘러볼 계획이었지만, 칭하이호 투어 계약이 생각보다 오래 걸리면서 타얼스 한 곳만 선택하였다. 타얼스는 시닝에서 25km 정도 떨어져 있어 시내버스와 시외버스를 갈아타고 30~40분이 걸렸다. 패키지 여행이 아니어서 현지인들이 이동하는 방법 그대로 간 것이다.

시닝 외곽으로 나가자 곧바로 고원지대 특유의 황량한 풍경이 펼쳐졌다. 이따금 보이는 마을은 시닝과 달리 아주 낙후되어 있었다. 옅은 안개가 끼어 있는 가운데 허름한 마을은 먼지를 흠뻑 뒤집어쓰고 있었고, 사람들은 고원

**시닝의 대표적인 티베트 사찰인 타얼스 입구** 스투파에 향을 피우고 참배객들과 승려들이 그 주위를 돌며 소원을 빌고 있다.

지대의 태양에 그을려 검붉게 변해 있었다. 머리는 꾀죄죄해 물을 뿌리면 땟국물이 곧 뚝뚝 떨어질 것 같았다.

그런 가운데서도 눈길을 끈 것은 황량한 구릉과 산에 나무가 계획적으로 심어지고 있는 것이었다. 도로 옆은 물론 산에 조림한 나무들이 무럭무럭 자라고 있었다. 산림녹화에 대한 중국 정부의 관심을 확인할 수 있었다. 사막화 문제는 중국은 물론 전 세계가 함께 고민하고 있는 문제이며, 특히 중국 서부의 사막화가 급속도로 진행되어 환경 재앙이 우려되고 있다. 때문에 중국 정부도 2000년대 들어 이를 핵심적인 해결 과제로 설정하여 총력을 기울이고 있다. 각 성(省) 정부는 산림을 관리하는 별도 부서를 두고 있다. 올리브는 중국 정부가 2004년부터 사막화 진행이 마이너스로 돌아섰다고 선언한 바 있다며 중국의 노력을 높이 평가했다. 지금과 같은 노력이 지속될 경우 앞으로 20~30년 후에는 황량한 이곳도 녹음이 우거져 풍경이 완전히 달라질

**타얼스 뒤편 언덕의 마니통에 오체투지를 하는 주민들** 뒤편으로 경전을 적은 천이 주렁주렁 걸려 있다.

것 같았다. 한국도 산에서 나무를 베지 못하도록 강제 규정을 실시한 산림녹화 30여 년 만에 산천초목의 풍경이 확 달라졌듯이 말이다.

타얼스는 우리가 그동안 보아왔던 한국이나 중국의 사찰과 확연히 달랐다. 절 구조부터 달랐다. 일반적으로 한국이나 중국의 사찰은 정문인 일주문을 통해 들어서면 사천왕상이 나타나고 그에 이어 중앙의 대웅전을 중심으로 전각들이 규칙적으로 배열되어 있는데, 타얼스는 하나의 통일된 사찰이라기보다는, 각각 독립적인 전각이 길을 사이에 두고 이곳저곳에 분산 배치된 구조였다. 때문에 사찰 내에서도 차량과 사람들이 자유롭게 통행할 수 있었고, 각 전각에서 별도의 티켓을 검사했다. 1인당 40위안 하는 티켓(약 7200원)을 구입하면 모든 전각을 자유롭게 드나들 수 있다.

사찰 입구에는 티베트 경전을 적은 커다란 마니통이 있어 관람객이나 신도들이 '옴마니반메흠'을 외거나 소원을 빌면서 돌릴 수 있다. 마니통과 그것을 돌리는 사람들을 보자 '우리가 티베트 불교 사원에 왔구나' 하는 생각이 확 들었다. 우리도 처음 만져보는 마니통을 돌리며 타얼스로 들어갔다. 사찰 입구에는 또 일반적인 탑과 달리 둥근 모양의 스투파(Stupa)를 세워놓았다. 스투파에는 연기에 버금가는 수준의 짙은 향이 피어오르고 있었고, 승려들과 참배객들은 스투파를 돌며 소원을 빌고 있었다. 관광 시즌이 거의 끝난 11월 중순이라 그런지 관광객들은 많지 않았고, 티베트 전통의상을 입은 현지인들이 주로 눈에 띄었다.

타얼스를 가로질러 나 있는 길을 따라 사찰 뒷산으로 천천히 올라갔다. 눈으로 하얗게 덮인 뒷산에는 각종 경전을 적은 천들이 주렁주렁 걸려 있어 아래쪽에서 보기에도 장관이었다. 뒷산으로 올라가니 그 길이 주변의 산으로 죽 이어져 있고, 다시 반대편 산까지 연결되어 있었다. 타얼스를 중심으로 주변의 산 능선을 잇는 순례길이 만들어져 있었던 것이다. 순례길은 하나가 아니었다. 타얼스를 가까이에서 돌 수 있는 길도 있었고, 멀리 비교적 높은 산의 능선을 연결해 타얼스를 크게 돌 수 있는 길도 있었다. 그 순례길에는 참배객들이 자신의 소원이나 경전을 적어 끈에 매달아 놓은 수많은 천이 파란 하늘을 배경으로 바람에 하염없이 휘날리고 있었다.

순례길에는 경전을 외며 걷는 참배자들이 많았고, 오체투지(五體投地)로 타얼스를 도는 참배자들도 눈에 띄었다. 산길에 놓은 마니통을 향해 오체투지를 하기도 했다. 그들은 손과 발, 가슴과 배, 그리고 머리를 땅에 대면서 한 걸음 한 걸음 나아가고 있었다. 그들의 정성에 우리 마음도 갑자기 숙연해졌다. 옷도 남루하고, 몸은 흙투성이가 되고, 얼굴은 고원의 강한 햇살로 검게 그을렸지만, 그들의 표정만은 밝고 환했다. 오체투지를 하다 모여앉아 대화를 나누는 사람들의 얼굴은 평화로웠다.

"니 하오!"

우리가 인사를 건네자, 그들도 누런 이빨을 내보이며 때 묻지 않은 환한 미소를 보낸다. 드디어 우리가 이번 여정에서 가장 오고 싶었던 곳에 가까이 왔다는 생각이 문득 들었다.

타얼스 뒷산에 난 길을 크게 돌아 입구로 돌아왔다. 왠지 마음도 편안해진 것 같았다. 타얼스 입구의 상가를 천천히 돌아보았는데 유목민들이 쓰는 야크 안장, 야크 가죽으로 만든 물통을 비롯한 유목 도구, 각종 불상과 기념품, 골동품 등이 많았다. 시간이 지나면 점차 사라질 운명에 놓인 물건들이었다. 기념품으로 구입하고 싶은 생각이 굴뚝 같았지만, 가벼워야 하는 장기 배낭여행자로서 짐을 늘릴 수 없는 입장인지라 눈으로 구경하는 것으로 만족해야 했다.

## 농경문화와 유목문화의 교차로

칭하이호는 시닝에서 서쪽으로 120km 정도 떨어져 있지만, 대중교통으로는 접근이 어렵다. 때문에 현지 투어에 참여하거나 자동차를 렌트해 다녀와야 한다. 우리가 시닝에 도착했을 때는 여행 시즌이 끝난 11월 중순이어서 교통편 구하기가 만만치 않았다. 유스호스텔에 1인당 60~120위안의 다양한 1일 투어 프로그램을 소개하는 포스터가 붙어 있었지만 지금은 운영하고 있지 않다고 했다. 바로 위층에 있는 티베트 여행사에도 문의해 봤으나 사정은 비슷했다. 대신 기사 딸린 자동차 렌트를 알선해 줄 수 있다며 운전수를 포함한 렌트비 1000위안(약 18만 원)과 수수료 1인당 25위안(4500원)을 제시했다. 생각보다 가격이 비싸 혀를 내두르니 직원은 로컬 여행사를 추천했다.

"단, 명심할 게 있어요. 싼 프로그램에 참여하면 칭하이호는 잠깐 들르고, 이곳저곳 쇼핑몰을 방문하죠. 쇼핑을 강요당하기도 해요." 여행사 직원이 약간 겁을 주었다. 좀 망설이다가 로컬 프로그램에 참여해 중국 사람들과 같이 여행하는 것도 좋은 경험이 될 것 같았다. 그래서 1층에 있는 중국 여행사를 찾았지만, 그 여행사는 일찌감치 영업을 끝내고 문을 닫은 상태였다.

다음 날 다시 중국 여행사를 찾았는데, 상황이 좀 복잡했다. 비수기라 중국인들의 단체 여행이 사실상 끝난 상태였던 것이다. 그래서 우리 가족만 차

한 대로 여행을 해야 하고, 그에 맞는 여행 경로와 가격 등을 협상해서 결정해야 했다. 그런데 그 여행사는 대리점이고 본점은 멀리 떨어져 있었기 때문에 대리점에서 여행 코스와 가격을 협상한 다음, 전화로 본점 직원의 승인을 받아야 했다. 중국어에 영어, 필담까지 섞어가면서 거의 1시간 가까이 협상을 한 결과, 쇼핑몰을 들르지 않고 칭하이 호수를 다녀온다는 조건으로 500위안(약 9만 원)에 운전수 딸린 차량을 렌트하기로 했다. 핵폭탄 실험 장소였던 원자성(原子城)과 칭하이 초원지대가 빠져 좀 안타까웠지만, 그런대로 우리가 원하는 조건에 협상을 마무리했다.

타얼스를 돌아보고 난 다음 날 아침, 예약한 소형 승합차를 타고 칭하이 호로 향했다. 먼 길을 왕복해야 하기 때문에 서둘러야 했다. 그런데 칭하이호는 해발고도가 3000m를 넘어 시닝보다 훨씬 추웠고, 그 때문에 장갑과 방한 용품을 충분히 장만하지 못했던 멜론은 크게 고생을 해야 했다.

시닝 서쪽의 신도시 개발지역을 거쳐 외곽으로 나가자 칭하이성이 광업 도시임을 알리듯 대규모 철강회사를 비롯해 광업과 관련한 공장들이 대거 눈에 띄었다. 칭하이성은 지형 자체는 황량하고 볼품 없지만, 옆의 간쑤성과 함께 중국 최대의 천연자원 매장지역으로 전략적으로 중요한 곳이다. 티베트나 위구르가 독립을 요구한다 해도 중국이 결코 포기할 수 없는 이유가 바로 여기에 있다. 시닝 외곽을 벗어나자 곧바로 황원(湟源)협곡이 나타났다. 도로 주변으로 나무 한 포기 자라지 못하는 황량하고 거친 산들이 삐죽삐죽 솟아 있다.

시닝에서 약 1시간을 달려 9시께 칭하이 고원에 자리 잡은 작은 마을 단까얼구청(丹噶爾古城)에 도착했다. 지금으로부터 230년 전 청나라 때 만들어진 고성으로 별 기대가 없었다가, 천천히 돌아보면서 재미와 흥미를 불러일으키는 놀라운 곳이라는 사실을 절감했다. 청나라 때 고을 사무를 보던 관청을 비롯해, 사당, 거리, 상가 건물 등이 옛 모습 그대로 보존되어 있었다. 봉건시대의 중국 마을에 들어와 있는 듯한 느낌이었다.

중국의 농경문화와 티베트의 유목문화가 만나는 지역으로 지리적으로도 중요한 위치에 자리 잡은 단까얼은 시닝시 서부지역을 일컫는 황원의 옛 이름이다. 이곳을 넘어서면 바로 티베트 고원으로 가는 험로가 시작된다. 역사적으로 옛 중국의 행정력이 이곳까지 미쳤고, 지금도 마찬가지지만, 사람들의 생활 양식이나 문화도 단까얼을 지나면서 확연히 달라진다. 달리 말하면 이곳 너머는 오늘날의 중국이 새롭게 정복한 곳인 셈이다.

이 단까얼에서 중국과 티베트가 활발히 교역하고, 문화적 융합이 이루어졌다. 이를 반영하듯, 거리엔 옛날에 거래 조건을 협상하고 교역을 하고 돈을 계산하던 모습을 동상으로 재현해 놓기도 했다. 티베트에서 온 야크와 양, 치즈 등 유목 관련 물품과 중국 쪽에서 온 각종 곡물류와 과일, 차 등이 거래되고, 이를 위한 금융이 번성하던 모습을 상상할 수 있었다.

단까얼구청 가운데 자리 잡은 옛 관청 건물에선 이 지역의 개황을 소개하고 있었는데, 1800년대 말에 고을 인구가 2만 명이나 되었다고 한다. 1940년대 들어 인구가 급속히 늘어 1949년엔 5만 6천 명을 넘었다고 하니, 변방의 작은 마을치고는 번성했음을 짐작할 수 있다. 옛 관청엔 고을 현감의 처소와 집무실, 군사들이 머물던 곳, 회의실 등이 거의 옛 모습 그대로 보존되어 있었다. 특히 현감 처소 앞마당에 쓰여진 '천리(天理) 국법(國法) 인정(人情)'이라는 말이 눈길을 끌었다. 현감이 매일 처소를 드나들며 '하늘의 뜻과 나라의 법, 사람의 인정에 맞게 일을 처리한다'는 말을 되새기도록 한 것이었다. 지금 모든 정치인이나 관료들에게도 꼭 필요한 말이다.

단까얼구청을 둘러보고 다음 목적지인 일월산으로 향했다. 그런데 고도가 점차 높아지고 온도가 낮아지면서 걱정이 몰려왔다. 올리브는 시닝으로 온 다음부터 머리가 이상하게 지끈거린다며 고산증세가 아닌지 불안해하였고, 평소 추위를 거의 타지 않던 멜론도 단까얼구청을 돌아볼 때 몸을 잔뜩

**일월산 문성공주 기념관 앞의 야크 동상** 우람한 야크의 목에 천을 주렁주렁 매달아 소원을 빈 흔적이 보인다.

웅크리고 다니는 게 마음에 걸렸다.

단까얼구청을 지나 서쪽으로 향하자 본격적으로 황량한 벌판이 나타났다. 사방 어디에도 나무 한 포기 없었고, 그동안 희끗희끗 보이던 눈이 벌판과 산들을 두껍게 덮고 있었다. 하지만 고원으로 진입하자 날씨가 기가 막히게 좋아졌다. 시닝과 황원만 해도 안개가 끼어 있었는데, 일월산에 가까이 가면서 안개가 완전히 사라지고 시야가 확 트였다. 하늘은 청명했고, 강한 햇살이 눈으로 뒤덮인 산야를 비추어 장관을 이루었다. 사진에서만 보던 눈 덮인 고원, 구름 한 점 없이 파란 하늘, 작열하는 태양이 한눈에 들어왔다.

단까얼구청에서 1시간 정도 달려 일월산 입구에 도착했다. 일월산은 해발 3520m 높이의 산으로 중국에서 티베트로 가려면 반드시 넘어야 하는 산이다. 중국인이나 티베트인에게 이 산은 중요한 이정표 역할을 했고, 때문에 모두 이 산을 신성시했다.

일월산은 특히 당나라 때 티베트와의 우호를 위해 당시 전성기를 구가하던 티베트의 전설적인 왕 송첸캄포와 결혼한 문성공주(文成公主)의 이야기로 유명하다. 문성공주가 장안(시안)을 떠나 멀고 먼 길을 거쳐 이 산을 지나면서 자신의 결의를 보이기 위해 아버지 태종이 준 거울을 던지고 넘어갔다는 전

**탕판구다오(唐蕃古道) 표식** 시닝 일월산 입구에 세워져 당나라와 토번국을 잇는 옛 길임을 알리고 있다. 뒤편으로 문성공주의 동상이 보인다.

설이 전해지고 있다. 일월산 고갯마루엔 중국과 티베트 간의 교류에 역사적인 다리를 놓은 문성공주를 기리는 동상이 세워져 있고, 사당(기념관)도 만들어져 있다. 사당 앞에는 야크 동상이 우람하면서도 믿음직스럽게 서 있었다. 산 정상에는 티베트어로 불경을 적은 천들이 바람에 날렸다. 하얀 눈이 덮인 일월산 위로 파란 하늘이 손에 잡힐 듯하고, 노랗고 빨간 천이 고원에 내리쬐는 강한 햇살을 받으며 펄럭이는 게 한 폭의 그림 같았다.

우리는 일월산을 천천히 걸어서 넘었다. 고원의 햇살은 생각보다 강렬했고 따뜻했다. 추위를 걱정했던 우리는 안도했다. 햇살과 하얀 눈으로 덮인 산, 그 사이로 끝없이 펼쳐진 광활하고 황량한 자연을 즐겼다. 아이들은 올리브가 설명하는 티베트와 중국의 관계, 문성공주 이야기에 흠뻑 빠졌다. 일월산에는 당나라와 티베트를 잇는 도로인 탕판구다오(唐蕃古道)를 표시하는 팻말을 세워 놓아, 이곳으로 교역이 이루어졌음을 알리고 있었다. 당시 티베트는 토번국(吐蕃國)이라 불렸는데, 도로 이름도 이를 따와서 붙여졌다.

일월산을 지나 칭하이호로 향하는 길은 더욱 장관이었다. 넓은 평원이 펼쳐지고, 그 평원 저쪽 끝으로는 하얀 눈을 뒤집어 쓴 뾰족뾰족한 산들이 끝없이 이어졌다.

**칭하이호 시왕모(西王母) 량량 조각상** 중국 고대 쿤룬(崑崙) 신화 속의 여신으로, 매년 음력 6월 6일 칭하이호에 신선들을 모아 잔치를 벌였다는 신화가 전해져 내려온다.

일월산을 출발한 지 2시간, 시닝에서 출발한 지 5시간 반 만인 오후 1시 30분께 드디어 칭하이호에 도착했다. 칭하이호는 해발 3196m 높이에 있는 염해호이자, 중국에서 가장 큰 호수다. 예전엔 이 호수가 서쪽에 있는 바다처럼 보인다고 해서 서해(西海)라고 불렸다고 한다. 동서로 길게 뻗어 있는 길이가 106km, 남북으로 이어진 폭이 63km로, 한국의 웬만한 도(道)가 들어갈 정도 크기다. 평균 수심은 17.8m, 가장 깊은 곳은 32.8m에 이른다. 연간 평균 기온이 15도로, 특히 여름에 서늘하여 최적의 피서지로 꼽히며 여름호수(署海)라는 별명도 갖고 있다.

하지만 관광 성수기가 지나서인지 썰렁하기 그지없었다. 입장료도 4월 중순~10월 중순의 성수기에는 100위안(약 1만 8000원)인데, 비수기라고 50위안을 받았다. 철이 지나 문을 닫은 상가도 많았지만, 그런대로 여행하는 맛은 났다. 게다가 상하이, 황산, 태산, 베이징, 뤄양, 시안 등 주요 관광지를 다니면서 엄청난 인파에 시달렸던 우리는 오히려 한적한 풍경이 좋다면서 천천히 호수 주변을 거닐며 여유를 만끽했다.

칭하이호의 물은 생각보다 맑아, 바닥이 훤히 들여다보일 정도였다. 호수 한편에 흡기실(吸氣室, Oxygen Room)이 따로 만들어져 있었는데, 고산증에 시달리는 사람이 산소를 마실 수 있도록 한 것이다. 이곳이 고산지대임을 다시 한번 실감했다. 호수 근처에 초지도 있었는데, 주민들이 방목하는 야크들이 몰려와 고원의 햇살을 받으며 한가로이 풀을 뜯고 있었다. 우리가 다가가도 미동도 하지 않았다. 양들도 풀을 찾아 무리를 지어 이동했다.

여행 안내서에는 매년 3~6월에 10만 마리의 철새가 몰려드는 조도(鳥島)가 큰 볼거리라고 소개하고 있었지만, 이미 철이 지났고 조도까지 몇 시간이 걸리기 때문에 갈 수가 없었다.

칭하이호 구경을 마친 다음, 다시 시닝으로 직행했다. 운전수가 영어를 하지 못하고, 우리는 중국어를 자유롭게 구사하지 못해 커뮤니케이션이 거의 이루어지지 못했지만, 우리나 운전수 모두 자연의 아름다움엔 감탄하지 않을 수 없었다. 운전수는 창밖의 풍경을 보면서 연신 "하오더, 하오더!(좋아요, 좋아요!)"를 연발했다. 칭하이호로 갈 땐 이곳저곳 들러 5시간 반이 걸렸지만, 올 때엔 고속으로 달려 2시간밖에 걸리지 않았다.

황원계곡과 단까얼구청을 거쳐 일월산을 넘고 칭하이호까지 돌아본 여정은 티베트 여행의 전초전이었다. 타얼스를 포함해 이색적인 풍광과 문화가 우리의 눈과 마음을 사로잡았지만, 더 중요한 것은 해발 3000~3500m에 이르는 고지대 여행을 큰 이상 없이 잘 마쳤다는 점이었다. 우리는 시닝에 온 목적인 고지대 적응훈련을 성공적으로 마쳤다.

## 근으로 달아 파는 술맛의 짜릿함

숙소에서 잠시 쉰 다음 라싸로 가는 칭짱 열차에서 먹을 것과 필요한 물품들을 사기 위해 슈퍼마켓으로 갔다. 체온 유지에 실패해 감기 증세를 보이는 멜론을 위해 배즙도 샀다. 한국에서 가족에게 감기 증세가 있을 때 배즙이나 오미자차를 마시게 해 효험을 봤는데, 슈퍼를 샅샅이 뒤져 귀신같이 찾아낸 것이다. 올리브가 슈퍼에 들어서며 배즙을 사겠다고 할 때는 '과연 여기에도 배즙이 있을까' 하고 반신반의했는데, 확신에 찬 올리브가 결국 찾아내고 말았다. 한국 엄마의 저력을 실감했다.

이어 올리브와 아이들이 슈퍼 2층으로 올라가 쇼핑을 계속하는 사이 나는 그때까지 산 물건을 계산하고 나왔다. 그런데 매장 입구에서 술을 큰 독에 담아 놓고 무게(근)를 달아 비닐봉지에 넣어 팔고 있었다. 영화에서나 보던 흥미로운 풍경이었다. 한 아름이 훨씬 넘는 엄청난 술독에 술을 넣고, 그 아래쪽에 수도꼭지처럼 꼭지를 만들어 술을 파는 거였다. 호기심을 참을 수 없어 12위안(약 2100원)을 주고 43도짜리 고량주를 한 근 샀다. 거기 있는 술 가운데 중간 정도 하는 것이었다. 그런데 이게 나중에 큰 탈을 낼 줄은 미처 몰랐다.

저녁식사를 하면서 내가 사온 술 봉지를 들어 보이니 종업원이 주전자를 가져다 주었다. 술맛이 생각보다 괜찮아 홀짝 홀짝 거의 반 근 이상을 마셨다. 양이 어느 정도 되는지 가늠하기 어려운 상태였다. 반 근이란 것도 참 흥미로웠다. 보통 술의 계량 단위는 몇 잔, 몇 병 또는 몇 리터처럼 부피지 몇 그램 또는 몇 근과 같은 무게가 아니지 않는가. 어쨌든 홀짝홀짝 마신 술이 소주잔으로 6~7잔에 달했으니, 그것도 소주보다 두 배 이상 독한 술을 그렇게 마셨으니, 엄청 많이 마신 셈이다. 식사를 마치고 기분 좋게 숙소로 돌아와, 내일 24시간을 열차로 이동해야 하는 관계로 일찌감치 잠자리에 들었다. 골골하는 멜론에게는 배즙과 감기약을 먹이고 침낭까지 꺼내 따뜻하게 자도록 했다.

그런데 문제는 다음 날 발생했다. 멜론은 감기 기운이 조금 나아진 듯했지만 내가 문제였다. 어제 저녁 마신 술이 요망을 부리기 시작한 것이다. 중국에선 품질보증 마크가 붙은 유명 메이커 제품에도 가짜가 많다 했는데, 변방도시의 양조장에서 만들어 술독에 담아 파는 술을 믿다니….

시간이 갈수록 속이 거북해지더니 급기야 뒤집히기 시작했다. 아침식사를 위해 숙소 건너편 식당에 들어섰을 때는 도저히 참을 수 없을 정도가 되었다. 속이 뒤틀리면서 하늘이 노랗게 변했다. 결국 화장실에 들러 요란하게 장을 청소하고서야 속이 조금 진정되었다.

아침부터 한바탕 소란을 피우고 나니 앞으로의 일정에 대한 불안이 엄습했다. 오후에는 칭짱 열차를 타고 해발고도가 4000m를 넘는 고원을 24시간 이동해야 한다. 건강한 사람도 고산증을 걱정하는 곳이다. 걱정이 태산 같았다. 칭짱 열차를 타고 가던 사람이 고산증으로 고생하다 중간에 하차했다는, 어느 여행기도 떠올랐다. 고산에 적응하기 위해 시닝에 나흘 머문 것도 '무허가' 술 때문에 헛수고가 되는 것 아닌가 하는 불안이 몰려왔다. 생각 같아서는 하루 쉬고 내일 떠나고 싶지만, 야간열차와 라싸의 가이드, 라싸와 그 이후 1주일 동안의 숙소와 식당까지 모든 것이 예약되어 있으니 일정을 연기하는 것도 쉬운 일은 아니다. 이래저래 걱정이 태산 같은데 아이들은 즐거운 구경거리라도 생긴 양 싱글벙글 낄낄거렸다.

"어제는 술 잘 마시더니…" 하고 낄낄거리기도 하고,

"무허가 술이 뭐가 좋다고 그렇게 마시셨어요"라는 훈계조의 말을 능청스럽게 건네는가 하면,

"국물이라도 좀 드세요" 하면서 위로의 말도 건넸다.

1시간이라도 휴식을 취하는 게 낫겠다고 생각하고, 숙소로 돌아와 다시 침대로 기어들어갔다. 아무래도 체한 것 같다고 올리브가 등을 두드리고 팔을 주무른 다음, 실과 바늘로 손끝을 땄다. 검붉은 피가 뚝뚝 떨어졌다. 한국 전통의 응급 처치법이 이런 때 쓸모가 있었다.

1시간 정도 비몽사몽 헤맸다. 뒤집혔던 속은 어느 정도 진정된 듯했으나, 여전히 어질어질하고 발이 후들후들 떨리는 게 힘이 들어가지 않았다. 고산지대 적응 훈련을 마치고 기분 좋게 칭짱 열차를 타고 고원을 횡단해 티베트

의 신비에 흠뻑 빠지려 했던 계획은 첫날부터 보기 좋게 어긋났다. 짐을 챙겨 배낭을 둘러메니 무게가 평소의 두 배는 되는 것처럼 어깨를 짓눌렀다. 어제 콜록거리며 기침을 하던 멜론은 완전히 회복된 듯했지만, 나는 최악의 상태에서 티베트 행 열차로 향했다.

고산지대 적응을 위해 들른 시닝에서 나의 상태는 바닥이었지만, 가족들은 모두 고산지대에 대한 적응을 마쳤다. 멜론이 추위에 시달리고 올리브가 약간의 어지럼증을 호소하긴 했지만, 우려할 만큼 아주 심각한 상태는 아니었다. 내가 술을 마시면서 기분을 낸 것도 따지고 보면 고산증에 대한 부담에서 벗어났기 때문이다. 가족들이 일월산을 넘어 칭하이호까지 아무 탈 없이 여행하는 것을 보며 마음의 부담이 사라져 그만 무의식중에 '술 한 잔'의 유혹에 빠진 것이다.

시닝은 이래저래 추억을 많이 남긴 도시가 되었다. 그 추억을 뒤로하고 후들거리는 몸을 가까스로 추스르며 세계의 지붕으로 향했다.

# 4부

## 세계의 지붕을 넘으며 찾은 가족의 사랑

Xining
Tibetan Railway
Lhasa
Shigatse
Himalayas
Zhangmu
Kodari
Kathmandu

시닝~칭짱 열차~라싸

# 죽기 전에 꼭 타봐야 할 칭짱 열차

## 꿈을 현실로 만든 미국인 부부

우리 가족의 세계일주 여행이 앞당겨지기는 했지만, 나는 오래 전부터 '언젠간' 세계일주 여행을 하겠다는 꿈을 갖고 있었다. 아련한 꿈이었지만, 다양한 여행기를 읽으면서 세계일주 여행에 대한 동경과 환상도 커졌다. 한국에서의 생활이 힘겨울수록, 아니 힘들다고 느낄수록 그 꿈은 조금씩 조금씩 더 강렬해졌다. 시베리아 횡단 여행기, 미국 횡단 여행기, 중앙아시아와 남미의 오지 여행기를 읽거나 TV의 세계여행 프로그램을 볼 때에는 가슴이 뛰었다. 이스탄불에서 시안까지 걸어서 여행한 베르나르 올리비에의 《나는 걷는다》를 읽을 때에는 나도 꼭 한번 그곳에 가보고 싶었다. 4년 동안 걷고 또 걷는 지루하기 짝이 없는 여행의 기록이었지만, 나에겐 흥미진진했다. 그렇게 간절히 꿈을 꾸면 이루어지는 것인가. 동군의 진로, 가족의 위기를 거치면서 우리 가족의 세계일주 여행이 시작되었다.

독서가 대리만족을 주듯이 자신이 이루지 못한 꿈을 현실로 만든 사람을 만나는 것은 어쨌든 즐겁고 신나는 일이다. 티베트 행 칭짱 열차를 타기로 되어 있는 날 아침, 전날 저녁에 마신 술도 깰 겸 커피를 한 잔 하기 위해 유스호스텔의 홀에 나갔다가 만난 미국인 부부도 그런 케이스였다. 평소 로망으로 생각하던 은퇴 후 세계일주 여행을 현실로 만든 부부였다.

데이비드와 미셸 게르볼이라는 이 부부는 중국의 서쪽 끝 실크로드 여행을 마치고 야간 침대버스를 타고 20시간을 달려 새벽에 시닝에 도착했는데, 유스호스텔 안내 데스크에 아무도 없어 홀에서 엉거주춤하고 있었다. 그들 부부는 일본에서 시작해 6개월째 중국과 몽골, 실크로드를 여행 중이었다. 일본에서 중국 톈진으로 들어와 백두산과 단둥(丹東), 선양(瀋陽)을 거쳐 베이징을 여행한 다음, 몽골로 건너가 초원에서 2개월을 보냈다고 한다. 이어 다시 베이징으로 돌아와서는 둔황, 우루무치(烏魯木齊), 카슈가르(喀什)까지 실크로드를 여행하고, 실크로드 남로를 따라 이동하다 밤새 침대버스를 타고 새벽에 시닝에 도착한 것이었다. 이들의 여행이 재미있을 것 같아 우리 가족의 여행과 나의 직업을 소개한 다음, 이들과 장시간 인터뷰를 겸한 대화를 나누었다.

이들 부부는 2009년 은퇴한 이후 2년째 여행을 하고 있었다. 남편 데이비드 게르볼(56)은 세계 최대 자동차회사인 미국 제너럴모터스(GM)에서 28년간 근무했다. 일본에서 3년, 중국에서 수개월을 포함해 아시아에서도 근무한 적이 있다고 했다. 그는 직장을 다닐 때에도 세계 곳곳을 돌아다닌 여행의 달인이었다. 한국도 수차례 여행했는데, 서울에서 대구~부산을 거쳐 일본 오사카까지 자전거로 여행한 적이 있다며 아주 재미있었다고 소개했다. 은퇴 후 디트로이트에 있는 집까지 처분하고, 여행을 하며 꿈에 그리던 인생 2막을 살고 있다. 부인 미셸(64)은 "세계 곳곳을 여행하는 게 꿈이었는데, 꿈을 이루게 됐다"며 무척 행복해했다.

게르볼 부부가 은퇴 후 처음 여행을 시작한 곳은 미국이었다. 먼저 워싱턴에서 플로리다까지 미국 동부를 여행하고, 서부로 넘어가 캘리포니아에서 멕시코, 과테말라 등을 거쳐 코스타리카까지 중미를 자전거로 여행했다. 일본에서 시작해 지금까지 6개월째 지속하고 있는 이번 아시아 여행은 그들도 언제 끝날지 알 수 없다며 칭하이성에서 남쪽으로 이동해 태국으로 갈 계획이라고 했다. 의료 관광으로 주가를 올리고 있는 태국에서 건강을 체크하며 쉰 다음, 베트남이나 미얀마, 부탄, 타지키스탄 등 아시아 지역을 계속 여행할 계획이지만, 남쪽으로 가는 것 이외에 아직 확정된 것은 없다고 말했다.

"와우, 말만 들어도 굉장하네요. 우리 가족은 아시아에서 시작해 세계를 한 바퀴 돌 계획이에요. 필리핀에서 홍콩을 거쳐 광저우, 상하이, 베이징, 뤄양, 시안, 시닝까지 여행했고, 오늘 티베트로 갑니다." 내가 우리 가족의 여정에 대해 간략히 소개했다.

"그래요? 우리는 티베트 라싸를 세 번 여행했어요. 정말 멋진 곳이에요."

확실히 그들은 여행의 달인, 베테랑이었다. 그들과의 즉석 인터뷰를 본격적으로 시작했다.

"여행을 하는 이유가 뭐죠? 무엇이 당신들을 여행하도록 만드나요?"

"사회적 책임감에서 벗어나 자유를 만끽하면서 여행을 할 수 있다는 게 아주 신나고 즐거운 일이에요. 가는 곳마다 다양한 민족과 인종, 문화를 접하는 것도 흥미롭고 재미있어요."

"그렇게 오랫동안 여행하다 보면 외롭지는 않나요?"

"그렇지 않아요. 페이스북과 블로그로 친구들을 비롯한 많은 사람과 이야기를 나누고, 세상과 소통하기 때문에 외롭지 않아요. 행복해요." 미셸 부인은 환한 미소를 지었다.

나는 여행 중에 다시 기자가 된 것처럼 신이 나서 연속적으로 질문을 던졌고, 게르볼 부부, 특히 미셸 부인도 신이 나서 쉬지 않고 말을 이어갔다. 나이보다 훨씬 정력적이고 힘이 넘쳐 보이는 이들 부부는 앞으로 건강이 허락하는 한 여행을 계속할 것이라고 했다.

"몇 개월씩 여행을 다니면 피곤하거나 힘들지 않아요?"

"친구들도 그런 질문을 자주 하는데, 피곤하면 쉬면 되고, 아무런 속박도 의무감도 없는 지금의 생활에 무척 만족하고, 그렇기 때문에 피곤하지도 않아요. 매일 새로운 풍경과 다양한 민족, 다양한 문화를 접하는 게 큰 즐거움이죠." 미셀 부인은 활짝 웃으며 말했다.

"지금까지 여행한 곳 중에 가장 기억에 남는 곳은 어디에요?"

"모든 여행지에서 색다른 경험을 하기 때문에 어떤 곳을 특별히 꼽아 얘기하기는 어려워요. 그래도 하나를 꼽는다면 몇 년 전 인도네시아에서의 경험을 잊을 수 없어요. 파푸아뉴기니의 밀림 지역을 여행할 때였는데, 가이드와 떨어져 완전히 고립된 상태에 빠졌지요. 배고픔과 두려움 속에 밀림을 헤매다 성기만 가리고 사는 원주민을 만났어요. 여기서 죽을 수도 있겠구나 하는 불안감에 시달렸지요. 밀림에서 3일간 헤매다 우연히 프랑스인 등산 전문가들을 만나 겨우 돌아올 수 있었죠. 색다른 경험을 할 수 있는 여행이 무척 즐거워요."

가장 궁금했던, 비용은 어떻게 조달하느냐고 물었다.

"데이비드가 직장을 다니며 모아 둔 저축과 연금으로 충당해요. 유럽은 물가가 비싸 (그 돈으로 여행하며 살기가) 어렵지만, 아시아는 물가가 저렴하기 때문에 충분해요."

많은 사람들이 은퇴 후 세계일주를 꿈꾸는데, 이들은 그 꿈을 '현실'로 만든 사람들이었다. 그들과 나는 금방 친구가 되었다. 사실 우리도 꿈을 현실로 만들어 가고 있는 사람들이니, 인생 선배인 이들 부부의 인생 2막이 무척 흥미로웠다. 그런 사람과의 만남 그 자체가 기쁨이다.

게르볼 부부는 명함을 건넸는데, 그 명함에는 그들의 맨발 사진이 찍혀 있었다. 슬리퍼 끈 자리만 하얗게 남고, 나머지는 햇볕에 시커멓게 그을린 사진이었다. 그들은 여행의 '훈장'과도 같은 그 사진을 자랑스러워했다. 우리도 앞으로 언제가 될지 모르지만 은퇴 후 그런 생활을 하고 싶었다. 우리의 롤모델을 중국의 변방 도시에서 만난 것이었다.

"여기가 강추 1번이야, 1번!"

라싸 행 열차를 타기 위해 시닝 서역에 도착한 것은 오후 4시가 조금 안 된 시각이었다. 기차 출발 1시간 전으로, 우리는 헐레벌떡 역사로 향했다. 역에는 티베트를 여행하는 외국인 승객들을 위한 칭짱 열차 전용통로(青藏列車專用通道)가 따로 마련되어 있었다. 우리는 거기서 특별 수속을 밟아야 하는 것으로 생각하고 집채만 한 배낭에 열차에서 먹을 식량(?)을 담은 비닐백까지 들고 그곳으로 뒤뚱뒤뚱 달려갔다. 하지만 그런 노력은 아무 쓸모가 없었다. 칭짱 열차 전용통로는 닫혀 있었고, 외국인들도 중국인과 똑같이 일반 수속을 받으면 되는 거였다. 2시간 전까지 일찍 올 필요도 없었다.

열차 탑승 수속도 중국의 일반 기차역과 다를 게 하나도 없었다. 티베트 여행 허가제를 도입하고 이런저런 규정을 만들어 놓았지만, 실제 현장에서는 잘 지켜지지 않는 것 같았다. 여행 허가가 있었기 때문에 열차표를 살 수 있었는지는 잘 모르겠다. 우리는 시안에서 유스호스텔을 통해 일괄 처리했기 때문에 상세한 것은 알 수 없지만, 어쨌든 모든 현장에서 규정을 따르는 것 같지는 않았다. 기차가 도착하기까지 한참을 중국인들과 함께 기다리면서, 한 국가 내에서 희한한 여행 허가제도는 왜 만든 것인지 자꾸 의문이 생겼다.

오후 4시 30분, 드디어 개찰구가 열렸다. 우리가 탈 열차는 청두에서 라싸로 가는 열차로, 중간 기착점인 시닝에서 한참을 쉬었다 출발하는 것이었다. 우리는 2호 객차에 얼른 올랐는데, 의외로 빈 침대가 많이 눈에 띄었고 붐비지도 않았다. 3층 침대칸의 하층 침대표 넉 장과 중층 침대표 한 장을 갖고 있었는데, 동군만 중층을 사용하고 나머지는 모두 하층을 사용했다. 하층 침대는 침대에 걸터앉을 수도 있고, 침대 사이에 테이블이 별도로 있어 가장 좋고 가격도 비싼 반면 중층은 높이가 낮아 앉아 있기 힘들었다. 나와 올리브가 탄 침대칸에는 우리 외에 다른 승객은 없었다. 아이들도 한적한 우리 침대칸으로 와서 기차가 출발하기를 기다렸다.

이 대목에서 티베트 여행 허가제에 대해 다시 한마디 하지 않을 수 없다. 티베트를 같은 국가라고 강조하면서 해괴한 퍼밋 제도를 만들고, 3성급 호텔 이상에 머물며 그룹으로 여행하도록 한 중국 정부의 정책은 어처구니가 없었다. 비용은 비용대로 들고, 여행의 자유를 제한하는 조치였다. 1인당 비용은 시안에서 구입한 티베트 여행 퍼밋 및 숙박비, 현지 교통비, 가이드비 등의 여행 경비가 4100위안, 시닝~라싸 기차표가 499~513위안(약 9만 원, 1층이 513위안, 2층이 499위안)이었다. 다섯 명의 시안~시닝 기차표와 수수료를 포함한 총 비용이 2만 4565위안(약 442만 원)으로, 1인당 거의 100만 원에 가깝다. 우리가 중국을 여행하면서 쓰고 있는 하루 평균 비용에 비하면 두세 배가 훌쩍 넘는 금액이다. 여기에 티베트에서의 점심과 저녁 식사비, 사원과 에베레스트 전진 베이스 캠프(ABC, Everest Advance Base Camp) 등의 입장료는 별도로 부담해야 한다. 티베트 여행 기간이 6박 7일인 점을 감안하면, 입이 딱 벌어질 지경이다.

중국에서 가장 비싼 여정으로, 티베트인들의 민심에 불안을 느낀 중국 정부가 그에 따른 비용을, 티베트가 중국 땅이라고 주장하면서도 허가제도와 그룹여행이라는 해괴한 제도를 만들어, 외국인들에게 전가하는 꼴이었다. 그럼에도 티베트 여행이 이번 중국 여행의 하이라이트가 될 것이라는 기대 속에 기꺼이 지불하고 열차에 탄 것이다.

칭짱 열차는 예정대로 4시 50분 시닝 서역을 출발했다. 칭하이 고원과 티베트 고원을 관통해 티베트, 즉 시짱 자치구(西藏自治區)의 라싸까지 가는 칭짱 열차는 평균 해발고도 4000m 이상을 운행하는, 세계에서 가장 높은 곳을 달리는 열차다. 그래서 '하늘열차'라고도 한다. 칭짱 열차가 지나는 가장 높은 곳은 5027m로 칭하이성과 티베트 자치구 접경에 있다. 우리는 시닝에서 고원지대에 대한 적응기를 가졌지만, 그래도 고산증에 대한 일말의 두려움을 안고 칭짱 열차 여행을 시작해야 했다. 특히 몸살 기운이 가시지 않은 멜론과 술독으로 고생하는 내가 걱정이었고, 올리브는 두통이 조금씩 사라져 그나마 다행이었다.

시닝을 출발한 열차는 어제 칭하이성을 여행할 때 지나갔던 황원협곡을 지나 칭하이 고원의 황량한 벌판 속으로 빨려 들어갔다. 곧 눈 덮인 광활한 광야와 거친 산들이 펼쳐지기 시작했다. 한참을 달리는데 창밖으로 눈발이 날리기 시작했다. 흩뿌리듯 가늘게 내리던 눈발은 시간이 지나면서 함박눈으로 변해 고원에 쏟아졌다. 그 눈발 사이로 하얗게 눈을 뒤집어쓰고 있는 벌판과 산이 실루엣처럼 겹쳐졌다. 열차는 기적을 울리며 눈발을 헤치고 나갔다.

칭하이 고원의 풍경은 시간에 따라 달라졌다. 터널 몇 개를 지나자 하얗게 퍼붓던 눈발이 사라지고, 노을이 펼쳐졌다. 고원 저쪽으로 해가 뉘엿뉘엿 넘어가면서 하늘에 점점이 흩어져 있던 구름이 붉게 물들었다. 붉은 구름 아래로는 나무 한 포기 없는 황량한 들판과 거친 산들이 끝없이 펼쳐져 장관을 이루었다. 해발고도가 3000m 이상으로 높아지자 나무는 찾아볼 수 없었다. 일반적으로 나무가 자랄 수 있는 최고 해발고도가 2800m이므로, 산과 들판에서 볼 수 있는 것은 풀과 그것을 뜯어먹고 자라는 야크와 양들뿐이었다. 우리는 물론 열차에 탄 승객들 모두 창문에 매달린 채 탄성을 질렀다. 여간해서 멋있다는 표현을 잘 하지 않는 멜론도 "야, 진짜 멋있다!" 하면서 탄성을 아끼지 않았다.

1시간 정도 달리자 바다 같은 칭하이호가 나타나 넘어가는 노을을 받아 환상적인 풍경을 선사했다. 칭짱 열차는 약 106km 길이에 달하는 칭하이호 북쪽 연안을 끼고 서쪽으로 달렸다. 열차의 왼쪽 옆으로 호수가 1시간 가까이 이어졌다. 올리브는 창에 찰싹 붙어 앉아 넋을 잃고 해가 넘어가는 호수를 바라보았다.

"여기가 강추 1번이야, 1번." 올리브가 엄지손가락을 내밀며 기존의 '강추 1번은 항저우'라는 입장을 바꾸었다. 항저우는 칭짱 열차를 타보기 이전이니

**칭짱 열차에서 바라본 티베트 고원** 설산 아래 초지가 드러난 곳에선 야크와 양들이 풀을 뜯고 있다.

입장 변화를 탓할 수는 없다.

"맞아. 중국 여행을 하려면 칭짱 열차는 꼭 타봐야 해. 칭짱 열차를 타보지 않고 중국을 여행했다고 말하지 말라!" 나도 맞장구를 쳤다.

"고마워, 이렇게 멋진 여행을 할 수 있게 해줘서." 올리브가 흡족한 표정을 지었다.

"내가 고맙지." 내가 올리브의 손을 잡으며 말했다. 다른 손으로 올리브의 어깨를 살며시 그러쥐자 올리브가 자신의 얼굴을 내 손쪽으로 기울였다. 멋진 풍경을 함께하면서 교감하는 것이야말로 여행이 줄 수 있는 기쁨이었다.

"지금 영화 찍으세요?" 옆에 앉아서 창밖을 응시하던 창군이 툭 하고 내뱉었다. 우리 부부와 창군, 동군, 멜론은 모두 바짝 붙어 앉아 창밖의 노을에 흠뻑 빠져들었다.

그렇게 환상적인 노을을 펼쳐 보이던 해가 넘어가자 고원에 어둠이 찾아왔다. 어둠과 함께 고산증세에 대한 우려가 차츰 우리를 압박해오기 시작했다. 괜히 속이 울렁거리는 듯하고, 쉽게 피로가 느껴지는 듯하고, 머리가 지끈지끈 아파오는 것 같기도 했다. 이게 혹시 고산증의 전조 증상이 아닌가 하는 불안감이 밀려왔다.

아침과 점심 나절에는 괜찮아 보이던 멜론도 저녁이 되자 열이 나면서 감기 증상을 보였다. 혹시 이 상태가 고산증세와 겹칠 경우 어떤 결과를 가져올지 장담할 수 없었다. 올리브는 멜론에게 감기약을 먹이고, 손과 얼굴 지압을 해주며 열이 내리고 기가 순환하도록 애를 썼다. 어제 저녁부터는 배즙을 타서 계속 먹이기도 했다. 손과 얼굴 지압을 받으며 거의 1시간 가까이 올리브의 무릎을 베고 누워 있던 멜론의 열이 조금 내리면서 슬쩍 잠에 빠져들자, 침대로 가서 눕도록 했다. 지금으로선 푹 잘 자는 게 최고의 약이었다.

멜론이 잠자리에 들 즈음 창균과 동균도 고산증에 대한 불안감 속에 일찌감치 잠에 빠져들었다. 열차는 특별 산소 공급 장치까지 부착해 놓고 있었다. 나와 올리브도 8시가 조금 넘자 침대에 들어가 잠을 청했다. 보통 때 같으면 주위 사람과 대화를 나누거나, 여행기를 정리하거나, 책을 보았을 텐데 지금은 그런 여유를 부릴 때가 아니었다.

창밖은 물론 기차 안에도 어둠이 가득 차고, 레일 위를 달리는 철커덕철커덕 소리만 규칙적으로 들려왔다. 거칠고 광활한 광야를 달리는 철마가 내는 소리는 둔중하면서도 무언가 표현하기 힘든 강한 힘을 느끼게 했다. 수십 또는 수백 마리의 말이 육중한 수레를 이끄는 것 같은 느낌이랄까, 말에 올라탄 수만의 대군이 고원을 질주하는 듯한 느낌이랄까, 어마어마한 엔진이 돌아가는 느낌이랄까, 광야를 거침없이 가로지르는 거대한 힘이 느껴지는 열차였다. 우리의 몸과 마음도 철커덕철커덕 기차 레일 소리에 박자를 맞추듯 흔들흔들 하면서 점차 잠에 빠져들었다.

## 창밖에 펼쳐지는 고원의 파노라마

잠에 빠져 있다가 무슨 소리가 나 설핏 놀라 뒤척이는데 철커덕철커덕 하면서 쉼 없이 달리던 기차가 스르륵 멈추는 게 아닌가. 무슨 일인가 싶어서 몸을 반쯤 일으켜 창밖에서 들어오는 불빛으로 시계를 보니 새벽 2시 30분이었다. 눈을 비비며 밖을 내다보았다.

'格爾木(꺼얼무), 海拔(해발) 2829m'

티베트 고원 한복판에 있는 도시 꺼얼무였다. 건너편 침대에서 잠에 빠져 있던 올리브를 툭툭 건드렸다.

"꺼얼무에 왔어. 꺼얼무." 작은 소리였는데도 올리브가 퍼뜩 일어났다.

꺼얼무는 칭짱 열차가 칭하이~티베트 고원을 넘어가면서 유일하게 정차하는 기차역으로, 칭하이 고원의 작은 마을들과 실크로드 남로가 만나는 교역의 요충지다. 꺼얼무를 중심으로 사방 150km 이내에는 특별한 도시가 없을 정도로 외진 곳이지만, 티베트 고원과 타클라마칸 사막에서 살아가는 유목민들과 상인들에게 없어서는 안 되는 중요한 곳이다. 칭짱 열차 역시 이곳에서 연료와 물을 보충받고 티베트 고원으로 향하기 때문에 한참을 정차했다. 그런 중요한 역에 왔으니, 올리브가 작은 소리에도 민감하게 반응하며 벌떡 일어났던 것이다. 여기서부터는 본격적인 티베트 땅이다. 지명부터가 다르다. 시닝까지는 중국식 지명이지만, 꺼얼무부터는 티베트어 이름을 중국식으로 음역해 한자를 붙였기 때문에 그 명칭을 한자식으로 읽을 수가 없다. 언어와 문화가 다른 티베트를 강제로 합병한 데 따른 혼란이 여기서도 드러난다.

사진기를 들고 밖으로 나갔다. 지금 찍지 않으면 어디서도 찍을 수 없는 사진이었다. 다른 승객들도 새벽잠을 반납하고, 밖으로 나와 새벽 고원의 차가운 공기를 들이마시고, 담배도 피워 물었다. 그러고 보니 어제 오후 4시

50분 시닝 서역을 출발한 이후 열차는 9시간 반 동안 쉬지 않고 달렸다. 지금까지는 칭하이성 고원지대를 달려왔고, 이젠 티베트 고원을 달려야 할 차례다.

약 30분 정도 머물면서 정비를 마친 기차가 다시 출발했다. 창밖으로 본 꺼얼무는 척박하고 황량한 고원 한복판에 자리 잡고 있음에도 규모가 제법 커 보였다. 이따금 막사 같은 유목민들의 남루한 집이 보이던 고원의 모습과 달리 빌딩과 아파트들도 눈에 띄었고, 거리에는 가로등이 환하게 비추고 있었다. 하지만 그런 풍경은 잠깐이었다. 외곽으로 나가자 다시 짙은 어둠이 찾아왔다. 나와 올리브도 고산증을 이기려면 체력을 유지해야 한다며 다시 침대 속으로 들어갔다.

6시께 설핏 잠에서 깨어 창밖을 보니 고원에 달빛이 비치는 가운데 하늘엔 별들이 총총히 박혀 있었다. 고원엔 눈이 내려 희끗희끗하게 비쳤다. 7시께 다시 눈이 떠졌으나 여전히 밖은 어두웠다. 차장이 닫아두었던 복도 쪽의 커튼을 열면서 아침 맞을 준비를 했다.

7시 30분쯤 되자 차장이 계란볶음밥과 만두 등을 담은 수레를 끌고 다니며 "식사 왔어요" 하고 큰 소리로 외쳐댔다. 아침이 되었음을 알리는 소리 같았지만 창밖은 아침이 될 준비가 되지 않았다. 동북 쪽으로 수천 킬로미터 떨어진 베이징에는 벌써 아침이 왔겠지만, 계속 한밤중이다. 중국이 그 넓은 국토에도 불구하고 베이징 시간만을 단일시간으로 적용한 때문이다.

8시쯤 되어서야 희미하게 먼동이 트기 시작했다. 하늘엔 약간의 구름이 떠 있었고 고원엔 여전히 흰 눈이 덮여 있다. 이따금 도로를 통행하는 트럭들의 긴 헤드라이트 불빛이 멀리서 나타났다가 사라지기를 거듭했다. 11월 중순인데 티베트 고원은 이미 한겨울이다.

칭짱 열차에는 이 열차의 연혁과 열차가 지나가는 주요 지점에 대한 설명문이 부착되어 있었다. 그걸 보니 칭짱 열차는 시닝에서 라싸 구간 1972km 공사가 완료된 2006년 7월 1일 운행을 시작했다. 이 시닝~라싸 구간이 연결됨으로써 중국의 주요 도시와 라싸가 모두 연결되었다. 베이징에서 라싸까지는 4064km로 48시간이 걸리며, 우리가 타고 가는 청두~라싸 노선은 3360km로 45시간이 걸린다. 이 중에서 시닝~라싸 구간은 24시간이 걸린다. 이외에 상하이~라싸, 광저우~라싸 등 전국 주요 도시와 철도 노선이 연결되어 있다.

해가 뜨자 티베트 고원의 웅장한 모습이 파노라마처럼 펼쳐졌다. 태어나서 한번은 꼭 봐야 할 풍경이다. 우리가 달리는 곳은 고도 4000미터 이상으로 생물학적으로 나무가 살 수 없는 지역이다. 실제 창밖으로 나무 한 포기 볼 수 없는 척박한 환경이 끝없이 이어졌다. 자세히 보면 이끼류처럼 고산지대에서나 살 수 있는 식물이 땅에 바짝 엎드린 채 깔려 있다. 이런 풀을 뜯어 먹고 자라는 동물이 야크와 양이다. 우리가 일상적으로 살아가는 현실 속에서는 만날 수 없는 풍경이다.

이런 풍경을 보면서 중국이 티베트 고원을 연결하는 철도 대역사를 완공한 데 혀를 내두르지 않을 수 없었다. 역시 중국은 '비현실적인' 만리장성을 건설한 후예다웠다. 황량하고 거칠고 광활한 티베트 고원에 철도를 놓겠다는 생각 자체가 상식을 뛰어넘는 것이다. 공사는 철길만 뚫는 것이 아니었다. 철길을 따라 수없이 많은 터널과 교량을 만들고, 철길 주변으로는 낙석이나 철도의 붕괴로 인한 피해를 막기 위해 옹벽을 비롯한 각종 시설물을 설치했다. 야크와 양이 철길로 들어오는 것을 막기 위해 철길 옆에 별도로 구조물들도 만들었다. 참으로 거대한 공사였다는 생각에 한편으로는 감탄을 했지만, 다른 한편으로는 기가 질렸다.

해가 떠오르고, 날이 완전히 밝았다. 가장 걱정했던 멜론은 기침도 별로 하지 않고 밤새 잠을 푹 자면서 원기를 회복했다. 일어나자마자 멜론 침대로 가서 '진찰'을 하고 온 올리브는 안심하는 표정이었다. 나나 올리브의 컨디션도 '오케이'였다. 하루 한 걸음 가족 모두 칭짱 열차 여행을 무사히 진행하고 있었다. 마음이 한결 가벼워졌다.

고원의 광활한 초원과 거칠기 그지없는 산들은 가도 가도 끝이 없었다. 아침 식사를 하고 나서 창밖을 하염없이 바라보고 있는데, 꾸벅꾸벅 졸음이 몰려왔다. '이것도 고산증세의 일종인가' 싶어 아예 침대에 누워 1시간 가까이 잠을 자고 일어났지만, 창밖 풍경은 변함이 없었다. 땅 덩어리가 얼마나 넓은지 어젯밤부터 벌써 몇 시간째 똑같은 풍경이었다. 올리브와 동군, 창군도 창밖을 바라보다 지루한지 침대에 누워 잠을 청했다.

그렇게 먹다가, 졸다가, 자다가, 다시 일어나 이것저것 먹는 식으로 몇 시간을 보내자 12시께 지구상에서 가장 높은 곳에 있는 담수호를 지나고 있다는 방송이 나왔다. 칭하이성에서 티베트 자치구로 막 넘어가면서 나타나는 안뚜어(安多)라는 작은 도시 옆에 있는 호수였다. 나는 앞 침대에서 깊은 잠에 빠져 있던 올리브를 깨우고 카메라를 들고 창으로 뛰어갔다. 많은 승객들이 창에 붙어 호수를 바라보고 있었다. 호수엔 철새들도 찾아와 노닐고 있었고, 호수 옆 초원에는 야크와 양들이 한가롭고 평화롭게 풀을 뜯고 있었다.

올리브는 지도를 펼치고 지금 우리가 지나고 있는 곳을 확인했다. 그러고 보니 우리가 아침식사를 하고 나서 얼핏 잠든 사이에 칭하이성과 티베트 자치구 경계를 지나왔다. 그 경계가 탕구라 산맥이며, 그 산맥을 넘을 때 칭짱 열차가 가장 높은 지점인 5027미터를 지나온 거였다. 우리가 인식하지 못하는 사이에 최고점을 '무사히' 통과했다.

"휴~ 이젠 고산증은 크게 걱정하지 않아도 되겠네." 그동안의 걱정을 옆으로 내려놓았다.

그러는 사이에 열차는 라싸에 도착하기 전 마지막으로 정차하는 나취(那曲)역에 진입했다. 나취역 팻말엔 '해발 4513m'라고 적혀 있다. 기차가 정차하자 중국인들과 외국인 관광객들이 우르르 몰려나가 사진을 찍고, 담배를 피웠다. 나도 잽싸게 뛰어나가 사진을 몇 장 찍고는 기차로 돌아왔다. 승객들이 플랫폼으로 몰려 나가자 차장이 내심 불안했는지, 승객들에게 기차 안으로 빨리 들어가라고 소리를 쳤다. 우리를 비롯해 열차 승객들은 세계에서 가장 높은 지역을 통과해 4500m 높이의 역에 와 있다는 뿌듯함에 빠졌다.

기차는 나취에서 30분 가까이 정차한 후 라싸를 향해 남쪽으로 계속 달렸다. 창밖의 날씨는 환상적이었다. 구름 한 점 없는 하늘엔 강렬한 태양이 이글거렸다. 창으로 들어오는 햇빛도 아주 강했다. 열차의 전광판에는 '고원의 햇빛이 강렬하므로, 안전에 철저히 대비하세요'라는 안내 문구가 계속 돌아가고 있었다. 기차 안에서도 선크림을 발라야 하는 상황이었다. 우리는 선크림을 바르고, 창으로 쏟아져 들어오는 햇빛을 커튼으로 요리조리 가리면서 창밖 풍경을 감상했다. 칭짱 열차를 '하늘열차'라고 할 것이 아니라, '태양열차'라고 해야 할 정도로 강렬한 햇빛이 폭포처럼 창으로 쏟아져 들어왔다.

창밖으론 거친 풍경이 지속되었지만, 철길 변으로는 사람의 손길이 미치지 않은 곳이 거의 없었다. 험준한 산 사이에 조금이라도 널찍한 분지가 형성되어 있거나, 햇볕이 잘 들어 지금 같은 초겨울에 풀이 드러나 있는 곳이면 어김없이 야크와 양이 떼를 지어 풀을 뜯고 있었고, 그것을 돌보는 유목민들이 살고 있었다. 특히 나취를 지나 라싸에 가까이 갈수록 유목민들의 거주지가 자주 나타났다. 라싸가 중국 입장에선 티베트 고원 너머에 있는 도시지만, 이곳 유목민들 입장에서는 고원 넘어 중국보다 따뜻한 남쪽의 라싸가 더 중요한 곳이며, 더 밀접한 관계를 맺고 있는 곳이다. 때문에 라싸에 가까이 갈수록 유목민의 밀도도 조금씩 높아지는 것을 확인할 수 있었다.

과거엔 말을 타고 초원을 누볐을 티베트의 유목민들은 이제 형형색색의 깃발로 장식한 트럭과 오토바이를 이용해 야크와 양을 돌보고 있었다. 열차가 지나가자 알록달록한 무늬의 길고 두툼한 티베트 전통의상을 입은 유목민들이 손을 흔들어 보이기도 했다. 특히 유목민들의 거주지에선 겨울에 대비해 말린 야크와 소의 똥이 집집마다 수북히 쌓여 있었다. 티베트 유목민들은

**라싸 역 내부 모습** 칭짱 열차의 종착점으로 포탈라 궁을 본떠 만들었지만 역사 내부에 빨간색 선전문구를 내걸어 이질감을 준다.

척박한 자연조건 속에서 동물과 거의 하나처럼 생활하는 듯했다.

오후 4시가 넘자 다칭궈(達惊果) 역에 도착했다. 정규 정차역이 아니라, 다른 기차와 교행하기 위해 잠깐 선 것이었다. 해발고도는 4327m다. 벌써 몇 시간째 4000미터 이상의 고지대를 달리고 있다. 이제 라싸까지는 1시간도 남지 않았고, 700미터 정도의 고도를 내려가면 된다. 라싸의 해발고도는 3595m다. 우리는 짐을 정리하기 시작했다. 차장을 비롯해 승무원들도 어제 저녁에 나누어주었던 환표 대신 기차표를 다시 나누어주고, 청소를 하는 등 도착 준비에 들어갔다. 드디어 라싸에 도착한다는 가벼운 흥분이 열차 안에 퍼졌다.

라싸에 다가가자 기차에서 영어로 라싸에 대한 소개 방송이 나왔다. 그러는 사이에 라싸 강이 나타났다. 고원에서 발원해 라싸로 흘러드는 강은 생각보다 넓었다. 듬성듬성 보이던 유목민들의 주거지 밀도도 높아져 농촌 마을로 바뀌더니, 2~3층 높이의 새로 지은 건물들이 나타나기 시작하고, 이어 신흥 경제개발구인 듯한 공장지대가 이어지면서 열차가 본격적으로 티베트 자치구의 수도이자 칭짱 열차의 종점인 라싸 역으로 진입했다. 맑고 푸르게 보이던 라싸 강이 공장지대를 지나면서 갑자기 탁해지고, 아직 정비되지 않은 도시 외곽지역의 무질서한 개발과 파괴의 현장이 나타나고, 그토록 청명

**라싸에 도착한 '하루 한 걸음' 가족** 흰 천을 목에 두르는 것은 축복과 행운을 기원하는 티베트의 전통적인 환영 방식이다.

하던 하늘에 뿌연 먼지와 매연이 갑자기 어릿어릿하기 시작했다. '사람이 사는' 라싸에 들어선 것이다.

기차는 시닝 서역을 출발한 지 24시간 만인 오후 4시 50분 라싸에 도착했다. 드디어 세계의 지붕인 티베트의 중심도시이자, 신비스러운 티베트 불교의 성지, 티베트인들의 정신적 고향, 중국으로부터의 독립 문제를 놓고 긴장이 지속되고 있는 정치 도시인 라싸에 도착한 것이다. 세계 최고의 고원을 넘어 라싸에 발을 디뎠다는 흥분이 몰려왔다. 24시간을 꼬박 기차에 시달렸지만, 올리브나 아이들 모두 쌩쌩했다. 날씨도 생각보다 춥지 않았다.

라싸 역은 라싸의 상징이자 티베트의 상징이기도 한 포탈라 궁(布達拉宮)을 본떠 역사를 비스듬하게 지었다. 그 라싸 역사에 '과학을 발전시키고 해방사상을 새롭게 개척해 티베트 인민에 복무한다'는 공산당의 빨간색 선전문구가 도전적으로 내걸려 있어 기분이 야릇했다. 티베트인들의 정신적 고향이라고 생각하며 왔는데, 도착하자마자 이런 문구를 접하니 좀 황당하기도 했다.

출구를 빠져나오자 총검으로 무장한 인민해방군이 곳곳에 배치되어 있었고, 공안들이 경직된 표정으로 순찰을 돌아 갑자기 긴장감이 몰려왔다. 여기가 현대 중국의 최대 골칫거리인 소수민족 문제의 화약고란 사실이 새삼 실감나게 다가왔다. 우리는 티베트인들의 영적인 고향이자 낭만적인 도시가 아니라 바로 소수민족 문제의 최전선에 '퍼밋'을 갖고 들어온 것이었다.

역을 빠져나와 우리를 기다리고 있던 영어 가이드와 만났다. 시가체(日喀則) 출신의 28세 청년인 가이드는 믿음직스러워 보였다. 그는 우리에게 하얀 천을 목에 둘러주며 티베트 식의 조촐한 환영식을 치러주었다. 기념사진도 찍었다. 1500년 전 당 태종의 딸 문성공주가 티베트 왕 송첸캄포에게 시집 올 때에도 이런 식의 환영을 받았을까 생각하며 활짝 웃어 보였다.

곧바로 가이드의 안내에 따라 우리가 7일간 이용할 미니 승합차에 올랐다. 호텔까지는 15분 정도밖에 걸리지 않았다. 역시 가이드가 있는 여행은 편리하다. 길을 찾아 헤맬 필요도 없고, 무거운 배낭을 짊어지고 버스를 타러 걷지 않아도 되었다. 드디어 6박 7일 간의 '허가된' 여행, 긴장과 감동이 교차하는 티베트 여행이 시작된 것이다.

라싸

# 순례자가 넘치는 사원이 준 선물

## 난방 시스템이 없는 티베트의 호텔

티베트는 자연과 신, 인간이 만나는 영적인 땅이다. 지구상에서 인간이 살아가기 가장 어려운 해발 3500~5000m의 척박한 고원지대에서 유목으로 삶을 영위하기 때문에 자연에 순응해야 하고, 그 자연의 조화를 관장하는 신과 일체가 되어야 하는 곳이다. 그곳에서 살아가기 위해선 끊임없이 자신을 내려놓아야 한다. 티베트 여행은 바로 그것을 체험하고 느끼는 여행이다. 그것을 통해 자신의 삶을 되돌아보고, 복잡한 현대 사회에서 오염된 영혼을 정화하고 힐링하는 것이다.

하지만 수도 라싸에서 처음 만난 티베트는 영적인 땅이라기보다는 가난하고 고단한 삶의 현장이었다. 우리가 묵은 티베트 식 노링창자 호텔(羅林藏家賓館)은 달라이 라마의 '여름 궁전'이라는 노블링카(羅布林卡) 사원 바로 옆에 있었다. 라싸의 서쪽에 있는 호텔로, 시내 중심에 있는 포탈라 궁이나 포탈라 광장까지 택시로 20분 정도 걸린다. 아직 개발되지 않은 마을과 붙어 있어, 호텔을 나서면 남루하고 가난한 티베트의 진짜 모습이 펼쳐졌다.

호텔 주변 골목의 상점들은 작고, 지저분하고, 허름하기 그지없었으며, 사람들의 행색도 남루했다. 초겨울의 추위를 막기 위해 각 상점의 출입구는 때가 덕지덕지 묻은 두툼한 천으로 바람을 막고 있었고, 작은 가게 안에는 티베트인들이 꽉 들어차 앉아 담배를 피우고 마작을 하며 무료한 시간을 달래는 경우가 많았다. 특별히 놀 거리가 마땅찮은 아이들은 구질구질한 거리에 오래 방치된 듯한 당구대에서 당구를 치기도 했다. 직업도 마땅찮고, 미래에 대한 희망을 갖지 못하고 살아가는 '티베트 도시 사람들의 모습이 이런 것인가' 하는 안타까운 마음이 앞섰다. 해발고도 3600m '은둔의 도시'에 맞지 않게 현대식 상점과 상품이 넘쳐나는 '개발된' 시내와 다른, 낡은 티베트의 분위기, 심하게 흔들리는 라싸의 오늘을 느낄 수 있었다.

그런데 우리에게 큰 문제는 따로 있었다. 바로 추위였다. 우리가 머문 호텔은 2층으로 아주 깔끔하게 단장되어 있었고, 호텔 주인도 친절했다. 하지만 놀랍게도 난방시설이 없었다. 객실에는 두터운 이불만 여분으로 놓여 있을 뿐이었다. 난방이 전혀 안 되니 방안에 온기라고는 하나도 없었다. 오히려 바깥보다 더 싸늘한 느낌이었다. 한겨울엔 눈보라가 몰아치고 땅도 꽁꽁 얼어붙는데 난방이 없는 곳에서 어떻게 살아갈까 언뜻 이해가 되지 않았다. 초겨울인 지금도 해가 넘어가면 기온이 급격히 떨어지고 아침엔 영하 5도까지 내려간다. 첫날 방안에 난방 시스템이 없는 것을 보고 깜짝 놀라 다시 리셉션으로 뛰어가 주인에게 난방 시스템이 없는지 물었다.

"요우!(있어요!)" 주인 여자가 말하며 직접 우리 방으로 왔다. 그러고는 여분으로 갖다 놓은 두툼한 담요를 자랑스럽게 쓰다듬으며 미소를 짓는 게 아닌가.

어안이 벙벙했다. '아니, 이불이 난방 시스템이란 말인가?' 더 이상 말을 이을 수가 없었다. 기가 막혔지만 어쩔 수 없었다. 추위에 몸을 잔뜩 웅크리고 양치질과 세수만 하고 담요를 뒤집어쓴 채 일찌감치 잠자리에 들었다. 두툼한 이불과 담요를 겹겹이 덮어서 그런지 그래도 이불 속은 따뜻했다. 물론 그 따뜻함은 외부로부터의 온기가 전혀 공급되지 않는 상태에서 오로지 체온에 의한 것이었지만, 어쨌든 이불 속은 그런대로 괜찮았다. 그럼에도 외부 공기와 만나는 얼굴과 콧등은 냉동 상태를 벗어날 수 없었다.

**포탈라 궁에서 바라본 라싸 시내의 모습** 티베트어로 '신의 땅'이라는 의미를 지닌 라싸 시내 곳곳의 현대식 빌딩들이 개발 바람을 타고 있는 라싸의 오늘을 보여준다.

아침에 일어나서도 움직임이 굼뜰 수밖에 없었다. 추운 방에서, 그것도 고산증세로 조금만 움직여도 쉽게 피로를 느끼는 '심리적 위축' 상태에서 잠을 잤으니 잔뜩 움츠러들 수밖에 없었다. 사실 영하 5도 정도의 추위는 한국에서도 아주 추운 편은 아니다. 난방이 잘되는 집에서 자고 일어나면 그 정도 추위는 오히려 상쾌함을 줄 수도 있다. 하지만 난방이 없이 차가운 곳에서 잠을 자고 일어났을 때의 영하 5도는 영하 10도보다 더 심한 추위를 느끼게 한다. 일어나서 세수를 하고, 홀로 나가 호텔 주인의 '친절한' 딸이 건넨 따뜻한 밀크티를 마시니 온기가 좀 도는 듯했다.

나중에 가이드에게 "티베트에는 난방 시설이 없느냐"고 물었다. 단호하게 "없다"고 말했다. 그러고는 "우리가 묵는 호텔에는 낮에 햇빛이라도 들어오는데, 시내에 있는 호텔 중에는 다른 건물에 가려 햇볕도 안 드는 곳이 많다. 우리가 묵는 호텔이 그나마 나은 편이다"고 말했다. 과연 새로 들어선 티베트의 '현대식' 호텔에도 난방 시설이 없는지 확인하지는 못했지만, 티베트에서의 밤은 은근하게 밀려오는 피로와 같은 고산증과 함께 추위와 싸우는 시간이었다.

여기서 몸을 따뜻하게 할 수 있는 것은 오로지 햇볕뿐이었다. 아침 햇살이 비스듬히 라싸 고원에 내리비추었지만, 그 강도는 미약했다. 하지만 시간이 지나면서 햇살이 점점 강력해지더니 한낮에는 제법 따사로웠다. 햇볕을 받느냐 그렇지 않느냐에 따라 체감 온도는 크게 차이가 났다. 한낮에 고원에 내리쬐는 햇살은 아주 강력해 살결이 그을릴 지경이지만, 그늘에만 들어가면 서늘했다. 햇볕이 들지 않는 실내는 오히려 한기가 느껴지기까지 했다. 그런 상황은 티베트를 여행하는 내내 지속되었다.

특히, 에베레스트로 향할 때의 새벽 추위는, 기온 자체가 아주 낮지 않았지만 체감상 지금까지 느껴본 추위 가운데 가장 혹독했다. 그럼에도 햇볕이 내리쬐기 시작하면 따뜻했다. 어디서나 이동식 태양열 온수기가 원활히 작동했다. 그러고 보면 티베트에 특별한 난방 시설이 없는 것을 이해할 수 있다. 이곳의 천연난방 시스템은 바로 태양이고, 태양은 겨울에도 있기 때문에 굳이 난방 시스템을 만들지 않은 것이다. 티베트를 비롯한 고원지대 주민들은 그 자연에 적응하고, 순응하고, 조화를 이루면서 살고 있었다.

## 스스로 깨우치는 것이 진정한 깨달음

냉기가 온몸을 감싸더라도, 티베트의 사원들을 돌아보지 않을 수 없다. 라싸에 도착한 다음 날 호텔 바로 옆의 노블링카와 티베트 불교의 6대 사원 중 하나인 드레펑 사원(哲蚌寺), 승려들의 문답식 토론 학습으로 유명한 라싸 시내의 세라 사원(色拉寺)을 차례로 둘러보았다.

노블링카는 18세기 중엽 7대 달라이 라마에 의해 건설된 사원이다. 티베트 불교의 '살아있는 부처'이자 '최고 종교 지도자'이며, '정신적 지주'인 달라이 라마가 주로 여름에 기거하면서 각종 종교와 정치적 업무를 처리해 '여름 궁전'이라고도 불린다. 포탈라 궁을 '겨울 궁전'이라고 부르는 것과 대비되는 별명이다. 노블링카는 이름에 걸맞게 라싸 분지에 있는 각종 사원 가운데 가장 넓은 면적(35ha, 약 1만 평)을 차지하고 있으며 곳곳에 숲이 잘 조성되어 있다. 가이드는 '링카(linka)'란 티베트어로 '공원(park)'을 뜻한다며, 노블링카는 궁전이자, 공원이며, 사원이라고 설명했다. 해발고도 3600m의 척박한 고원지대에 숲을 조성해 놓고, 녹음이 우거진 곳에서 여름을 지내는 것은 생각만 해도 상쾌했다. 다만 우리가 방문했을 때는 쌀쌀한 초겨울이어서 티베트 고원의 여름 풍경은 상상에 머물 수밖에 없었다.

노블링카에는 창건자인 7대 이후의 달라이 라마들이 만들고 기거한 전각들이 곳곳에 배치되어 있었고, 이들이 사용하던 집기와 의복 등이 그대로 전시되어 있었다. 특히 각 달라이 라마가 전각을 지으면서 모신 불상들이 빠짐없이 전시되어 있었다. 13대 달라이 라마가 지었다는 동물원도 있었다. 동물을 포함해 뭇 생명에 대한 달라이 라마의 지극한 사랑과, 그것을 가까이에서 보고 싶어 하는 그의 '욕심'이 척박한 고원지대에 동물원을 만든 것이었다. 들어가 보지는 않았지만, 즐거운 상상을 하며 동물원을 스쳐 지나갔다. 하지만 여행 가이드북에는 동물원이 촌스럽다며 볼 만한 가치도 없다고 폄하하고 있어, 좀 어처구니 없었다. 티베트 고원의 동물원을 다른 지역의 동물원과 비교해 촌스럽다고 평하면서 가치를 깎아내린 것이 진짜 촌스러웠다. 노블링카의 확장과 중건은 20세기 초까지 이루어졌는데, 전체적으로 크고 작은 방이 400개에 달한다.

쌀쌀한 초겨울인데다 아침이라 찾는 사람들이 많지 않았지만, 전통 복장을 한 티베트인들은 꾸준히 들어와 역대 달라이 라마와 불상에 참배를 했다. 노블링카는 14대 달라이 라마가 중국 정부의 티베트 점령에 반대해 자치와 독립을 요구하다 1959년 인도로 망명하기 직전, 여기에서 마지막 나날을 보냈던 것으로 유명하다. 혹시 그 흔적이라도 발견할 수 있을까 하고 주의를 기울였지만, 흔적을 찾기 어려웠다. 달라이 라마를 망명하게 한 1959년의 '대사변'은 티베트를 여행하는 내내 우리를 따라다녔다. 중국과 언어나 문화, 종교 등이 모두 다른 티베트가 독립적인 정치체제를 유지하다 중국 인민해방군에 의해 강제로 병합되면서 무수한 사람들이 살해되고 최고 지도자는 외국으로 망명한 슬픈 역사다. 중국 측에선 지우고 싶어 하는 그 역사의 상처는, 포탈라 궁과 조캉 사원을 돌아보면서 더욱 실감나게 다가왔다.

이곳에서 가장 유명한 행사는 매년 10월 중순에 열리는 '밀크티 축제'다. 짧게는 1주일에서 길게는 10일 이상 열리는 이 축제 기간에는 발 디딜 틈 없을 정도로 많은 사람들이 몰려온다고 한다. 유목민 특유의 주거문화에 따라 노블링카 곳곳에 텐트를 치고, 고원에서 서식하는 야크에서 짜낸 밀크티를 마시며 전통 음악과 무용을 즐긴다. 우리가 방문했을 때는 이미 철이 지난 상태여서 축제의 흥겨운 분위기를 상상하는 것만으로 만족해야 했다.

라싸 서북쪽 끝 간폴우체(Ganpol Uze) 산 중턱에 있는 드레펑 사원은 티베트의 최대 불교 종파로, 티베트 불교라는 말과 혼용되어 쓰이는 꺼루파(格魯波), 즉 황교(黃敎)의 창시자인 총카파(宗喀巴)의 제자가 1416년에 지은 사원이다. 티베트 6대 사원 가운데 최대 규모로, 산 중턱의 3개 면을 차지하고 있으며, 그 산에 대형 불화(탕카)를 걸어 놓고 법회를 연다. 능선을 따라 각종 전각이 배치되어 있어 드레펑 사원을 관람하려면 오르고 내리고를 반복해야 한다. 아침 일찍 돌아보았던 노블링카가 다소 한산했던 것과 달리 참배객이 끊임없이 몰려왔다. 강렬한 햇살이 내리쬐면서 온도도 빠르게 올라가 참배하기에 안성맞춤이었다. 능선을 따라 사원으로 올라가니 멀리 설산을 배경으로 라싸 시의 서쪽 외곽 지역이 한눈에 들어왔다.

드레퐁 사원에는 승려들이 모여 불경을 읽고 강론을 하던 대강당과 4개의 승려대학, 대규모 불상 등이 배치되어 있어, 한때 이 사원이 얼마나 성황을 이루었는지 짐작케 했다. 특히 승려대학은 티베트 불교의 각종 분파들이 꺼루파로 통합된 후 통합 교리의 가르침에 따라 신진 승려들을 키워내는 핵심적인 역할을 했다. 이 때문에 티베트 불교에서 드레퐁 사원이 아주 중요한 사원이 되었다고 한다.

사원은 산 중턱에 자리 잡고 있음에도 불구하고 그 앞에 작은 마을이 있을 정도로 그 규모가 컸다. 이 사원에는 한때 7000명의 승려가 수행을 하면서 불법을 공부했으나 지금은 200~300명으로 줄어들었다고 한다. 중국 사회의 대변혁, 특히 1949년 공산혁명과 1959년 중국의 티베트 침공 이후 티베트 불교가 얼마나 급속히 위축되었는지 그대로 보여준다. 드레퐁 사원 입구에는 공안들이 엄중히 경비를 서고 있어 중국과 티베트 간의 긴장을 실감할 수 있다.

드레퐁 사원을 돌아본 다음 시내 중심에 있는 조캉 사원 근처 식당에서 식사를 하고 세라 사원으로 향했다. 조캉 사원 근처는 엄청난 참배객들과 시민들, 관광객들이 몰려들어 크게 붐볐는데, 여기에서도 중무장한 군인과 공안들이 삼엄한 경비를 펴고 있었다. 사람이 모이는 곳이면 어디든지 군인과 공안이 경비를 서고 있는 라싸는 사실상 계엄 상태나 마찬가지처럼 보였다. 라싸를 여행하면 할수록 티베트의 정정 불안이 온몸으로 느껴졌다.

세라 사원에는 오후 4시가 거의 다 되어 도착했다. 조캉 사원 근처에 늘어선 상가와 그곳에 몰려든 사람들을 구경하느라 시간을 지체한 탓이었다. 드레퐁 사원과 비슷한 1419년 처음 건설된 세라 사원은 승려들이 마당에 나와 문답식으로 진리를 찾아가는 수행 및 교육 방법으로 유명하다. 이 교리문답은 매일 오후 3시에 시작하는데, 우리가 도착했을 때 마침 교리문답이 하이라이트로 치닫고 있었다.

세라 사원 마당엔 100여 명의 승려들이 오후의 햇살을 받으며 큰 소리로

**세라 사원의 티베트 승려들**
교리문답을 통해 진정한 깨달음을 찾아가고 있다.

문답을 주고받고 있었다. 교리문답은 1:1이나 1:다수로 다양하게 진행되었다. 질문하는 승려는 일어서서, 답변하는 승려는 바닥에 방석을 깔고 앉아서 소리를 질렀다. 질문을 하고 답변이 제대로 나오지 않으면 발을 구르면서 손뼉을 힘껏 내리치며 답변자를 다그쳤다. 부드럽게 질문을 하기도 하지만, 때로는 격하게 질문을 퍼부으면서 답변자를 궁지로 몰아넣었다. 마치 싸울 것 같이 크게 소리를 지르기도 했다.

하도 힘차게 발을 굴러 먼지가 풀풀 나기도 하고, 얼굴이 땀과 먼지로 범벅이 되고, 손뼉을 계속 힘껏 내리쳐 손바닥이 얼얼할 것 같은데도 그들은 격정적으로 토론을 지속했다. 일부 장난을 치고 딴전을 피우는 승려들도 보였지만, 전체적으로 진지하고 열띤 토론과 교리문답이 이루어지고 있었다. 고원으로 서서히 기우는 오후의 늦은 햇살 속에서 열띠게 토론하는 승려들 뒤로 이들의 그림자가 길게 늘어졌다. 오전에 들렀던 노블링카와 드레풍 사원에서는 볼 수 없었던 티베트 사원과 승려들의 활력이 전해졌다.

가이드에게 이들의 질문과 답변 내용을 통역해줄 수 있느냐고 물으니 난감한 표정을 지었다. "달걀이 먼저냐 닭이 먼저냐, 연기가 먼저냐 불이 먼저냐, 마음은 존재하는 것이냐 존재하지 않는 것이냐, 이런 질문을 던지고 답변하면서 토론을 한다"고 했다. 사뭇 철학적인 주제다. 저기에 있는 승려들이 그런 문제에 대해 어떻게 토론을 벌이는지, 구체적으로 어떤 질문을 하고 어떻게 대답하는지, 상대의 대답에 어떻게 반론을 가하면서 궁극적인 진리나 깨달음에 도달하는지 확인할 수 없어 안타깝긴 했지만, 그런 철학적 문제에서부터 종교란 무엇인가, 삶이란 무엇인가, 평화란 무엇인가 하는 문제들이 토론대에 올라가 있을 것이란 생각이 들었다.

사람들이 평소에 당연한 것으로 여기는 사물과 현상의 이면을 들추어내고, 온갖 개념을 토론대 위에 올리고, 부처와 고승들의 말과 위대한 저작들을 동원하고, 끝없는 질문과 답변 속에서 궁극의 진리를 찾아가고 있지 않을까. 그들의 고함과 웃음, 손짓과 발짓, 손뼉과 발 구르기가 이어지면 이어질수록, 질문자의 추상 같은 다그침이 이어지면 이어질수록 궁극적인 깨달음이란 무엇인지, 그 해답에 가까이 다가갈 것이라는 생각이 들었다. 아니, 꼭 어떤 해답을 찾는 것이 아니라, 자신 속에 있는 불성(佛性)을 깨닫고 궁극적인 해탈에 이를 수 있다는 소중한 깨달음을 얻을 것 같았다. 진정한 깨달음이란 외부에서 주어지는 것이 아니라 스스로 깨닫는 것이다.

세라 사원에서 수행하던 승려도 한때 5000명을 넘었으나, 지금은 200~300명 정도로 줄어들었다고 한다. 지금 100여 명이 행하는 교리문답 장면도 흥미롭기 그지없지만, 수천 명의 승려들이 마당에 모여 손뼉을 치고 발을 구르며 끊임없이 문답을 주고받는 광경은 장관이었을 것이 분명했다. 하지만 이런 풍경 역시 중국 공산혁명과 문화대혁명의 광기로 역사 속으로 사라질 운명에 처했다가 겨우 명맥만 유지하고 있다고 생각하니 착잡했다. 중국과 티베트는 과연 어디로 갈 것인지, 하루 일정을 마치고 호텔로 돌아오면서도 그 질문이 떠나지 않았다.

### 포탈라 궁을 울리는 애절한 노랫가락

소리 없이 라싸에 드리워져 있는 티베트의 슬픔은 포탈라 궁과 조캉 사원에서 최고조에 이르렀다. 라싸 여행 셋째 날 라싸의 핵심 유적인 이 두 곳을 돌아보았다. 숙소에서 포탈라 궁까지는 거리가 그리 멀지 않고, 일요일 아침이라 길도 막히지 않아 승합차를 타고 10여 분 만에 도착했다. 오전 9시를 막 넘어서고 있는 이른 아침–베이징 시간을 기준으로 한 것으로, 티베트의 오전 9시는 생체 시간으로 오전 6~7시에 해당한다–인데도 순례자들이 많이 눈에 띄었다. 관광 시즌이 끝나 관광객보다는 티베트 각지에서 올라온 전통의상 차림의 현지인들이 대부분이었다. 가족 단위 순례자들도 있었지만, 마을 단위로 마을의 승려와 함께 정신적 고향인 라싸와 포탈라 궁을 찾은 순례자가 많았다.

그러나 포탈라 궁과 광장의 평화로운 분위기는 곳곳에 배치된 공안과 군인들이 만드는 긴장감에 압도되어 있었다. 우리도 왠지 모르게 움츠러들었다. 아무런 죄도 짓지 않고, 어떠한 음모도 꾸미지 않았지만, 마치 내가 어떤 '불순한' 생각을 하고 있는, 잠재적 사상범이 된 것 같은 오싹한 기분이 들었다. 내 머릿속 생각조차 검열되는 듯한 스산한 기분이었다. 포탈라 궁 정면에는 중국이 전국적으로 실시하고 있는 11월 '소방의 달' 캠페인과 관련한 현수막이 기형적으로 크게 걸려 있었다. 중국 정부의 오만함을 보는 것 같았다.

"광장의 공안들은 언제부터 이렇게 배치된 건가요?"

"여기서 시위도 일어나나요?"

"달라이 라마와 외부 세계의 소식은 어떻게 접하죠?" 내가 가이드에게 '민감한' 질문들을 연이어 던졌다.

티베트의 정치 상황이나 달라이 라마에 대한 이야기를 꺼내는 게 금기 사항이라고 적혀 있는 여행 안내서를 본 아이들은 가이드에게 질문 공세를 펴는 나에게 '주의'를 주기도 했다. 왜 그런 '위험한' 질문을 하느냐는 태도였다. 호기심이 한창 많을 아이들도 자신의 사고를 스스로 검열하고 있었다. 광장에서는 사진만 몇 장 찍고 지하도를 통해 궁으로 이동했다. 왠지 티베트 성지의 광장을 경찰에 빼앗긴 느낌이었다.

포탈라 궁 앞에는 더욱 많은 순례자들이 몰려들어 있었다. 일부는 궁 외곽을 한 바퀴 돌며 경전을 외는 '코라(Kora, 순례 또는 순행)'를 하고 있었고, 궁의 개방시간에 맞추어 입장을 기다리고 있는 사람들도 많았다. 가이드는 봄~여름~가을에는 농사도 지어야 하고 가축도 돌봐야 하는 등 일손이 바빠 티베트인들이 순례를 오기 어렵고 농한기인 겨울철에 대부분 순례를 온다고 말했다. 이들의 순례 행렬은 보는 것만으로도 흥미가 넘쳤다.

"옴마니반메흠, 옴마니반메흠…."

이들이 외는 주문 소리가 포탈라 궁을 감싸고 돌았다. 강렬한 햇볕에 얼굴은 검게 그을렸고, 칠흑처럼 검은 머리를 길게 땋아 늘어뜨리고, 양털로 안감을 댄 옷에 한 팔을 집어넣는 전통 복장의 티베트인들은 '옴마니반메흠'을 외면서, 또는 작은 마니통을 돌리면서, 그리고 몸을 좌우로 흔들면서, 포탈라 궁으로, 포탈라 궁으로 향했다.

포탈라 궁으로 들어가기 위해선 가파른 계단을 올라가야 했다. 그런데 마침 계단 모퉁이에 한 무더기의 티베트인들이 구슬픈 곡조의 노래를 부르며 기도를 하고, 옴마니반메흠을 외치고 있었다. 눈물까지 줄줄 흘리며 부르는 곡조가 얼마나 구슬픈지, 지나가던 관광객과 순례자들이 모두 서서 그들을 바라보았다. 구체적으로 알 수는 없지만, 깊이 사랑하는 사람의 죽음이나 상실과 관련한 기도가 아닐까 생각되었다. 노래를 부르던 한 할머니는 팔을 허공에 휘저으며 큰 소리로 통곡을 하기도 해, 그 기원이 얼마나 간절한지 보여주었다. 거의 비슷한 음정이 반복되는 이들의 구슬픈 노랫가락이 청명하기

**포탈라 궁을 찾아 두 손을 모으고 기원하는 티베트 주민들** 이들의 표정과 눈동자에서 간절함이 묻어난다.

그지없는 라싸의 하늘 속으로 흩어졌다. 이들의 기원 내용이 뭐냐는 질문에 가이드는 '옴마니반메훔' 같은 기원 문구와 행운을 비는 내용이라며, 라싸에서 멀리 떨어진 안뚜어나 칭하이 또는 쓰촨 지방에서 온 사람들인 것 같다고 말했다. 가슴을 후벼 파는 듯한 이들의 구슬픈 곡조와 눈물까지 흘리는 그 간절함이, 단순히 행운을 비는 의례적인 기원만은 아닌 것 같았지만, 더 물어보기가 어려웠다.

이들의 구슬픈 곡조를 뒤로하고, 포탈라 궁으로 들어갔다. 화이트 팰리스(White Palace)와 레드 팰리스(Red Palace)로 나뉘어져 있는 포탈라 궁은 13층 규모로 높이가 117m에 이른다. 궁의 동쪽에 자리 잡은 화이트 팰리스가 주로 달라이 라마의 주거 공간이라면, 중앙에 자리 잡은 레드 팰리스는 종교 시설이다. 라싸 시내에서도 가장 높은 곳으로, 세계 최고 높이에 자리 잡은 궁전이기도 하다. 하지만 궁 부지는 동서 길이가 360m, 남북의 폭이 270m로 다른 나라의 궁전에 비해 그리 크지 않다. 자금성이든 베르사유 궁전이든, 대체로 궁전이 넓은 부지에 다양한 시설이 들어서 있는 것과 달리, 포탈라는 작은 언덕에 견고하게 세워놓은 성채와 같은 모양이었다. 포탈라 궁에 올라가니 멀리 하얀 눈이 덮인 티베트 고원의 설산을 배경으로 라싸시 전체가 한눈에 들어왔다. 궁 앞의 광장에는 중국 오성홍기가 하늘 높이 걸려 있고, 군과 경찰이 삼엄한 경비를 서고 있었다.

포탈라 궁은 7세기경 티베트 최고의 왕인 송첸캄포가 지은 옛 티베트 왕조의 궁전이었다. 송첸캄포는 티베트의 최전성기를 이끈 전설적인 왕이자 최고의 왕으로, 남쪽으로는 네팔을 점령하고 중국 윈난성의 일부를 통합하는가 하면, 북쪽으로는 티베트 고원을 넘어 시안까지 진출해 당시 중원을 지배하고 있던 당나라를 위협했다. 토번국이라는 대제국을 건설해 중국의 서남부 일대를 평정했다. 이에 당 태종은 자신의 딸인 문성공주를 그와 정략적으로 결혼시키면서 평화를 지킬 수 있었다.

포탈라 궁은 무엇보다 티베트인들의 정신적 지주이자 영적 지도자인 달라이 라마가 거주하던 티베트 불교 성지로 의미가 크다. 티베트가 9세기 이후 제정일치를 통해 종교 지도자가 정치 지도자를 겸하도록 하면서, 사실상 '티베트의 왕'이 된 달라이 라마가 종교 및 행정 업무를 처리하는 장소가 된 것이다. 특히 달라이 라마의 권한을 획기적으로 높인 5대 달라이 라마가 이 궁전을 현재 규모로 대폭 확장해 오늘에 이르고 있다. 이후 250여 년 동안 이 궁전은 달라이 라마가 겨울에 기거하며 티베트를 이끄는 '겨울 궁전'으로 이용되었다고 한다.

티베트 불교는 인간을 끝없이 윤회하는 존재로 본 점에서는 다른 불교 종파와 동일하지만, 부처가 현실 세계에 환생해 등장한다고 믿는다는 점에서 독특한 특징을 지니고 있다. 인도에서 전래된 불교가 티베트 지방의 전통 민간신앙, 특히 밀교(密敎)와 결합한 형태로 보인다. 석가모니처럼 현실 세계에

**라싸 포탈라 궁** 티베트 불교의 성지이자 정치와 행정이 이루어지던 곳이지만, 이곳에 상주하던 달라이 라마가 1959년 인도로 망명해 '주인 없는 궁'이 되었다.

등장한 부처, 즉 살아있는 부처가 달라이 라마로서, 포탈라 궁엔 역대 달라이 라마의 사리탑인 스투파가 세워져 있으며, 특히 3500kg의 금으로 만든 부장품이 들어 있다는 5대 달라이 라마의 스투파가 그 최고 정점을 장식하고 있었다.

이처럼 포탈라 궁은 티베트인들에게 정치적 측면에서나 정신적 측면, 종교적 측면에서 가장 신성한 곳이다. 순례에 나선 티베트인들은 역대 달라이 라마의 스투파와 전각에 모셔진 불상을 한 바퀴 돌면서 조심스럽게 머리를 갖다 대거나, 1각(角, 10분의 1위안) 또는 1위안짜리 지폐와 야크 기름 등으로 정성을 표시(시주)하거나, 흰 천을 전각에 두르는 행위를 통해 자신의 소원을 빌었다. '옴마니반메훔'을 외면서 불상에 정성스레 머리를 갖다 대는 이들 티베트인들의 의식이 그렇게 경건하게 보일 수 없었다.

하지만 포탈라 궁은 무언지 모를 슬픔을 남겨주었다. 곳곳에 배치되어 있는 경찰과 중무장한 군인들이 더 우울하게 만들었다. 궁 외곽에 거만하게 써 붙인 '소방의 달' 현수막도 그렇지만, 궁 안으로 들어가면서 맨 먼저 만나게 되는 1990년 장쩌민(姜澤民) 중국 국가주석이 써 붙여 놓은 현판도 기분을 언짢게 만들었다. '민족 단결을 유지 강화하고, 민족문화를 넓게 확산한다(維復民族團結 弘揚民族文化)'는 글이었다. 왜 이런 현판을 포탈라 궁 입구에 붙여 놓았는지 고개를 갸우뚱하지 않을 수 없었다.

포탈라 궁 역시 중국의 공산혁명과 그에 이은 티베트의 강제병합 과정에서 심각하게 훼손되어 사라질 위기에 처했다고 한다. 문화대혁명 당시 저우언라이가 자신의 군대를 파견해 포탈라 궁의 파괴를 막은 일화는 유명하다. 가이드는 대규모 소요가 있었던 2008년 이후 라싸 시내와 주요 사원에 중국 군인들이 배치되었다고 말했다. 이전에는 보지 못했던 상황이라고 한다. '티베트를 봉건적 억압에서 해방시켜 모국의 품에 안긴다'며 자신의 영토로 편입한 중국이 지금은 티베트를 강압 통치하면서 오히려 깊은 수렁으로 빠져든 느낌이었다. 사실 티베트는 중국과 종교나 언어, 문화 등에서 큰 차이를 보인다. 티베트인들도 자신은 중국과 다르다고 보고 있다. 우리가 묵은 호텔의 주인이 "중국인들은 '시에시에' 하고 감사를 표하지만, 티베트인들은 '투체체'라고 한다"며 티베트는 중국이 아님을 은근히 강조하기도 했다.

중국은 티베트를 병합한 이후 도로와 철도를 건설하고, 학교를 지어 근대적 교육제도를 도입하는가 하면, 병원과 공장을 건설하면서 경제적으로 많은 성장을 이루었다고 주장하고 있다. 동시에 중국은 구시대적인 종교적 관습을 폐지해 티베트인들의 해방을 이루었다고 주장한다. 하지만 티베트인들은 자신들의 문화와 전통을 파괴하는 데 대해 저항하고 있다. 중국의 경제적·정치적 통합이 '문화적 학살(cultural genocide)'을 낳고 있는 것이다.

중국이 티베트를 강제적으로 통합하려다 보니 갈등과 충돌이 확산되고 있다. 중국이 티베트를 합병한 지 10년도 안 된 1959년, 티베트인들의 독립 요

**포탈라 궁을 찾은 티베트 주민과 승려들** 카메라를 들이대자 스스럼없이 맑은 미소를 보내며 포즈를 취한다.

구를 중국 정부가 무력으로 무자비하게 진압하면서 수십만 명이 희생되는 대규모 유혈 사태가 발생한 것은 그 시작이었다. 이 때문에 14대 달라이 라마가 인도로 망명해 지금의 포탈라 궁은 주인이 없는 상태다. 2008년에는 1959년의 학살 49주기를 즈음해 티베트인들과 승려들이 시위를 벌이자 중국이 인민해방군을 동원해 강제 진압하면서 유혈 사태가 발생했지만, 중국 정부의 철저한 통제로 그 실상이 잘 알려지지 않은 상태다. 나중에 알고 보니 우리가 티베트를 여행하던 당시 티베트 승려가 구속 승려의 석방 등을 주장하며 분신하는 사건이 발생해 라싸가 초긴장 상태였다. 2011년에만 열두 명이 분신했다고 한다. 비극이 비극을 부르고 있는 것이다.

그렇다면 과연 어디서 해법을 찾을 수 있는 걸까? 종교와 정치적 계엄 상태에 있는 티베트는 어디로 갈 것인가, 포탈라 궁 입구에서 슬픈 노래를 부르던 티베트인들은 무엇을 그렇게 절절히 기원했을까, 중국 정부는 그들의 간절한 기원을 읽고 그들의 눈물을 닦아줄 준비가 되어 있는 것인가. 그렇다고 티베트가 과거의 제정일치, 말하자면 종교가 정치를 대체하는 체제로 간다면 지금보다 더 행복해지고 살기가 더 좋아질 것인가, 티베트인들은 지금의 자치 국면을 넘어 새 나라를 세우고 독립국가를 만들어 갈 준비가 되어 있는 것일까, 포탈라 궁을 돌면서 이런 질문이 끊이지 않았다. 한 가지 분명한 것은, 중국 정부에 의한 지금의 강압 통치도, 과거 제정일치 사회로의 복귀도, 현재 티베트가 지니고 있는 문제의 해법은 아닐 것이라는 점이다. 중요한 것은 새로운 사회를 건설하려는 티베트인들의 자치 역량과 그 새로운 사회를 만들어 갈 티베트인들의 물질적·정신적 준비 상태일 것이다.

새로운 사회란 체제, 또는 지도자가 바뀐다고 당연히 따라오는 것이 아니다. 민주주의를 구현할 역량이 갖추어졌을 때, 주민들 스스로 자치를 할 수 있는 준비가 되어 있을 때 진정한 해방이 가능하다. 민주주의 역량은 그냥 생기는 게 아니다. 투쟁의 과정을 통해 성장하고 축적된다. 우리 가족이 중국을 여행하면서 확인한 중국혁명의 과정도 그것을 웅변하고 있다. 그렇게 본다면 티베트가 가야 할 길은 아직 멀고도 험해 보였다. '옴마니반메훔'을 웅얼웅얼 외고, 몸을 좌우로 흔들고, 작은 마니통을 돌리면서 그들의 '영적 고향' 포탈라 궁을 도는 티베트인들의 행렬이 더욱 애처롭게 다가왔다.

### 티베트 여행을 위한 세 가지 조건

포탈라 궁을 나서 순례자들이 가장 많이 찾는 조캉 사원으로 향했다. 조캉 사원은 포탈라 궁과 여러 면에서 달랐다. 포탈라 궁이 라싸를 굽어볼 수 있는 산에 세워진 것과 달리 조캉 사원은 구시가지 한가운데 자리를 잡아 인근에는 엄청난 상가가 형성되어 있었다. 사원의 주변 상가는 티베트 전통 복장을 한 순례자들과 관광객, 주민들로 북새통을 이루고 있었다. 눈을 번득이며 수상한 행동을 하는 사람을 찾아내려는 경찰과, 무장한 채 도로를 따라 왔다 갔다 순찰하면서 긴장감을 조성하고 있는 인민해방군도 그 혼잡에 한몫하고 있었다.

**라싸 조캉 사원 앞에서 오체투지를 하는 티베트 주민들** 뒤편 천막 안에서 이들을 감시하고 있는 공안들의 모습이 보인다.

포탈라 궁이 지금은 힘을 잃어버린 티베트의 정치와 영적 중심이라고 한다면, 조캉 사원은 아직도 살아 숨 쉬는 티베트인들의 삶과 문화, 종교의 중심이라 할 만했다. 조캉 사원엔 특히 티베트인들이 가장 사랑하는 사원이라는 점에 맞게 무언가 경건함과 종교적 진지함이 넘치고 있었다. 구시가지 입구의 인도식 레스토랑 '타시원(Tashi 1)'에서 점심을 먹은 다음 1인당 85위안(약 1만 5300원)을 내고 조캉 사원으로 들어갔다.

중국어 이름으로 다자오스(大昭寺)라고 하는 조캉 사원은 송첸캄포가 문성공주를 맞이하여 그녀가 가져온 불상을 모시기 위해 지은 절이다. 1300년의 역사를 지니고 있는, 라싸에서 가장 오래된 절이다. 가이드는 티베트어로 조캉(Zhokang)의 '조'는 석가모니를, '캉'은 절(사원)을 의미한다며 조캉 사원은 말 그대로 석가모니의 사원이라고 설명했다. 사원의 중심엔 문성공주가 가져왔다는 석가모니불을 비롯해 관음보살전(觀音菩薩殿), 무량광불전(無量光佛殿), 무량수불전(無量壽佛殿) 등 주요 불상이 곳곳에 배치되어 있었다. 티베트 불교를 통합하는 데 결정적 역할을 한 총카파 불상과 역대 달라이 라마의 유품과 유적도 곳곳에 보존되어 있었다.

조캉 사원 내부를 한 바퀴 천천히 돌아본 다음 3층으로 올라갔다. 사원의

**티베트인들의 코라 행렬** 조캉 사원을 둘러싸고 형성된 상가를 따라 주민들이 코라를 돌고 있다.

옥상이라 할 수 있는데, 우리가 오전에 다녀온 포탈라 궁과 함께 라싸 시내가 한눈에 들어왔다. 청명한 하늘 아래 강렬한 햇살을 받아 라싸 시내가 빛나고 있었다. 조캉 사원 앞에서 오체투지를 하는 순례자들과 인근 상가의 분주한 모습도 눈에 들어왔다. 건너편 옥상에 카메라를 설치해 놓고 수많은 인파로 붐비는 사원 앞 광장을 감시하는 인민해방군 모습도 눈에 띄었다.

조캉 사원의 참맛은 거기에 모셔진 불상에 있지 않았다. 바로 그 주변에 흘러넘치는 티베트인들의 모습, 그곳을 찾은 티베트 사람들을 만나는 것이었다. 옥상에서 내려와 밖으로 나가니 사원 앞에 많은 사람들이 오체투지를 하면서 소원을 빌고 있었다. 손과 발, 무릎과 가슴, 이마를 가만히 땅에 대고 자신의 몸을 땅에 완전히 밀착시켜 끊임없이 주문을 외웠다. 가족의 건강과, 안녕, 평화를 기원하는 그들의 마음이 절절하게 와 닿았다. 오체투지를 하는 사람들 너머로는 사원 외곽을 한 바퀴 돌면서 경전을 외는 코라가 장관을 이루었다. 조캉 사원 안에서도 코라가 진행되어 많은 사람들이 경내를 끊임없이 돌았지만, 그 규모는 외곽의 코라에 비할 바가 되지 못했다. 한마디로, 몰려오고 몰려가는 사람의 바다였다.

'코라'는 신성한 곳이나 주변을 돌면서 경전을 외거나 기원을 하는 티베트 불교의 독특한 종교 의식이자 수행 방법이다. 마니통을 돌리며 걷는 사람에서부터 염주를 하나하나 세면서 주문을 외는 사람, '옴마니반메훔'을 외치는 사람, 손자 손을 잡고 걷는 할아버지와 할머니, 아이를 업거나 안고 가는 사람, 지방에서 올라온 승려와 마을 주민, 지팡이를 짚고 구부정하게 걷는 사람, 다리를 저는 사람, 가족의 부축을 받아 어렵게 걸어가는 노인 등등 다양했다. 티베트 전통의상을 입은 사람에서부터 최신 유행 청바지에 파카를 입은 사람, 머리카락을 길게 땋은 사람, 짧은 머리의 세련된 젊은이까지 모습도 다양했다. 공통적인 것은 고원의 뜨거운 햇살을 받아 얼굴이 전체적으로 검붉게 타 있고, 특히 광대뼈 근처가 진한 검붉은 색을 띠고 있다는 점이었다.

이들이 도는 코라 주변으로는 큰 시장이 형성되어 있었다. 양털을 비롯해 티베트 고원에서 난 재료로 만든 각종 털옷에서부터 청바지, 파카 등 최신 의류, 전통의상, 신발, 모자, 장갑, 전통 앞치마 등 액세서리, 각종 제기류, 생활필수품 등은 물론 각종 불상과 염주, 마니통, 탕카 등 종교 관련 제품, 야크 우유로 만든 다양한 모양의 치즈를 비롯한 먹을거리를 파는 가게 등이 끝없이 이어졌다. 이것들은 척박한 산악지방에서 유목 생활을 하는 티베트인들이 자신의 집을 장식할 기념품과 불교 용품이고, 생활에 필요한 것들이다. 순례를 온 이들에게는 하나의 축제이면서 축복인 셈이다.

우리도 사람들을 따라 한 바퀴 돌면서 시장도 구경하고 코라를 하는 사람들도 구경했다. 조캉 사원 외곽 코라를 도는 데는 30분이 채 걸리지 않았다. 올리브와 아이들은 상가에 들어가 물건들을 구경하는 바람에 내 뒤로 한참 처졌다. 나는 조캉 사원에 먼저 도착해 사원 앞에서 가족들을 기다리며 오체투지를 하고 코라를 도는 티베트인들을 가만히 살펴보았다. 그들의 얼굴엔 숙연함과 경건함, 진지함과 때로는 희열도 넘쳤다. 이들이 생명을 이어가는 곳은 세계에서 가장 척박한 환경임에 틀림없다. 경우에 따라선 며칠이 걸려야 시장이 있는 작은 마을로 나올 수 있는 곳에서 유목을 하는 사람도 있고, 눈보라가 몰아치는 추운 겨울엔 거의 고립된 생활을 해야 하는 경우도 많을 것이다. 그런 환경에서 살아가는 만큼, 절대자나 신앙에 대한 그들의 기원엔 무언가 간절함과 애절함이 더한 듯했다.

그런 생활을 하면서 정신적·종교적 중심을 찾아 기원을 하는 데 따른 감동과 희열이야말로 그들이 갖는 가장 큰 행복일 것이다. 어쩌면 지금 자신의 영적 고향에 와서 코라를 도는 이들이 세상에서 가장 행복한 사람일지도 모른다. 검게 탄 얼굴에다 치렁치렁 내려오는 긴 머리카락, 흙먼지가 뿌옇게 앉은 옷 등 '문명인'의 시각엔 촌스럽고 초라해 보일 수도 있지만, 한 해 유목과 농사일을 마무리하고 성지 순례를 하는 이들의 얼굴엔 평화가 가득했다. 라싸 시내를 장악하고 있는 정치적 긴장도 이들의 마음을 흔들지 못할 것이다.

비스듬한 석양 속에서 검게 그을린 티베트인들을 보니 이제야 여기에 온 이유를 알 것 같았다. 바로 이 순간이 진정한 티베트를 만나는 시간이다. 티베트와 중국의 정치적 이해관계나 경제 성장 여부, 또는 다분히 서구적 기준의 '개발' 또는 '문명화' 정도를 놓고 티베트를 평가한다면, 핵심을 크게 빗나간 것이다. 티베트인들에게는 그들만의 고유한 생활 양식이 있고, 그것은 그것 자체로 존중되어야 한다. 그것을 몸으로 느끼고 경험하는 것이 여행의 본질 아닌가.

정말 티베트를 알고 싶어 티베트에 오고자 한다면, 다음의 세 가지를 실천하면 될 것 같았다. 첫째는 비행기로 오지 말고 칭짱 열차를 타고 올 것. 그래야 티베트의 척박함과 자연의 위대함을 느낄 수 있다. 둘째, 사원들이 관광객으로 철철 넘치고 라싸가 상업의 도시로 변하는 여름철이 아니라 티베트 원주민들이 성지순례에 나서는 겨울 또는 초겨울을 선택해서 올 것. 그래야 진짜 티베트인들을 만날 수 있다. 셋째는, 사원 등 주요 관광지의 겉모습만 보면서 사진만 찍지 말고 조캉 사원 앞에서 오체투지를 하고 코라를 도는 사람들과 함께할 것. 그래야 그들이 갈구하는 그 간절함을 이해하고, 우리의 삶을 깊이 성찰할 수 있다. 이 세 가지만 실천한다면, 그 자체로 티베트와 라싸 여행의 목적을 반쯤은 이루게 될 것이다. 티베트 숙소에 난방이 되지 않는다고 불평하고, 음식이 입맛에 맞지 않는다고 짜증을 내는 것은 진정한 여행자의 자세가 아니다. 오히려 원주민의 삶을 체험하고, 그들이 자연에 순응하면서 그들이 만든 독특한 문화를 체험하고 느끼는 것이 진정한 여행자의 자세가 아니겠는가.

오체투지를 하고, 코라를 도는 티베트인들을 한참 바라보고 있는데, 올리브와 아이들이 나타났다. 코라를 돌고 오체투지를 하는 사람들을 신나게 지켜본 흥분이 전해졌다. 그러고 보니 며칠 동안 우리를 감싸고 있던 고산증에 대한 불안에서 완전히 벗어나 있었고, 우리를 괴롭히던 추위에서도 벗어나 모두 몸이 한결 가벼워져 있었다. 시닝에서 올 때부터 감기 몸살 기운을 보이던 멜론도 몸이 회복되었고, 고산증으로 골골하던 올리브도 정상으로 돌아왔다. 동군도 다시 활력을 찾았고, 창군은 강철 체력을 유지하고 있다.

태양은 긴 그림자를 드리우며 뉘엿뉘엿 기울고 있었고, 우리는 내친 김에 우리끼리 버스도 타고 걷기도 하면서 라싸를 더 느끼고 싶었다. 규정엔 가이드가 동행해야 한다고 되어 있었지만 가이드와 운전수에게 먼저 숙소로 돌아갈 것을 요청했다. 그들은 처음에는 약간 머뭇거리며 불안한 표정을 짓더니 안전하게 조심해서 다닐 것을 주문하고는 주저하지 않고 먼저 돌아갔다. 우리 가족이 '사고'를 치지 않을 것이란 사실을 그들도 믿어 의심치 않았던 것이다. 그런 다음 우리는 상가와 주택가도 돌아보고, 거리를 무작정 걷기도 하고, 티베트와 라싸의 문화에 대해 수다를 떨어대기도 했다. 더듬이처럼 여행할지라도 그게 우리의 여행 모드에 더 적합했다. 우리에겐 새롭고 낯선 세계에 대한 호기심으로 두 눈을 번득거리는 여행자의 포스가 넘쳤다. '하루 한 걸음' 가족이 티베트 라싸에서 살아나고 있었다.

라싸~시가체~히말라야~장무

# 세계의 지붕을 넘는 최고의 험로

## 영혼의 영원한 안식처 티베트 고원

라싸에 사흘간 머물면서 고산증과 새벽이면 찾아오는 살을 에는 듯한 추위에 어느 정도 익숙해지고, 티베트인들의 독특한 종교와 정신 세계를 맛보았지만, 이제 라싸를 떠나야 할 시간이다. 중국 여행의 마지막 고비인 해발 5000m 이상의 히말라야 고산준령을 넘어 육로로 네팔의 카트만두로 가는 대장정이 기다리고 있다. 이 길은 이번 여행을 준비할 때 꼭 한 번 넘어가고 싶은 곳으로 꼽은 길이었다. 워낙 험하고, 세계 최고의 오지여서 대중 교통수단은 아예 없고 승합차나 지프를 빌려 타고 넘어가야 한다. 티베트 여행사와의 계약에는 히말라야를 넘는 것까지 패키지에 포함되어 있었다.

라싸에서 카트만두까지는 약 900km 정도지만, 워낙 고원지대인데다 도로 사정이 좋지 않아 3박 4일이 걸린다. 도중에 티베트의 주요 도시-도시라기보다는 고원의 마을이지만-와 사원들을 돌아보고, 해발 8848m의 세계 최고봉 에베레스트 등산 기점이자 가장 가까운 전망대가 있는 에베레스트 전진 베이스 캠프를 거쳐 산맥을 넘는 일정이다.

그동안 우리를 한가족처럼 따뜻하게 대해준 티베트 호텔 가족들과 작별 인사를 했다. 비록 난방 시설이 갖추어지지 않아 고생을 했지만, 호텔 가족들은 모두 친절했고 우리가 편안하게 지낼 수 있도록 정성을 다해 배려하였다. 순박하기 그지없는 평화롭고 행복한 가족이었다. 특히 준수한 외모의 20대 초반으로 보이는 호텔 주인의 딸은 아주 친절하고 성실하게 우리의 요구를 들어주어 정이 많이 들었다.

라싸는 인구 40만 명의 작은 도시여서 시내를 빠져나오는 데는 10분도 걸리지 않았다. 시내를 벗어나자 바로 라싸에서 시가체~장무(樟木)를 거쳐 카트만두까지 이어지는 도로가 나왔다. 중국의 318번 고속도로(G318)—고속도로라고 하지만 워낙 오지를 달리기 때문에 제대로 포장이 되지 않은 곳도 많다—인 이 길은 상하이에서 시작해 쓰촨성 청두를 거쳐 티베트 남부 고원을 관통해 라싸로 이어지며, 다시 네팔로 넘어가기 직전의 장무까지 장장 5476km에 달하는 세계 최장의 고속도로다. 마지막 구간인 라싸에서 네팔 국경을 잇는 길은 양국의 우의를 기리는 '우정의 고속도로(Friendship Highway)'라고 하는데, 지구상 가장 높은 곳을 달리며, 가장 황홀하고 웅장한 풍경을 선사한다.

라싸에서 취수이(曲水)까지 약 60km는 2011년 7월 4차선으로 확장되어, 우리를 태운 승합차는 고원에 어울리지 않게 쭉 뻗은 고속도로를 시원하게 달렸다. 도로 주변으로는 질리도록 본 광활한 고원의 황무지가 끊임없이 펼쳐졌고, 그 너머로 흰 눈을 뒤집어 쓴 설산이 병풍처럼 버티고 있었다. 지구 행성이 처음 만들어졌을 때의 모습이 저러하고, 세상의 끝도 저러할 것 같았다. 거기에는 어떠한 생명체도 거부하는 듯 황량함만 존재한다. 인간의 영역을 넘어선 신의 영역, 영혼의 땅이다.

하지만 라싸 인근의 고속도로 주변에는 구석구석까지 사람의 손길이 미쳐 있었다. 특히 눈길을 끈 것은 인위적으로 나무를 심어놓은 조림지대였다. 라싸가 3600m의 고원지대로 일반적으로 나무가 자랄 수 있는 임계점을 넘어서 있지만, 그 임계점은 지역에 따라 조금 다르게 적용되는 것 같았다. 고속도로 주변으로 사람들이 빼곡히 심어놓은 나무들이 무럭무럭 잘 자라고 있었다. 칭하이성의 시닝을 비롯해 중국 서부의 주요 도시 외곽에 심은 것과 같은 그 조림지는 한참 이어져, 시간이 흐르면 이곳 풍경도 확 달라질 것 같았다.

1시간 정도를 달린 후, 시가체로 바로 향하지 않고 왼쪽으로 벗어나 지구상에서 가장 높은 곳에 자리 잡은 호수 가운데 하나인 얌드록초(羊卓雍錯)로 향했다. 고갯길로 접어들자 깊은 협곡에 터를 잡은 집들과 사람들이 일구어 놓은 산기슭의 밭이 나타났다. 아주 척박한 곳에서도 삶을 지탱해 나가는 인간의 끈질긴 생명력이 놀라울 뿐이다. 협곡을 지나자 펑퍼짐한 산으로 이어진 어마어마한 고갯길이 다시 펼쳐졌다. 고개의 최고 높이는 4700m로 가도 가도 끝이 없었다. 산을 돌아 한 고개를 넘어간 듯싶으면 거기서부터 더 높은 고개가 나타났다. 한국에 있는 고개는 고개가 아니었다. 끝없이 이어지는 고개도 장관이었지만, 그 험한 지역에 길을 내고 포장을 한 사람들의 집요함에 입이 다물어지지 않았다.

험하디 험한 4700m의 고개를 넘어가자 남쪽 아래로 얌드록초 호수가 나타났다. 그림 같았다. 숙소에서 2시간 반 정도 걸렸다. 호수의 해발고도는 4488m로, 고개에서 구불구불 한참을 다시 내려와야 했다. 라싸 남부의 고원지대에 마치 용이 누워 있는 것처럼 구불구불 길게 이어져 있는 거대한 호수다. 짙은 에메랄드 빛의 호수는 구름 한 점 없이 파란 하늘과, 흰 산을 배경으로 그때그때 색깔이 달라졌다. 호수 근처엔 티베트인들이 불경을 적어 걸어 놓은 형형색색의 천이 바람에 휘날렸다.

얌드록초 호수는 티베트인들이 신성시하는 네 개의 호수 가운데 하나다. 가이드는 여기에 물고기들이 자라지만 잡아먹지는 않는다고 말했다. 바다를 볼 수 없는 티베트인들로선 '하늘 아래 호수'를 신성시할 충분한 이유가 있었을 것이다. 사실, 보기만 해도 장엄하고 신성한 기운이 느껴졌다. 모두 호수로 내려가 신비로움과 아름다움에 흠뻑 빠졌다. 한 주민이 호수 가장자리에 천으로 장식한 사진 촬영대를 만들어 놓고 1인당 1위안(약 180원)을 받고 있었다. 우리도 주저하지 않고 5위안을 주고 사진을 찍으며 호수를 즐겼다.

**얌드록초 호수** 티베트인들이 신성시하고 순례를 오기도 하는 해발 4488m의 호수로, 고원의 산굽이를 따라 호수가 이어져 있다.

도로는 호수를 끼고 한참 이어졌다. 차를 타고 가면서도 호수에서 눈을 뗄 수 없었다. 얌드록초에 이어 산길을 1시간 정도 달려 점심식사를 하기 위해 작은 마을인 나가체(浪卡子)에 도착했다. 언뜻 봐서도 남루하고 가난한 전형적인 티베트 마을이었다. 얌드록초를 거쳐 시가체로 향하는 관광객들을 대상으로 하는 식당에서 식사를 한 다음, 나가체 거리를 거닐었다. 중앙로는 새 건물들이 들어서 있었지만, 그 뒤로는 낡은 주택이 자리 잡고 있었다. 길 옆에 중학교와 소학교가 있었는데, 중학생들은 우리를 보고 반가워하면서도 부끄러워 어찌할 줄을 몰랐다. 소학교 학생들은 따뜻한 햇살이 내리쬐는 야외—고원에 햇볕이 내리비칠 때에는 야외가 실내보다 따뜻하다—에서 중국어(漢語)를 공부하고 있었는데, 카메라를 들이대자 책을 들어 보여주기도 했다. 참 순수하고 소박한 티베트 어린이들이었다.

나가체를 떠나 간체(江孜縣)로 가기 위해선 5020m의 높은 고개를 다시 넘

**티베트 고원과 히말라야** 행운을 기원하는 흰 천과 경전을 적은 작은 천들이 돌무더기를 감싸고 있다. 그 뒤편으로 히말라야 산맥이 보인다.

어야 했다. 그 고개는 티베트의 4대 신산(神山) 가운데 으뜸으로 치는 해발 7191m 높이의 봉우리(乃欽康桑峰)를 조망할 수 있는 곳이다. 봉우리의 눈이 한여름에도 녹지 않는 만년설이어서 티베트인들이 이 산을 신성시하며, 그 봉우리를 바라볼 수 있는 이 고개에 제단을 만들어 놓았다. 고개엔 각종 천과 불경을 적은 종이가 휘날려 이국적인 정취를 풍겼다. 우리도 차에서 내려 설산을 배경으로 사진을 찍으며, 위아래로 펼쳐진 장관을 넋을 뺀 채 구경했다.

그때 마침 티베트의 한 TV 방송국이 촬영을 하고 있었다. 〈티베트의 유혹(西藏 誘惑)〉이라는 프로그램이었는데, 미모의 여성 탤런트가 만년설로 덮인 이 봉우리의 장관을 소개하는 것 같았다. 그 프로듀서의 눈에 우리 가족이 띄었다. 강하게 불고 있는 한류(韓流)의 진원지인 한국에서, 그것도 한 가족이, 중국인들도 잘 찾지 않는 이 험난한 오지까지 와서, 티베트인들이 신성시하는 봉우리를 구경하고 있으니, 당연히 매력적인 방송 소재로 보였을 것이다. 게

다가 나는 라싸에 도착했을 때 가이드가 내 목에 걸어준 흰 천을 언덕 위에 있는 제단에 매달기까지 했으니 더욱 관심이 갔을 것이다. 티베트에서 흰 천을 바치는 것은 숭고한 경배의 표시다. 그 프로듀서는 우리에게 다가와 반갑게 인사를 건네더니 방송 출연을 의뢰했다.

"시짱 텔레비전 방송국입니다. 방송에 출연해줄 수 있나요?"

"네? 어떤 방송이죠?"

"가족 여러분이 여기에 이렇게 서서 '시짱 티엔시, 따지아 하~오!(시짱 방송 시청자 여러분, 안녕하세요)' 하고 인사말을 해주시면 됩니다. 저 산을 배경으로 말이죠."

영어와 중국어를 섞어 대화를 나누고, 내가 가족에게 상황을 설명했다.

"우리, 방송에 나오는 거야?" 가족들은 흔쾌히 응했다.

다섯 명이 산을 배경으로 한 줄로 늘어섰다. 젊은 앵커가 카메라 앞에서 한참 녹화를 한 다음 우리 가족에게 손짓을 보냈다.

"시짱 티엔시, 따지아 하~오!" 우리는 활짝 웃으며 카메라를 향해 손을 흔들었다. 물론 여러 차례 "따지아 하~오!"를 한 연후에야 방송 촬영을 마칠 수 있었다. 아이들도 TV에 나온다는 게 신이 났는지 프로듀서가 하라는 대로 열심히 따라했다. 앵커는 연신 만족감을 표시했다. 우리가 실제 방송에 나왔는지 여부는 확인할 길 없지만, 오지를 여행하면서 겪은 즐거운 경험이었다.

티베트 방송국 사람들과 인사를 나누고 다시 황량한 고원을 달렸다. 한참을 달리다가 담장과 집 담벼락이 다 허물어진 옛 마을을 발견했다. 차를 급히 세워 그 광경을 카메라에 담았다. 길에는 다니는 차가 한 대도 없어 아주 적막했다. 아이들은 그 길 한복판에서 점프를 해가면서 사진을 찍었다. 하지만 여기는 해발고도 5000m에 육박하는, 산소가 부족한 고원지대였다. 조금만 움직여도 숨이 가빴다. 조심해야 했다. 나중에 네팔에서 발간한 관광 자료의 한 통계를 보니 해발고도가 2500m를 넘으면 산소량이 73%로 줄어들고, 3000m에선 68%, 4000m에선 60%로 줄어들며, 5000m가 넘으면 53%에 불과하다고 한다. 평소 마시는 산소의 절반 정도에 불과하니 숨이 가쁜 것이 당연했다. 카메라를 끄고 다음 목적지인 간체로 향했다.

고개를 넘은 지 1시간여 만인 3시 반에 해발고도 3980m의 간체에 도착했다. 간체는 티베트의 옛 모습을 대부분 간직하고 있는 작은 마을로, 가이드인 28세 티베트 청년의 고향이기도 했다. 워낙 오지여서 티베트의 주요 지역 가운데 중국의 영향을 가장 적게 받고 있는 간체에는 티베트 불교 제2의 지도자인 초대 판첸 라마가 1418년에 건립한 역사적인 펠코초드 사원이 자리잡고 있다. 중국어로 바이쥐스(白居寺)라고 한다.

펠코초드 사원 중앙에는 37m 높이의 9층으로 이루어진 쿰붐(Kumbum)이라는 탑이 있는데, 각 층마다 크고 작은 불상이 탑을 빙 돌아가면서 빼곡하게 들어차 있다. 가이드는 중국이 티베트를 병합한 1950년 이전에만 해도 이곳에 200여 명의 승려가 있었지만 지금은 80명 정도라고 소개했다. 그래서 그런지 규모에 비해 썰렁한 모습이었다. 하지만 이곳에도 인근 티베트인들이 절을 돌면서 작은 마니통을 돌리거나 염주를 쥐고 '옴마니반메훔'을 외면서 고통스런 윤회의 마무리를 기원하고 있었다. 사원에는 초대형 불화가 보관되어 법회를 비롯한 대규모 행사가 있을 때 그것을 뒷산에 내건다고 했다.

가이드는 펠코초드 사원 앞에서 어머니와 감격적인 만남을 가졌다. 가이드를 하면서 종종 만나는 것 같았다. 라싸에서 사온 불교 관련 기념품을 어머니에게 건네며 상봉하는 모자의 모습에 괜히 가슴이 뭉클했다.

우리는 사원만 돌아보고, 산 위의 성채에는 올라가지 않았다. 마치 포탈라 궁을 연상시키듯 산에 우뚝 서 있으면서 하얗게 빛나는 모습만 아래에서 감상했다. 쿰붐 탑을 보고 나오는데 간체 종산영웅기념비(江孜宗山英雄紀念碑)가 눈에 띄었다. 19세기 영국의 침략에 대항해 간체 일대의 주민들이 항전한 것을 기념하는 것이었다. 외세에 대한 티베트인들의 저항을 기리면서 그 정신을 계승하기 위해 만든 것이다. 이처럼 19세기엔 서구 제국주의의 침략에 맞서고,

20세기 후반부터는 중국의 티베트 합병에 저항하는 것을 보면, 오지에서 독립적인 문화를 유지하며 살아가는 이들의 핏속엔 외부의 침략에 맞서 자주와 독립을 지키려는 피가 도도히 흐르고 있는 것이 분명하다.

간체를 떠나 티베트 제2의 도시인 시가체로 향했다. 보이는 것은 나무나 풀 한 포기 자라지 않는 어마어마한 황무지뿐이었다. 시가체는 해발고도가 3900m에 달함에도 불구하고, 그곳 가까이 가자 주민들의 경작지와 방목하는 야크와 양들이 눈에 많이 띄었다. 마치 고원지대에서 상당한 평야지역으로 내려온 것 같은 착각을 불러일으킬 정도였다. 역시 사람의 생존력은 놀랍다. 해가 넘어가자 고원의 어둠이 빨리 찾아왔다. 주로 차를 타고 이동했지만, 고원지대여서 그런지 피로가 쉽게 몰려왔다. 근대적 방식으로 지은 시가체 야크 호텔(日喀則亞賓館)에 여장을 풀고도 머릿속은 안개가 잔뜩 낀 것처럼 띵하고 멍했다. 그래도 아이들은 아주 쌩쌩해 보여 다행이었다. 식사를 마치고, 고산증을 극복하고 내일의 일정을 위해 일찍 잠자리에 들었다.

## 지구 최고봉으로 향하는 고행로

느지막하게 일어나 호텔 앞의 시가체를 돌아보았다. 티베트 제2의 도시라고 하지만, 오지의 모습을 그대로 간직하고 있었다. 호텔 앞에는 근대적인 건축물들이 들어서 있지만, 거리를 지나는 사람들은 대부분 티베트 전통의상을 입고 있었고, 골목도 남루하고 낡은 모습이었다. 야크나 양의 가죽으로 만든 외투를 걸치고 그 속에는 빨강과 파랑, 노란색 띠가 새겨진 앞치마 모양의 천을 두른 주민들이 몸을 약간 옆으로 흔들면서 걸어갔다. 고원지대 특유의 뒤뚱뒤뚱하는 걸음걸이다.

식사를 마치고 시가체의 대표 사원인 타시룬포 사원(扎什倫布寺)에 들렀다.

티베트 꺼루파의 6대 사원 중 하나로, 1447년 제1대 달라이 라마가 지은 절이다. 중앙에는 세계 최대의 미륵불이 있는데, 순례자들이 얼마나 간절히 기원하면서 손을 갖다 댔는지 5층 높이의 이 불상 아래쪽이 맨들맨들해져 있었다. 우리가 들어갔을 때에도 수많은 티베트인들이 야크 버터와 작은 지폐를 미륵불에 바치며 소원을 빌고 있었다. 조용했던 다른 사원과 달리 승려들이 미륵불 앞에서 열심히 독경을 해 다소 활기가 느껴지는 분위기였다.

타시룬포 사원에는 또 10대 달라이 라마의 스투파를 비롯해 4대 및 5대 판첸 라마의 스투파가 있다. 가이드는 10대 달라이 라마의 스투파에는 552kg 상당의 금으로 치장된 불상 등이 있다며 그 규모의 웅대함을 열심히 설명했다. 이곳 역시 1950년 이전에만 해도 5000여 명의 승려들이 있었지만, 지금은 800~900명으로 줄어들었다고 한다. 사원 중앙에 마련된 대회당은 당시의 웅장함을 보여주듯 매우 컸지만, 승려의 감소와 함께 썰렁해져 있었다.

사원을 한 바퀴 돌고 나오자 아침에 들어갈 때엔 한둘 정도 보이던 걸인들이 입구에 죽 늘어서 있었다. 꾀죄죄하고 남루한 차림의 이들은 순례자들이 지나갈 때마다 '옴마니반메훔'을 외면서 '시주'를 요구하는 손을 내밀었다. 이런 오지에 왜 저런 사람들이 생겨났을까 하는 의문과 함께 뭔가 모를 슬픔이 몰려왔다. 네다섯 살 정도 되어 보이는 한 아이가 끝까지 우리를 따라오길래 주머니에서 몇 위안을 꺼내 손에 쥐어주었다. 너무 안타까웠다.

타시룬포 사원을 둘러보고 시가체를 떠나 히말라야로 방향을 틀었다. 시가체 외곽에도 라싸 외곽처럼 인공적인 조림지대가 만들어져 있어 눈길을 끌었다. 조림지대를 벗어나자 다시 고원의 황량한 풍경이 펼쳐졌다. 도로 곳곳에는 이곳이 변경지역임을 알리기라도 하듯, 검문소가 있었다. 운전수가 자동차 시동을 끈 다음 가이드와 함께 검문소로 걸어가 여행 허가서와 가이드 증명서 등을 보인 다음 다시 도로를 달렸다.

시가체에서 1시간 정도 달려 라체 강공촌(拉孜 强公村)이라는 작은 마을에 도

**이동식 태양열 온수기** 티베트 고원에서 가장 풍부한 에너지원인 태양열을 이용해 물을 끓이고 조리할 수 있는 장치로, 대안 에너지의 가능성을 보여준다.

착했다. 아주 작은 오지 마을이었는데, 햇볕이 잘 드는 마을 곳곳에 설치해 둔 태양열 온수기가 눈길을 끌었다. 지름이 약 2m 정도 되는 집열판을 통해 태양열을 모아 물을 끓이는 장치로, 이동이 가능하다. 사실 이 태양열 온수기는 티베트를 여행하면서 들렀던 마을 여러 곳에서 볼 수 있었다. 티베트 고원의 가장 풍부한 자원은 바로 강렬한 햇빛이며, 이것을 이용해서 온수는 물론 난방 등 엄청난 에너지로 사용할 수 있다. 티베트는 태양열과 태양광을 이용하기 위해 많은 투자를 진행하고 있는데, 바로 거기에서 대안 에너지의 가능성을 발견할 수 있었다.

그 작은 마을을 떠나 다시 먼지가 풀풀 날리는 황량한 고원으로 들어갔다. G318 도로를 약 1시간 정도 달려 해발 4300m의 라체에 도착했다. 라체에는 G318 도로의 이정표가 세워져 있다. 상하이 인민광장(人民廣場)에서 이곳 라체까지 연결된 거리가 5000km라는 커다란 이정표였다. 상하이에서 출발해 서쪽으로 저장성, 안후이성, 쓰촨성을 거쳐 이곳 티베트 오지까지 연결되는 도로다. 사실 우리도 상하이에서 여기까지 왔지만, 북쪽 베이징으로 이동한 다음, 뤄양~시안~시닝을 거쳐왔으니 무려 1만 km를 달려온 것이다.

라체에서 점심식사를 하고 다시 히말라야 탐방의 중간 기착점인 오지 마

**라체에서 팅그리로 넘어가는 고개** 티베트 경전을 적은 작은 천들이 만국기처럼 바람에 휘날리며 이정표를 뒤덮고 있다.

을 팅그리(定日)로 향했다. 라체에서 해발 4410m의 팅그리까지는 약 90km로 2시간 정도 걸렸다. 나무 한 포기 자라지 못하고, 야크와 양도 눈에 띄지 않는 황량한 고원만이 작열하는 태양 아래 끝없이 펼쳐졌다. 도로 양편에는 엄청난 침식과 퇴적층이 그대로 노출되어 원시의 지구 모습을 보는 듯했다. 팅그리 가까이 가자 드디어 히말라야 산맥이 언뜻언뜻 나타나기 시작했다.

팅그리는 히말라야를 방문하려는 관광객들이 거쳐 가는 마을로, 고원의 황량한 바람과 먼지를 맞아 색이 잔뜩 바래 있었다. 도로에도 먼지가 풀풀 날렸고, 새로 지은 터미널에는 소와 말이 끄는 현지인들의 우마차만이 오고 가고 있었다. 도로변의 건물들 바로 뒤로 보이는 건 황량한 고원뿐이다. 이곳에는 에베레스트 입장권 판매소가 있어 가이드가 여행 허가서를 들고 가서 티켓을 구입해 왔다. 1인당 180위안(약 3만 2400원)으로 만만치 않은 금액이었고, 자동차 통행료 400위안(약 7만 2000원)도 내야 했다. 이를 포함한 다섯 명의 입장료가 총 1300위안(약 23만 4000원)으로, 세계 최고의 에베레스트를 보기 위해 지불하는 비용이 엄청났다.

중국은 에베레스트 인근의 히말라야 산맥을 A4개(AAAA) 국가급 자연보호구로 지정해 관리하며 입장객을 철저히 통제하고 있다. 허가를 받고 티켓을 구입하는 데에도 많은 시간이 걸렸다. 에베레스트를 티베트어로는 '신성한 어머니'라는 의미의 '초모랑마(Qomolangma)'라고 부른다. 영국인이 발견하기 이전부터 쓰였던 이름이다. 이 때문에 이 산을 에베레스트라고 부를 것인지, 초모랑마라고 부를 것인지의 논란도 전개되고 있다. 중국 정부는 이 자연보호구역에 '초모랑마펑 국가급 자연보호구(珠穆朗瑪峰 國家級 自然保護區)'라는 이름을 붙여 놓았다. 팅그리에서 에베레스트 입장권을 구입하고, 컵라면과 빵 등 간식거리를 구입하니 오후 6시 30분이 넘었다.

팅그리를 출발할 때 이미 서쪽으로 방향을 바꾼 태양은 금방 산 저편으로 사라지기 시작했다. 하지만 우리가 갈 길은 아직 멀었다. 팅그리까지 오면서 중간 중간 차를 세워 고원을 구경하고, 팅그리에서도 많은 시간을 소요해 예정 시간보다 늦어져 있었다. 게다가 팅그리에서 에베레스트 쪽으로 방향을 튼 다음부터는 비포장도로였다. 그야말로 하늘로 가는 '고행의 도로'이자 '원시의 도로'였다. 울퉁불퉁한 길로 들어서니, 에베레스트 자연보호구역 입구가 나타났다. 이미 해는 서산으로 넘어갔다.

그때부터 3시간여에 걸쳐 암흑 속에서 비포장도로와의 사투가 시작되었다. 해가 넘어가자 고원엔 불빛 하나 없이 칠흑 같은 어둠이 찾아왔다. 길은 멀고도 멀었다. 우리가 목표로 하는 작은 마을에 도착하려면 산을 몇 개 더 넘어가야 했다. 지도에도 나오지 않는, 높은 산들이 도열한 티베트 남쪽의 히말라야 산맥 깊은 산속으로 빨려 들어가듯이 달렸다. 날씨가 추운 관계로 당초 에베레스트 베이스 캠프까지 가서 자려던 계획 대신 인근 마을의 작은 여관에 가서 하룻밤 묵고 다음 날 새벽에 베이스 캠프로 가기로 했다.

인근 마을까지는 50~60km 정도의 거리였지만, 가파른 산으로 난 비포장도로여서 속도를 낼 수 없었다. 가도 가도 불빛 하나 보이지 않았다. 사실상 인적이 끊긴 깊은 산속으로 들어가기 때문에 당연한 일이다. 차가 거의 다니지 않는 비포장 길에는 곳곳에 낙석이 널려 있고, 차는 이 낙석들을 요리조리 피해가야 했다. 산길을 달릴수록, 비록 차 안에 있지만, 공포스러운 추위가 다시 몰려왔다. 깜깜한 밤하늘의 별은 손을 뻗으면 잡힐 듯이 촘촘히 박혀 있지만 그걸 즐길 여유가 없었다. 추위와 어둠을 뚫고 목적지에 빨리 도착하는 것이 급선무였다.

그렇게 비포장 산길을 달린 끝에 드디어 티베트 오지 중의 오지 마을에 있는 한 가정여관(家庭旅館)에 도착했다. 거의 밤 10시 가까이 될 무렵이었다. 여관은 비교적 규모가 큰 티베트의 전통 가옥을 개조한 곳으로, 1층 중앙에 야크와 양의 똥을 연료로 쓰는 난로를 배치하고 그 주변으로 벽을 따라서 침대 겸용으로 사용할 수 있는 의자를 배치하였다. 야크와 양의 똥은 화력이 좋아 근처에 가면 뜨끈뜨끈했다. 그 주위에는 의자와 작은 탁자들을 배치해 차도 마시고 식사도 할 수 있다. 2층에도 비슷한 구조의 방이 있었다.

마침 중국 대학생 네 명이 히말라야 트레킹을 마치고 우리와 거의 비슷한 시간에 도착했다. 그 중의 한 여학생이 한국 대전에 있는 한 대학으로 유학을 준비 중이었는데, 한국어를 웬만큼 할 줄 알았다. 우리는 이들 중국 대학생들과 히말라야 여행과 최근 중국에 불고 있는 한류 바람에 대해 이야기꽃을 피웠다. 인연도 이런 인연이 있을까. 이런 오지에서 한국에 관심이 많은 중국 대학생을 만나리라고는 생각도 못했다. 3시간을 칠흑 같은 어둠의 비포장도로로 달리며 생긴 긴장감이 젊은이들의 활달함과 중국인 특유의 소란스러움에 녹아 내렸다.

이어 친절하고 활달한 주인 아줌마가 따끈하게 마련해준 늦은 저녁을 먹고 2층의 잠자리에 들었다. 물론 푹 잘 형편은 되지 못했다. 난방이 제대로 안 되어 추운데다 세수도 제대로 하지 못했다. 내일은 새벽 5시에 일어나 2시간 정도 다시 비포장도로를 달려 ABC로 가야 에베레스트의 일출을 볼 수 있다. 의자를 겸한 침대를 하나씩 차지하고 이불을 푹 뒤집어썼지만, 이불 속도 차갑기는 마찬가지여서 오들오들 몸이 떨렸다. 며칠째 4000~5000m의 고지대를 여행하다 보니 고산증으로 머리도 띵한 상태였다. 산소 농도가 평지의 50~60% 정도에 불과하여 머리를 둔기로 맞은 듯 흐리멍텅한 느낌이었다.

## 에베레스트 꼭대기를 비추는 햇살

오지 마을의 전통 가옥을 개조한 여관에서 자는 것은 아주 색다른 경험이었지만, 불편한 것이 한두 가지가 아니었다. 수도 시설은 기대할 수도 없다. 물 사정이 좋지 않아 세수도 양치질도 할 수 없다. 굳이 물을 요청하면 어떻든 가능하겠지만 어차피 밤에 잠깐 눈을 붙였다가 새벽에 떠날 계획이어서 건너뛰었다. 날도 추워 이불 속에 들어가 잔뜩 웅크리고 자야 했다. 재래식 화장실은 손전등으로 불을 밝히고 천장이 낮아 허리를 구부린 채 움직여야 했다. 그래도 의외로 깔끔하게 청소도 되어 있고 냄새도 별로 나지 않았다.

눈을 뜨니 새벽 5시였다. 떠나야 할 시간이었다. 그러고 보니 어제 11시 넘어 잠자리에 든 이후 한 번도 깨지 않고 푹 잤다. 밖은 아직 한밤중이었다. 베이징을 기준으로 한 시간이니, 티베트의 실제 '자연 시간'은 새벽 2~3시밖에 안 된다. 아이들을 깨우니 험한 잠자리에 힘든 여정이었음에도 군소리 없이 주섬주섬 일어났다. 혹시 빠뜨린 물건은 없는지 잠자리도 샅샅이 살폈다. 각자 책임감이 강해졌다. 세수는 생각도 못하고 얼굴만 마른 손으로 쓱쓱 문지른 후 풀지도 않은 배낭을 둘러메고 숙소를 나왔다.

가이드와 승합차 운전사도 미리 나와서 준비하고 있었다. 하늘에 총총한 별들이 손만 쭉 뻗으면 선명하게 잡힐 것 같았다. 추위에 몸을 잔뜩 웅크리고 있던 올리브와 아이들도 하늘을 올려다보고는 '우~와~' 탄성을 내질렀다. 고원지대라서 별들이 더 가까이 보이는 것 같았다. 하늘을 가로지르는 은하수도 뚜렷하게 드러났다. 어디에서 이런 모습을 보랴. 하지만 갈 길이 바쁘니 마냥 감탄만 하고 있을 수 없었다.

차는 어제 저녁 달린 것과 같은 비포장도로를 달렸다. 낙석들과 곳곳에 깊이 패인 웅덩이를 요리조리 피해 가면서 운전을 해야 했다. 게다가 깜깜한 어둠 속에서 오로지 자동차 헤드라이트 불빛에만 의지해야 하는지라 운전수는 잔뜩 긴장하였고 그 운전사만큼 우리도 긴장했다. 가끔 자동차 헤드라이트 불빛에 놀란 토끼들이 껑충껑충 뛰어갔다. 척박한 환경에서 굴을 파고 살아가는 야생 토끼들이다. 2시간을 달리자 뿌연 어둠 속에서 한 사원이 나타났다. 베이스캠프 입구를 알리는 해발 5150m의 롱북 사원(絨布寺)이다.

가이드가 차에서 내려 사원 앞 식당으로 우리를 안내했다. 새벽 고원의 대기는 살을 에듯이 차가웠다. 몸을 잔뜩 웅크린 채 식당에 들어서니 서양인 네댓 명이 차를 마시며 추위를 달래고 있었다. 가운데엔 말린 야크와 양 똥을 듬뿍 넣은 난로가 있어 꽁꽁 얼어붙은 몸을 녹일 수 있었다. 우리는 10위안의 사용료를 내고 따뜻한 물을 받아 어제 팅그리에서 사온 컵라면으로 속을 달랬다. 창문으로 서서히 아침이 밝아오기 시작했다.

롱북 사원에서 ABC까지는 다시 20분 정도를 더 달려야 했다. 길 상태는 지금까지 달려온 비포장 산길보다 더 험했다. 큰 돌들이 도로 곳곳에 널려 있고, 웅덩이도 훨씬 더 깊었다. 이 길은 전문 산악인이나 우리 같은 관광객이 아니면 아무도 오지 않는 곳이라고 했다. 아침이 밝아올 즈음 덜컹덜컹 힘겹게 달린 승합차가 드디어 ABC에 도착했다.

ABC는 세계에서 가장 높은 8848m(중국쪽 표지판에는 8844.33m라고 적혀 있었다)의 에베레스트에서 80km 떨어진 계곡 아래의 분지에 만들어져 있다. 분지에는 에베레스트를 등정하려는 산악인과 세르파들을 위한 간이 막사와 화장실, 비상 대피소 등이 갖추어져 있다. 분지 가운데로는 히말라야에서 내려오는 물이 흐르는 작은 시냇물도 있다. 이곳이 에베레스트 등정의 전진 기지라 생각하니 가슴이 뛰었다. 가이드는 등산인이 몰려드는 여름철에는 이곳에 엄청난 규모의 캠프가 설치되어 장관을 이룬다고 했다.

분지 가운데 있는 야트막한 언덕으로 올라갔다. 특별한 시설은 없지만 에베레스트 전망대였다. 등성이로 올라가니 고원의 계곡 사이로 에베레스트 산이 영험한 자태를 드러냈다. 여기가 중국 땅이므로, 중국식으로 말하면 초모랑마평이다. ABC가 해발 5150m이므로 고도로 약 3700m 정도 차이가 나지만, 에베레스트가 손에 잡힐 듯 가까웠다. 뾰족뾰족한 바위 위로 만년설이 하얗게 덮여 있었다. 하늘과 가장 가까운 산, 티베트인은 물론 저 산맥 너머 네팔인들이 신성시하는 세계의 지붕이다.

히말라야의 바람은 어찌나 매서운지 그대로 맞고 서 있기 힘들 정도였다. 하늘은 구름 한 점 없이 맑았다. 가이드는 이때쯤엔 눈발이 휘날리는 경우가 많아 에베레스트를 제대로 보기 어려운데, 오늘은 운이 아주 좋다고 말했다. '세계의 어머니 여신'이라는 히말라야의 산들이 선명하게 드러났다. 신성한 기운이 감도는 듯했다. 티베트인들이 각종 기원을 올리며 묶어 놓은 오색 깃발과 각종 경전을 적은 천이 파란 하늘을 배경으로 바람에 휘날렸다.

전망대에서 발을 동동 구르며 20여 분을 기다리자 드디어 에베레스트에 해가 비추기 시작했다. 계곡 옆의 산꼭대기로도 햇살이 비추기 시작했다. 뾰족뾰족한 에베레스트 등성이가 환하게 드러났다. 매서운 바람이 몰아치는데도 올리브는 깊은 사색에 잠겨 영봉을 하염없이 바라보고 있었다. 여간해선 뭔가 기원하거나 소원을 비는 법이 없는 나도 그 영봉을 바라보면서 속으로 기원을 했다. 우리 가족의 이번 여행이 순탄하게 이루어지길, 험준한 고원에서 살아가는 티베트인들에게 더 행복한 날이 되길, 모든 사람들의 마음에 평화와 행복이 넘치길, 어떠한 종류의 억압과 빈부의 차이, 착취가 사라지고, 모든 사람이 평등하고 자유를 만끽하는 세상이 빨리 오길….

찬바람이 매섭게 옷깃을 파고들었지만, 여기 오길 잘했다는 생각이 들었다. 이렇게 건강하게 여행을 하고 있는 게 행복했다.

**베이스 캠프에서 바라본 에베레스트의 일출** 아침 햇살을 받아 세계 최고봉 에베레스트가 환히 빛나고 있다.

## 세상의 끝은 없다. 새로운 시작일 뿐

에베레스트 베이스캠프에서 감격적인 해맞이를 한 다음 다시 롱북 사원을 거쳐 라싸~카트만두를 잇는 '우정의 고속도로'로 향했다. 나중에 알고 보니 롱북 사원은 에베레스트 산에서 가장 가까운 사원이었다. 티베트 쪽에서 에베레스트에 가장 가까이 다가가 사람이 살고 있는 곳이 롱북 사원이었던 것이다. 거기까지가 인간의 한계인 셈이다. 팅그리로 가는 길은 자갈과 맨흙으로 이루어진 '자갈 사막'이었다. 황무지와 거의 구분이 되지 않아 어디가 길인지도 분간이 힘들었다. 그냥 광활한 고원의 평원을 달리면 그게 길이 되었다.

어젯밤 잠을 몇 시간 자지 못한데다 새벽부터 찬바람을 맞은 탓에 따뜻한 햇살이 창으로 비치자 모두들 꾸벅꾸벅 졸다가 아예 잠에 빠져버렸다. 밖으로 보이는 풍경은 삭막하기 그지없었다. 그렇게 약 4시간을 달려 잘 포장된

G318 국도에 올라섰다. 행정구역으로는 어제 우리가 에베레스트 방문 허가를 받은 팅그리와 같지만, G318 국도로 따지면 그곳보다 한참 남서쪽으로 내려온 지점이다. 에베레스트를 보기 위해 국도에서 벗어나 포장도 안 된 오지로 한참 들어갔다가 다시 몇 개의 산을 넘어 G318 도로로 나온 것이다.

팅그리에 도착한 자동차는 고운 먼지를 흠뻑 뒤집어쓰고 있었다. 얼마나 험한 길을 달려왔는지 그 곱고 두꺼운 먼지가 그대로 보여주었다. 우리가 점심식사를 한 팅그리 스노우랜드 호텔(Thingri Snow Land Hotel, 定日雪域飯店)에는 전 세계 산악인들이 다녀가면서 자신의 징표로 남겨놓은 각종 스티커들이 다닥다닥 붙어 있었다. 한국 산악인들의 한글 스티커들도 보였다. 팅그리에서 다시 히말라야를 넘기 위해 서남쪽으로 달렸다. 200km 정도 달리면 네팔 국경인 장무에 도착한다. '지구의 지붕' 히말라야를 넘는 마지막 환상의 코스가 시작되었다.

팅그리를 지나니 다시 장관이 펼쳐졌다. 멀리 만년설을 덮고 있는 히말라야 산맥의 영봉들이 그림처럼 펼쳐졌다. 설산들은 파란 하늘을 배경으로 반짝반짝 빛나면서 살아 움직이는 것 같았다. 가이드는 저기에 에베레스트와 초오유, 마칼루 등 8000m가 넘는 영봉들이 있다고 말했지만, 8000m를 넘든 넘지 않든, 거기에 멋진 이름이 붙어 있든 그렇지 않든, 우리에게는 중요하지 않았다. 그저 신령스런 산이었다. 같은 풍경을 계속 보다보면 질릴 법도 한데, 히말라야 영봉들은 그렇지 않았다. 보고 또 보아도 더 보고 싶었고, 볼 때마다 경탄을 자아내게 했다.

팅그리에서 1시간 반 정도를 달려 마지막 고개인 해발 4950m의 통라 고개(Tong-la Pass)를 넘자 고원의 마지막 풍경이 나타났다. 하늘과 맞닿아 있는 듯이 평평하고 광활하게 펼쳐진 황무지 한가운데로 길이 구불구불 뚫려 있고, 그 너머로 히말라야 산맥의 웅장한 설산들이 떡 버티고 있었다. 표고 차이로 보면 그 도로는 통라 고개를 기점으로 히말라야 산맥 남쪽으로 내려가게 되

**히말라야 산맥을 넘는 마지막 고갯길** 고원에 나 있는 도로가 히말라야 산맥으로 빨려 들어가는 듯하다.

어 있다. 멀리 설산들이 우뚝 솟아 있는 가운데 그쪽을 향해 완만한 내리막 길을 달리는 것이다. 도로는 마치 히말라야 산맥으로 빨려 들어가는 것 같았다. 히말라야에서만 볼 수 있는 광경이었다. 입이 다물어지지 않았다. 멋진 풍경을 뒤로 보내는 것이 아쉽기만 했다.

중국과 네팔의 국경으로 가는 도로는 히말라야 산맥 가운데 가장 낮은 협곡에 뚫려 있었다. 국경에 다다르기 전 히말라야 고원의 마지막 도시인 니알람(Nyalam, 攝拉木)을 지나자 풍경이 갑자기 달라졌다. 니알람을 지나며 나타난 협곡에 한참 눈길을 빼앗긴 사이에 우리 앞에서 보이던 설산들이 뒤로 넘어가기 시작했다. 우리가 협곡 사이를 관통하는 구불구불한 길의 절경에 취해 있던 사이 차가 히말라야를 북에서 남으로 넘어온 것이었다. 차는 갈수록 깊어지는 협곡으로 이어진 길을 빠르게 내려갔다.

니알람을 지나 장무로 내려오면서 지금까지와는 전혀 다른 장관이 펼쳐졌다. 순식간에 한대 지방에서 온대 지방으로, 온대에서 아열대 지방으로 풍경과 기후가 확확 달라졌다. 지금까지 전혀 보이지 않던 나무들이 듬성듬성 나타나더니, 계곡 아래로는 히말라야의 눈이 녹으면서 만들어진 물이 우당탕탕 기세 좋게 흐르고 있었다. 협곡이 워낙 깊어 끝을 가늠하기 어려웠고, 곳곳에 도로가 파손되어 수리를 하고 있었다. 조금 더 내려가자 듬성듬성하던 나무들이 숲을 이루기 시작했다. 티베트에 진입한 이후 보지 못했던 숲이었다.

공기도 달라졌다. 갑자기 산소가 풍부해진 것 같았다. 먼지도 없었다. 창문을 활짝 열고 바깥 공기를 들이마셨다. 이제 숨을 깊게 쉴 수 있다. 바람도 차지 않다. 고원의 차가운 바람이 아니다. 우리는 티베트 고원에서 이제 풀과 나무와 숲이 우거지고, 그 속에서 동물들이 뛰어노는 아열대 지방으로 넘어온 것이다. 불과 몇 십 분 만에 전혀 새로운 세계로 들어왔다. 너무나 감격스러워 길가에 차를 세우고 깊게 심호흡을 하고, 뛰어보기도 하고, 계곡에 흐르는 물에 손도 담그면서 히말라야 고원을 무사히 넘어온 것을 자축했다.

라싸에서 간체와 시가체, 팅그리를 지나고 에베레스트 베이스캠프까지 왔을 때 그곳이 마치 세상의 끝 같았다. 에베레스트 베이스캠프에서 험준한 히말라야 산맥을 보면서 저곳이 세상의 끝이라고 생각했다. 실제로 롱북 사원은 인간이 살 수 있는, 그것도 신에게 의탁한 삶을 사는 승려들만이 생명을 유지할 수 있는 한계점이었다. 하지만 그것은 세상의 끝이 아니었다. 시닝에서 칭짱 열차를 타고 티베트 고원을 넘으며 그곳이 세상의 끝이라고 생각했지만, 그 너머엔 라싸를 중심으로 한 새로운 사회가 펼쳐졌듯이 산을 넘고 고원을 넘으니 새로운 세상이 나타났다. 세상의 끝은 없었다. 우리가 생각하는 세상의 끝은 실제로 끝이 아니라 새로운 세계의 시작일 뿐이었다.

우리의 삶이나 사회도 마찬가지 아닐까. 지금 이곳에서의 삶을 전부라고 생각하고, 지금의 현실에서 한 발짝만 벗어나면 살아갈 수 없을 것처럼 느껴지지만, 그 한계는 머릿속에만 존재하는 것이 아닐까. 세상의 끝이 없듯이, 지금의 현실을 박차고 나가는 것은 종말이나 끝이 아니라 새로운 세계로 향하는 발걸음이 되는 것이 아닐까. 새로운 세계, 새로운 삶에 대한 불안감, 변화에 대한 두려움 때문에 스스로를 지금의 현실에 가두어 놓고 괴로워하고 있는 것은 아닐까.

조금 더 내려오자 깊은 협곡에 그림같이 자리 잡은 장무가 나타났다. 네팔 국경과 맞닿은 해발고도 2200m의 마지막 중국 마을이다. 깎아지른 계곡 한 편에 건물들이 층계를 이루듯이 들어서 있었다. 깊은 협곡이 만든 풍경은 히말라야 못지않게 장관이었다. 무엇보다 우리를 기쁘게 한 것은 바로 그 흔하디 흔한 '공기'였다. 주변의 울창한 숲에서 나오는 신선한 공기가 그렇게 반가울 수가 없었다. 며칠 동안 먼지만 풀풀 날리고, 산소도 희박한 티베트 고원에 시달려 왔는데, 장무의 공기는 신선하고 촉촉했다. 고산증세로 무겁게 느껴지던 몸도 갑자기 가벼워진 것 같았다. 살짝 뛰어보았다. 역시 몸이 가벼웠다. 갑자기 힘이 불끈 솟았다.

공식적인 중국 영토에서 마지막 저녁식사를 한 다음, 칭하이성 시닝 이후 1주일 만에 처음으로 따뜻한 물로 샤워도 했다. 풍성하게 비누 거품을 내면서 머리도 감고 몸도 박박 문지르며 샤워를 할 수 있다는 데 아이들도 신이 났다. 동군은 얼마나 심하게 코를 풀었는지, 세수를 하면서 코피를 쏟고 말았지만—물론 코피가 난 것은 티베트 여행의 피로와 고산지대에서 오래 시달린 탓이 컸다—그럼에도 무척 즐거워했다. 히말라야에서 맞았던 매서운 바람과 달리 장무 계곡에서 불어오는 바람은 훈훈한 듯 시원했다. 해가 뉘엿뉘엿 넘어가는 장무의 하늘을 보면서 험난한 티베트 여행을 무사히 마치고, 히말라야 산맥을 무사히 넘어온 것에 감사했다. 우리의 '허가된' 티베트와 히말라야 여행이 행복하게 막을 내리고 있었다.

중국 장무~네팔 코다리~카트만두

# 아파트를 가득 채운 여행의 기록들

## "아니다, 우리는 스스로 간다!"

중국의 국경마을인 장무 인근의 경치가 무척 아름답고, 마을 자체가 인상적이어서 조금 더 머무르고 싶었지만 아침 일찍 서둘러 출발하지 않으면 안 되었다. 무엇보다 우리가 받은 티베트 여행 허가가 오늘로 끝나는데다 아침에 미적거리다간 중국과 네팔을 잇는 국경이 너무 붐벼 오늘 중으로 카트만두에 도착하기 어려울 수도 있어서였다.

모처럼 춥지도 않고 고도도 낮은－장무는 2200m지만 티베트와 히말라야에 비해선 아주 낮다－곳에서 숙박을 한 관계로 아주 푹 자고 일어났다. 아직 해 뜨기 전이라 어둑어둑했지만 신속하게 아이들을 깨워 셰르파 호텔(夏爾巴酒店) 1층 식당으로 내려갔다. 식당엔 이미 많은 여행자들－주로 서양 여행자들－로 차 있었는데 모두 중국~네팔 국경을 통과하려는 사람들이었다.

식사를 기다리는 동안 쓰고 남은 중국 위안화를 가이드의 소개로 현지인을 통해 네팔 루피로 환전했다. 아이들의 비상금과 남은 용돈 등을 합하니 1500위안(약 27만 원) 정도 되었다. 그동안 정기적으로 아이들에게 1주일에 대략 140위안(약 2만 5000원)씩 용돈을 주었는데 그걸 각자 저축을 한 것이었다. 식사를 할 때나 버스를 탈 때, 그리고 음료수 하나를 사먹을 때에도 1위안 아래 단위까지 치밀하게 계산해 절약한 아이들이 기특했다. 중국 위안화와 네팔

**장무** 히말라야를 넘어 네팔로 넘어가는 중국의 마지막 마을로 협곡의 가파른 비탈에 마을이 들어서 있다.

루피화 교환환율은 1위안당 12루피로, 창균과 동균이 여러 정보를 통해 계산한 환율과 다르지 않았다. 환전을 마친 후 가이드와 우리를 티베트 고원을 거쳐 여기까지 안전하게 태워다 준 운전수에게, 약소하지만 팁도 주었다.

숙소에서 국경까지는 10km 정도로 깎아지른 절벽에 S자로 구불구불 난 길을 한참 돌아서 가야 했다. 장무와 네팔의 국경마을 코다리(Kodari)를 연결하는 히말라야 남쪽 사면의 풍경은 그야말로 절경이었다. 깎아지른 협곡이 끝없이 펼쳐지고, 뒤에는 히말라야의 비경이 언뜻언뜻 신비로운 자태를 뽐내는 것이, 조금만 정비를 한다면, 아니 지금 이대로도, 유럽의 알프스를 뛰어넘는 기막힌 관광지로 손색이 없을 것 같았다.

숙소를 떠나 조금 지나자 옛 중국 국경 검문소가 나타났다. 새 검문소는 티베트(중국)와 네팔의 국경무역과 사람들의 통행이 늘어나면서 절벽 아래쪽으로 이전해 만들어져 있다. 장무 시내—시내라기보다는 마을이라고 하는

**장무 국경 검문소** 네팔로 가는 국경무역 행상들이 큰 보따리를 들고 출국 심사를 기다리고 있다.

게 맞겠지만—를 벗어나자 끝없는 화물차의 행렬이 나타났다. 화물을 싣고 국경을 넘어가기 전에 이곳에서 하룻밤을 보낸 차량들이었다. 우리를 태운 승합차는 화물차 행렬 옆을 아슬아슬하게 비켜서 국경으로 향했다. 도로가 좁은데다 곳곳이 패이고 허물어져 있어, 앞에서 다른 차가 오면 조금 여유가 있는 곳으로 비켜나야 했는데, 거의 부딪힐 정도였다. 다행히 이른 아침이라 네팔에서 넘어오는 차들은 많지 않았다. 우리가 국경으로 내려가던 시간이 네팔 시간으로 8시 정도여서 네팔 쪽에서 올라오는 차들이 많지 않았던 것이다. 아침 일찍 네팔로 넘어가는 게 수월하다는 가이드의 말이 이해가 갔다.

국경 검문소는 티베트에서 네팔로 넘어가려는 중국인과 네팔인들로 이미 만원이었다. 등에 엄청난 짐을 짊어진 현지인들이 줄을 지어 국경 통과를 기다리고 있었다. 물물교환을 했던 선조의 후예들이 지금도 남쪽의 곡물과 북쪽의 육류 등을 교역하는 현장이었다. 국경무역—중국은 변경무역이라고 부른다—이 활발해지면서 이곳이 활기를 띠고 있음을 확인할 수 있었다.

국경 검문소엔 현지인과 외국인 창구가 별도로 마련되어 있다. 가이드의 안내로 서양 여행자들과 네팔 상인들이 길게 줄을 선 외국인 창구에서 한참을 기다리는데 희한한 일이 발생했다. 중국 국경 검문소 직원이 "지금 X-레이 검색기가 고장 나 시간이 지연되고 있으니 저쪽에서 검문을 받아야 한다"며 입국 심사대를 가리키는 것이 아닌가. 시간이 단축되겠다고 생각한 우리는 신속히 입국 심사 창구로 가 큰 배낭과 작은 가방을 X-레이 투시기에 집어넣었다. 출국이 거부될 만한 물품이 전혀 없었으므로 걱정 없었다.

그런데, 검문소 직원이 내 배낭을 가리키며 열라고 했다. 휴대 금지 품목도 없는데 잘 정리해둔 짐을 풀어헤쳐야 한다는 게 몹시 못마땅했다. 그렇지만 입국 심사원이 가방을 열라는 데 도리가 없었다. 배낭을 심사대에 올려놓고 짐을 풀었는데, 내 짐을 이리저리 보던 검문소 직원이 영문으로 된 중국 여행 안내 책자인 론리 플래닛을 들고는 유심히 뒤적거리는 것이 아닌가.

그건 전 세계의 수많은 중국 여행자들이 이용하는 이른바 배낭여행의 바이블 론리 플래닛인데 무슨 혐의를 둘 게 있단 말인가. 한참 책을 뒤적뒤적하던 직원이 지도를 유심히 살폈다. 그 지도는 론리 플래닛 앞 페이지에 달려 있는 중국 전도(全圖)로 너무 작아서 거의 쓸모도 없었다. 더구나 중국 여행도 끝난 마당에 더더욱 쓸모가 없었다.

"여기에 타이완이 나와 있어서…." 검문소 직원이 우물쭈물하며 뭔가 꼬투리를 잡으려는 눈치였다.

나는 지도 부분을 찢어내는 시늉을 하면서 "이게 필요하냐?(Do you need this one?)"고 물었다. 직원이 고개를 살짝 끄덕이자 나는 과감하게 북~ 하고 지도를 뜯어내 그에게 건넸다. 직원은 그제야 만족스러운 표정으로 책자를 나에게 넘겼다. 책을 건네받은 나는 풀어둔 짐을 다시 가방에 주섬주섬 챙겨 넣었다. 중국에 들어가려는 사람이라면 몰라도 중국을 떠나는 사람이 갖고 있는 책의 일부분을 찢어서 압수하는 게 이해가 되지 않았다.

어쨌든 그렇게 검색을 마친 후 출국 수속을 받기 위해 다시 심사대 쪽으로 갔더니 출국 심사대의 중국 군인들이 다시 우리 짐을 검사하려고 했다.

"방금 전 이쪽 X-레이 검사기가 고장이 나서 저쪽 입국 심사대에서 X-레이 검색과 육안 수색을 모두 마쳤다." 내가 중국 군인에게 말했으나, 그들은 완강했다. 다시 검사해야 한다는 것이었다. 바로 앞에 있던 외국인 여행자들도 일일이 짐을 풀어 뒤지는 데 짜증이 났던지 짐을 하나씩 하나씩 천천히 풀었다가 검사가 끝나면 한 발짝도 움직이지 않고 그 자리에서 더 느린 동작으로 짐을 쌌다. 고속도로 톨게이트에서 항의의 표시로 통행료를 10원짜리 동전으로 지불하며 시간을 지연하는 것과 같은 일종의 시위였다.

뒤에서 기다리는 사람들의 줄은 하염없이 늘어졌고, 우리도 중국 군인들이 지시하는 대로 가방을 하나씩 올려놓고 마치 양말 한 켤레, 티셔츠 하나 하나가 아주 소중한 것처럼 조심스럽게 풀어놓았다. 나는 큰 배낭 하나와 작은 가방 두 개를 메고 있었는데, 그 중 작은 가방을 천천히 열어 안을 슬쩍 보여주었다. 검색을 담당한 군인이 되었다는 듯이 고개를 끄덕이자 다른 짐은 풀 생각도 하지 않고 다시 등에 둘러멨다. 그렇게 이상하기 그지없는 형식적인 검색을 마치고 검색대를 통과했다. 올리브나 아이들도 모두 짐 수색을 이해할 수 없다는 표정을 지으며 심사대를 지나쳤다.

여권에 도장까지 찍고, 장무와 코다리를 잇는 '우정의 다리(Friendship Bridge)' 앞에 섰다. 협곡을 잇는 이 다리가, 중국과 네팔의 진짜 국경인 셈이다. 지금까지 7일간 우리를 안내했던 가이드와도 헤어질 시간이었다.

그때 중국인 가이드가 네팔 가이드를 한 명 소개해 주었다. 영어가 유창한 이 네팔 가이드는 500위안(약 9만 원)만 내면, 8인승 지프에 우리를 태워 카투만두 호텔까지 데려다 주고 중간에는 휴식 시간도 가질 수 있다고 했다.

나는 속으로 '국경 넘어 네팔 사정도 잘 모르는데다, 카트만두까지 가는 것도 문제고 숙소도 예약이 안 되어 있어 헤맬 가능성이 많은데, 여기서 적당히 흥정해서 가면 괜찮겠다'고 생각했다. 그런데 가족들의 반응이 시큰둥했다. 올리브와 창군은 고개를 살짝 저으며 부정적인 입장을 보였고, 동군과 멜론도 비슷했다. 특히 창군은 원칙적이었다.

"이 사람 차로 가면 편하기야 하겠지만, 그럼 여기서 카트만두로 가는 대중교통을 전혀 경험할 수 없잖아. 우리 여행은 우리가 스스로 하는 건데."

창군이 우리의 여행 컨셉을 확인하며 힘들더라도 스스로 교통수단을 찾을 것을 주장했다. 그 말을 듣는 순간 퍼뜩 정신이 들었다. 중국에서 네팔로 넘어오면서 순간적으로나마 편한 것을 찾으려 했던 마음을 바로 접었다. 단호히 거절의 뜻을 표시하였다.

그리고 나서 지난 7일 동안 티베트 라싸에서 네팔 국경까지 대장정을 함께 한 중국인 가이드와 작별 인사를 나누었다. 탁월한 가이드라고까지는 하기 어렵지만, 성실하고 순박하며 최선을 다한 티베트 청년, 그리고 '장무까지는 수없이 와봤지만, 한 발짝만 떼면 되는 네팔엔 여권과 비자가 없어 한 번도 가보지 못한' 28세의 건강한 티베트 청년을 오랫동안 잊지 못할 것 같았다. 그에게 다시 한번 뜨거운 감사를 표하고 '우정의 다리'로 향했다.

우정의 다리는 겉으로는 평범해 보였으나, 큰 의미를 갖고 있다. 협곡 아랫부분에 놓인 다리는 50m 정도로 길지 않다. 양국 세관과 출입국 심사를 마친 사람들은 걸어서 이 다리를 건너는데, 다리 가운데에 바로 국경선이 그어져 있다. 그 선 이쪽에는 중국 군인이, 저쪽에는 네팔 군인이 통행하는 사람들을 멀거니 바라보고 있었다. 우리는 그 선을 넘는 순간, 동작을 일시 정지하고 국경 통과를 자축했다. 한쪽 발은 중국 땅에, 다른 한쪽 발은 네팔 땅에 있다는 '짜릿한' 경험의 순간이었다. 고 노무현 대통령이 남북 정상회담을 위해 남북 군사분계선을 걸어서 넘어가던 것과 같은 느낌이었다. 드디어 국경을 넘은 것이다.

따지고 보면 국경선이라는 것은, 자연의 원리와 관계없이, 근대 이후 '국가'라는 새로운 단위의 통치체제가 등장하면서 인위적으로 만들어 놓고 넘어가지 못하도록 한 '경계'에 불과하다. 그 인위적인 국경선이 지난 수백 년간 인간의 삶을 지배해 오면서 지금은 의식의 깊은 곳에 내면화되어 있다. 따라서 그 '선'을 직접 밟고 넘어가는 행위는, 국가라는 '의식의 경계'를 뛰어넘는 것으로 여행이 주는 가장 신선한 경험의 하나다. 육로 여행의 가장 짜릿한 맛 중 하나가 바로 이런 '선'과 '경계'를 넘나드는 경험이다.

'인위적인' 경계선을 넘어서자 사람들이 인위적으로 만들어 행동과 관념을 지배하는 '시간'이 바뀌었다. 태양이나 달의 위치, 동식물의 식생, 날씨는 아무것도 바뀐 것이 없는데, 시간이 10시 30분(중국 시간)에서 8시 15분(네팔 시간)으로 바뀌었다. 시간이 바뀌면서 사물이나 현상에 대한 나의 생각이나 태도, 즉 인식과 행동에도 미묘한 변화가 오는 듯했다. 어쨌든 이날은, 나의 생체 시계는 바뀌지 않았지만, 8시 15분부터 10시 30분까지 2시간 15분을 반복해서 사는 날이다.

### 국경 개념을 바꿔놓은 네팔 입국 사무소

우정의 다리를 넘어서자 네팔이었다. 그런데 어떤 출입구도 보이지 않았다. 언뜻 보기에 중국보다 남루하고 정비가 되지 않은 도로와, 길 양 옆에 다닥다닥 붙은 상점들, 그리고 그곳에서 택시 손님을 끌기 위해 호객하는 사람들만 보였다. 보통 국경선을 통과하면 나타나는 엄중한 감시와 사람들의 통행을 제지하고 유도하는 긴 줄, X-레이를 갖춘 세관 검사대, 전산 시스템을 통해 출입국자들을 체크하는 심사대 등등을 상상했던 우리는 어리둥절하지 않을 수 없었다. 네팔 국경에는 그런 것이 하나도 보이지 않았기 때문이다. 길옆에는 호텔과 유스호스텔도 있고, 식당도 있고, 상점도 있었다. 갑자기 네팔의 시골 마을에 온 듯했다.

잠시 우왕좌왕하다 길을 계속 내려왔다. 그때 길 한쪽에서 '일반 네팔 사람들'과 섞여 있던 군복 차림의 사람들이 우리를 불러세우더니 길옆에 놓인 책상을 가리키며 짐을 열라고 요구했다. 순간적으로 여기가 세관 심사대라는 것을 알아차렸다.

"나는 한국인 여행자다. 신고할 것 없다." 내가 말하며 미소와 함께 어깨를 으쓱해 보였다.

"오케이!" 군복 차림의 까무잡잡한 네팔인이 입가에 희미한 미소를 지어보이며 길을 따라 내려가라고 손짓을 했다. 검사라고 할 것도 없는 형식적인 세관 심사였다. 우리는 계속 걸어 내려오면서도 '정말 이렇게 그냥 가도 되나?' 하는 생각이 들었다.

"입국할 때 비자 안 받고 그냥 들어갔다가, 나중에 출국할 때 문제가 생긴대. 비자를 받고 가야 하는데⋯." 올리브가 말하면서 주변을 둘러보았다. 그런데, 네팔은 출입국자들을 체크하기나 하는 것인지, 도대체 입국 관련 사무실을 찾을 수 없었다. 우리가 두리번거리며 거리를 내려가고 있는데, 택시 운전수로 보이는 사람이 우리를 보고 외쳤다.

"비자?"

"예스, 비자! 맞아요. 비자가 필요해요." 우리는 반가운 마음으로 이구동성으로 말했다.

그 사내는 자기를 따라오라며 한 건물로 안내했다. 건물 입구를 보니 거기에 작은 글씨로 'IMMIGRATION'이라는 팻말이 붙어 있었다. 출입국을 심사하는 관공서라기보다는 작은 마을의 버스터미널 대합실 같았다. 건물 안에는 서양인 여행자들과 네팔인이 여럿 서성이고 있었다. 네팔인들은 고객을 찾으려는 택시 운전수나 지프 운전수 같았다.

우리는 어떤 표식도 없는 카운터로 갔다. 카운터에 있는 사람들은 유니폼도 입지 않았고, 입국 심사원임을 알려주는 배지나 명찰도 달지 않았다. 우리가 다가가자 카운터 직원이 우리에게 작성해서 갖고 오라며 입국 신고서를 내밀었다. 그제야 상황을 '확실히' 알아차렸다. 여기가 바로 우리가 두리번거리며 찾고 있던 입국 심사대였다.

비자 신청과 비자 발급은 어떤 전산 시스템도 없이 일일이 수작업으로 이루어졌다. 그런데 비자 가격이 달라져 있었다. 여행 안내 책자에는 3개월짜리 여행비자가 미화 30달러라고 나와 있었는데, 3개월짜리는 100달러, 1개월짜리가 40달러로 바뀌어 있었다. 도리가 없었다. 그 사이에 비자 가격이 올랐던 모양이다. 우리는 네팔에 3주 정도 머물 생각이었으므로, 주저 없이 40달러씩 주고 1개월짜리 비자를 받았다. 나중에 우리와 함께 카트만두로 가던 북아일랜드 출신의 40세 여행자도 비자 가격이 올랐다며 투덜거렸다. 속절없이 올라가는, 그것도 몇 배로 훌쩍 뛰어오르는 비자 발급 수수료에 전 세계 여행자들이 짜증을 내고 있었다.

우리가 비자를 신청하는 동안, 창군과 올리브는 우리에 앞서 입국 비자를 받은 외국인들과 카운터에 앉아 있는 네팔 입국 심사원들을 통해 카트만두로 가는 방법을 알아보았다. 버스로 가려면 택시를 타고 한참을 내려가 터미널에서 카트만두 행 버스를 타야 하는데, 공공교통 시스템이 아주 취약하고 번거롭기 때문에 대체로 지프를 타고 간다는 것이었다. 지프 비용은 1인당 700~900루피(약 1만 1200원~1만 4400원) 정도라는 정보까지 파악했다.

우리가 막 비자를 받아드는 사이에 지프 운전수인 듯한 한 네팔 사내가 우리에게 접근했다. 그는 1인당 1000루피(약 1만 6000원)를 제시했다. 창군이 즉석에서 흥정을 시작했다. 나와 다른 사람들은 창군의 협상을 지켜보았다. 창군은 900루피(약 1만 4400원)로 협상을 하면서 우리를 바라보았다. 우리는 즉각 '좋다'고 반응했다. 창군이 '오케이' 하면서 모든 것이 끝났다. 총 4500루피(약 7만 2000원)에 카트만두로 가기로 했다. 결국 아까 중국인 가이드가 소개했던 네팔 가이드의 500위안과 비교할 때 약간 저렴한 가격으로 가게 되었다.

우리는 그 네팔 사내와 창군을 따라 차가 주차되어 있는 곳으로 내려갔다. 조금 내려오니 길 한쪽에 지프들이 죽 늘어서 있었다. 장무를 통해 티베트에서 넘어온 여행자들을 카트만두까지 태워다주는 차들이었다. 알고 보니 그 네팔 사내는 일종의 브로커였다. 지프 운전수, 말하자면 지프 개인사업자는 따로 있었다. 우리가 탈 지프에는 이미 영국인(북아일랜드인) 1명과 네팔인 한 명 등 두 명이 기다리고 있었다. 우리 다섯 명과 운전수까지 여덟 명이 오르자 차가 꽉 찼다. 짐은 지프 지붕 위에 올려 끈으로 단단히 묶고 카트만두로 출발했다. 9시였다.

**지프** 네팔 국경마을 코다리의 주요 교통수단이다.

중국 장무와 붙어 있는 네팔의 국경도시 코다리에서 카트만두까지는 150km 정도로, 도로가 계곡을 따라 이어졌다. 계곡은 여전히 깊었고, 길은 험준했다. 히말라야의 높이를 다시금 실감했다. 네팔은 히말라야 산맥의 남쪽 사면에 길게 형성된 국가인데, 특히 코다리에서 카트만두에 이르는 지역은 깊은 협곡이 첩첩이 이어져 있는 곳이다. 계곡을 따라 이어진 도로는 곳곳의 포장이 벗겨지고, 웅덩이가 만들어져 있었다. 길 폭도 넓지 않아 앞에서 다른 차가 오기라도 하면 아슬아슬하게 비켜가야 했다. 차는 끝없이 덜컹거리고 경적을 빵빵 울리며 달렸고, 지프에는 사람이 꽉 들어차 몸을 조금도 움직일 수 없는 상태였다. 그럼에도 깊은 협곡을 따라 내려가는 즐거움이 그 모든 불편함을 상쇄시켜 주었다. 함께 탄 두 여행자와 여행에 대해 대화를 나누는 즐거움도 다른 고통을 만회해 주었다.

카트만두까지 오는 데에는 여행 안내서에 나와 있는 대로 4시간 정도 걸렸다. 카트만두로 오는 중간의 한 작은 식당에서 카레와 밥 등으로 간단하게 점심식사를 했다. 한참을 더 달려 박타푸르 인근으로 들어오자 북쪽 하늘에 히말라야 산맥이 그야말로 그림처럼 나타났다. 마치 하늘에 산이 둥둥 떠 있는 듯한 풍경이었다. 히말라야 산맥에서 직선거리가 대략 100km는 될 것이므로, 그만큼 떨어져 있는 산을 보고 있는 셈이다. 우리가 한국에서 보았던 풍경과 전혀 다른 풍경이었다. 영험한 산이 하늘에 떠서 빛을 발산하는 듯했다. 도로는 취약하기 이를 데 없었다. 책에는 고속도로로 나와 있지만, 우리가 생각하는 고속도로와는 근본적으로 달랐다. 왕복 2차선도 제대로 안 되는 좁은 도로인데다 포장 상태도 엉망이었다.

오후 1시 카트만두에 접어들자 도로가 넓어졌지만, 매연을 푹푹 내뿜는 트럭과 버스, 택시는 물론 오토바이 등이 뒤엉켜 혼잡하기 이를 데 없었다. 카트만두는 네팔의 수도인데도 차가 다니는 도로 옆은 정비가 되지 않아 맨땅이 그대로 드러나 있고, 쓰레기들도 수북했다. 많은 사람들이 먼지가 풀풀 나는 길을 걸어 다녔다. 중국의 지방 중소 도시보다 훨씬 지저분하고 정비가 되어 있지 않았다. 네팔 정부가 사회 기반시설에 투자를 한 흔적을 찾아볼 수 없었다.

지프 운전수는 혼잡한 거리를 노련하면서도 단호하게 운전했다. 북아일랜드 여행자가 내릴 카트만두의 중심부 타멜 거리에 접어들자 혼란은 최고조에 접어들었다. 차 한 대가 겨우 지나갈 만한 좁은 골목길에 각종 기념품과 의류, 악세사리 등을 파는 상점들이 다닥다닥 붙어 있는데다 엄청난 여행자와 행인들이 오가는데도 그곳을 귀신같이 뚫고 지나갔다. 조금이라도 앞에 여유가 보이면 엑셀을 확 밟아 가속을 했다가는 속도를 늦췄다. 사람이나 상점의 물건에 부딪치지 않고 가는 것이 신기했다. 타멜 거리를 몇 바퀴씩 돌고 겨우 북아일랜드 여행자의 숙소를 찾을 수 있었는데도 군소리 하나 하지 않고 성실히 일을 마쳤다.

이젠 우리 숙소를 찾을 차례였는데 이것도 만만치 않았다. 우리가 갖고 있는 정보는 'Sparkling Turtle Backpackers Hostel, Swoyanbhu 15, Kimdole, Kathmandu'라는 주소와 한 대학의 내추럴 사이언스 뮤지엄 인근이라는 것밖에 없었다. 그 인근에 도착해 거의 30분 정도 주민들에게 묻고 물어 겨우 카트만두 서북쪽 주택가의 작은 골목길 안쪽에서 호스텔을 발견했다. 지프 운전수는 짐을 그 앞에 내려주고는 업무를 성공적으로 완수한 데 대해 뿌듯하게 미소를 지으며 우리와 헤어졌다. 네팔인의 순박함과 순수함에 마음이 따뜻해졌다.

### 대륙을 횡단한 감동의 흔적들

호스텔은 우리가 생각했던 것 이상으로 깨끗하고 활기가 넘쳤다. 유스호스텔과 게스트하우스가 밀집한 타멜에서 상당히 떨어진 지역에 위치해 있지만, 빈 침대가 거의 없을 정도로 여행자들로 가득 차 있었다. 우리가 도착해 숙박이 가능한지 묻자 독일인 직원은 다섯 명이 묵을 수 있는 방이 없다고 해서 한때 난감하기도 했으나, 그가 도미토리와 트윈룸 등의 빈 침대를 샅샅이 조사한 결과 침대 다섯 개를 찾을 수 있었다. 다행이라며 안도의 숨을 내쉬는데, 그 독일인 직원이 다른 제안을 해 왔다. 이 호스텔에서 갖고 있는 아파트가 있는데, 그 아파트를 오늘 하루 사용할 수 있다는 것이었다. 금액은 2000루피(약 3만 2000원)로 우리가 들어가려고 하던 4~5인실 도미토리 가격 1800루피보다 조금 비쌌다. 조금 비싸지만, 티베트 여행으로 녹초가 되어 있던 우리는 과감하게 '사치스런' 아파트를 선택했다.

호스텔 옆 아파트에 들어선 것은 오후 4시 가까이 되었을 때였다. 아파트는 탁월한 선택이었다. 넓은 거실에 주방과 널찍한 방이 두 개로, 대략 한국의 25~30평형 아파트쯤 되어 보였다. 가구는 침대 말고 별다른 것이 없었지만, 그동안 유스호스텔과 티베트의 취약한 숙소를 옮겨 다니며 힘들어했던 아이들도 환호성을 질렀다. 이젠 샴푸로 머리도 박박 감을 수 있고, 밀린 빨래도 할 수 있고, 샤워도 할 수 있다며 모두 흥분했다. 인터넷이 연결되는 것을 확인하고는 아예 기절이라도 할 것처럼 좋아했다. 나도 잽싸게 인터넷 전화를 연결해 청주와 광양의 부모님께 전화를 했다. 집에 온 기분이었다. 행복했다. 이렇게 작은 우리만의 공간 하나만으로도 미치도록 행복할 수 있다면, 한국에서 우리가 찾을 수 있는 행복이란 얼마나 많을까.

아파트에 짐을 풀고 쉬면서 네팔 일정에 대해 이야기했다. 각자 가고 싶은 곳, 하고 싶은 것, 해야 할 일 등을 이야기하고 공통분모를 찾아 일정을 조정하기 위한 것이었다. 티베트를 포함해 중국 여행을 하면서 질리도록 본 사원 관람 같은 것에는 대체로 시큰둥했고, 보다 활동적이고 의미 있는 여행에 관심이 쏠렸다. 나는 속으로 쾌재를 불렀다. 관광 중심의 여행은 이것으로 마치고, 이젠 우리의 여행 컨셉을 자신과 세상 사람들의 삶, 그리고 우리의 꿈으로 옮길 때가 된 것이다. 아이들 스스로 그것을 찾아갈 준비가 된 것이다.

이야기를 마치고, 중국을 여행하며 우리가 탄 기차와 버스, 티베트는 물론 우리가 방문한 곳들의 입장권 등을 모두 정리했다. 특히 창군과 동군은 아파트에 도착하자마자 기다렸다는 듯이 가방과 옷 속에 잘 보관해 둔 각종 티켓 등을 방바닥에 펼쳐 놓고 정리를 하고 있던 터였다. 회의가 끝난 다음에는 그걸 아예 아파트 거실에 확 펼쳐놓고 여정에 따라 정리했다. 엄청났다. 거실 바닥이 각종 티켓과 명함, 팸플릿 등으로 가득 찼다. 그동안 우리가 거쳐 온 도시와 여행지, 거기서 만난 유적과 사람들이 주마등처럼 스쳐갔다. 네팔 시간으로 밤 11시, 중국 시간으로 새벽 1시가 되도록 피곤한 줄을 전혀 몰랐다.

"어, 이건 광저우에서 창사로 갈 때 탔던 버스표야."

"그래, 그럼 이쪽으로…. 여기가 상하이까지 오면서 탔던 표하고, 입장권."

"이건, 난징 유스호스텔 명함이야. 우리가 두 번 묵었잖아."

"자금성 입장권, 용문석굴 입장권, 병마용 팸플릿…. 다 있어."

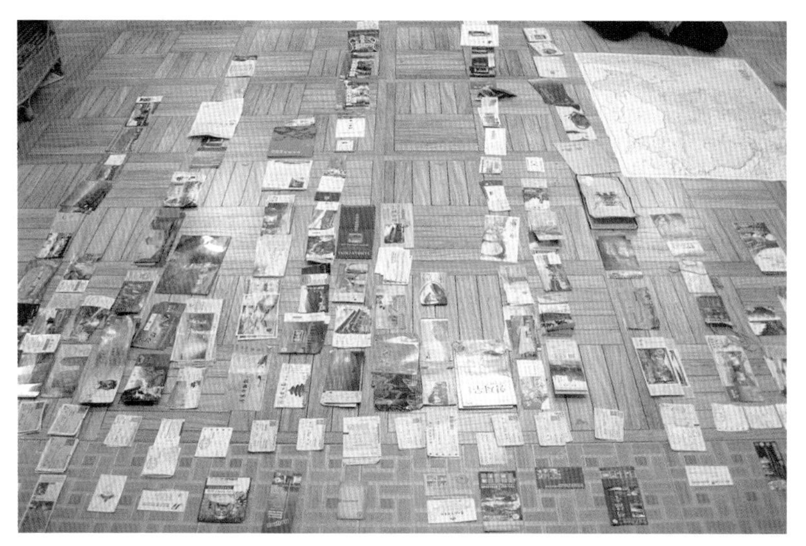

**중국 여행의 흔적** 중국을 여행하면서 받은 각종 입장권과 버스·기차 티켓 등이 아파트 거실 바닥을 메우고 있다.

"이건 뤄양에서 시안으로 갈 때 탔던 기차표고, 이건 티베트 기차표…. 칭짱 열차 침대칸 있잖아."

"조캉 사원 입장권 찾았다. 오체투지 하던 곳!"

그동안 지나쳐온 여정의 흔적들이 거실 바닥에 펼쳐지면서 1만 2000km에 달하는 중국 여정이 파노라마처럼 스치고 지나갔다. 아이들은 모두 즐거워하며 거실과 방을 이리저리 뛰어다녔다.

그러다가 동군이 좍 펼쳐서 정리해 놓은 티켓과 팸플릿 위를 성큼성큼 걸어갔다. 흥분을 감출 수 없어 그 위를 다시 한번 걸어보고 싶은 모양이었다.

"형, 이거 다 흐트러지잖아. 흥분하지 말고 가만히 있어, 좀!" 멜론이 동군을 제지했다.

"야. 좀 가만히 있어. 한참 정리하고 있는데…." 창군도 동군에게 잔소리를 했다.

"괜찮아. 내가 다 알아. 다시 정리하면 돼!" 동군은 아랑곳하지 않고 거실을 뛰어다녔다.

아이들이 그처럼 흥분하고 기뻐하는 모습은 지금까지 보기 힘든 것이었다. 그만큼 자신들이 한 걸음 한 걸음 내디뎌 중국 대륙을 횡단한 여정에 대한 뿌듯함과 성취감이 컸다. 배낭은 터질 듯하고 돌덩이처럼 무거웠지만 기차표와 버스표, 입장권, 명함, 팸플릿 등 어느 것 하나 허투루 버리지 않고 간직한 것에 대한 자부심도 커 보였다. 모두 오랫동안, 영원히 기억하고 싶은, 결과적으로 행복한 여정이 분명했다.

그런 다음 대형 중국지도에 그동안 지나온 일정을 하나하나 표시하면서 다시 한번 여행의 발자취를 되돌아보았다. 필리핀에서 출발해 홍콩과 마카오, 광저우, 창사를 거쳐 상하이~항저우~취푸~타이안~베이징~뤄양~정저우~덩펑~시안~시닝~라싸에 이어 히말라야 산맥을 넘어 카트만두까지 달려온 중국 대륙 횡단 여정이 꿈결 같았다. 우리가 만든 추억 앞에서 사진을 찍으며 모두 행복에 젖었다.

이로써 중국 여행은 대단원의 막을 내렸다. 하지만 그것은 여행의 끝이 아니라 새로운 시작이었다. 우리 앞에는 배낭여행자의 풍모가 물씬 풍기는 더욱 흥미진진하고 새로운 여정이 기다리고 있었다.

| 2권에서 계속 |